杜甫草堂诗艺文研究

印韵草堂

刘洪 编著

历史的回声，心灵的合唱

有人说，诗中有画，画中有诗。潘天寿却说："诗中有书，书中有诗。"（《听天阁画谈随笔》）盖书法也有意象，唐人张怀瓘《文字论》曰：

> 探文墨之妙有，索万物之元精，以筋骨立形，以神情润色，虽迹在尘壤，而志出云霄。灵变无常，务于飞动。……探彼意象，入此规模。忽若电飞，或疑星坠，气势生乎流变，精魄出于锋芒。

所谓"以筋骨立形，以神情润色""灵变无常，务于飞动"云云，就是书法之点线盘旋运动，或疾或徐，或勒或趯，或提或顿，或波或磔，或粗或细，或疏或密，从而形成诗乐般的韵律。一件好作品，无异一段活泼泼的生命之流。诗、书、画佳作皆为生命之形式，其相通处在此。是以张旭见公孙大娘舞剑器因悟草书，吴道子观裴将军舞剑而画法益进，杜少陵观公孙大娘弟子舞剑器而写下好诗。文艺以再现生命的律动为境界，是中国文化精神之所在。中国书法处于有形无形之间，不受羁束，其点之运行而成线的形式，更直观地逼近生命的律动，心电图以动态的曲线表现心律便是现成的佳例。"诗中有书，书中有诗"岂妄言哉！再者，杜诗所具有的抑扬顿挫波澜叠起的语言风格，与书法以点线运动取势的运作方式有着心理上的同构关系，二者拍合，相得益彰。职是之故，书杜诗遂乃与杜甫诗意图一道，为历代书画家所青睐而蔚成大宗。

宗白华尝言："中国乐教失传，诗人不能弦歌，乃将心灵的情韵表现于书法、画法。"（《论中西画法的渊源与基础》）书画与诗同其可贵的，正是其中所包蕴着的抒情主体的心灵情韵，二者所以能位列一起与诗歌沟通对话也端在于此。由此而言，篆刻又何独不然呢！

以杜诗为题材的书、画、印，排除“文抄公”与赶时髦者不必论，其作意之大端有二：一是悬之以陶冶性情，一是“借他人之酒杯，浇胸中之块垒”。原文艺之始，是人类的自我意识，一种集体记忆，所以中国士大夫尤其强调诗要一唱三叹，反复涵咏，手写心追，以此不断将其内化，用来陶冶性情，构建民族文化的集体意识。杜甫作为中国文化托命之人，“一人心，一国之心”的典型，在宋代便确立了其“诗圣”的地位，这也是杜诗成为历代书画家首选对象的内在原因。文天祥《新淦曾季辅杜诗句外序》云：

> 世人为书，务出新说，以不蹈袭为高，然天下之能言众矣，出乎千载之上，生乎百世之下，至理则止矣。虚其心以观天下之善，凡为吾用，皆吾物也。

杜诗语言的直觉性及其对心理形象的创构，能道人心中事，言人所难言，且海涵地负般的丰富性几于无所不包，后人以杜诗“代言”，缘情写志，有他的道理在。尤其是杜诗“慨世还是慨身”“一人心，一国之心”的特点在动乱年代更能引发志士仁人的共鸣。南宋李纲于此体会甚深刻，《重校正杜子美集序》云：

> 子美之诗凡千四百三十余篇，其忠义气节、羁旅艰难、悲愤无聊一见于诗……时平读之，未见其工，迨亲更兵火丧乱之后，诵其辞如生乎其时，犁然有当于人心，然后知其语之妙也。

同为南宋民族英雄的文天祥《集杜诗·自序》所言尤痛切：

> 余坐幽燕狱中，无所为，诵杜诗。稍习诸所感兴，因其五言，集为绝句。久之，得二百首。凡吾意所欲言者，子美先为代言之。日玩之不置，但觉为吾诗，忘其为子美诗也。乃知子美非能自为诗。诗句自是人情性中语，烦子美道耳。子美于吾隔数百年，而其言语为吾用，非情性同哉！

显然，杜诗的真性情具有强大的感染力与冲击力，入人至深，其儒学精神在那个历史阶段则起到稳定传统、团结整个民族的作用。明清之际蓬起的杜诗书画可加深我们这一理解，本丛书所收甚富甚精，读者细审必得。

于是乎杜诗成为“至理”“人情性中语”，具有符号性，口吟手写杜诗成为陶冶性情、塑造人的心灵之重要手段。明了这一层非常重要，它帮助我们理解杜诗书写、绘画、篆刻的独特意义，同时也为当今文艺界解决形式与内容如何相适应问题提供了有益的参照。名画《杜甫诗意图册》作者陆俨少现身说法，说自己用功是：“四分读书，三分写字，三分画画。” 所言读书，特嗜读杜。其自序提到抗日战争期间入蜀，独携杜集自随，并以蜀山蜀水证诸杜集，此后经“文革”直至晚年，屡蹶屡战，尽平生仰慕之忱作此百幅杜甫诗意图，诗书画妙合无垠，令人读之动容。呜呼！天下芸芸学杜甫，能得几人用心之苦如陆公者？

成都杜甫草堂博物馆因其天时地利，集诗歌、书法、绘画、印篆于一编，可谓“好雨知时节”，润物之功无量，喜极而为之序。

林继中 张家壮

丁酉秋分谨识

本丛书所收书法、绘画、篆刻作品，除特别说明外，均为成都杜甫草堂博物馆所藏。

目 录

历史的回声，心灵的合唱 / 林继中 张家壮 / 1

无数蜻蜓齐上下，一双鸂鶒对沉浮 / 屠陈陀 / 2
欲存老盖千年意，为觅霜根数寸栽 / 刘健 / 4
锦里烟尘外，江村八九家 / 施元亮 / 6
万里桥西一草堂 / 李宗强 / 8
百花潭水即沧浪 / 许贤炎 / 10
清江一曲抱村流 / 杨小刚 / 12
坐看千里当霜蹄 / 傅朝阳 / 14
野航恰受两三人 / 韩回之 / 16
中原有兄弟，万里正含情 / 江继甚 / 18
市桥官柳细，江路野梅香 / 曹祐福 / 20
江边一树垂垂发，朝夕催人自白头 / 倪和军 / 22
望乡应未已，四海尚风尘 / 李云开 / 24
诗应有神助，吾得及春游 / 朱明月 / 26
江山如有待，花柳更无私 / 段玉鹏 / 28
无赖春色到江亭 / 王军 / 30
恰似春风相欺得 / 周建国 / 32
更接飞虫打着人 / 吴承斌 / 34
人生几何春已夏 / 戴武 / 36
舍南舍北皆春水 / 冷旭 / 38
蓬门今始为君开 / 舒文扬 / 40
一径野花落，孤村春水生 / 隋邦宏 / 42

好雨知时节 / 贾拥军 / 44
随风潜入夜 / 吴英昌 / 46
晓看红湿处 / 高庆春 / 48
三月桃花浪，江流复旧痕 / 沈浩 / 50
宽心应是酒，遣兴莫过诗 / 施展 / 52
地偏相识尽，鸡犬亦忘归 / 张炜羽 / 54
为人性僻耽佳句，语不惊人死不休 / 李南书 / 56
细雨鱼儿出，微风燕子斜 / 余赛清 / 58
蜀天常夜雨，江槛已朝晴 / 李定三 / 60
报答春光知有处 / 曹文武 / 62
应须美酒送生涯 / 沈鼎雍 / 64
东望少城花满烟 / 李早 / 66
留连戏蝶时时舞，自在娇莺恰恰啼 / 王义骅 / 68
安得广厦千万间 / 周斌 / 70
锦城丝管日纷纷 / 尹海龙 / 72
半入江风半入云 / 张树 / 74
此曲只应天上有 / 艺如乐图 / 76
倾银注瓦惊人眼，共醉终同卧竹根 / 刘鹏 / 78
百年浑得醉，一月不梳头 / 邵晨 / 80
寂寞江天云雾里 / 王道义 / 82
不如醉里风吹尽 / 蔡毅 / 84
自今已后知人意，一日须来一百回 / 阎峻 / 86
庾信文章老更成 / 焦新帅 / 88
凌云健笔意纵横 / 张遴骏 / 90
不觉前贤畏后生 / 岳志军 / 92
轻薄为文哂未休 / 孙朝军 / 94
龙文虎脊皆君驭 / 杨中良 / 96
不薄今人爱古人 / 苏文治 / 98
未及前贤更勿疑 / 鞠稚儒 / 100
转益多师是汝师 / 蔡泓杰 / 102
公若登台辅，临危莫爱身 / 苏金海 / 104

世路虽多梗，吾生亦有涯 / 沈颖丽 / 106
清风为我起，洒面若微霜 / 刘永清 / 108
平生江海心 / 翟万益 / 110
锦江春色来天地 / 祝小兵 / 112
江碧鸟逾白，山青花欲燃 / 李智野 / 114
黄河西岸是吾蜀 / 赵熊 / 116
日出篱东水，云生舍北泥 / 吴贤军 / 118
竹高鸣翡翠，沙僻舞鹍鸡 / 陈伯舸 / 120
扁舟轻袅缆，小径曲通村 / 罗光磊 / 122
江动月移石，溪虚云傍花 / 杜延平 / 124
松高拟对阮生论 / 李夏荣 / 126
一行白鹭上青天 / 程迟生 / 128
窗含西岭千秋雪 / 范乾虎 / 130
门泊东吴万里船 / 杨小村 / 132
丹青不知老将至 / 余正 / 134
富贵于我如浮云 / 蒋卫平 / 136
一洗万古凡马空 / 朱培尔 / 138
远在剑南思洛阳 / 王丹 / 140
白头趋幕府，深觉负平生 / 杨波涌 / 142
野水平桥路，春沙映竹村 / 孙春国 / 144
乾坤万里眼，时序百年心 / 拜波 / 146
闻道巴山里，春船正好行 / 钟建良 / 148
移船先主庙，洗药浣沙溪 / 邓克明 / 150

篆刻

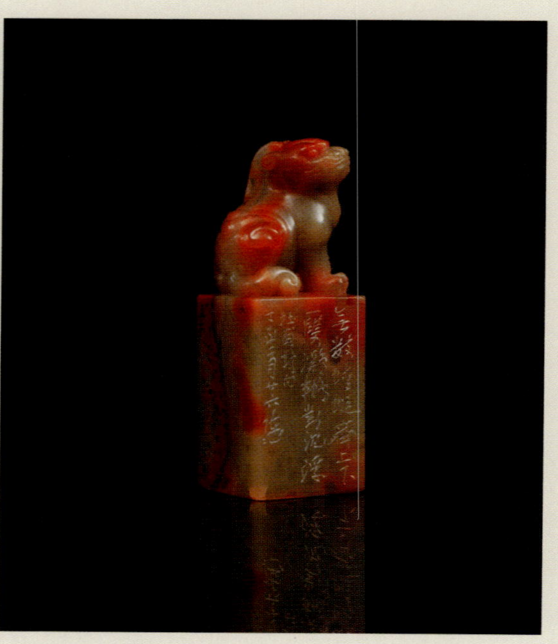

【作者】 屠陈陀，中国书协会员，山东印社理事，西泠印社社友会会员，山东省青年书协理事。作品获全国第六届篆刻展提名奖、全国首届篆书展提名奖、西泠印社第六届全国篆刻评展优秀奖等。

【赏析】 此印是正方形多字印。线条变化丰富，结体趣味横生，字与字之间的参差错落、疏密空白处理得当。用刀上，中锋和偏锋相结合，富有多样性，有的是以偏锋为主的双冲刀刻成。若以单边来看，侧锋冲出，有偏锋之感，掉转 180 度，从另一边又以侧锋下刀，两刀合二为一。不仅不偏，由于弧线外张，反而显得圆厚滋润，似有内力扩张之感。

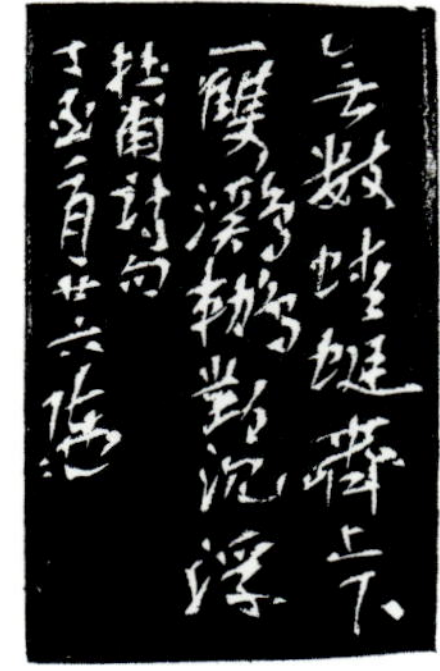

印文 无数蜻蜓齐上下 一双鸂鶒对沉浮

边款 无数蜻蜓齐上下 一双鸂鶒对沉浮
杜甫诗句
丁酉二月廿六陈陀

【原诗】

卜居

浣花流水水西头，主人为卜林塘幽。已知出郭少尘事，更有澄江销客愁。
无数蜻蜓齐上下，一双鸂鶒对沉浮。东行万里堪乘兴，须向山阴上小舟。

【作者】 刘健，攀枝花市书协主席，中国书协会员，四川省书协理事，四川省书协篆刻委员会委员，攀枝花市政协书画院副院长。

【赏析】 这是一方十四字的多字印。多字印的创作，难在刀法的统一、字法的协和、气韵的生动，以及字与字之间的凝聚和呼应。此印选用秦汉印文字，依字势而排列，以冲切刀和单双刀并辅的刀法，一气呵成，比较好地解决了以上问题。为克服直线条多，容易形成板滞的问题，作者在“年”字上用了两条弧线，使之成为此印的活眼。统观此印，规矩中见生动，自然中见巧思。

印文

欲存老盖千年意　为觅霜根数寸栽

边款

落落出群非榉柳　青青不朽岂杨梅
欲存老盖千年意　为觅霜根数寸栽
杜甫凭韦少府班觅松树子栽　刘健

【原诗】

凭韦少府班觅松树子栽

落落出群非榉柳，青青不朽岂杨梅。
欲存老盖千年意，为觅霜根数寸栽。

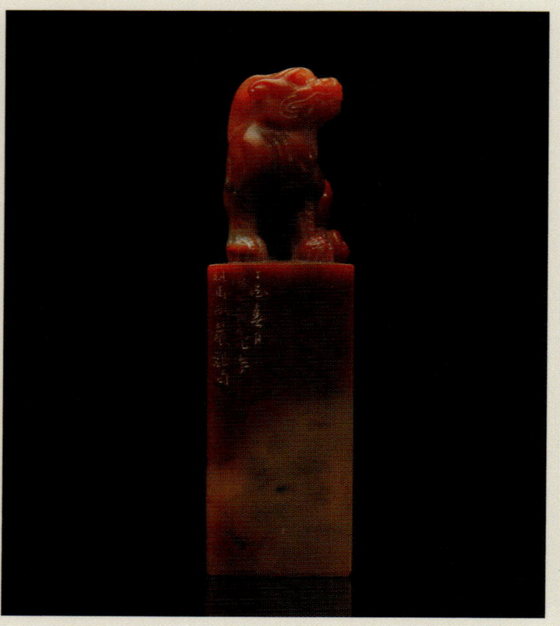

【作者】 施元亮，上海嘉定人。中国书协会员，西泠印社社员，上海市书协会员，民进中央开明画院理事，上海闵行书协副主席。作品在西泠印社主办的全国篆刻作品评展中，三次获全国50名优秀作品奖最高奖、在“走向当代——上海市书法篆刻作品大展”中获篆刻优秀作品奖最高奖。

【赏析】 此印是正方形多字印。在方寸之间以汉印的形式将内容展现了出来。施元亮是在传统基础上的创新，不囿陈法，践行了“印从书入，书从印入”的标准，并将楚简帛书引入篆刻之中，采用了纵横交错与巧拙互用、变形夸张与并笔嵌合的分朱布白法，使其文字章法变幻莫测而炫动恣肆。印面布局的视觉效果相当丰富而新颖，不落俗套而自出机杼。用刀以冲刀为主，披削切琢为辅，或快或慢，在爽健俊猛间使得线条充满趣味感和节奏感，具有浓厚的金石气息。

印文 锦里烟尘外　江村八九家

边款 丁酉春月海上元亮作
杜甫为农诗句

【原诗】

为农

锦里烟尘外，江村八九家。圆荷浮小叶，细麦落轻花。
卜宅从兹老，为农去国赊。远惭勾漏令，不得问丹砂。

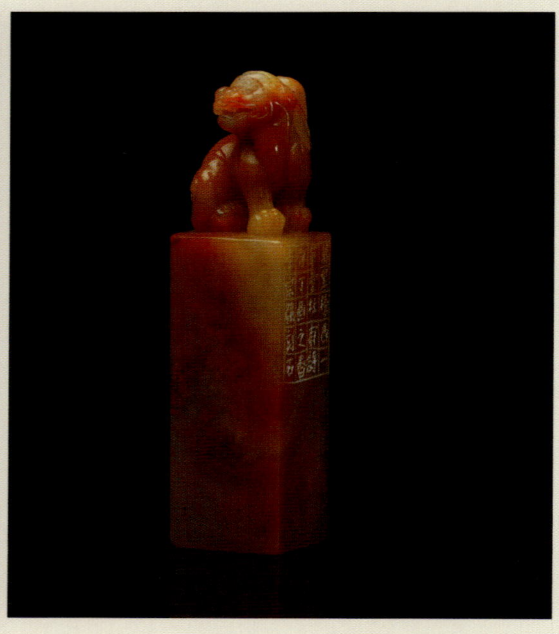

【作者】 李宗强，中国书法家协会会员，贵州省书法家协会篆刻委员会委员，贵州省芙峰印社理事，遵义市书法家协会理事。

【赏析】 此印是正方形多字印。印面采用了传统的秦汉印章的布局。从印面来看，线条精神饱满，刀法苍劲有力，显得质朴大方。细细品来，红白凿痕间承载着篆刻者对古典精神的理解和阐释，凝结着他对古篆遗风的渴望与追求。在用刀上不拘形式，讲求力度和刀法，很好地表达出篆刻艺术的内在风骨，章法上显得空灵和自然，气度不凡。

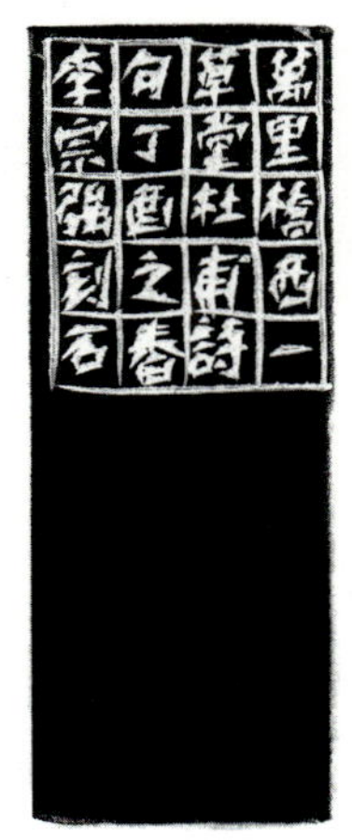

印文 万里桥西一草堂

边款 万里桥西一草堂
杜甫诗句
丁酉之春李宗强刻石

【原诗】

狂夫

万里桥西一草堂，百花潭水即沧浪。风含翠篠娟娟净，雨裛红蕖冉冉香。
厚禄故人书断绝，恒饥稚子色凄凉。欲填沟壑唯疏放，自笑狂夫老更狂。

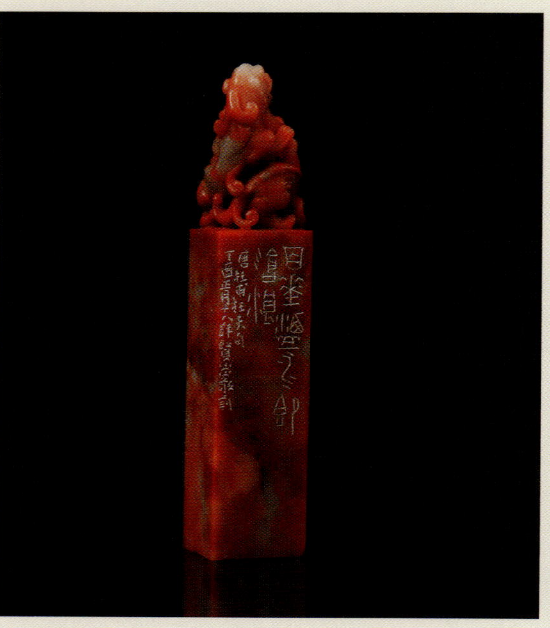

【作者】 许贤炎，中国书法家协会会员，广东省书法家协会会员，汕头市书法家协会理事，汕头市书法家协会篆刻刻字委员会主任，汕头市青年书协顾问。

【赏析】 此印是正方形多字印。印面打破了传统的布局方式，进行了革新。以大篆入印，线条变化丰富多端，结体野逸奇诡、变幻莫测，字与字之间的疏密、避让、穿插安排得恰到好处，千变万化归于平衡协调，无一处不平正大气而自然生动。用刀上，单刀、双刀并用，赋予线条一种律动感，使得整个印面趣味横生。

印文 百花潭水即沧浪

边款 百花潭水即沧浪
唐杜甫狂夫句
丁酉正月十八
许贤炎敬刻

【原诗】

狂 夫

万里桥西一草堂，百花潭水即沧浪。风含翠篠娟娟净，雨裛红蕖冉冉香。
厚禄故人书断绝，恒饥稚子色凄凉。欲填沟壑唯疏放，自笑狂夫老更狂。

【作者】 杨小刚，中国书法家协会会员，北京市书法家协会会员，承德市书法家协会理事，宽城县书法家协会副主席。

【赏析】 此印是正方形多字印。因为印面的表达受限，遂采用汉印和元朱文印的布局。杨小刚之篆刻上取法秦汉，下追明清及近代诸家，并参以铁线篆，形成了自己的印风。由印面可知，线条刚劲有力，结体疏密相间，字与字之间的章法安排取法传统，工整稳妥。用刀以双刀为主，单刀为辅，并杂以切刀，在温婉俊秀间产生了一种朴厚的金石气息。边款选用了与印面相呼应的拙、厚、重的书体，增添了朴拙感。

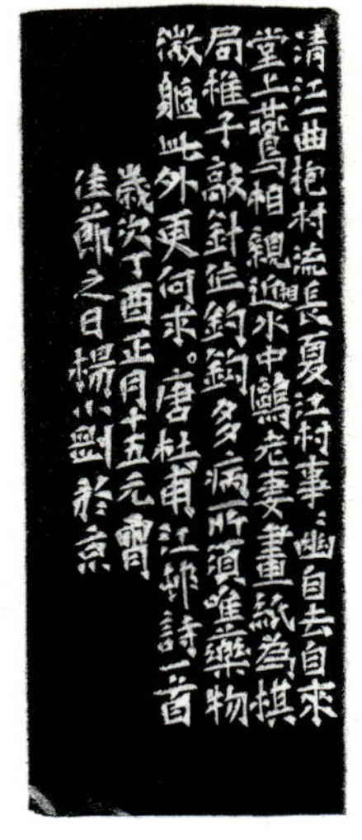

印文

清江一曲抱村流

边款

清江一曲抱村流　长夏江村事事幽
自去自来堂上燕　相亲相近水中鸥
老妻画纸为棋局　稚子敲针作钓钩
多病所须唯药物　微躯此外更何求
唐杜甫江村诗一首
岁次丁酉正月十五元宵佳节之日
杨小刚于京

【原诗】

江村

清江一曲抱村流，长夏江村事事幽。自去自来堂上燕，相亲相近水中鸥。
老妻画纸为棋局，稚子敲针作钓钩。多病所须唯药物，微躯此外更何求。

【作者】 傅朝阳，河南南阳人，现居北京。中国书协会员，职业篆刻家。毕业于北京人文大学书画艺术学院国画系。曾获“全国第七届篆刻艺术展”优秀作品奖。出版有《朝阳印痕》。

【赏析】 此印是正方形多字印。线条露锋较多，结体工整规矩，方口相交，一般是用中锋起笔至交口处转为偏锋相叠交的。圆笔中锋，行至转弯处转为侧锋，以表达此意，多以冲刀而成，偏锋落笔，然后转为中锋，这样表现了篆刻的多样性和丰富性。

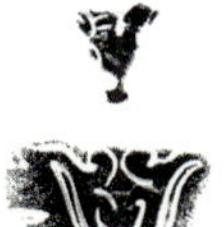

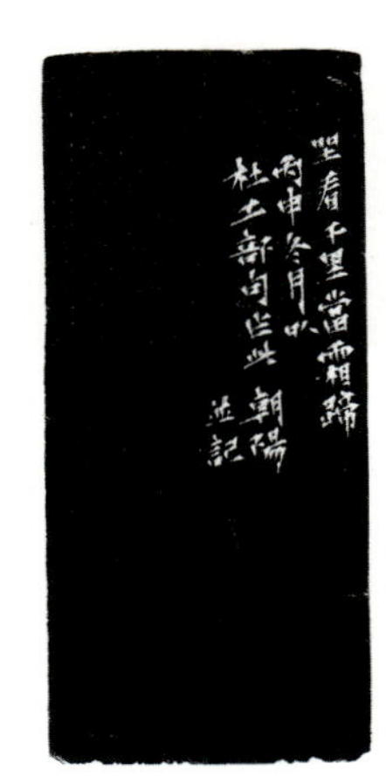

印文　坐看千里当霜蹄

边款　坐看千里当霜蹄
丙申冬月以杜工部句作此
朝阳并记

【原诗】

题壁上韦偃画马歌

韦侯别我有所适，知我怜君画无敌。戏拈秃笔扫骅骝，欻见骐驎出东壁。一匹龁草一匹嘶，**坐看千里当霜蹄**。时危安得真致此，与人同生亦同死。

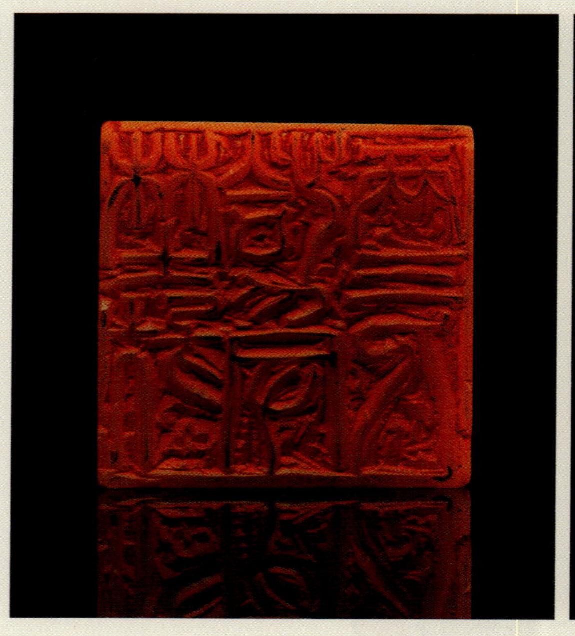

【作者】 韩回之，上海市书法家协会会员，西泠印社社员，韩天衡美术馆艺术总监。作品获西泠印社第二、三届国际书法篆刻比赛优秀奖，并入选中国（天津）书法艺术节全国中青年篆刻家作品展等。

【赏析】 此印是正方形多字印。印面沿袭了汉印中朱文印的布局方法，字与字之间的章法安排，疏密、收放、张弛有度，寓动于静之中，拙中藏巧，自然含蓄，充分体现了雄、变、韵的情致，整体充满律动感，给人以清秀爽劲的感觉。用刀以双刀为主，参以单刀，在流畅自然中流露出瘦硬、挺拔的性情，整体匀称工整，字与字之间的呼应、衔接相得益彰。

【原诗】

南邻

锦里先生乌角巾，园收芋栗不全贫。惯看宾客儿童喜，得食阶除鸟雀驯。
秋水才深四五尺，**野航恰受两三人**。白沙翠竹江村暮，相对柴门月色新。

印文 野航恰受两三人

边款 丁酉春分 回之刻石

【作者】 江继甚，中国书法家协会会员，西泠印社社员，中国汉画学会会员，山东印社社委会委员。书法篆刻作品多次参加全国展并获奖。出版有《走进汉画》《论语精句篆刻集》等，发表金石书画类论文五十余万字。

【赏析】 此印为长方形多字印。由于印面表达的局限，遂以汉印形式进行了布局。文字自然，参差错落，空间疏密感与朱白效果上形成了和谐统一。在文字、空间布局上，二者互相制约，相互融合，相互渗透。用刀以双刀为主，辅以单刀，在浑厚与爽利之间参以即兴，产生一种烂铜的金石气息；匀称工整加之刀法取势及双行布局，自然留出一条似线非线的中线与印文左右契合。

印文 中原有兄弟 万里正含情

边款 中原有兄弟 万里正含情 杜甫村夜句 大江刻

【原诗】 村夜

萧萧风色暮，江头人不行。村春雨外急，邻火夜深明。

胡羯何多难，渔樵寄此生。中原有兄弟，万里正含情。

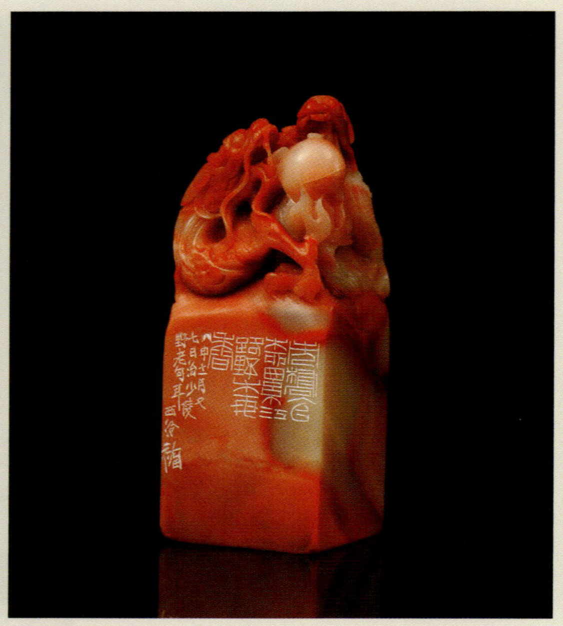

【作者】 曹祐福，中国书法家协会会员，西泠印社社员，中华诗词学会会员，中国楹联学会会员。

【赏析】 此印是正方形多字印。虽以汉印方法制印，但也有所革新。如将字刻出边界，创造出一种残破斑驳感，打破了原有的印面布局。字的取势全部向右倾斜，整体观之又不失平衡，达到不一样的统一美。用刀以双刀为主，单刀为辅，于不协调中见奇险之趣。

印文 市桥官柳细　江路野梅香

边款 市桥官柳细　江路野梅香

丙申十一月又七日治少陵野老句耳

西泠祐福

【原诗】

西郊

时出碧鸡坊，西郊向草堂。市桥官柳细，江路野梅香。

傍架齐书帙，看题检药囊。无人觉来往，疏懒意何长。

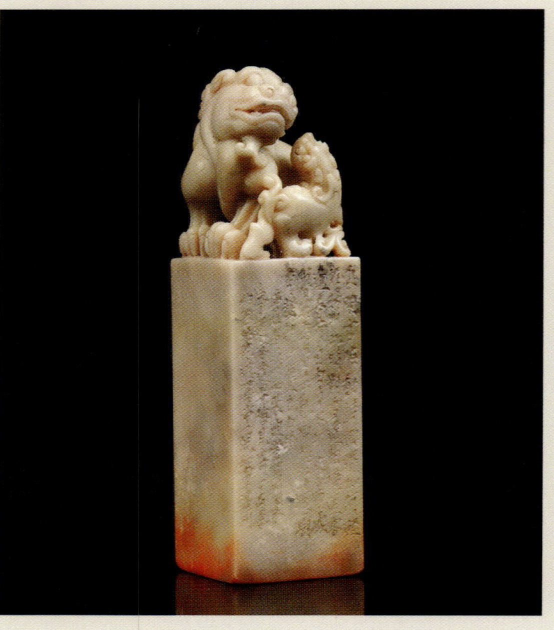

【作者】 倪和军，山东泰安人。中国书法家协会会员，西泠印社社员，山东省书法家协会理事篆刻委员会委员，山东印社理事、副秘书长。作品获首届王羲之奖全国书法作品展优秀奖、第四届中国书法兰亭奖一等奖、第二届全国篆书作品展优秀奖、全国第七届篆刻艺术展优秀奖等奖项。

【赏析】 此印是正方形多字印。作品追求古拙雅蕴、灵动朴茂的艺术风格。线条干净利落，有的收笔肥硕，结体较扁，参差错落，字与字之间排列紧密且留有布白，疏密得当。字与格的关系，有主次、从属之分，与边结合在一起，则又增加了一层协调与团结的关系，在断残上则全依据文字而布置，或缩短，或残断，尤其是横格一笔，有前断、后断。用刀以双刀为主，辅以单刀，整方印看起来厚实、古朴、稳重。

印文 江边一树垂垂发　朝夕催人自白头

边款 东阁官梅动诗兴　还如何逊在扬州
此时对雪遥相忆　送客逢春可自由
幸不折来伤岁暮　若为看去乱乡愁
江边一树垂垂发　朝夕催人自白头
唐杜甫诗
和裴迪登蜀州东亭送客逢早梅见寄
丁酉春于岱麓逸墨堂倪和军谨刊

【原诗】

和裴迪登蜀州东亭送客逢早梅相忆见寄

东阁官梅动诗兴，还如何逊在扬州。此时对雪遥相忆，送客逢春可自由。
幸不折来伤岁暮，若为看去乱乡愁。江边一树垂垂发，朝夕催人自白头。

【作者】 李云开，湖南益阳人，中国书法家协会会员，中国检察官文联书协理事，南楚印社理事。

【赏析】 此印是正方形多字印。以小篆入印，变圆转流利的线条为方整瘦硬，字形上稍有压缩，成长方形态，章法上的疏密、空间、朱白互为呼应。此印圆弧用刀，多为切刀为主，冲、切刀结合，圆弧线中具有少量直方的笔意、刀意，显得厚实、古朴、稳重。

【原诗】

奉酬李都督表丈早春作

力疾坐清晓，来时悲早春。转添愁伴客，更觉老随人。红入桃花嫩，青归柳叶新。望乡应未已，四海尚风尘。

印文 望乡应未已 四海尚风尘

边款 杜甫奉酬李都督表丈早春作诗句也 云开刻

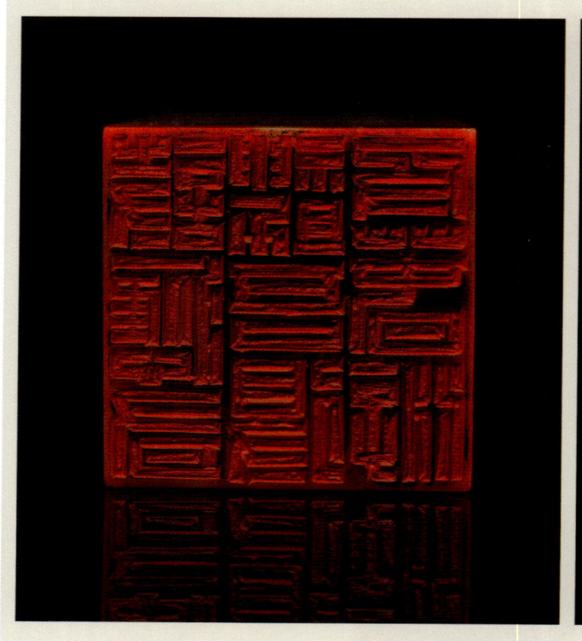

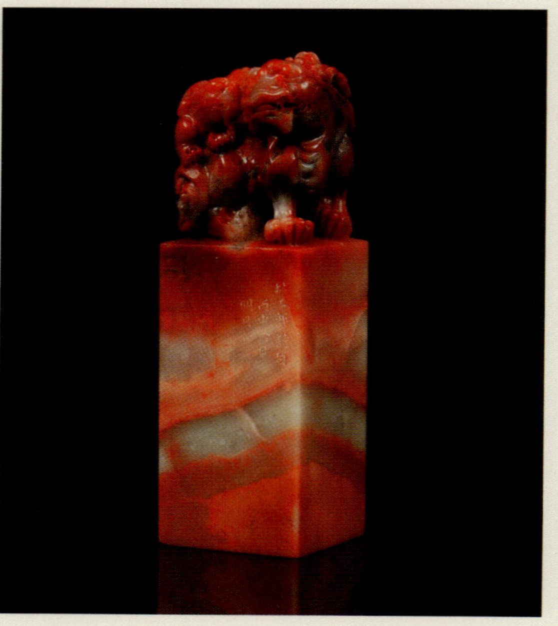

【作者】 朱明月，生于内蒙古赤峰。中国书法家协会会员，辽宁省书法家协会理事，辽南印社副社长。作品获第四届中国书法兰亭奖一等奖、全国第六届篆刻艺术展三等奖等。

【赏析】 此印是正方形多字印。在篆刻上取法传统，印面沿袭了汉印的印风，线条整齐划一、苍劲有力，结体工整规矩、增减合法，章法上疏密相间、自然舒和。用刀以双刀为主，辅以单刀，圆润和婉、中正冲和，在圆转中求力度，重朴拙，追求苍劲感，富有金石气。

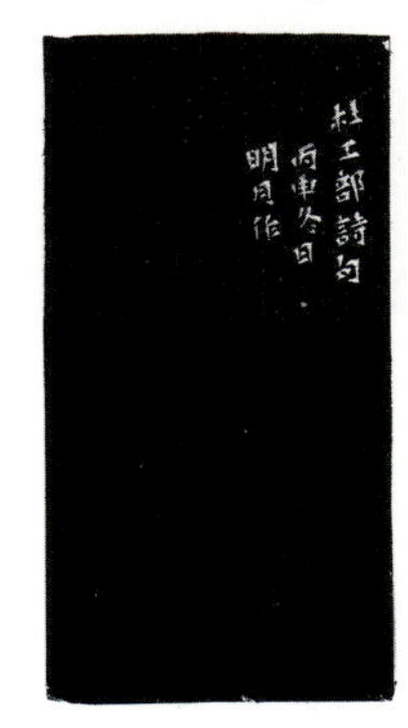

印文 诗应有神助　吾得及春游

边款 杜工部诗句
丙申冬日明月作

【原诗】

游修觉寺

野寺江天豁，山扉花竹幽。诗应有神助，吾得及春游。
径石相萦带，川云自去留。禅枝宿众鸟，漂转暮归愁。

【作者】 段玉鹏，山东省济宁市人，中国书法家协会国际交流委员会委员，西泠印社社员，山东省书法家协会顾问。曾获济宁市首届“乔羽文艺奖”突出贡献奖。

【赏析】 此印拟汉印法刊之，古穆浑厚，自然朴素，追求字古典雅，正大气象。行刀力求书写之意趣，以双入正刀法为之，不温不火，重修为，求内涵，耐人寻味。印风古朴，浑厚苍劲，颇有汉印古貌，当为仿古之佳作。

印文　江山如有待　花柳更无私

边款　江山如有待　花柳更无私
丙申冬西泠印人段玉鹏刊

【原诗】

后游

寺忆新游处，桥怜再渡时。江山如有待，花柳更无私。
野润烟光薄，沙暄日色迟。客愁全为减，舍此复何之。

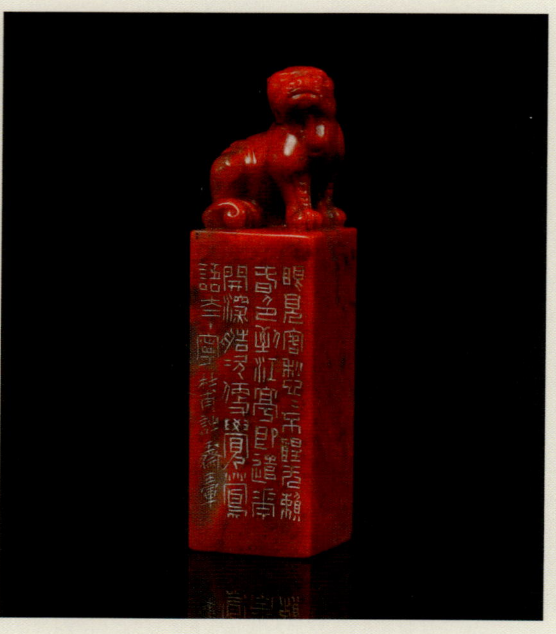

【作者】 王军，生于上海，西泠印社社员，上海书法家协会会员，海上印社社员，上海浦东篆刻创作研究会理事。出版有《中国篆刻百家·王军卷》《昆明一担斋藏品（藏印庚寅集）·王军卷》《玉斋艺撷》等。

【赏析】 此印是正方形多字印。印面沿袭了汉印的布局形式，线条苍劲有力，古朴苍茫；结体工整平稳，合乎规矩；章法上亦遵循古法，布白合理。用刀以切刀为主，冲切结合。尤其在转弯处的直曲、动静之感，在流畅中又能留得住，刚劲挺拔，任其自然，圆转刚劲有力，转折则显得刚硬。

印文　无赖春色到江亭

边款　眼见客愁愁不醒　无赖春色到江亭
即遣花开深造次　便觉莺语太丁宁
杜甫诗　玉斋王军

【原诗】

绝句漫兴九首·其一

眼见客愁愁不醒，无赖春色到江亭。
即遣花开深造次，便觉莺语太丁宁。

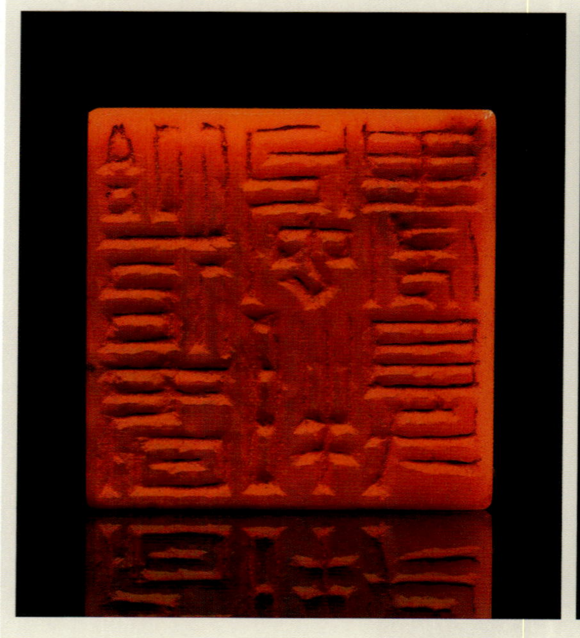

【作者】 周建国，中国书法家协会会员，西泠印社社员，上海市书法家协会会员，海上印社社员。出版有《柬谷印痕》《当代名家印谱·周建国卷》《昆明一担斋藏品（藏印庚寅集）·周建国卷》等。

【赏析】 此印是正方形多字印。作者学习篆刻由临摹秦汉入手，下及元朱文体并明清诸派。潜心研索，融于创作，追求形神俱获之境界。由印面看，线条饱满厚重，结体规整，合乎规矩，字与字的安排疏密相间、错落有致。用刀以双刀辅以单刀，将汉印的爽劲、厚重、拙朴的感觉表达了出来，产生一种烂铜的金石气息。

【原诗】

绝句漫兴九首·其二

手种桃李非无主，野老墙低还是家。

恰似春风相欺得，夜来吹折数枝花。

印文 恰似春风相欺得

边款 恰似春风相欺得 夜来吹折数枝花

杜工部诗句周柬谷刻于丁酉三月朔日

【作者】 吴承斌，出生于上海。中国书法家协会会员，西泠印社社员，上海书法家协会会员，上海市文史研究馆书画研究员。

【赏析】 此印是正方形多字印。作者在篆刻上取法古玺、秦汉印之神韵，又集明清诸家之精髓，且不拘泥于传统，印风醇厚儒雅，刀法工稳雄健。此印以鸟虫篆入印，但是打破了传统的朱文形制，示以白文，线条厚重朴拙，结体工整规矩，字与字之间疏密相间，收放自如。用刀上单刀、双刀并用，讲求力度，追求金石气。

【原诗】

绝句漫兴九首·其三

熟知茅斋绝低小，江上燕子故来频。

衔泥点污琴书内，更接飞虫打着人。

印文 更接飞虫打着人

边款 衔泥点污琴书内　更接飞虫打着人

杜甫诗句

丙申冬海上西泠印人承斌刻石于映雪堂

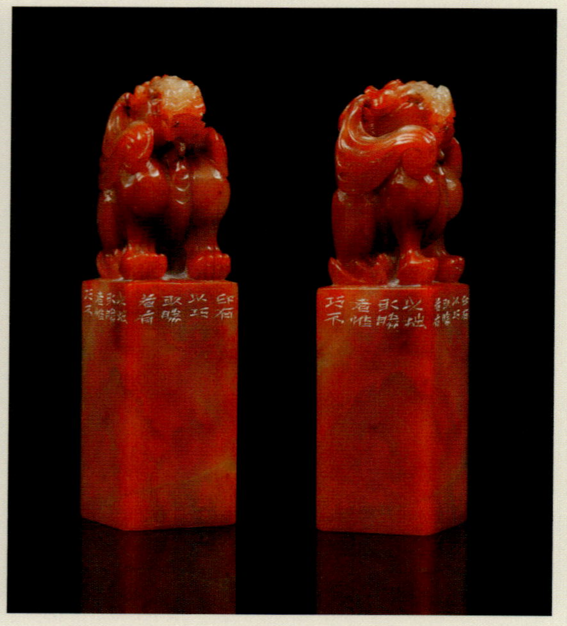

【作者】　戴武，中国书法家协会会员，中国书协篆刻委员会委员，西泠印社社员，中国艺术研究院中国篆刻艺术研究院研究员，清华大学美术学院书法篆刻专项研修班导师。出版有《戴武书法集》《戴武篆刻集》。

【赏析】　此印是正方形多字印。戴武的篆刻主要取源于汉晋将军印，偶尔也汲纳唐宋官印的风采。在线形力度、方圆、曲直、长短、粗细、疏密、虚实等方面极尽变化，线条细而不弱，壮而不臃，驱刀如笔，力求使刻痕自然体现出笔意的情趣和韵味。刀法运用灵活，或切多冲少，或冲切参半，都颇有意到而刀未到处，率意恣性。章法安排上，以直入古人为主，多以魏晋印风的富于空间变化的格局出之，稍参己意，空灵剔透之意味跃然石上。整体观之，简静空灵，质朴敦厚，细腻精到，具有浓郁的古典气息。

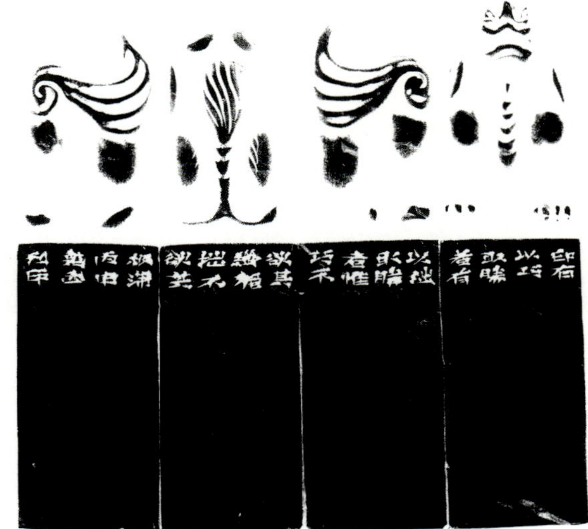

印文　人生几何春已夏

边款　印有以巧取胜者　有以拙取胜者　惟巧不欲其纤媚　拙不欲其板滞　丙申戴武刊印

【原诗】

绝句漫兴九首·其八

舍西柔桑叶可拈，江畔细麦复纤纤。
人生几何春已夏，不放香醪如蜜甜。

【作者】 冷旭，辽宁画院副院长，国家一级美术师，中国艺术研究院篆刻院研究员，中国美术家协会会员，中国书法家协会篆刻艺委会委员，西泠印社社员，中国书法家协会培训中心教授。作品荣获“首届中国书法兰亭奖·创作奖”。

【赏析】 此印在形式上，采用了白文古玺式。总观印面，疏朗旷达，揖让有度。运刀流畅自如，一气呵成。在变化中蕴含平和冲淡之趣，全无板滞郁结之态。方寸之间显露出诗意的自然表达，又不失篆刻艺术的审美意趣。

【原诗】

客至

舍南舍北皆春水，但见群鸥日日来。花径不曾缘客扫，蓬门今始为君开。盘飧市远无兼味，樽酒家贫只旧醅。肯与邻翁相对饮，隔篱呼取尽余杯。

印文　舍南舍北皆春水

边款　舍南舍北皆春水　但见群鸥日日来　杜甫客至诗句　丙申大雪冷旭刻

【作者】 舒文扬，上海人。中国书法家协会会员，西泠印社社员，上海书法家协会会员。作品荣获西泠印社国际篆刻书法大展优秀奖。

【赏析】 此印是正方形多字印。线条变化丰富，结体奇趣诡异、参差错落，章法上疏密、朱白的关系规划得相映成趣。“门”字的通气处与“为”的排列紧密正好形成强烈的对比，增强了全印的视觉冲击感。用刀以双刀为主，辅以单刀，中锋、侧锋并用，增添了全印平实中的空灵奇趣。

印文 蓬门今始为君开

边款 杜少陵诗客至句
岁丁酉春舒文扬刻于沪上

【原诗】 客至

舍南舍北皆春水，但见群鸥日日来。花径不曾缘客扫，蓬门今始为君开。
盘飧市远无兼味，樽酒家贫只旧醅。肯与邻翁相对饮，隔篱呼取尽余杯。

【作者】 隋邦宏，中国书法家协会会员，辽宁省书法家协会会员，辽南篆刻艺术家协会（辽南印社）副主席。作品荣获第三届中国齐白石国际文化艺术节全国书法作品展优秀作品奖、中国（芮城）永乐宫第五届书法优秀奖。

【赏析】 此印是正方形多字印。线条干净遒劲，富有力度。结体方整规矩，平整工稳，字与字之间排列紧密且疏密得当。整体观之，苍厚朴拙，圆劲韵趣。用刀以双刀为主，单刀为辅，沿袭汉印篆刻方式，具有厚实之劲，锐利之势。

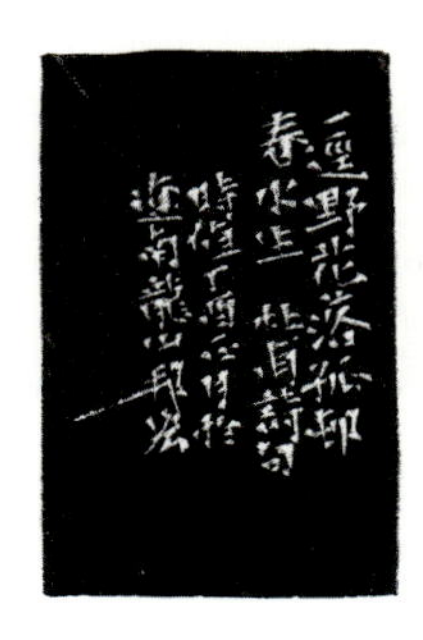

印文 一径野花落 孤村春水生

边款 一径野花落 孤村春水生
杜甫诗句
时值丁酉正月于辽南龙山邦宏

【原诗】

遣意二首·其一

啭枝黄鸟近，泛渚白鸥轻。一径野花落，孤村春水生。
衰年催酿黍，细雨更移橙。渐喜交游绝，幽居不用名。

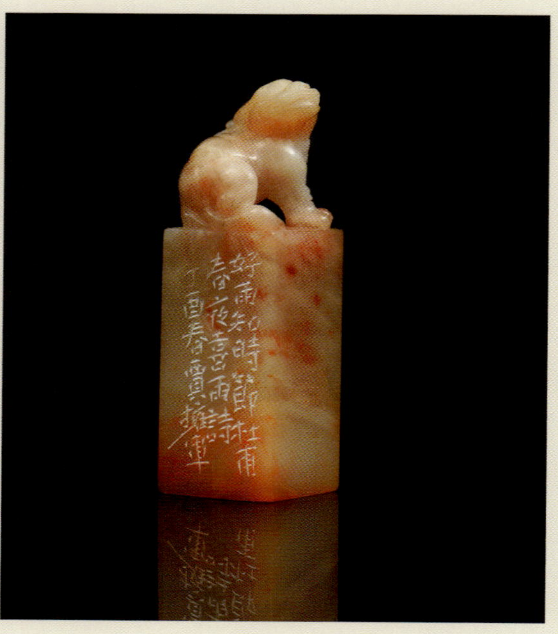

【作者】 贾拥军，河南安阳人。中国书法家协会会员，辽宁省书法家协会会员。作品荣获首届辽宁省公务员书法大赛一等奖、中国武警书法作品展二等奖、第四届全军书法展三等奖等。

【赏析】 此印是正方形印，是以较为规整的小篆刻就，示以朱文。线条粗细一样，苍劲有力，结体瘦硬挺拔，富有张力，字与字之间的疏密关系处理得恰到好处。用刀以双刀为主，辅以单刀，这种篆刻方式既表现了笔意，又表达了刀意，笔墨中的力度感顿显，有“熟中有生”之感，刀味十足。

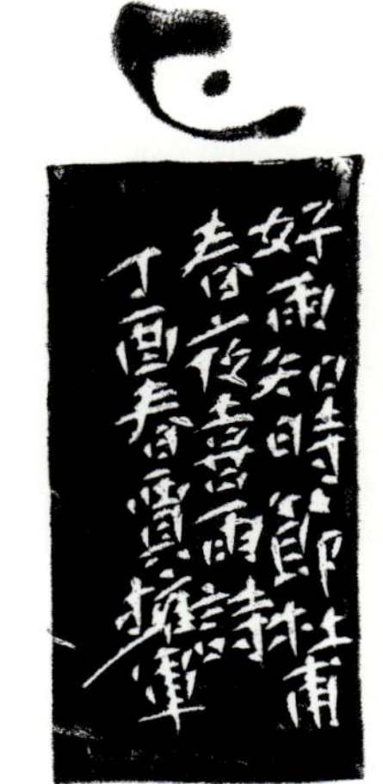

印文 好雨知时节

边款 好雨知时节
杜甫春夜喜雨诗
丁酉春贾拥军

【原诗】 春夜喜雨

好雨知时节，当春乃发生。随风潜入夜，润物细无声。
野径云俱黑，江船火独明。晓看红湿处，花重锦官城。

【作者】 吴英昌，中国书法家协会会员，河北省书协篆刻委员会委员，沧海印社理事。作品获全国第十届书法篆刻展提名奖、2013 年西泠海选总决赛优秀奖等。

【赏析】 此印是正方形印，吴英昌的篆刻取烂铜之斑驳、汉玉之遒爽、古玺之奇诡、砖文之荒率，杂糅各体，用于鸟虫印，形成了不衫不履、空灵自在的风格。形式上不与人同，格调上直追秦汉。用刀多用冲刀，辅以切刀，使得线条干净利落且生动丰富。

【原诗】

春夜喜雨

好雨知时节，当春乃发生。随风潜入夜，润物细无声。
野径云俱黑，江船火独明。晓看红湿处，花重锦官城。

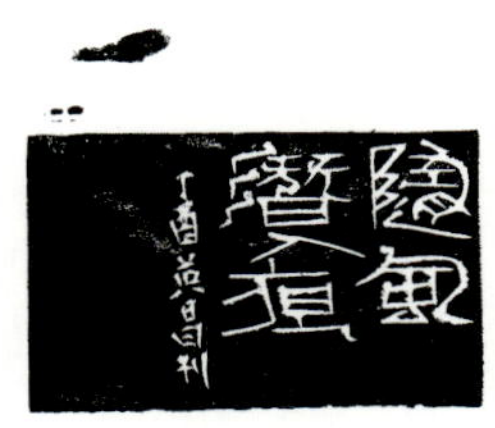

印文

随风潜入夜

边款

随风潜入夜
丁酉英昌刊

【作者】 高庆春，一级美术师，中国书法家协会会员，西泠印社理事，中国书协篆书专业委员会秘书长，中国艺术研究院中国篆刻院研究员，故宫博物院书法研究所研究员，中国文联书法艺术中心副主任兼中国书协书法培训中心主任。结业于国家画院首届沈鹏书法精英班。多次受聘担任全国书法展赛评委。出版有《高庆春书法篆刻集》。

【赏析】 此印正如诗句“晓看红湿处”所蕴含的幽远意境，整个印面给人一种古拙苍茫的风格。在形式上，采用了白文大篆，适当留红、繁简收放得当。空间对比上，渗透了陶文的元素及生涩感。石质较硬，刀如逆锋行笔，有崩痕，颇有残破古朴质感。

【原诗】

春夜喜雨

好雨知时节，当春乃发生。随风潜入夜，润物细无声。

野径云俱黑，江船火独明。晓看红湿处，花重锦官城。

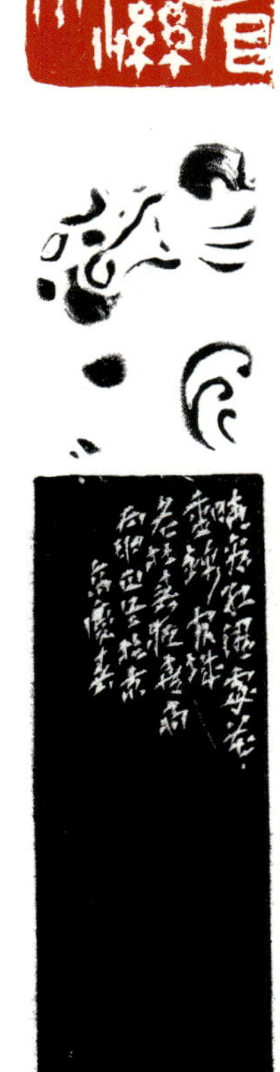

印文 晓看红湿处

边款 晓看红湿处 花重锦官城

老杜春夜喜雨

丙申正冬于京 高庆春

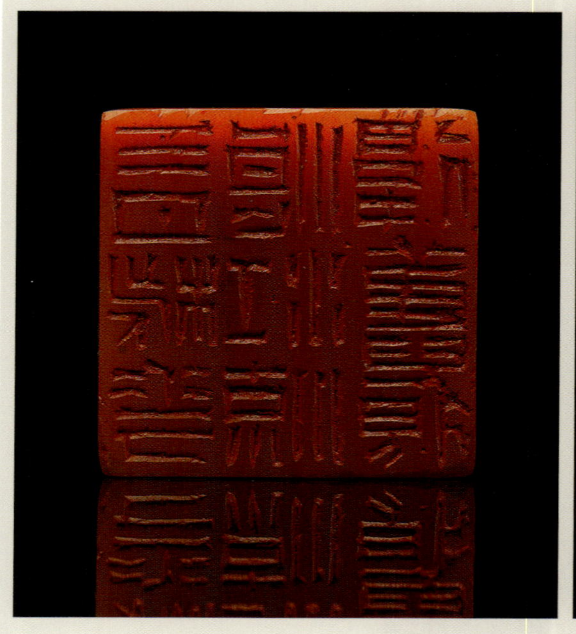

【作者】 沈浩，杭州人。中国书法家协会理事，浙江省书协副主席，西泠印社理事，中国美术学院中国画与书法艺术学院书记兼副院长、书法系主任，浙江省书法教育研究会副理事长，浙江省政协委员，浙江省政协诗书画之友社常务理事。出版有《沈浩书法篆刻作品集》等。

【赏析】 此印取法秦汉，于大道中见朴茂灵秀，于险绝中见隽健平和。深得秦汉印之内在规律，于字法、刀法、线条、空间之中游刃有余，刀中见笔，方寸妙化，大处着眼，小处着手，精微体验。奏刀治印，娴熟多巧，悟得秦汉印之气象。观此印，作者颇有“胸有数百颗汉印”之感，纳天下万物于方寸之中而远凡俗矣。

【原诗】

春水

三月桃花浪，江流复旧痕。朝来没沙尾，碧色动柴门。

接缕垂芳饵，连筒灌小园。已添无数鸟，争浴故相喧。

印文 三月桃花浪　江流复旧痕

边款 三月桃花浪　江流复旧痕

丙申西泠沈浩

【作者】 施展，中国书法家协会会员，河北省书法家协会会员，河北省硬笔书法家协会会员，九河印社副社长，郁文书社社员。

【赏析】 此印是正方形多字印。以楚文入印，沿袭了汉印布局方式又有所创新。线条变化丰富，收笔肥硕，结体扁长，布白平均对称，下垂的脚稍长，显得疏放流畅。印文排列较紧，书写自然，有自己的风貌。用刀上讲究刀法并用，冲刀、切刀相结合，显示了古朴生动、自然天成的逸趣。

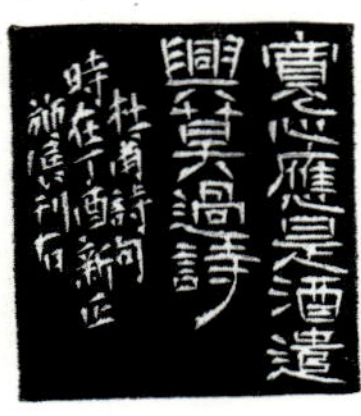

印文 宽心应是酒　遣兴莫过诗

边款 宽心应是酒　遣兴莫过诗

杜甫诗句

时在丁酉新正施展刊石

【原诗】 可惜

花飞有底急，老去愿春迟。可惜欢娱地，都非少壮时。

宽心应是酒，遣兴莫过诗。此意陶潜解，吾生后汝期。

【作者】 张炜羽，中国书法家协会会员，西泠印社社员，中国艺术研究院中国篆刻艺术院研究员，上海市书法家协会理事，上海韩天衡美术馆副馆长暨首席典藏研究员，海上印社社员。篆刻作品2001至2005年连续三届荣获上海书法篆刻大展一等奖，在西泠印社、中国书法家协会、中国篆刻艺术院等主办的全国性书法篆刻展览上获奖、入选数十次。

【赏析】 此印是正方形多字印。作者临习秦玺汉印，得窥艺术门径，受益良深。所刻印面规矩工稳，有平中见蕴、逸中寓实之韵味。篆刻的章法力求文字形体均匀和刀法之自然圆熟，采用稳健汉印结体，在平稳中求奇，在“清雅”中见古风。用刀以冲刀为主，更有冲刀时造成的笔画的粘连，正好形成线与线之间的墨趣，造成新的刀石笔墨之趣。

【原诗】

寒食

寒食江村路，风花高下飞。汀烟轻冉冉，竹日静晖晖。田父要皆去，邻家闹不违。地偏相识尽，鸡犬亦忘归。

印文 地偏相识尽 鸡犬亦忘归

边款 寒食江村路 风花高下飞 汀烟轻冉冉 竹日静晖晖 田父要皆去 邻家闹不违 地偏相识尽 鸡犬亦忘归 杜工部寒食诗也 岁丙申嘉平鸿一张炜羽于春申郢庐

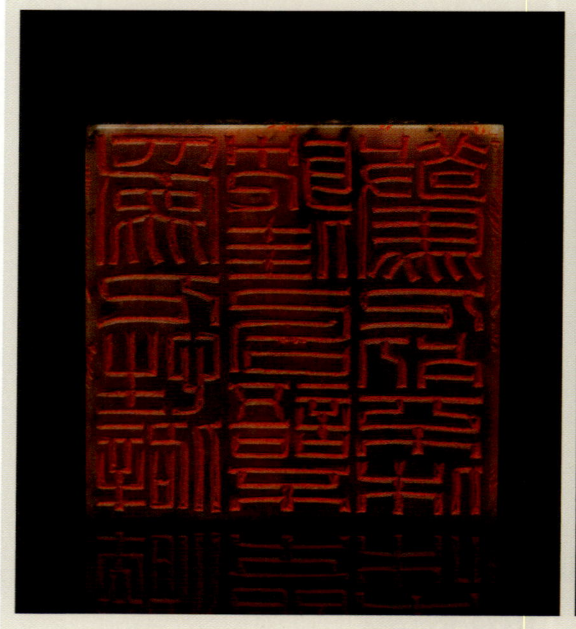

【作者】 李南书，四川西充人。文博副研究馆员，中国文物学会会员，中国博物馆学会会员，四川省书法家协会会员，西蜀印社社员。

【赏析】 此方印印面仅为 5.5 × 5.5 厘米，是一方多字印。表达形式上，该印以工稳的白文印面来表达，似有拘谨之情形。但统观全印，平实雅淡，殊有穷绝工巧之感。

印文 为人性僻耽佳句　语不惊人死不休

边款 为人性僻耽佳句　语不惊人死不休

右出杜甫江上值水如海势聊短述诗句

丙申冬梅月西蜀李南书敬刊于天府万安居

【原诗】

江上值水如海势聊短述

为人性僻耽佳句，语不惊人死不休。老去诗篇浑漫兴，春来花鸟莫深愁。

新添水槛供垂钓，故著浮槎替入舟。焉得思如陶谢手，令渠述作与同游。

【作者】 余赛清，中国书法家协会会员，西神印社社长，无锡书法家协会副秘书长，中国民主同盟成员。

【赏析】 此印是正方形多字印。印面取秦汉印之格局，以大篆入印，线条变化丰富，字体的大小和错落形成了空间的对比和错觉，摆脱固有的汉印格式，文字奇肆、章法恣意，自由且不失法度，率性而不粗放。单刀、双刀并用，在洒脱中又透露出苍劲，充满力度感，极具趣味性。

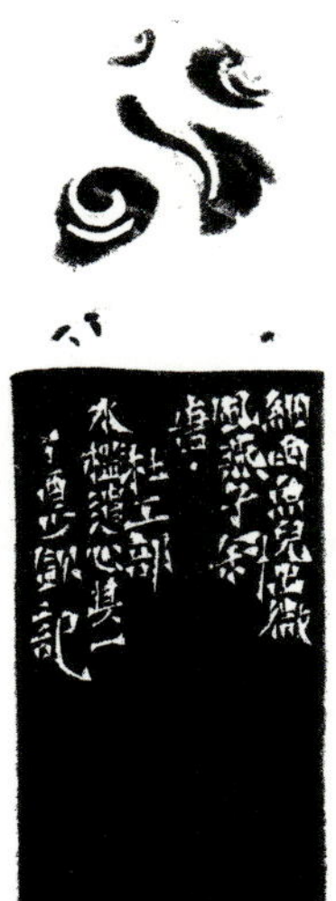

印文　细雨鱼儿出　微风燕子斜

边款　细雨鱼儿出　微风燕子斜
唐杜工部水槛遣心其一
丁酉少钦记

【原诗】

水槛遣心二首·其一

去郭轩楹敞，无村眺望赊。澄江平少岸，幽树晚多花。
细雨鱼儿出，微风燕子斜。城中十万户，此地两三家。

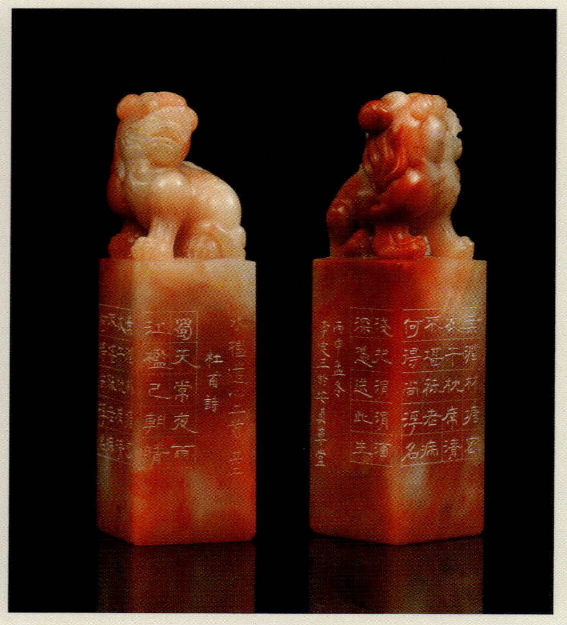

【作者】 李定三，山西浮山人。中国书法家协会会员，山西省青年书法家协会副主席，山西省书法家协会主席团成员、副秘书长，九三学社山西省青年工作委员会副主任。

【赏析】 此印是正方形多字印。笔画粗细若等，字多方正，为使印面不呆板，利用笔画的长短来安排字的疏密，故而有虚有实，以虚破实，以虚救实，虚实相生，相得益彰。用刀以双刀为主，辅以单刀，使得线条干净利落，拙朴生动。

印文

蜀天常夜雨　江槛已朝晴

边款

水槛遣心二首其二　杜甫诗
蜀天常夜雨　江槛已朝晴
叶润林塘密　衣干枕席清
不堪祇老病　何得尚浮名
浅把涓涓酒　深凭送此生
丙申孟冬李定三于安贞草堂

【原诗】

水槛遣心二首·其二

蜀天常夜雨，江槛已朝晴。叶润林塘密，衣干枕席清。
不堪祇老病，何得尚浮名。浅把涓涓酒，深凭送此生。

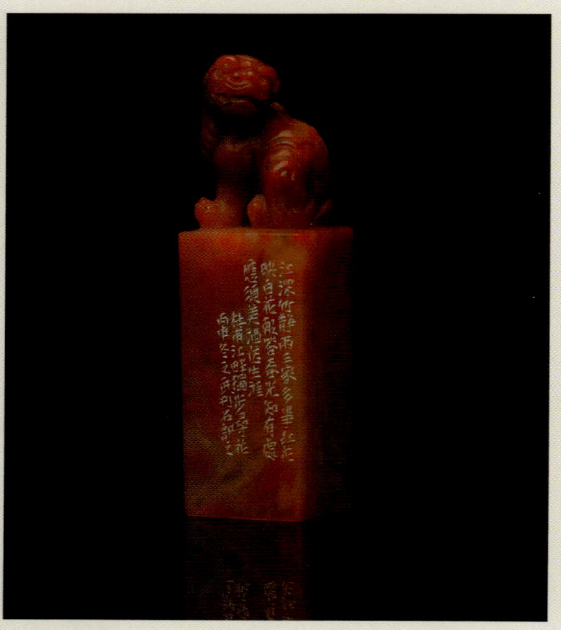

【作者】 曹文武，中国书法家协会会员，西泠印社社员，全国铁路公安文联理事，黑龙江省书法家协会理事，黑龙江省收藏鉴评工作委员会委员。作品荣获西泠印社第五届篆刻艺术评展优秀奖等。

【赏析】 此印是正方形多字印。沿袭了汉印中的朱文形制，线条自在挺劲，爽朗流畅；结体疏密匀称，韵味隽永。字与字之间的呼应、穿插亦合乎规矩，工稳严谨。用刀以双刀为主，辅以单刀，将心中意气用刻刀展现出来，直抒胸臆。

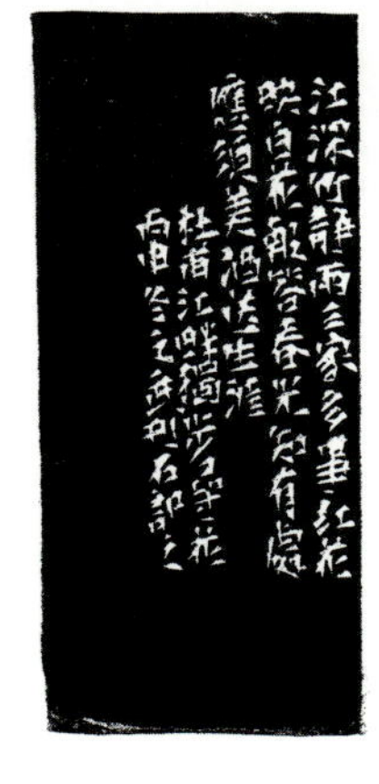

印文 报答春光知有处

边款 江深竹静两三家　多事红花映白花
报答春光知有处　应须美酒送生涯
杜甫江畔独步寻花
丙申冬文武刊石记之

【原诗】

江畔独步寻花七绝句·其三

江深竹静两三家，多事红花映白花。
报答春光知有处，应须美酒送生涯。

【作者】 沈鼎雍，供职于上海戏剧学院图书馆。中国书法家协会会员，西泠印社社员，上海书画院画师，上海东元金石书画院研究员，海上印社社员，上海市书法家协会会员等。出版有《中国篆刻百家·沈鼎雍佛像百印卷》《昆明一担斋藏品（藏印庚寅集）·沈鼎雍卷》《沈鼎雍敬造佛像印选》等。

【赏析】 此印是正方形多字印。以鸟虫篆入印，汉满白文印形式布局，鸟虫形体不作过分盘曲缠绕，刻画清晰，使得线条苍茫且浑厚有力，结体饱满而富有张力，印面整体粗而不野、壮而不臃，风格独特，别有情趣。用刀不拘泥于形式，讲求刀法和力度，运刀老练且使转自如。

印文　应须美酒送生涯

边款　应须美酒送生涯
出自杜甫江畔独步寻花七绝句
丙申年沈鼎雍刻

【原诗】

江畔独步寻花七绝句·其三

江深竹静两三家，多事红花映白花。
报答春光知有处，应须美酒送生涯。

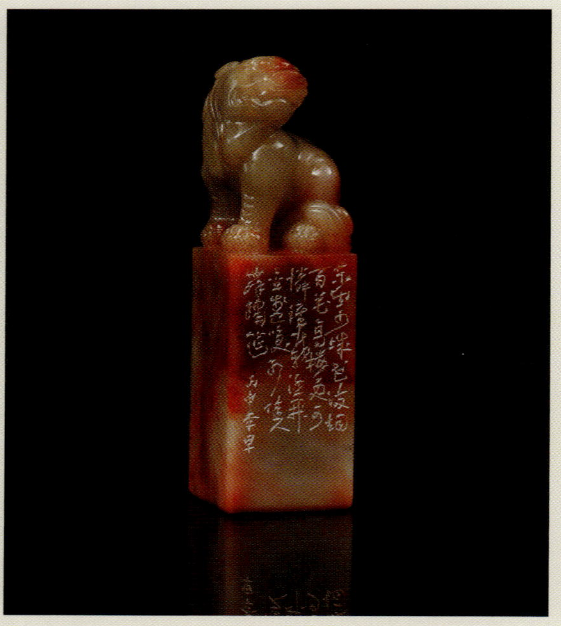

【作者】 李早，湖南长沙人。国家一级美术师，中国书法家协会会员，西泠印社理事，浙江省文史研究馆馆员，浙江文澜书画院副院长，杭州市书协顾问，浙江省书法家协会理事。曾任西泠印社出版社副总编辑、代总编辑等。

【赏析】 此印是正方形多字印。李早的篆刻受其父之涵濡，尽收战国古玺、汉印及明清诸派之精华，追探古玺文之精神韵味；在浑穆中求灵动，真诚中寓雄秀，旁搜博求，形成了自己的篆刻风格。此印线条圆润饱满，结体疏密相间，错落有致，章法安排恰到好处。用刀以冲刀为主，辅以双刀、切刀，在圆转中有力量，苍茫中见古拙，遵循了古法又有所创新。

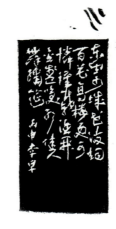

印文

东望少城花满烟

边款

东望少城花满烟　百花高楼更可怜
谁能载酒开金盏　唤取佳人舞绣筵
丙申李早

【原诗】

江畔独步寻花七绝句·其四

东望少城花满烟，百花高楼更可怜。
谁能载酒开金盏，唤取佳人舞绣筵。

【作者】 王义骅，中国书法家协会会员，西泠印社理事，浙江省书法家协会主席团成员、副秘书长，国家二级美术师，中国美术学院书法系特聘教授，浙江省社科联浙派篆刻艺术研究院副院长，九三学社文艺与社会科学委员会委员。出版有《新编篆刻五十讲》《王义骅篆刻作品集》等。

【赏析】 当代艺术多强调创新与表现自我风格，往往忽略对传统的继承，而传统中的精髓也没有得到足够的认同与重视。浙派篆刻艺术在近 30 年的篆刻大发展过程中，甚至被渐渐淡忘，但其艺术魅力和艺术高度却是永恒的风碑。是印即注重继承、挖掘浙派篆刻古拙、浑朴的审美逸趣。在章法上求稳，在字法上求古，在刀法上求变，以期表现自然、雄浑的艺术效果和审美追求。

印文

留连戏蝶时时舞　自在娇莺恰恰啼

边款

黄四娘家花满蹊　千朵万朵压枝低
留连戏蝶时时舞　自在娇莺恰恰啼
杜甫江畔独步寻花七绝句其六
丙申冬月西泠王义

【原诗】

江畔独步寻花七绝句·其六

黄四娘家花满蹊，千朵万朵压枝低。
留连戏蝶时时舞，自在娇莺恰恰啼。

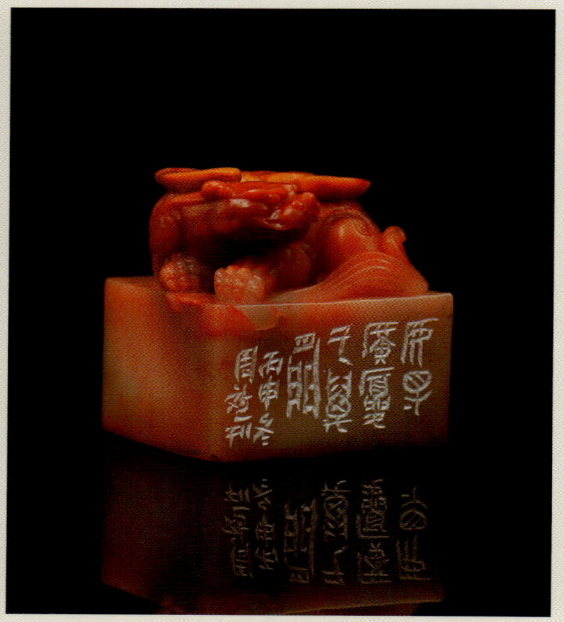

【作者】 周斌，中国书法家协会会员，河南省书法家协会副主席，西泠印社社员，河南省青年联合会副主席，河南省青年书法家协会主席。作品在全国第五、六届篆刻艺术展和第二、三届中国书法兰亭奖中获奖。出版有《周斌篆刻作品集》《周斌书法篆刻作品集》。

【赏析】 此印是正方形多字印。以楚帛篆书、古玺、金文等字法杂糅在一起入印，虚实对比中显出厚、稳、活，线条流畅深厚，质感基调凝练，章法平中见奇，取众家之法，以个性化之，新颖多变，端方大气。单刀、双刀并用，杂以切刀，率真中见朴茂，平正中求中和。

印文 安得广厦千万间

边款 安得广厦千万间

丙申冬周斌刊

【原诗】

茅屋为秋风所破歌（节选）

安得广厦千万间，大庇天下寒士俱欢颜，风雨不动安如山。

呜呼！何时眼前突兀见此屋，吾庐独破受冻死亦足。

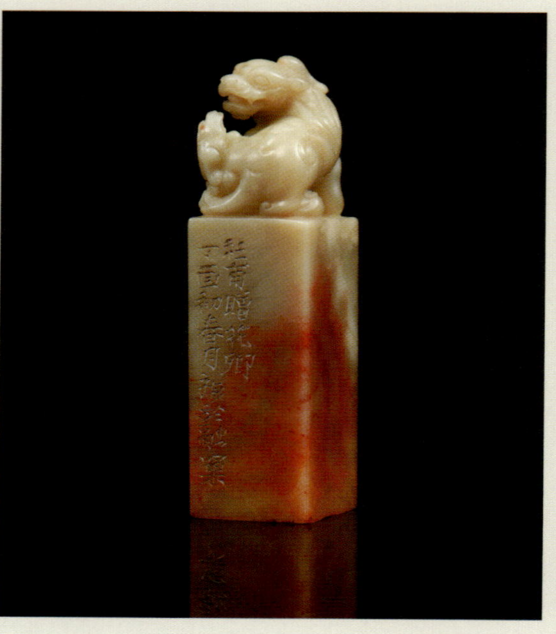

【作者】 尹海龙，中国书法家协会会员，西泠印社社员，中国艺术研究院中国篆刻艺术院创作部主任、硕士研究生导师、研究员。出版有《尹海龙篆刻选》《尹海龙印集》《古玺技法解析》等。

【赏析】 此印是正方形多字印。尹海龙的刻印是在战国古玺的布局中援入商周金文，金文线条分割出错落的空间，大小、方圆、欹正等形态各异的空间构成总体的方形空间，这是一种与自然的契合。可以看到格法森严的气息明显减弱，而代之以松弛、活泼的生动意趣。用刀以冲刀为主，线条奔爽，同时也会看到那些切刀、刮刀、划刀等的累累刀痕，实际上我们是看到了他开张、奔放印面上那线质与空间的精微表现。

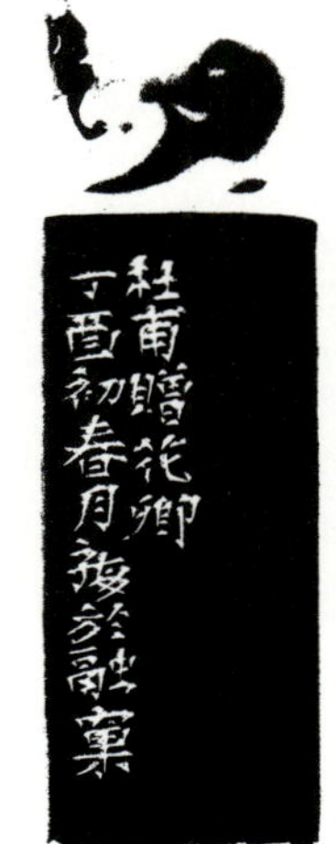

印文 锦城丝管日纷纷

边款 杜甫赠花卿
丁酉初春月海龙于融窠

【原诗】

赠花卿

锦城丝管日纷纷，半入江风半入云。
此曲只应天上有，人间能得几回闻。

【作者】 张树，中国书法家协会会员。作品获全国第五届篆刻展提名奖。出版有《当代篆刻家全集·张树卷》《慧树居士刻〈心经〉》等。

【赏析】 此印是正方形多字印，造形独特。线条以冲刀刻就，追求力度，结体破除了原有的模式，根据笔画的长短、大小对字进行设计规划，字与字之间的疏密、收放处理破除了平板、呆滞，增添了趣味性。用刀以冲刀为主，一改平和印风为奇崛丰富一路，归于自在洒脱。

【原诗】

赠花卿

锦城丝管日纷纷，半入江风半入云。
此曲只应天上有，人间能得几回闻。

印文　半入江风半入云

边款　半入江风半入云　杜甫诗句
柔中有刚　棉里藏针
寓讽其谀　意在言外
忠言而不逆耳　张树

【作者】 艺如乐图，中国书协会员，内蒙古自治区书协副主席，西泠印社社员。

【赏析】 此印是正方形多字印。以大篆刻就，以圆笔中锋为主，兼有方笔、尖笔，特殊之处用粗肥之笔写成一个面。结字相对而言，搭配灵活，自然多变。疏密大小，敧正有致。有些字出其不意，而能得体。章法上有行无列，参差错落，浑穆一体。用刀则根据字的笔意加工刻凿而成。

【原诗】

赠花卿

锦城丝管日纷纷，半入江风半入云。
此曲只应天上有，人间能得几回闻。

印文 此曲只应天上有

边款 锦城丝管日纷纷　半入江风半入云
此曲只应天上有　人间能得几回闻
杜甫诗　丙申初冬艺如乐图刊

【作者】 刘鹏，中国书协会员，辽宁省书协篆刻艺术委员会副秘书长，连山美术馆馆长。

【赏析】 此印是正方形多字印。印面以秦汉形制布局，线条横平竖直，十分工整，结体方整有序，疏密相间。整体章法遵循古法，富有拙朴的意趣。文字表达上，方正中有变化，用刀生涩硬朗或润秀，使印面产生一种生动别致之趣。用刀多为冲刀，有些笔画之间还有粘连，就是冲刻石质爆破所致，形成了笔墨刀相融合的意趣，别具一番风味。

【原诗】

少年行二首·其一

莫笑田家老瓦盆，自从盛酒长儿孙。
倾银注瓦惊人眼，共醉终同卧竹根。

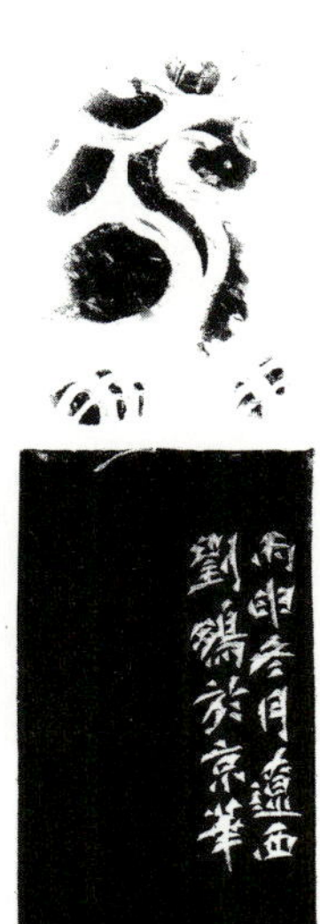

印文 倾银注瓦惊人眼 共醉终同卧竹根

边款 丙申冬月辽西
刘鹏于京华

【作者】 邵晨，中国书协会员，西泠印社社员，安徽省书协篆刻委员会委员，青年书协常务理事，宿州印社常务副社长。

【赏析】 此印是正方形多字印。邵晨篆刻取法广泛，大篆、小篆、甲骨、玺文及鸟篆皆通。以古玺汉印为师，讲求“书从印入，印从书出”，并以六书为依托，取法传统，所刻印章形神兼备。用刀从印章来看，线条爽劲有力，刀锋使转自如，章法安排合乎规矩，全然汉印气派，拙中寓巧，古朴雅致。以冲刀为主，冲中带切，切中含削，下刀准确，走刀稳、准、狠。

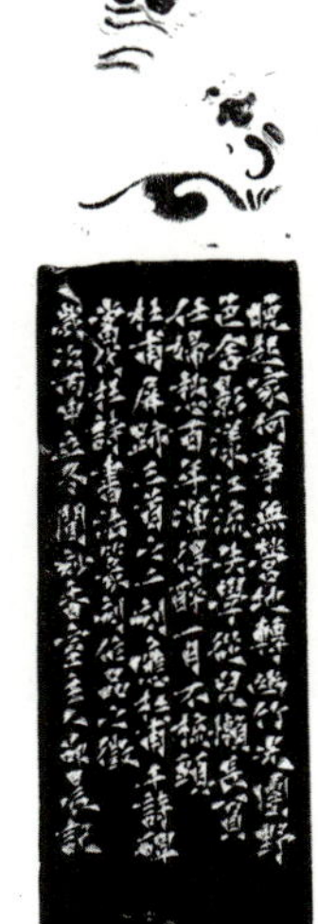

印文 百年浑得醉　一月不梳头

边款 晚起家何事　无营地转幽
竹光团野色　舍影漾江流
失学从儿懒　长贫任妇愁
百年浑得醉　一月不梳头
杜甫屏迹三首之二
刻应杜甫千诗碑当代杜诗书法篆刻作品之征
岁次丙申立冬闻妙香室主人邵晨记

【原诗】

屏迹三首·其二

晚起家何事，无营地转幽。竹光团野色，舍影漾江流。
失学从儿懒，长贫任妇愁。百年浑得醉，一月不梳头。

【作者】 王道义，四川省书协理事，正书委员会副主任，教育委员会副主任兼秘书长，篆刻委员会委员。

【赏析】 此印是正方形多字印。其篆刻宗古玺，借殷商契刻文字及三代吉金文字，以复高古，布印在秦。又以疏为胜，用单字独立顾盼其邻，密则密，疏则疏，化整体为个体，又以个体走向整合，其智睿敏矣。用刀似乎也一改过去那种直冲的做法，而变得含蓄沉着，从中又透出清秀之意。凌厉而不见其锋，疾运而不睹其势，造作而不露其痕，神出古异。

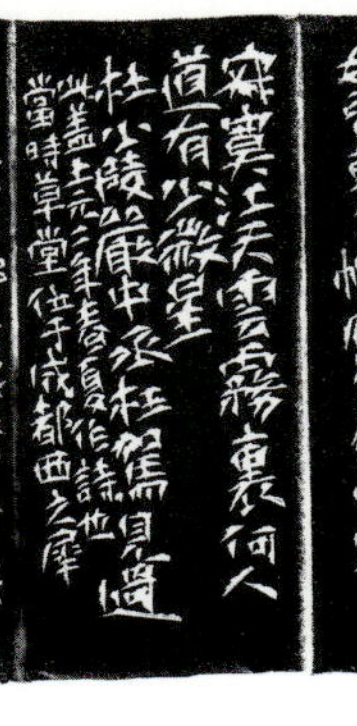

印文　寂寞江天云雾里

边款

元戎小队出郊坰　问柳寻花到野亭
川合东西瞻使节　地分南北任流萍
扁舟不独如张翰　皂帽应兼似管宁
寂寞江天云雾里　何人道有少微星
杜少陵严中丞枉驾见过　此盖上元二年春夏作诗也
当时草堂位于成都西之犀浦县金沙乡
是岁杜公五十岁而严公三十七岁
一千二百五十五年后于金沙响山堂上刊石
西泠印社中人王道义并识

【原诗】

严中丞枉驾见过

元戎小队出郊坰，问柳寻花到野亭。川合东西瞻使节，地分南北任流萍。
扁舟不独如张翰，皂帽应兼似管宁。寂寞江天云雾里，何人道有少微星。

【作者】 蔡毅，浙江书协篆刻创作委员会副秘书长，浙江省青年书协篆刻创作委员会副主任，宁波市书协副主席，西泠印社社员。

【赏析】 此印在刀法上给人一种“落刀鲜”的感觉，颇有特色。落刀鲜者，运刀爽利劲健，气干云霄。作者多年效法赵之谦、黄牧甫印风，近年来又参以齐白石的刀法章法。该印以自然为美，于不齐中求整齐，于无意中寓有意，平中见险，平中见奇。一任自然，不加修饰，痛快淋漓。

印文

不如醉里风吹尽

边款

楸树馨香倚钓矶　斩新花蕊未应飞

不如醉里风吹尽　可忍醒时雨打稀

唐杜甫三绝句

西泠印人蔡毅刻于丙申金秋并记之

【原诗】

三绝句·其一

楸树馨香倚钓矶，斩新花蕊未应飞。

不如醉里风吹尽，可忍醒时雨打稀。

【作者】 阎峻，中国书协会员，获首届兰亭奖提名奖。

【赏析】 此印是正方形多字印。线条细而有力，结体向右欹斜，字与字之间的穿插、避让、顾盼、衔接处理得生动有趣，俨然甲骨文的既视感。整体给人的感觉是寓圆于方，方圆兼备。以刻刀展现墨色的轻重，具有笔墨刀相融合、趣味横生的效果。用刀以双刀为主，单刀为辅，把瘦硬的线条处理得富有生命力、律动感。

印文 自今已后知人意　一日须来一百回

边款 自今已后知人意　一日须来一百回

丙申孟冬以甲骨文刻杜甫诗句　阎峻记

【原诗】

三绝句·其二

门外鸬鹚去不来，沙头忽见眼相猜。

自今已后知人意，一日须来一百回。

【作者】 焦新帅，中国书协会员，河南印社理事，鹤壁市书协理事，《青少年书法》杂志社编辑。

【赏析】 此印是正方形多字印。以鸟虫篆入印，线条苍劲有力，不作过多盘绕，结构淳古，使转劲逸，得清正古雅之气韵。在章法上，注重字与字之间的揖让穿插、方圆相配、空间的疏密变化，以求篆刻浑然一体。用刀不拘泥于形式，单刀、双刀、切刀并用，以法为宗，追求古意又不失新意，意趣盎然。

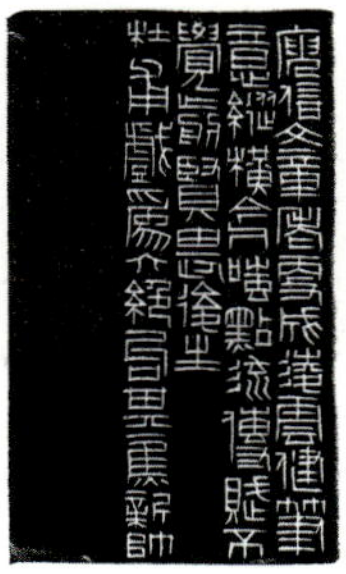

印文　庾信文章老更成

边款　庾信文章老更成　凌云健笔意纵横
今人嗤点流传赋　不觉前贤畏后生
杜甫戏为六绝句其一　焦新帅

【原诗】

戏为六绝句·其一

庾信文章老更成，凌云健笔意纵横。
今人嗤点流传赋，不觉前贤畏后生。

【作者】 张遴骏，中国书协会员，西泠印社社员，海上印社社员，上海书协会员，上海浦东篆刻创作研究会会长。

【赏析】 此印是正方形多字印。线条遒劲有力，古朴深厚。结体上各展其长，各避其短，增加印面表现的艺术效果，增长其节奏的雄强、浑厚之趣。字与字之间的空间对比、笔画间的对比丰富了笔画的表现力，又增加了全印章法平稳感中的趣味性。此印用刀以双刀为主，辅以单刀，保证了线条的完整性及其力度。

印文

凌云健笔意纵横

边款

庾信文章老更成　凌云健笔意纵横
今人嗤点流传赋　不觉前贤畏后生
杜甫戏为六绝句
张遴骏摘以入印

【原诗】

戏为六绝句·其一

庾信文章老更成，凌云健笔意纵横。
今人嗤点流传赋，不觉前贤畏后生。

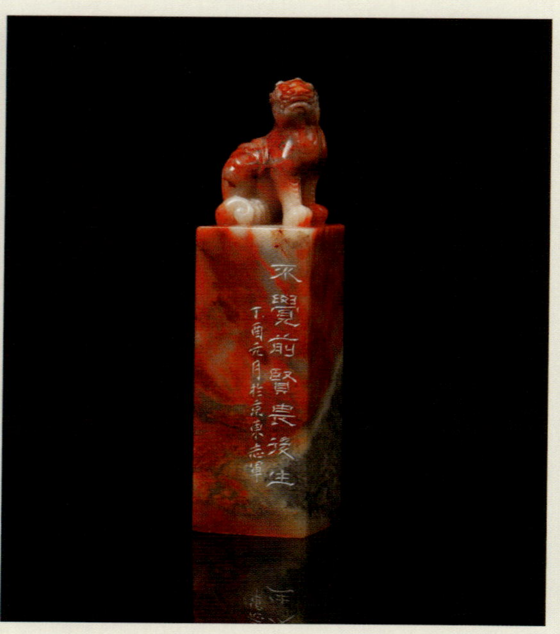

【作者】 岳志军，中国书协会员，北京书协会员。作品入选西泠印社第七届篆刻艺术评展、全国第七届篆刻艺术展等。

【赏析】 此印是正方形多字印。笔画粗细匀称，结体长方，以果断利落的线条直抒作者心中意趣。笔画显露出的劲健、圆转、稳重、生动，传达了笔情墨趣，于平整工稳中透出生动活泼自然的灵动。用刀先是冲刀而后辅以双刀，使得线条坚实圆劲，印面的疏密相间、朱白空间协调有序，互为连属。

【原诗】

戏为六绝句·其一

庾信文章老更成，凌云健笔意纵横。
今人嗤点流传赋，不觉前贤畏后生。

印文 不觉前贤畏后生

边款 不觉前贤畏后生
丁酉元月于京东　志军

【作者】 孙朝军，中国书法家协会会员，中国书法家协会理事，西泠印社社员，新疆兵团书法家协会副主席，新疆书法家协会篆刻委员会委员。

【赏析】 此印是正方形多字印。印文笔画与笔画间的空隙大致相等，笔画平直，结体以方形为基础，方中寓圆，内圆外方。章法上朱白空间基本均匀，章法稳定平衡，没有特别突兀的感觉。用刀以冲刀为主，辅以双刀、切刀，线条厚重、古朴、灵动。

印文 轻薄为文哂未休

边款 王杨卢骆当时体　轻薄为文哂未休
尔曹身与名俱灭　不废江河万古流
杜甫戏为六绝句其二
丙申寒月松堂朝军作并记之

【原诗】

戏为六绝句·其二

王杨卢骆当时体，轻薄为文哂未休。
尔曹身与名俱灭，不废江河万古流。

【作者】 杨中良，中国书协理事，中国艺术研究院艺术创作院特聘研究员，中国美协会员，元社社员，《中国书画》特约编审。作品多次入选全国大展并获奖。

【赏析】 此印是正方形多字印。以楚文刻就，笔画以直冲的横直斜线为主，间有曲弧线。笔画瘦直，刀锋毕露。结字较方正整齐，但其行文程式不一，有时依刻纹路而变，而且笔画直硬，方笔居多，具有清奇灵秀、烂漫奇诡等特点。作品将思想性和视觉美融合在一起，让人感受到篆刻书法的深奥和典美。在刀法上以冲刀为主，双刀为辅，将篆书的圆转、瘦硬用刻刀表现了出来，极富金石感。

【原诗】

戏为六绝句·其三

纵使卢王操翰墨，劣于汉魏近风骚。

龙文虎脊皆君驭，历块过都见尔曹。

印文 龙文虎脊皆君驭

边款 龙文虎脊皆君驭

杜甫句　丙申中良

【作者】 苏文治，中国书协会员，浙江省书协篆刻委员会委员。作品入展全国第十届书法篆刻作品展，浙江省第三、四、五、六届全浙书法大展等。

【赏析】 此印是正方形多字印。以铁线篆入印，线条细而有力，印文篆法充分体现了婉转流畅的篆书之美。结构有着强烈的疏密对比，字势舒展，相互穿插交错，线条充满印面又觉得自然酣畅、无拘无束，有着方与圆的节奏之美。用刀以双刀为主，辅以单刀，增加了线条的平直和线与线之间的排叠感，使印面茂密中仍能展示篆书的独立之美。

【原诗】

戏为六绝句·其五

不薄今人爱古人，清词丽句必为邻。
窃攀屈宋宜方驾，恐与齐梁作后尘。

印文 不薄今人爱古人

边款 唐杜工部诗句
丙申岁末文治刻石

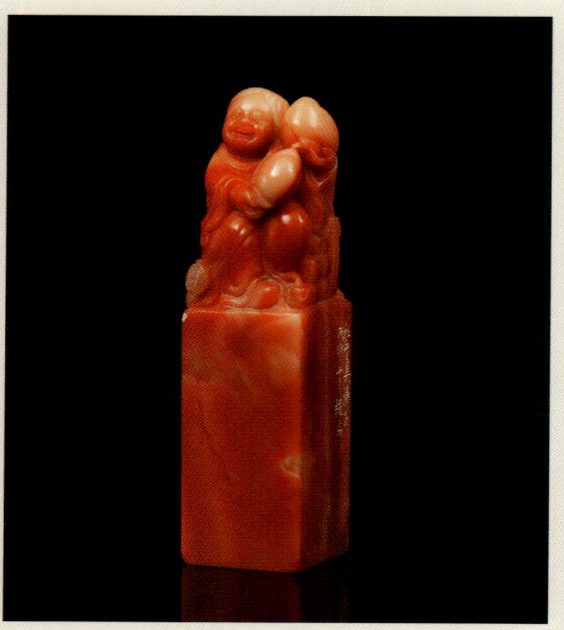

【作者】 鞠稚儒，中国书协会员，西泠印社社员，深圳市书协理事，中国书法家协会篆刻委员会委员，中国艺术研究院中国篆刻院副研究员，深圳印社社长。

【赏析】 此印是正方形多字印。鞠稚儒的篆刻宗秦法汉，又掺以明清诸多流派，在遵循传统汉印形制的基础上又有所创新，终形成自己的风格。线条苍劲挺拔，结体疏散有致，章法严谨规范，给人一种庄重的感觉。在刀法上以冲刀为主，双刀为辅，将篆书的圆转、瘦硬用刻刀表现了出来，极富金石感。

印文 未及前贤更勿疑

边款 杜子美诗句
丙申十月绳斋

【原诗】

戏为六绝句·其六

未及前贤更勿疑，递相祖述复先谁。
别裁伪体亲风雅，转益多师是汝师。

【作者】 蔡泓杰，中国书协会员，浙江省书协篆刻创作委员会委员，青桐印社秘书长。作品入展全国第五、六、七届篆刻艺术展，第二届全国青年书法篆刻作品展等。

【赏析】 此印是正方形多字印。粗细变化，体现了毛笔书法的固有特点，增加了线条的节奏感和柔韧感，从而增加了作品的感染力。字内或对称，或平衡，更为重要的是笔画间“计白当黑”，恰到好处；章法突出两个字之间笔画的搭接、相嵌和互让。用刀以双刀为主，辅以单刀，线条圆劲流畅，局部增加一些装饰性的笔意，自然生动。

【原诗】

戏为六绝句·其六

未及前贤更勿疑，递相祖述复先谁。
别裁伪体亲风雅，转益多师是汝师。

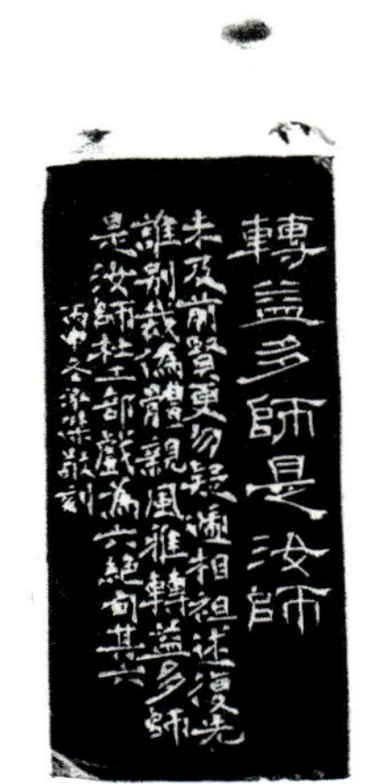

印文

转益多师是汝师

边款

转益多师是汝师
未及前贤更勿疑 递相祖述复先谁
别裁伪体亲风雅 转益多师是汝师
杜工部戏为六绝句其六
丙申冬泓杰敬刻

【作者】 苏金海，中国书协篆刻委员会委员，西泠印社社员，南京印社副社长兼秘书长，江苏省甲骨文学会副会长，南京市书法家协会顾问。作品入获全国第二届中青年书法篆刻展览优秀作品奖。

【赏析】 此印十字，属仿汉印式，有赵悲盦作品的痕迹。作者对个别笔画较多的文字，作了“删繁就简”的处理，以求印面的均衡与畅达。

【原诗】

奉送严公入朝十韵（节选）

空留玉帐术，愁杀锦城人。阁道通丹地，江潭隐白蘋。此生那老蜀，不死会归秦。公若登台辅，临危莫爱身。

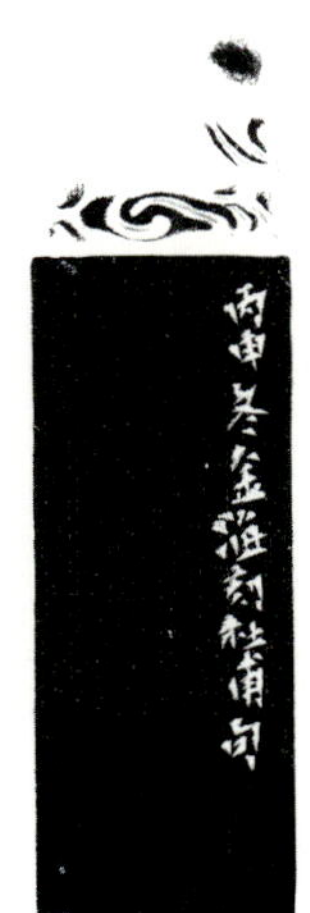

印文 公若登台辅　临危莫爱身

边款 丙申冬金海刻杜甫句

【作者】 沈颖丽，中国书法家协会会员，西泠印社社员，国家一级美术师，浙江省书协理事，杭州市书协副主席。作品获首届中国书法兰亭奖·创作奖。

【赏析】 近百年来随着战国古玺的出土，战国文字写法被借鉴用于篆刻。尤其是经过了二十世纪七八十年代的篆刻大发展后，取法古玺印风的篆刻家越来越多。此印取法古玺，设计多字形印，体现了立险破险、疏可走马、密不透风的古玺印特点，殊有名家风范。

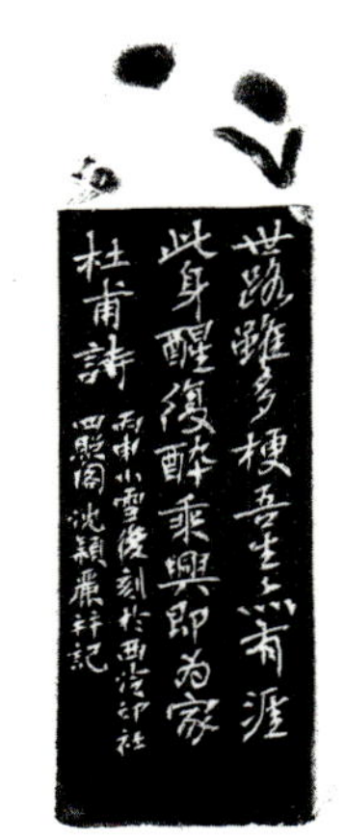

印文　世路虽多梗　吾生亦有涯

边款　世路虽多梗　吾生亦有涯
此身醒复醉　乘兴即为家
杜甫诗
丙申小雪后刻于西泠印社四照阁
沈颖丽并记

【原诗】

春归（节选）

倚杖看孤石，倾壶就浅沙。远鸥浮水静，轻燕受风斜。
世路虽多梗，吾生亦有涯。此身醒复醉，乘兴即为家。

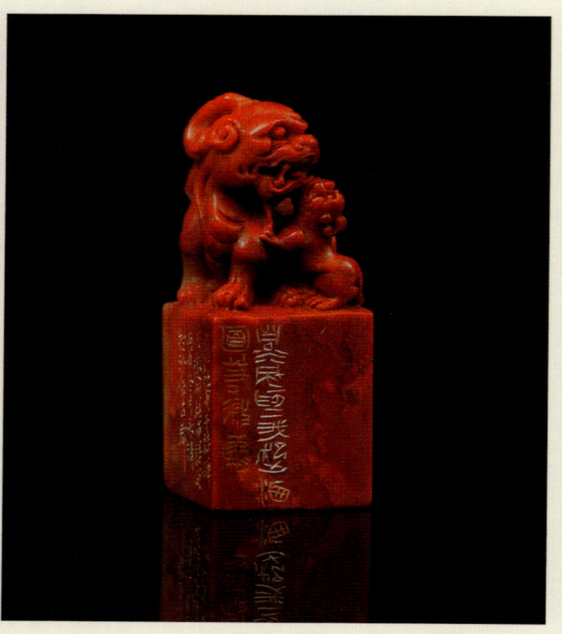

【作者】 刘永清，中国书协会员，河北省书协理事。作品获第五届中国书法兰亭奖佳作奖一等奖。

【赏析】 文字本身都有其特点，比如说结构方式、笔画多寡和方向走势等。印内文字组合在一起，就产生了繁简、方圆、收放、虚实、藏露、直屈、向背等变化。古玺印里面有很多成功的范例。该印就以古玺形式进行创作，因形就势，计白当黑；欲曲先直，欲方先圆，欲放先收，灵活多变，颇得古玺章法，具有写意性。该印用意高深，格调高雅，以严谨的态度、“工稳”的心态处理印内的各种关系，刻印出隐藏在自然写意状态下的精细。

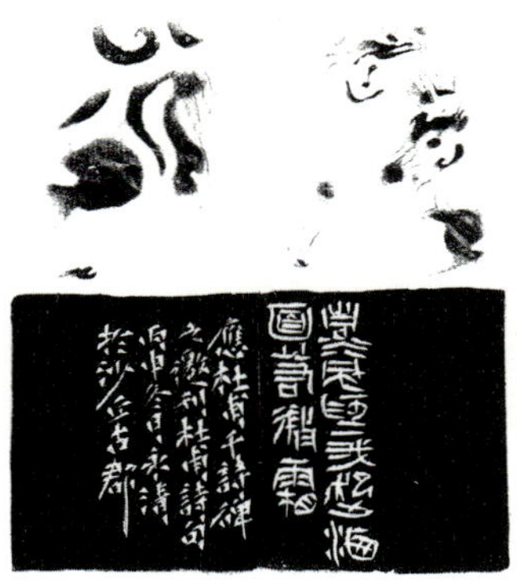

印文 清风为我起　洒面若微霜

边款 清风为我起　洒面若微霜
应杜甫千诗碑邀刊杜甫诗句
丙申冬月永清于沙丘古郡

【原诗】　四松（节选）

清风为我起，洒面若微霜。足以送老姿，聊待偃盖张。
我生无根带，配尔亦茫茫。有情且赋诗，事迹可两忘。

【作者】 翟万益，中国书协副主席，西泠印社理事，国家一级美术师。

【赏析】 此印是正方形多字印。线条收笔处多尖笔，画写成实心的圆。结字相对而言搭配灵活，自然多变，疏密、大小、欹正有致。有些字出奇不意，而能得体，行列分明，秩序井然，清明疏朗。用刀以冲刀为主，虚实相生，疏密有序。

【原诗】

破船（节选）

平生江海心，宿昔具扁舟。岂惟青溪上，日傍柴门游。

苍皇避乱兵，缅邈怀旧丘。邻人亦已非，野竹独修修。

印文

平生江海心

边款

平生江海心　宿昔具扁舟
岂惟青溪上　日傍柴门游
苍皇避乱兵　缅邈怀旧丘
邻人亦已非　野竹独修修
船舷不重扣　埋没已经秋
仰看西飞翼　下愧东逝流
故者或可掘　新者亦易求
所悲数奔窜　白屋难久留
老杜诗钞　丁酉二月冰室主人刻

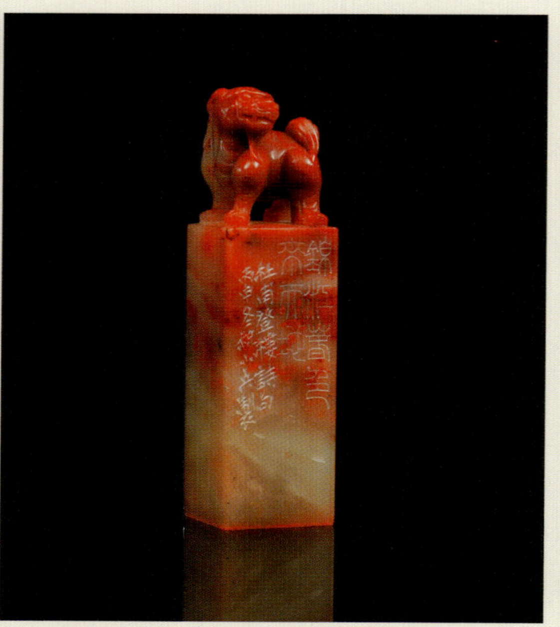

【作者】 祝小兵，中国书协会员，北京印社社员，北京京华印社社员，中国砚研究会会员，荆州南纪印社社员。作品入展西泠印社第二、三届国际篆刻书法作品展，西泠印社第五届篆刻艺术展评展等。

【赏析】 此印是正方形多字印。线条看似粗细一样，平板呆滞，实则粗细微妙变化，等于书法中锋用笔，产生饱满有弹性的圆柱体线条。布局疏密匀称，得神逸之气，金石之韵，含蓄不露，一扫俗气、火气，得许多仙气。用刀以双刀为主，辅以单刀，使得线条苍劲有力，工整规矩，富有金石气。

之一

印文

锦江春色来天地

边款

锦江春色来天地
杜甫登楼诗句
丙申冬祝小兵制

【原诗】

登　楼

花近高楼伤客心，万方多难此登临。锦江春色来天地，玉垒浮云变古今。
北极朝廷终不改，西山寇盗莫相侵。可怜后主还祠庙，日暮聊为梁甫吟。

【作者】 李智野，中国书法家协会会员，西泠印社社员，内蒙古书协理事、篆刻创作委员会副主任。

【赏析】 此印是正方形多字印。笔画圆曲宛转，结体追求象形的图画意味，自然生动，富于动态美和节奏感。以这种崇尚变化的文字入印，在布局上又常常灵活地增减笔画，移易偏旁，安排印文也无拘无束，善作活泼的穿插，形成空灵奇险的艺术风貌。在气势、章法、笔势上，有一种瑰异凝重、雄奇恣放的特点。

【原诗】

绝句二首·其二

江碧鸟逾白，山青花欲燃。
今春看又过，何日是归年。

印文　江碧鸟逾白　山青花欲燃

边款　江碧鸟逾白　山青花欲燃
今春看又过　何日是归年
杜甫绝句一首
丙申冬月廿八西泠印社中人老砚刻于塞上

【作者】 赵熊，字大愚，号药石庐、风过耳堂等。国家一级美术师，中国书协篆刻委员会委员，西泠印社社员，陕西省书协名誉主席，终南印社名誉社长。作品入展第一、二、三届全国展，第二、三届中青展等。

【赏析】 此印是正方形多字印。赵熊的篆刻取法广泛，于战国古玺、秦汉印章及明清各家均有所取，具有深厚的艺术积累和造诣，其作品既有浓厚的传统韵味，又具有鲜明的时代精神。从印面看，线条变化多端，结体向右欹斜，章法上疏密相间，向右取势。用刀以双刀为主，辅以单刀，整体匀称工整，流畅自然。

印文 黄河西岸是吾蜀

边款 此刻杜工部黄河二首诗句

丙申十一月赵熊作于长安

【原诗】

黄河二首·其二

黄河西岸是吾蜀，欲须供给家无粟。

愿驱众庶戴君王，混一车书弃金玉。

【作者】 吴贤军，中国书协会员、西泠印社社员。出版有《中国当代篆刻家·吴贤军篆刻集》《印坛点将——吴贤军》等。

【赏析】 此印是正方形多字印。以大篆入印，见刀见笔，章法开合有度，常有巧思，印面多左右呼应，上下连贯。整体章法气息贯通，随机生变，苍茫古穆，深得古玺神韵，印风高古而又具有鲜明的时代感。用刀上以冲刀为主，将印文的洒脱展现得淋漓尽致，极富律动感。

【原诗】

绝句六首·其一

日出篱东水，云生舍北泥。
竹高鸣翡翠，沙僻舞鹍鸡。

印文

日出篱东水　云生舍北泥

边款

日出篱东水　云生舍北泥
竹高鸣翡翠　沙僻舞鹍鸡
杜甫诗句选刻
岁次丁酉平江吴贤军于长沙

【作者】 陈伯舸，中国书协会员，北京大学书法艺术研究所研究员，江苏省甲骨文印社理事，南京印社社员。

【赏析】 此印是正方形多字印。他的篆刻以汉人刀笔注入写意率真，突破陈式，追求苍润雄浑之境界。作品简洁大气，生辣古拙，随情而书，随情而刻，充分展现了独特的艺术主张。观此印面，线条细硬遒劲有力，结体变形夸张，章法布局较满，但疏密安排得当，率性天真，刀法不拘泥于一法，极具金石气。

印文 竹高鸣翡翠　沙僻舞鹍鸡

边款 竹高鸣翡翠　沙僻舞鹍鸡
唐杜子美诗句　大楫陈伯舸刻

【原诗】

绝句六首·其一

日出篱东水，云生舍北泥。
竹高鸣翡翠，沙僻舞鹍鸡。

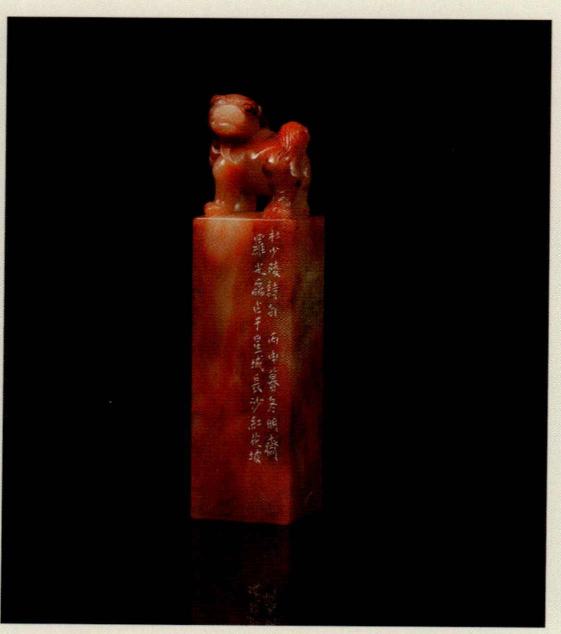

【作者】 罗光磊，中国书协会员，西泠印社社员，岳麓印社社长，湖南省书协篆刻委员会副主任兼秘书长，湖南省文史馆研究员。

【赏析】 此印是正方形多字印，注重笔意方圆的调配。印面留红，书法留白，讲究统一，求气不散，表现出对结体的深思熟虑。刀石的效果表现出笔酣墨饱的意趣和提按顿挫的笔意，方寸之间有一股流动不息的循环之气息。在篆刻风貌上，体现为浑朴清刚，刚健婀娜，绵密酣畅。刀法上大多背线外向，线条流畅不断，极富节奏感与韵律感。

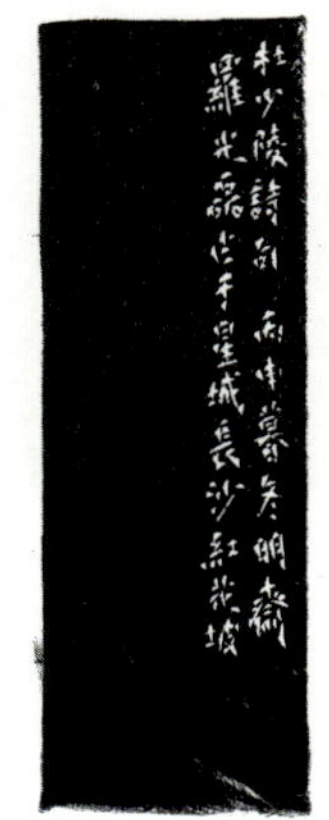

印文 扁舟轻袅缆　小径曲通村

边款 杜少陵诗句
丙申暮冬明斋
罗光磊作于星城长沙红花坡

【原诗】

绝句六首·其三

凿井交棕叶，开渠断竹根。
扁舟轻袅缆，小径曲通村。

【作者】 杜延平，中国书协会员，中国书协书法建设行业委员会委员，东隅印社副社长。

【赏析】 该印在表现形式上采用圆朱文印。刻印风格上，注意结字的合理把握及刀法对线质的影响，表现出印面律动的节奏之美，呈现出边款中优美的文辞与书法功力，传达出印面中所具有的气韵与神采，从中可以看见作者多方面综合修养的积淀。

印文 江动月移石　溪虚云傍花

边款 江动月移石　溪虚云傍花
鸟栖知故道　帆过宿谁家
杜甫绝句
丙申冬月于京华　延平刻

【原诗】 绝句六首·其六

江动月移石，溪虚云傍花。
鸟栖知故道，帆过宿谁家。

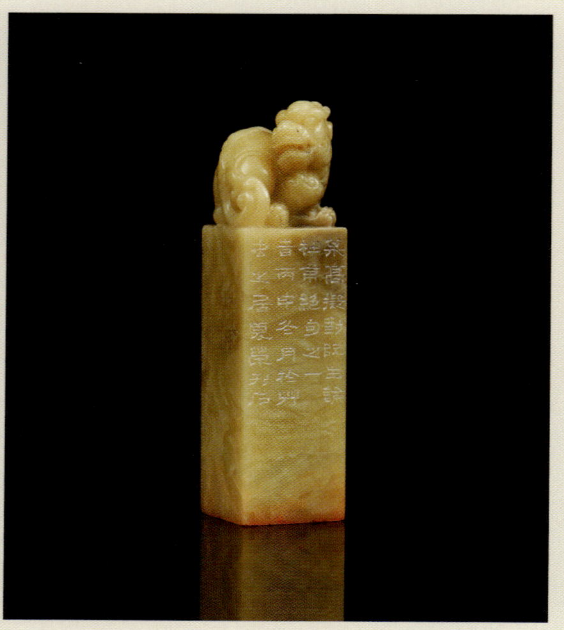

【作者】 李夏荣，中国书法家协会会员，江苏省篆刻研究会副会长，江苏省青年书协理事艺术创作委员会委员，江苏省青年篆刻展评委。

【赏析】 一般印人都是从字体、布局安排优先考虑，于诗意则不作过多解读。该印风格上采用流派细朱文，力求用潇洒和跌宕的线条来表达此时诗人喜悦的心情，颇具诗意，做到了内容和形式的统一。

印文 松高拟对阮生论

边款 松高拟对阮生论

杜甫绝句之一

时丙申冬月于草虫之居夏荣刊石

【原诗】

绝句四首·其一

堂西长笋别开门，堑北行椒却背村。

梅熟许同朱老吃，松高拟对阮生论。

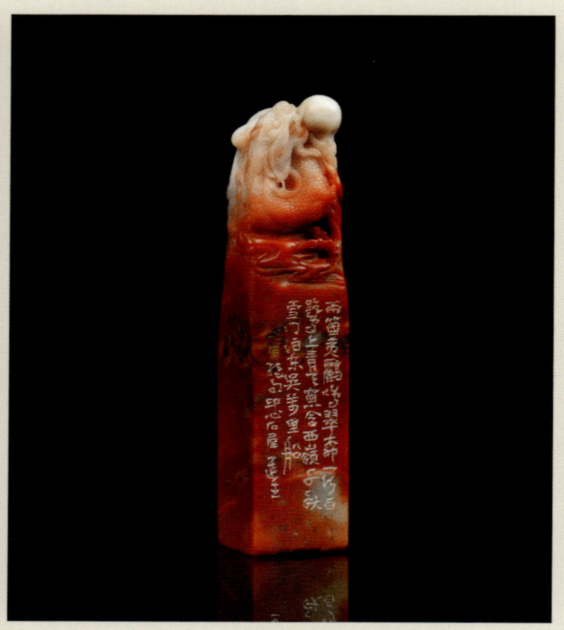

【作者】 程迟生，中国书协会员，西泠印社社员，武汉书协篆刻委员会主任，湖北省书协篆刻艺委会副主任，武汉市书协副主席。

【赏析】 此印是正方形多字印。印宗秦汉又融会贯通，熟而不滑，凝而不塞，于不经意间沉着痛快；取法高古，浑穆流丽，朴茂圆转，时时见性灵之情；造型质朴，细枝精雕，处处透露着优雅、舒适的悠闲之感。用刀不拘泥于形式，以简朴之形包容万象，于匠心之中更见精心，极具正堂之相和静穆之气。

【原诗】

绝句四首·其三

两个黄鹂鸣翠柳，一行白鹭上青天。
窗含西岭千秋雪，门泊东吴万里船。

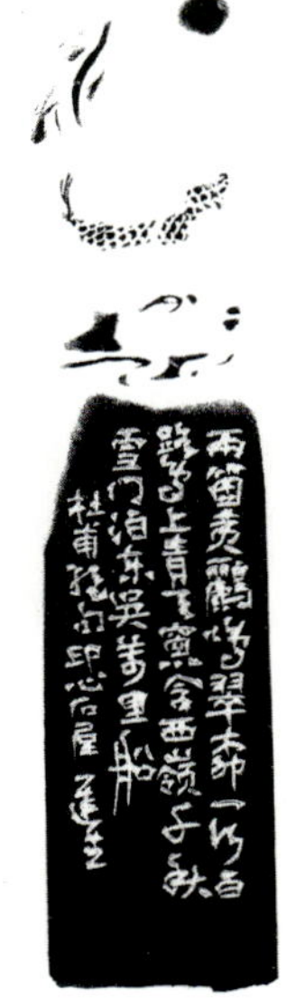

印文　一行白鹭上青天

边款　两个黄鹂鸣翠柳　一行白鹭上青天
窗含西岭千秋雪　门泊东吴万里船
杜甫绝句　印心石屋迟生

【作者】 范乾虎，中国书协会员，中国民主同盟盟员，北京书协会员，应天印社副社长，河南省虞城县书法家协会副主席。

【赏析】 此印是正方形多字印，以规整的铁线刻就。线条粗细均匀，瘦硬挺拔有力度，流畅自然，结体方整规矩，合乎法度。章法上承袭了传统汉印朱文形制的篆刻方法，疏密错落有致，萧散简远。用刀以双刀为主，辅以单刀。线条的流畅度和章法上的协调统一性，都凸显了刻者深厚的篆刻技艺。

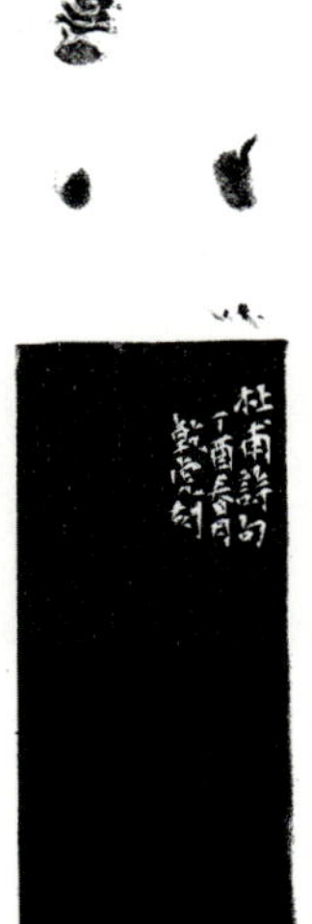

印文 窗含西岭千秋雪

边款 杜甫诗句
丁酉春月乾虎刻

【原诗】

绝句四首·其三

两个黄鹂鸣翠柳，一行白鹭上青天。
窗含西岭千秋雪，门泊东吴万里船。

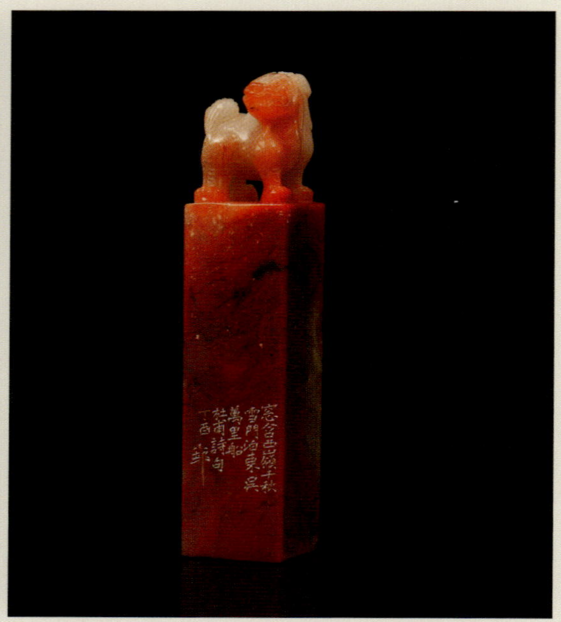

【作者】 杨小村，中国书协会员，北京书协会员。作品入展全国第九、十届书法篆刻展，当代篆刻艺术大展，全国第六、七届篆刻艺术展，第三届林散之奖书法双年展等。

【赏析】 此印是正方形多字印。用笔圆转浑厚，方圆并举，结构上加强疏密对比，抑左扬右，峻拔一角，方形的字体使石鼓文结构舒和之中有团聚之感。通过字的变化表现出势态之美，章法上收放自如，疏散有致。用刀不拘泥于一法，以冲刀为主，将笔墨的情趣用刻刀的形式展现出来。

印文 门泊东吴万里船

边款 窗含西岭千秋雪

门泊东吴万里船

杜甫诗句

丁酉小村

【原诗】

绝句四首·其三

两个黄鹂鸣翠柳，一行白鹭上青天。

窗含西岭千秋雪，门泊东吴万里船。

【作者】　余正，西泠印社篆刻研究室主任，中国书协篆刻艺术委员会委员，浙江省文史研究馆馆员。

【赏析】　此印是正方形多字印。字用小篆，线条流畅，细边细文，略成弧势，体势偏长，笔画有粗细轻重之变；章法上疏密相间，参差错落，朱白空间得当，风格静雅秀逸，工致隽美。用刀上以切刀为主，线条细而有力，瘦硬挺拔，整体合乎规矩，属平整工稳一路。

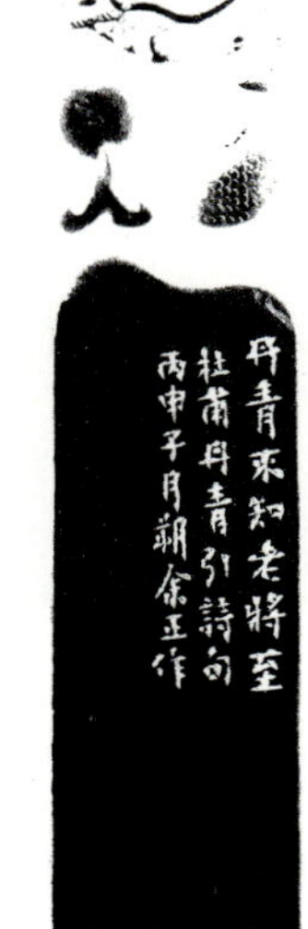

印文 丹青不知老将至

边款 丹青不知老将至

杜甫丹青引诗句

丙申子月朔余正作

【原诗】

丹青引（节选）

将军魏武之子孙，于今为庶为清门。英雄割据虽已矣，文彩风流今尚存。

学书初学卫夫人，但恨无过王右军。丹青不知老将至，富贵于我如浮云。

【作者】 蒋卫平，中国书协会员，江西省书协会员，景德镇市书协理事，乐平市书协副主席。作品获第二届“沙孟海杯”全国书法篆刻作品展一等奖等。

【赏析】 此印是正方形多字印。遵循了汉印的布局形式，将文字安排在方寸之间的印面上。字的线条爽朗流畅，干净利落，结体俨然是规整的篆书一路，字与字之间的呼应、制约、疏密、空间的安排恰到好处。用刀以双刀为主，辅以单刀，在圆润婉转中不失平正中和，极具汉印风味。

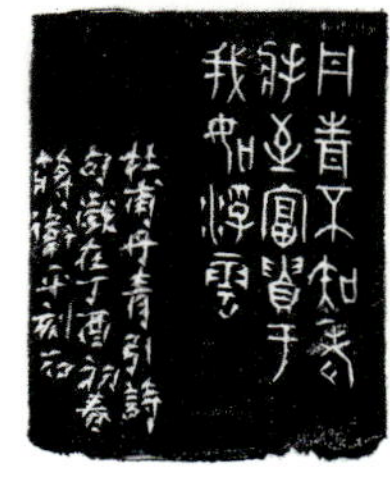

印文

富贵于我如浮云

边款

丹青不知老将至　富贵于我如浮云

杜甫丹青引诗句

岁在丁酉初春蒋卫平刻石

【原诗】

丹青引（节选）

丹青不知老将至，富贵于我如浮云。开元之中常引见，承恩数上南薰殿。

凌烟功臣少颜色，将军下笔开生面。良相头上进贤冠，猛将腰间大羽箭。

【作者】 朱培尔，中国书协理事、篆刻艺术委员会秘书长，西泠印社理事，《中国书法》杂志主编，国家一级美术师。

【赏析】 此印是正方形多字印。印面安排打破了传统的布局并别具一番风味。在线条上赋予其生命感、律动感，显得生动活泼、变化丰富；结体上收、放关系的处理，运用自如；章法上则是字与字之间的穿插、避让、互补，遥相呼应。用刀以冲刀为主，明明是经过了精心安排，却给人一种浑然天成的感觉，显得古朴自然，自得天趣。

印文 一洗万古凡马空

边款 一洗万古凡马空

杜甫句 培尔

【原诗】

丹青引（节选）

诏谓将军拂绢素，意匠惨淡经营中。斯须九重真龙出，一洗万古凡马空。

玉花却在御榻上，榻上庭前屹相向。至尊含笑催赐金，圉人太仆皆惆怅。

【作者】 王丹，一级美术师，中国书协副主席，辽宁省文联副主席，辽宁省书协名誉主席，西泠印社理事，中国艺术研究院中国书法院、中国篆刻院研究员，碣石印社社长。

【赏析】 该印作者在品味诗意、考量文字之后，采用古玺的形式刻制，效果颇佳。文字上主要采用金文，以其有错落之致。古玺章法加带边框，将错落的篆法整饬起来，使其和谐、统一。在文字与空间的处理上，字加竖格彰显出形式韵致。下部的边框省略，将右上角的边框残破以呼应下方的“无”，虚实相生，有无相成，变化自然，含蓄典雅。刀法上采取“拨刀法”，逆锋行笔，使得线条圆浑而有张力，不露痕迹而存笔意，意在工写之间。

【原诗】

至后

冬至至后日初长，远在剑南思洛阳。青袍白马有何意，金谷铜驼非故乡。梅花欲开不自觉，棣萼一别永相望。愁极本凭诗遣兴，诗成吟咏转凄凉。

印文　远在剑南思洛阳

边款　远在剑南思洛阳

杜甫诗句　易斋王丹

【作者】 杨波涌，中国书协会员，广东省书协会员，肇庆市书协理事。作品入选全国第七届篆刻艺术作品展，西泠印社第七、八届篆刻艺术评展等。

【赏析】 此印是典型的汉白文多字印。线条干净利落，爽快洒脱，结体平正中和，庄重肃穆；章法布局合理，字与字之间的疏密空间、朱白效果和谐统一又相互制约、相互影响，互为呼应。用刀以双刀为主，单刀为辅，在规矩平整中注重刀法的取势，自然天成，堪称鬼斧神工。

印文 白头趋幕府　深觉负平生

边款 白头趋幕府　深觉负平生
杜甫诗句
岁在丁酉春月杨波涌时客古端州北岭山下

【原诗】

正月三日归溪上有作简院内诸公

野外堂依竹，篱边水向城。蚁浮仍腊味，鸥泛已春声。
药许邻人劚，书从稚子擎。白头趋幕府，深觉负平生。

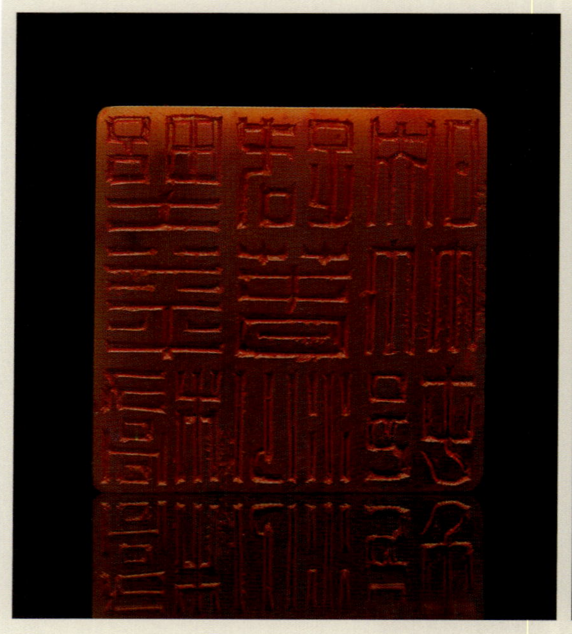

【作者】 孙春国，中国书法家协会会员，辽宁省书协篆刻委员会委员，辽宁省书协会员，沈阳市大东区书协理事。

【赏析】 此印是正方形多字印。线条方中寓圆，秀逸中见俊利，结体平整工稳，属中庸平和一路；字的大小统一，章法安排较为合理，体现了一种和谐美。用刀以冲刀为主并杂以切刀，将汉印的风格展现得淋漓尽致，富有苍茫厚重感，极具金石气。

【原诗】

弊庐遣兴奉寄严公（节选）

野水平桥路，春沙映竹村。风轻粉蝶喜，花暖蜜蜂喧。
把酒宜深酌，题诗好细论。府中瞻暇日，江上忆词源。

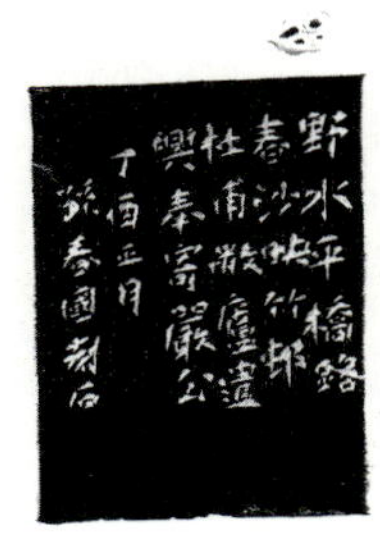

印文 野水平桥路 春沙映竹村

边款 野水平桥路 春沙映竹村

杜甫弊庐遣兴奉寄严公

丁酉正月孙春国刻石

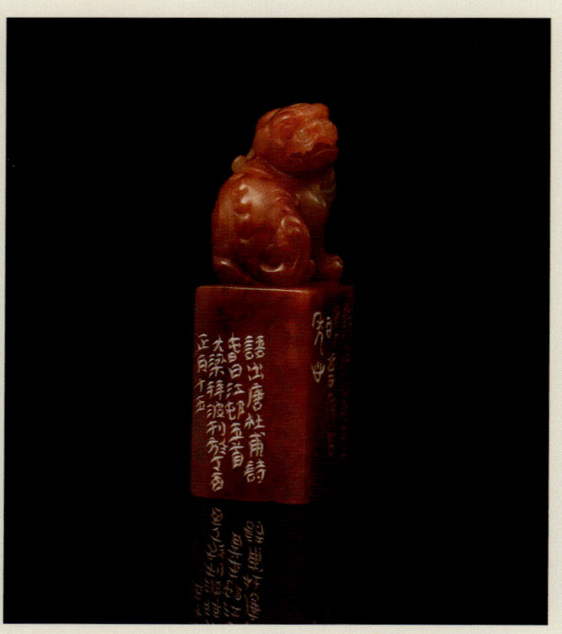

【作者】　拜波，中国书协会员，河南印社社员，开封市书法家协会篆刻委员会副秘书长。作品入选“邓石如奖”全国书法作品展，全国第七届篆刻艺术展，西泠印社第七、八届篆刻艺术评展等。

【赏析】　此印是正方形多字印。以大篆入印，各具形态，且达到了整体的平衡。线条变化丰富，结体上每个字都不同，或左倾斜，或右倾斜，取势多变。章法上于散乱中找到一种和谐，达到了整体视觉效果上的统一。用刀不拘泥于形式，多种刀法并用，在潇洒利落中求力度，圆转中求趣味，生动活泼，富有生命力。

【原诗】

春日江村五首·其一

农务村村急，春流岸岸深。乾坤万里眼，时序百年心。
茅屋还堪赋，桃源自可寻。艰难昧生理，飘泊到如今。

印文 乾坤万里眼　时序百年心

边款 乾坤万里眼　时序百年心
语出唐杜甫诗春日江村五首
大梁拜波刊于丁酉正月十五

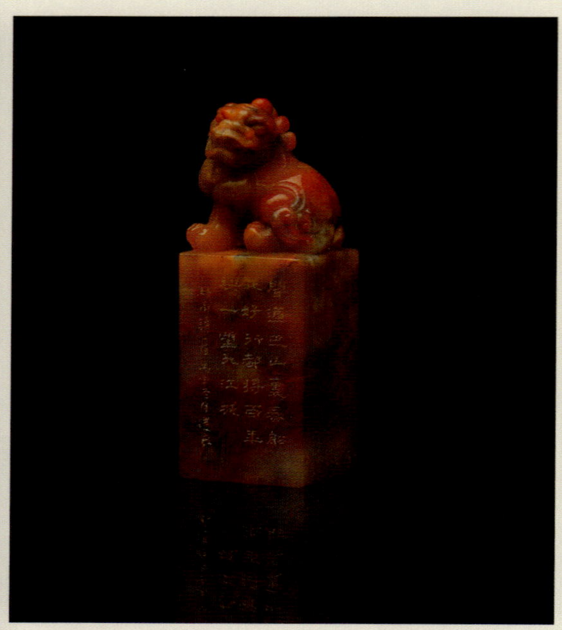

【作者】 钟建良，中国书协会员，岳麓印社理事，长沙市书协理事，宁乡书协副主席。作品入选第七届全国篆刻艺术展、全国第十届书法篆刻作品展等。

【赏析】 此印是正方形多字印。沿袭了汉白文印的制印形制，篆法圆通洁净，线条整齐划一，布白均匀；结体平整工稳，合乎规矩；章法匀整自然，疏密安排得当。用刀以双刀为主，辅以单刀，刀法精准劲健，安静秀雅。整体繁而不乱，朴拙趣味尽显。

印文

闻道巴山里　春船正好行

边款

闻道巴山里　春船正好行

都将百年兴　一望九江城

杜甫诗一首　丙申冬月建良

【原诗】

绝句三首·其一

闻道巴山里，春船正好行。

都将百年兴，一望九江城。

【作者】 邓克明，中国书法家协会会员。作品入选西泠印社第三届国际篆刻书法展、西泠印社第六届篆刻艺术展、全国第七届篆刻艺术展、全国首届临帖展等。

【赏析】 此印是正方形多字印。邓克明遵循“印从书出，印外求印”的制印方法，多年来孜孜以求，其篆刻作品浑朴自然。此印章法严谨而灵活，笔势厚重而流动。字与字之间疏密有致，刀与刀之间意趣横生，宛如刀与石的交响。用刀以冲刀为主，注重线条之间的衔接、呼应，变幻莫测，极具金石气。

【原诗】

绝句三首·其二

水槛温江口，茅堂石笋西。
移船先主庙，洗药浣沙溪。

印文 移船先主庙 洗药浣沙溪

边款 水槛温江口 茅堂石笋西 移船先主庙 洗药浣沙溪 杜甫句 克明刊

图书在版编目(CIP)数据

杜甫草堂诗艺文研究 / 刘洪编著. —上海：上海古籍出版社，2019.8
ISBN 978-7-5325-9290-6

Ⅰ.①杜… Ⅱ.①刘… Ⅲ.①杜甫(712-770)—人物研究②杜诗—诗歌研究 Ⅳ.①K825.6②I207.227.423

中国版本图书馆CIP数据核字(2019)第152974号

成都杜甫草堂博物馆馆级重大科研项目
"杜甫草堂诗艺文研究"(2017DFCT-ZHDA01)成果

杜甫草堂诗艺文研究
(全三册)
刘 洪 编著
上海古籍出版社出版发行
(上海瑞金二路272号 邮政编码200020)
(1)网址：www.guji.com.cn
(2)E-mail：guji1@guji.com.cn
(3)易文网网址：www.ewen.co
上海丽佳制版印刷有限公司印刷
开本787×1092 1/16 印张37 插页12 字数772,000
2019年8月第1版 2019年8月第1次印刷
ISBN 978-7-5325-9290-6
I·3407 定价：298.00元
如有质量问题，请与承印公司联系

十日畫一水五日畫一石能事不受相促迫王宰始肯留真跡壯哉崑崙方壺圖掛君高堂之素壁巴陵洞庭日本東赤岸水與銀河通中有雲氣隨飛龍舟人漁子入浦潋山水盡亞洪濤風尤工遠勢古莫比咫尺應須論萬里焉得并州快剪刀翦取吳淞半江水

雍正辛亥擬梅華菴主匡廬瀑布圖

杜甫草堂诗艺文研究

墨韵草堂

刘洪 编著

历史的回声，心灵的合唱

有人说，诗中有画，画中有诗。潘天寿却说："诗中有书，书中有诗。"（《听天阁画谈随笔》）盖书法也有意象，唐人张怀瓘《文字论》曰：

> 探文墨之妙有，索万物之元精，以筋骨立形，以神情润色，虽迹在尘壤，而志出云霄。灵变无常，务于飞动。……探彼意象，入此规模。忽若电飞，或疑星坠，气势生乎流变，精魄出于锋芒。

所谓"以筋骨立形，以神情润色""灵变无常，务于飞动"云云，就是书法之点线盘旋运动，或疾或徐，或勒或趯，或提或顿，或波或磔，或粗或细，或疏或密，从而形成诗乐般的韵律。一件好作品，无异一段活泼泼的生命之流。诗、书、画佳作皆为生命之形式，其相通处在此。是以张旭见公孙大娘舞剑器因悟草书，吴道子观裴将军舞剑而画法益进，杜少陵观公孙大娘弟子舞剑器而写下好诗。文艺以再现生命的律动为境界，是中国文化精神之所在。中国书法处于有形无形之间，不受羁束，其点之运行而成线的形式，更直观地逼近生命的律动，心电图以动态的曲线表现心律便是现成的佳例。"诗中有书，书中有诗"岂妄言哉！再者，杜诗所具有的抑扬顿挫波澜叠起的语言风格，与书法以点线运动取势的运作方式有着心理上的同构关系，二者拍合，相得益彰。职是之故，书杜诗遂乃与杜甫诗意图一道，为历代书画家所青睐而蔚成大宗。

宗白华尝言："中国乐教失传，诗人不能弦歌，乃将心灵的情韵表现于书法、画法。"（《论中西画法的渊源与基础》）书画与诗同其可贵的，正是其中所包蕴着的抒情主体的心灵情韵，二者所以能位列一起与诗歌沟通对话也端在于此。由此而言，篆刻又何独不然呢！

以杜诗为题材的书、画、印，排除“文抄公”与赶时髦者不必论，其作意之大端有二：一是悬之以陶冶性情，一是“借他人之酒杯，浇胸中之块垒”。原文艺之始，是人类的自我意识，一种集体记忆，所以中国士大夫尤其强调诗要一唱三叹，反复涵咏，手写心追，以此不断将其内化，用来陶冶性情，构建民族文化的集体意识。杜甫作为中国文化托命之人，“一人心，一国之心”的典型，在宋代便确立了其“诗圣”的地位，这也是杜诗成为历代书画家首选对象的内在原因。文天祥《新淦曾季辅杜诗句外序》云：

> 世人为书，务出新说，以不蹈袭为高，然天下之能言众矣，出乎千载之上，生乎百世之下，至理则止矣。虚其心以观天下之善，凡为吾用，皆吾物也。

杜诗语言的直觉性及其对心理形象的创构，能道人心中事，言人所难言，且海涵地负般的丰富性几于无所不包，后人以杜诗“代言”，缘情写志，有他的道理在。尤其是杜诗“慨世还是慨身”“一人心，一国之心”的特点在动乱年代更能引发志士仁人的共鸣。南宋李纲于此体会甚深刻，《重校正杜子美集序》云：

> 子美之诗凡千四百三十余篇，其忠义气节、羁旅艰难、悲愤无聊一见于诗……时平读之，未见其工，迫亲更兵火丧乱之后，诵其辞如生乎其时，犁然有当于人心，然后知其语之妙也。

同为南宋民族英雄的文天祥《集杜诗·自序》所言尤痛切：

> 余坐幽燕狱中，无所为，诵杜诗。稍习诸所感兴，因其五言，集为绝句。久之，得二百首。凡吾意所欲言者，子美先为代言之。日玩之不置，但觉为吾诗，忘其为子美诗也。乃知子美非能自为诗。诗句自是人情性中语，烦子美道耳。子美于吾隔数百年，而其言语为吾用，非情性同哉！

显然，杜诗的真性情具有强大的感染力与冲击力，入人至深，其儒学精神在那个历史阶段则起到稳定传统、团结整个民族的作用。明清之际蓬起的杜诗书画可加深我们这一理解，本丛书所收甚富甚精，读者细审必得。

于是乎杜诗成为“至理”“人情性中语”，具有符号性，口吟手写杜诗成为陶治性情、塑造人的心灵之重要手段。明了这一层非常重要，它帮助我们理解杜诗书写、绘画、篆刻的独特意义，同时也为当今文艺界解决形式与内容如何相适应问题提供了有益的参照。名画《杜甫诗意图册》作者陆俨少现身说法，说自己用功是：“四分读书，三分写字，三分画画。” 所言读书，特嗜读杜。其自序提到抗日战争期间入蜀，独携杜集自随，并以蜀山蜀水证诸杜集，此后经“文革”直至晚年，屡蹶屡战，尽平生仰慕之忱作此百幅杜甫诗意图，诗书画妙合无垠，令人读之动容。呜呼！天下芸芸学杜甫，能得几人用心之苦如陆公者？

成都杜甫草堂博物馆因其天时地利，集诗歌、书法、绘画、印篆于一编，可谓“好雨知时节”，润物之功无量，喜极而为之序。

林继中 张家壮

丁酉秋分谨识

本丛书所收书法、绘画、篆刻作品，除特别说明外，均为成都杜甫草堂博物馆所藏。

目　录

历史的回声，心灵的合唱 / 林继中　张家壮 / 1

绘画篇 / 1

《绝句四首》（其三）诗意图 / [明] 林铭几　绘 / 2

《南邻》诗意图 / [明] 王时敏　绘 / 4

《暮登四安寺钟楼寄裴十迪》诗意图 / [明] 王时敏　绘 / 6

《客至》诗意图 / [明] 王时敏　绘 / 8

《严公仲夏枉驾草堂兼携酒馔》诗意图 / [明] 王时敏　绘 / 10

《严公仲夏枉驾草堂兼携酒馔》诗意图 / [清] 傅山　绘 / 12

《过故斛斯校书庄二首》（其二）诗意图 / [清] 黄鼎　绘 / 14

《戏题王宰画山水图歌》诗意图 / [清] 方士庶　绘 / 16

《野老》诗意图 / [清] 王学浩　绘 / 18

《南邻》诗意图 / [清] 王学浩　绘 / 20

《茅屋为秋风所破歌》 诗意图 / [清] 龚晴皋　绘 / 22

《南邻》诗意图 / [清] 钱杜　绘 / 24

《严公仲夏枉驾草堂兼携酒馔》诗意图 / [清] 钱杜　绘 / 26

《江村》诗意图 / [清] 王素　绘 / 28

《江亭》诗意图 / [清] 蒲华　绘 / 30

《戏题王宰画山水图歌》诗意图 / [清] 杨伯润　绘 / 32

《戏题王宰画山水图歌》诗意图 / [清] 吴榖祥　绘 / 34

《南邻》诗意图 / [清] 倪田　绘 / 36

《江村》诗意图 / [清] 刘铨　绘 / 38

《江村》诗意图 / [清] 杨庆　绘 / 40

《绝句漫兴九首》（其五）诗意图 / [清]龚旭斋 绘 / 42
《严郑公宅同咏竹》诗意图 / [清]钱善言 绘 / 44
《草堂即事》诗意图 / 贺良朴 绘 / 46
《田舍》诗意图 / 齐白石 绘 / 48
《水槛遣心二首》（其一）诗意图 / 齐白石 绘 / 50
《病橘》诗意图 / 齐白石 绘 / 52
《枯棕》诗意图 / 齐白石 绘 / 54
《草堂即事》诗意图 / 顾麟士 绘 / 56
《为农》诗意图 / 柯璜 绘 / 58
《丹青引赠曹将军霸》诗意图 / 周乔年 绘 / 60
《狂夫》诗意图 / 姚石倩 绘 / 62
《客至》诗意图 / 芮敬于 绘 / 64
《狂夫》诗意图 / 孙雪泥 绘 / 66
《严公仲夏枉驾草堂兼携酒馔》诗意图 / 溥伒 绘 / 68
《绝句二首》（其一）诗意图 / 陈之佛 绘 / 70
《客至》诗意图 / 钱瘦铁 绘 / 72
《绝句二首》（其二）诗意图 / 江寒汀 绘 / 74
《宿府》诗意图 / 陆小曼 绘 / 76
《严中丞枉驾见过》诗意图 / 伍瘦梅 绘 / 78
《绝句四首》（其三）诗意图 / 伍瘦梅 绘 / 80
《丈人山》诗意图 / 冯建吴 绘 / 82
《百忧集行》诗意图 / 彭先诚 绘 / 84
《赠花卿》诗意图 / 张幼矩 绘 / 86
《锦官城外》诗意图 / 刘朴 绘 / 88
《春夜喜雨》诗意图 / 秦天柱 绘 / 90
《为农》诗意图 / 叶瑞琨 绘 / 92

书法篇 / 95
《奉和贾至舍人早朝大明宫》 / [明]徐渭 书 / 96
《秋兴八首》（其五） / [明]董其昌 书 / 98
《南邻》 / [明]张瑞图 书 / 100

《江亭》 / [明] 戴明说 书 / 102
《将赴成都草堂途中有作先寄严郑公五首》（其一）
/ [清] 郑簠 书 / 104
《茅屋为秋风所破歌》 / [清] 姜宸英 书 / 106
《奉观严郑公厅事岷山沱江画图十韵》《敝庐遣兴奉寄严公》
/ [清] 陈鹏年 书 / 110
《丹青引赠曹将军霸》 / [清] 孙缵功 书 / 112
《春夜喜雨》《屏迹三首》（其二） / [清] 郑板桥 书 / 114
《春夜喜雨》《夜宴左氏庄》 / [清] 乾隆 书 / 116
《江村》《曲江二首》（其二） / [清] 刘墉 书 / 118
《高楠》 / [清] 刘墉 书 / 120
《奉和严中丞西城晚眺十韵》等 / [清] 刘墉 书 / 122
《沙苑行》《赤霄行》《南邻》等 / [清] 刘墉 书 / 126
《凭韦少府班觅松树子栽》 / [清] 铁保 书 / 136
《戏题王宰画山水图歌》 / [清] 爱新觉罗 · 永瑆 书 / 138
《江畔独步寻花七绝句》等 / [清] 爱新觉罗 · 永瑆 书 / 140
《赠花卿》 / [清] 爱新觉罗 · 永瑆 书 / 142
《寒食诸诗》 / [清] 张廷济 书 / 144
《丹青引赠曹将军霸》 / [清] 何绍基 书 / 146
《野望》 / [清] 胡德増 书 / 154
《戏为六绝句》（五首） / [清] 吴汝纶 书 / 156
《为农》 / 张謇 书 / 158
《屏迹三首》（其二） / 康有为 书 / 160
《丹青引赠曹将军霸》 / 赵熙 书 / 162
《徐卿二子歌》 / 章炳麟 书 / 164
《王十五司马弟出郭相访兼遗营草堂赀》 / 向楚 书 / 166
《院中晚晴怀西郭茅舍》 / 陈云诰 书 / 168
《宾至》 / 陈曾寿 书 / 170
《题桃树》 / 胡巨川 书 / 172
《恨别》 / 王福庵 书 / 174
《丈人山》 / 王福庵 书 / 176

《严公仲夏枉驾草堂兼携酒馔》 / 朱元树 书 / 178
《奉酬严公寄题野亭之作》 / 叶恭绰 书 / 180
《严公厅宴同咏蜀道画图》 / 巫翼之 书 / 182
《凭何十一少府邕觅桤木栽》 / 谢无量 书 / 184
《绝句漫兴九首》（其八） / 谢无量 书 / 186
《茅屋为秋风所破歌》 / 谢无量 书 / 188
《去蜀》 / 谢无量 书 / 190
《堂成》 / 马一浮 书 / 192
《即事》 / 陈月舫 书 / 194
《宾至》 / 彭云生 书 / 196
《戏为六绝句》（其一） / 汪东 书 / 198
《长吟》 / 吴湖帆 书 / 200
《春夜喜雨》 / 邓拓 书 / 202

绘画篇

【题识】

窗含西岭千秋雪。

蜀中峨嵋，望见西域雪山，冬夏不消。乙酉避暑北村，偶诵少陵此句，烦热忽解，因戏为公舆临之。铭几。

【钤印】

（朱文）林氏祖册

【作者】 林铭几（1579-1649），明末清初藏书家。字祖册，莆田（今属福建）人。明崇祯元年（1628）进士。授中书舍人，擢御史，巡按江西，迁山东按察司副使。明亡后辞官归里，筑北村别墅，收藏法书名画，藏书数万卷。著有《南窗遗稿》。

【赏析】 这幅作品绘于1645年，取杜诗“窗含西岭千秋雪”一句诗意。以扇面的形式，小写意的笔法，描绘夏季雪山之景，画面中楼阁掩映于密林与山川之中，显得格外清幽。以淡墨烘托巍峨的雪山，墨色单纯却不失变化，倍显清爽。笔法严谨，勾皴有度，线条方直并用，近处树木造型多样，远处则以淡墨打点描绘树梢，虚实有度。整幅作品格调清劲古逸，富有诗意。

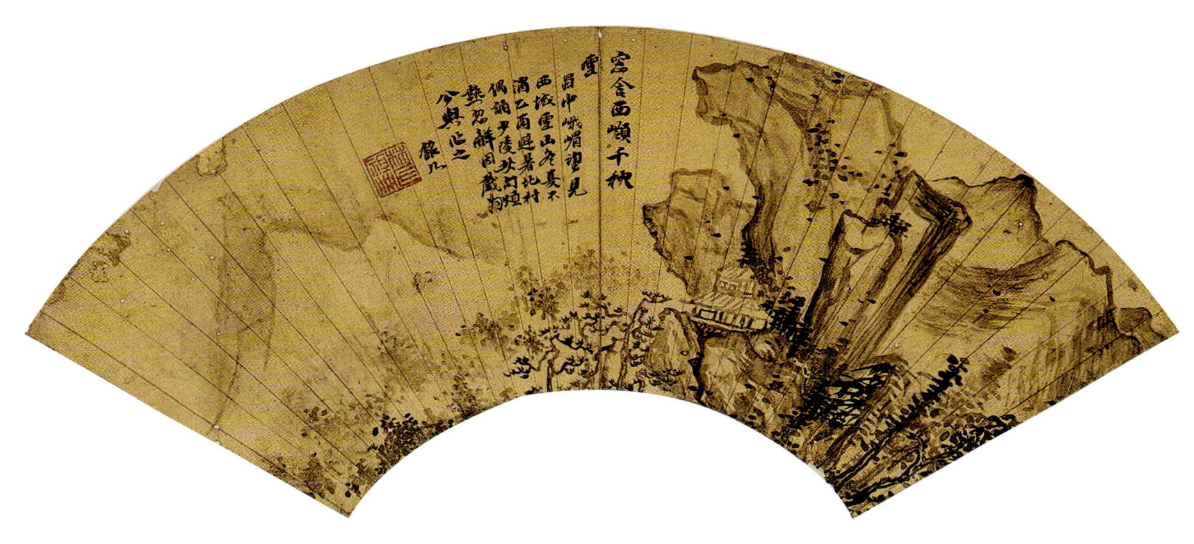

《绝句四首》（其三）诗意图 ［明］林铭几 绘

【题识】

白沙翠竹江村暮，相送柴门月色新。

【钤印】

（朱文）逊之

【作者】 王时敏（1592–1680），明末清初画家。字逊之，号烟客，又号西庐老人，江苏太仓人。明大学士王锡爵孙，官至太常寺少卿。明亡后，家居不出。擅画山水，师明末董其昌，又常临摹家藏宋元名迹，宗黄公望墨法，所作多摹仿古人，追求形式，脱离现实。为当时文人画派首领，与王鉴、王翚、王原祁合称“清初四王”；加吴历、恽寿平，又称“清六家”。

【赏析】 这幅作品为王时敏《杜甫诗意十二开》之一，作于康熙乙巳年（1665），时年74岁。作者根据杜诗《南邻》“白沙翠竹江村暮，相送柴门月色新”句意，描绘出一幅和谐的江村夜幕图，画中草木华滋，山峦叠嶂。笔法苍劲老辣，以披麻皴法勾勒山石，再以润笔点染，使作品墨色更显温润浑厚。巧妙留白，营造出云雾氤氲之山景，烘托出空灵清幽的山境。萧疏古朴的用笔勾勒出平静的水面，几笔淡墨烘染出微微夜幕，露出一牙新月。

《南邻》诗意图　[明] 王时敏 绘

故宫博物院藏

【题识】

孤城返照红将敛，近(寺)〔市〕浮烟翠且重。

【钤印】

（白文）时敏

【作者】 王时敏（见前）

【赏析】 这幅作品为王时敏《杜甫诗意十二开》之一。据杜诗“孤城返照红将敛，近市浮烟翠且重”诗意所作，用笔刚柔调和，集大家之所成，又有着鲜明的个人特征，描绘出温润平和的画面。近处树木挺拔而苍翠，披麻皴的笔法层层叠叠，描绘出绵延起伏的群山，用笔精准，刻画出在蜿蜒曲折的山路上拄杖独行的高士。山腰上的寺院在林木间依稀可见，而远处城池残留着一缕即将退去的晚霞，在朦胧的雾气中，显得格外的孤独。城池周边的林木大多只描绘树冠，虚虚实实。整幅作品虽然林木苍翠，但却透露出难以言喻的寂寥之感。

《暮登四安寺钟楼寄裴十迪》诗意图 ［明］王时敏 绘

故宫博物院藏

【题识】

花径不曾缘客扫，柴门今始为君开。

【钤印】

（朱文）烟客

【作者】 王时敏（见前）

【赏析】 这幅作品为王时敏《杜甫诗意十二开》之一，是不可多得的佳作。作品根据杜诗《客至》“花径不曾缘客扫，蓬门今始为君开”诗意所绘。整幅作品色彩清新淡雅，留白的浣花溪水呈“S”形贯穿画面，构图疏朗，松紧得当。画中主人为迎接友人的到访，正清扫着布满落花的小径。屋舍旁垂柳、桃花、杂树形态各异，点状、线状、面状的线条参差错落，层次丰富。一片青绿色的环境中，几点淡淡的曙红绘出娇艳的桃花，给作品增加了一份春意盎然，呈现出一片欢快与轻松景象，这与诗中杜甫所流露出的愉悦心情相契和。

《客至》诗意图　[明] 王时敏 绘

故宫博物院藏

【题识】

百年地僻柴门迥，五月江深草阁寒。

【钤印】

（朱文）烟客

【作者】　王时敏（见前）

【赏析】　这幅作品为王时敏《杜甫诗意十二开》之一，是其晚年炉火纯青之作。据杜诗“百年地僻柴门迥，五月江深草阁寒”诗意，以水墨小写意的方式描绘，墨色通透，层次感强。主峰高远，山势雄伟，丰富的透视变化使画面方寸之间尽显万千丘壑。横向走势的点苔、杂树与纵向走势的披麻皴法及主树干形成了微妙的对比关系，达到视觉上的平衡。温润的墨色晕染出起伏的山川，小径留白，委蛇盘曲在山间，通往江边清幽的草阁，主人与友人在这清幽的环境中饮酒赋诗。

《严公仲夏枉驾草堂兼携酒馔》诗意图　[明]王时敏 绘

故宫博物院藏

【题识】

丙午夏，写得五月江深草阁寒。寄麓翁老年台词宗笑。真山。

【钤印】

（白文）傅山之印

【作者】 傅山（1607-1684），明末清初思想家、书画家、医学家。山西阳曲（今山西太原）人。初名鼎臣，字青竹，后改名山，字青主，一字仁仲，号公之佗、啬庐等。无所不通，经史之外，兼通先秦诸子。工诗文，善书画，篆、隶、正、草，各种皆精妙。有《霜红龛集》等。

【赏析】 这幅作品绘于1666年，傅山时年62岁。据杜诗“五月江深草阁寒”诗意，描绘空无一人的茅屋，隐逸于重峦叠嶂之中。作品深得杜诗清寒之意境，用笔单纯，线条方折，行笔洒脱，少有皴擦。构图不落窠臼，平中见奇，疏朗之处见清空，稠密之处见繁茂。树木用笔豪放，大笔粗点，墨色厚重，浓淡相宜，尽显气势。笔墨不受束缚，透露出文人墨戏的乐趣，尽显平淡与天真。

《严公仲夏枉驾草堂兼携酒馔》诗意图　[清]傅山 绘

故宫博物院藏

【题识】

断桥无复板，卧柳自生枝。壬申十月，写少陵诗意，请正蘅翁年台先生。虞山尊古黄鼎。

【钤印】

（白文）黄鼎　尊古　果泉珍赏

（朱文）歙江石臞审定　石臞所得

【作者】　黄鼎（1660−1730），清代画家。字尊古，号旷亭，又号独往客。江苏常熟人。善画山水，学于王原祁，喜游历，所谓“看尽九州山水，下笔有生机”。

【赏析】　黄鼎这幅作品，据杜诗“断桥无复板，卧柳自生枝”诗意所绘。以平远的视角、文人的笔墨，描绘平湖一隅，断桥无人，卧柳依旧发出新芽，感慨物是人非而友人不在。作品多以枯笔皴擦勾勒，笔墨苍劲秀逸，画面疏朗而清空，墨色淡雅，尽显苍茫之感。构图及造型不落窠臼，注重写生，以自然荒凉之景，抒内心之情。苍茫的天空中，数笔勾勒出四只飞鸟翩翩而行，为作品增加了一份幽远的意境，显得别有生趣。整幅作品透露出平淡而天真的苍凉之美。

《过故斛斯校书庄二首》（其二）诗意图　[清] 黄鼎 绘

【题识】

十日画一水，五日画一石。能事不受相促迫，王宰始肯留真迹。壮哉昆仑方壶图，挂君高堂之素壁。巴陵洞庭日本东，赤岸水与银河通，中有云气随飞龙。舟人渔子入浦溆，山水尽亚洪涛风。尤工远势古莫比，咫尺应须论万里。焉得并州快剪刀，剪取吴淞半江水。

雍正辛亥，拟梅华庵主匡庐瀑布图笔法。环山居士方士庶。

【钤印】

（白文）士庶　春生敝斋　畊心书屋鉴定

（朱文）环山　竺秋过眼

【作者】　方士庶（1692-1751），清代画家。字循远，号环山，别号小狮道人。安徽新安（今歙县）人，居扬州。工书画，擅画山水，出入宋元名家，师从虞山黄鼎。是“娄东派”卓有成就的名家。有《环山诗抄》。

【赏析】　《戏题王宰画山水图歌》是一首题画诗，当年杜甫或许看到了王宰的山水画，画中山水大气磅礴，咫尺之间方得见江山万里，有感而发，遂作此诗。而方士庶先生则根据这首题画诗又绘诗意画，画中山峦叠嶂，流水湍急，云气环绕，气韵苍秀，取诸家之所长，加以取法自然，形成了自身的艺术风格。用笔来源于北宗山水，以小斧劈皴与雨点皴相结合，加之笔速与节奏的顿挫变化，恰当的晕染，使山石结构刚劲锐利。水流线条有序排列，一刚一柔，一疏一密，一黑一白，使观者视觉上感受到极强的律动感。

十日畫一水五日畫一石能事不受相促迫王宰
始肯留真跡壯哉崑崙方壺圖掛君高堂
之素壁巴陵洞庭日本東赤岸水與銀河
通中有雲氣隨飛龍舟人漁子入浦溆山
水盡亞洪濤風尤工遠勢古莫比咫尺應須
論萬里焉得并州快剪刀翦取吳淞半江
水
雍正辛亥擬梅華菴主匡廬瀑布圖
筆法　環山居士方士庶

《戏题王宰画山水图歌》诗意图　[清]方士庶 绘

【题识】

野老篱前江岸回，柴门不正逐江开。

癸酉冬日，仿大痴法，写少陵诗意于吴门花步之寒碧山庄。椒畦浩。

【钤印】

（朱文）椒畦　纳斋秘玩

（朱白文）王学浩印　卖画王生

【作者】　王学浩（1754-1832），清代画家。字孟养，号椒畦，江苏昆山人。乾隆五十一年（1786）举人。擅长山水、花卉等。

【赏析】　这幅作品绘于1813年，是王学浩晚年的一件艺术精品。整幅作品以书入画，一笔中呈现毛涩、光滑与提按的起伏变化。山石上的点苔，疏密有致，墨色变化丰富，凸显了山石的结构。以简洁明快的线条勾勒出诗人的居所，加以繁茂树木的衬托，使得画面中疏密对比得当，意境悠远。

《野老》诗意图 ［清］王学浩 绘

【题识】

锦里先生乌角巾，园收芋栗未全贫。惯看宾客儿童喜，得食阶除鸟雀驯。
秋水才添四五尺，野航恰受两三人。白沙翠竹江村暮，相送柴门月色新。
己未五月，用元人法，写工部诗意，呈老夫子大人诲正。昆山门人，王学浩。

【钤印】

（白文）王学浩印
（朱文）椒畦浩

【作者】 王学浩（见前）

【赏析】 这幅作品绘于 1799 年，是王学浩中年时期的作品。这段时间，王学浩遍游燕、秦、楚、粤，兼涉写生，饱览名山大川，绘画风格也更趋成熟。此为绢本水墨画，用笔疏朗，简洁萧散，颇有倪瓒的笔意。中锋与侧锋交替变化，笔锋方折。近处的山石景物多以线描绘，而远处则以墨色晕染少有线条，以突出景深变化。简洁的用笔勾勒出屋舍两间、杂树数棵，平淡的用墨凸显出恬淡融洽的意境，一叶扁舟泛于江上，两人泛舟而游。

錦里先生烏角巾園收芋栗未
全貧慣看賓客兒童喜得食階
除烏雀馴秋水纔添四五尺野航
恰受兩三人白沙翠竹江村暮相
送柴門月色新
己未五月用元人法寫工部詩
意呈
老夫子大人誨正
虞山門人王學浩

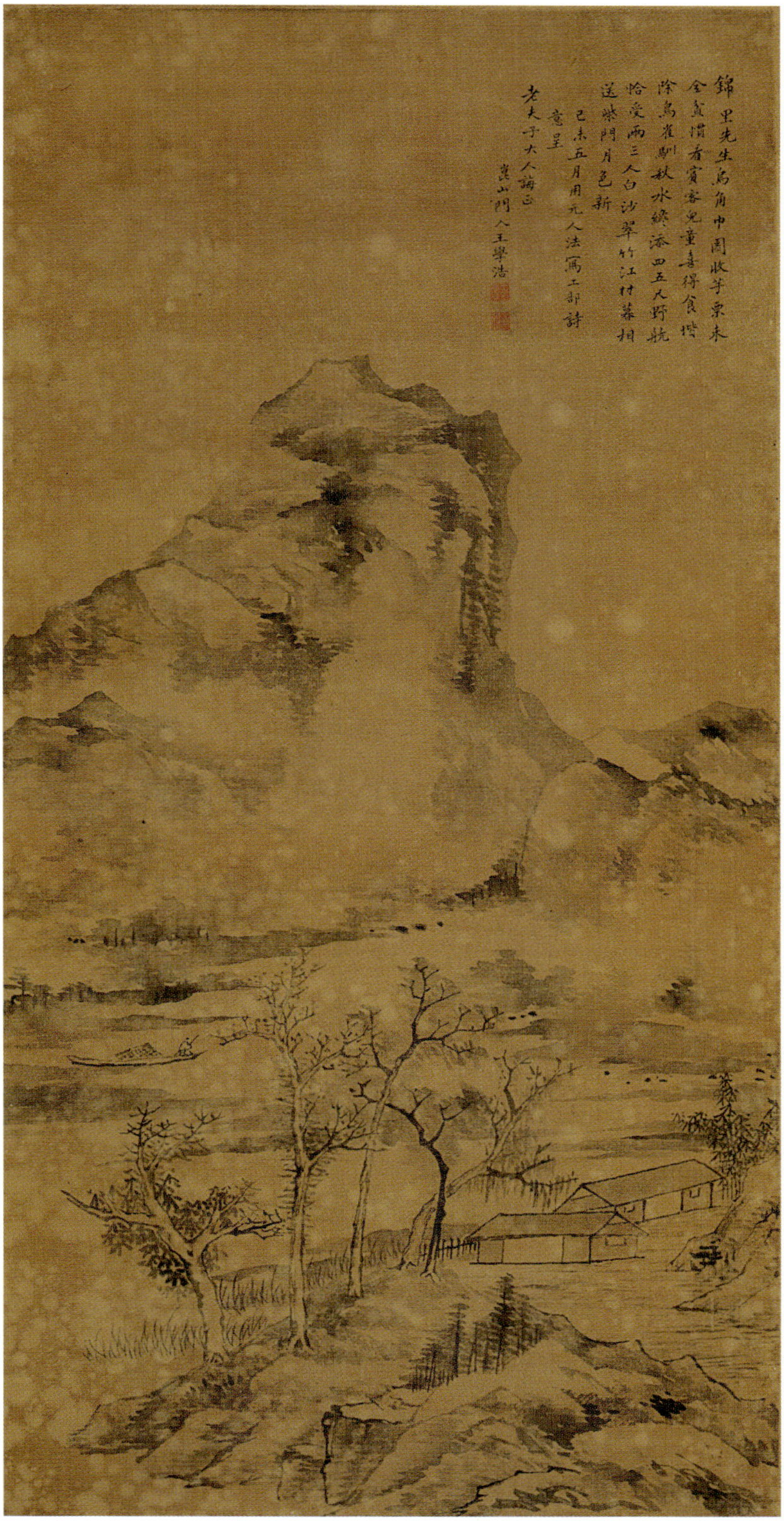

《南邻》诗意图　[清] 王学浩 绘

【题识】

杜诗揉烂几多年，独爱秋高八月篇。大庇万间寒士厦，吾庐独破亦欣然。今君颇有杜陵思，画笔因君画也奇。却怪司空廿四品，但言脱帽好看诗。麟士孝廉索，晴皋作，时甲申冬。

【钤印】

（白文）龚有融印

【作者】 龚晴皋（1755-1831），清代画家。名有融，字晴皋，号绥山樵子。四川巴县人。工书善画，长于山水、花卉、翎毛等，用泼墨写意法，随意挥洒，不拘前法，自创一格。

【赏析】 这幅作品绘于1824年，据杜诗《茅屋为秋风所破歌》诗意所画。笔墨疏野，质朴天然，简单几笔，勾勒出挺拔松树下茅屋数间；远处重峦叠嶂，笔墨恣意纵横，宛如怒号的秋风。画中茅屋简陋，正如龚晴皋野逸的用笔，不需雕琢，无需修饰，诗人忧国忧民的博大情怀，从中蓬勃而出。画面平中见奇，笔墨意境耐人寻味。

《茅屋为秋风所破歌》诗意图

[清] 龚晴皋 绘

【题识】

秋水才添四五尺，野航恰受两三人。

模宋人设色法于竹坞深处。松壶钱杜。

【钤印】

（朱文）钱叔美

【作者】 钱杜（1764-1845），清代画家。名榆，字叔枚，更名杜，字叔美，号松壶等。仁和（今浙江杭州）人。足迹几遍天下，诗书画皆精。有《松壶画赘》等。

【赏析】 这幅作品钱杜先生采用青绿山水的画法，以元人笔墨画宋人丘壑，根据杜甫“秋水才添四五尺，野航恰受两三人”诗意，在团扇式的构图中描绘山峦叠嶂，小桥流水。画中一高士坐于松荫下抚琴自娱，另有两人同舟泛游，一人垂钓于舟上，另一人坐于船头眺望。作品构图疏朗，设色均匀，极尽精微，冷暖和宜。不似宋画般严谨繁复，亦不似元人笔墨萧条孤寂。石青色与赭石色交相辉映，几点石绿色的点苔疏密分布有致，使得作品设色清爽，却不失稳重与精美。山石结构处运用披麻皴笔法，空灵而富有变化。

《南邻》诗意图 ［清］钱杜 绘

【题识】

写少陵“五月江深草阁寒”诗意。

嘉庆壬申正月五日快雪时晴，为叔大呵冻作。钱叔美。

【钤印】

（朱文）叔美

【作者】 钱杜（见前）

【赏析】 这幅作品绘于1812年，据杜诗“五月江深草阁寒”诗意而作。以青绿山水的表现方式展现仲夏时草堂掩映在一片山峦起伏、林木森森之中，草堂之内，高士静坐远眺，极为幽适。以工稳细腻的笔法、严谨的造型描绘挺秀峭拔的山川，山石隐约可见微妙的冷暖变化。林木繁茂，造型各异，冷暖穿插适度，装饰感十足。画作紧扣诗意，草堂在江水与林木映衬下退去了夏日的燥热，显得格外幽静与清寒。

《严公仲夏枉驾草堂兼携酒馔》诗意图 ［清］钱杜 绘

【题识】

老妻画纸为棋局，稚子敲针作钓钩。小某王素。

【钤印】

（朱文）小梅

【作者】 王素（1794-1877），清代画家。字小梅、小某，号竹里主人，晚号逊之，甘泉（今江苏扬州）人。人物、花鸟、虫鱼、走兽、果品，皆精；亦善写生，创作多来自生活。

【赏析】 这幅作品取杜诗《江村》“老妻画纸为棋局，稚子敲针作钓钩”两句诗意，以白描勾勒，略施淡彩，描绘一家人在浣花溪畔的生活。画面中女主人在纸上画出棋盘，孩童努力敲弯铁针以做鱼钩。男主人则双手举着鱼竿，顾盼着幼子，一家人尽享天伦之乐。画中线条变化丰富，服饰多用钉头鼠尾描及行云流水描等流畅的线条描绘，以突出服装的质感；建筑则用略带写意的线描勾勒，山石用重墨小笔皴擦，淡淡的几笔勾勒出微风吹拂下的杨柳。这其乐融融之境，是乱世中难得的一片平静。

《江村》诗意图　[清] 王素 绘

【题识】

水流心不竞，云在意俱迟。癸未秋日，作英蒲华。

【钤印】

（白文）作英

【作者】 蒲华（1832-1911），清代画家。原名成，字作英。浙江秀水（今浙江嘉兴）人。工书善画，长于画墨竹，兼绘花卉、山水。师法徐渭、陈淳，笔意奔放，而风韵清隽。久居上海，所居名“九琴十砚斋”，终日以挥毫为业。

【赏析】 这幅作品绘于1883年，蒲华时年52岁，此时其绘画已形成强烈的个人风格。画中描绘在几株盘曲嶙峋的古松下，两人在江亭内畅谈，整个画面极具文人山水画的格调，清淡雅静。蒲华作品个性鲜明，浑厚古朴，笔调多有金石之趣。松树描绘精炼，树干中锋勾描，突出其盘曲苍老的古意，浓墨写出松针，针针到位。山涧沟壑则用浓墨点苔，再以赭石淡淡赋色，营造出闲适雅致的氛围。

《江亭》诗意图　［清］蒲华 绘

【题识】

舟人渔子入浦溆，山木尽亚洪涛风。

戏写杜工部诗意，杨伯润。

【钤印】

（白文）伯润之印

（朱文）南湖

【作者】 杨伯润（1837-1911），清代书画家。字佩夫，一作佩甫，号茶禅，别号茶禅居士、南湖，室名南湖草堂、语石斋。浙江嘉兴人。禀承家学，善书、画，亦工诗。

【赏析】 这幅作品根据杜诗《戏题王宰画山水图歌》中“舟人渔子入浦溆，山木尽亚洪涛风”所绘。以重墨勾勒山石，却少有皴擦，使得山石形态简洁明快。画面中树木的点画朝右下方倾斜，仿佛一阵大风吹过，形成一种倾斜之势。同时注重画面中水墨的变化，以淡衬浓，以浓挤淡，巧妙地营造出树木变化丰富的外形。整块的墨色在画面中穿插跳跃，给予了作品很强的视觉冲击力。重墨的使用也突出了诗句中“亚”字表现的意境，仿佛黑云压城，大雨将至。

《戏题王宰画山水图歌》诗意图 ［清］杨伯润 绘

【题识】

杜少陵赠王宰有“云气随飞龙”，米家父子于此得三昧者。壬辰七月学米虎儿，为少卿仁兄大人教正。吴榖祥。

【钤印】

（白文）秋农

（朱文）祖云

【作者】 吴榖祥（1848-1903），清代画家。字秋农，号秋圃。浙江嘉兴人。善画山水，远师沈周、文徵明，近法戴熙，苍秀沉郁，气韵生动。亦工画松、人物及花卉。尝游京师，声誉鹊起。晚年客居上海，卖画为生。

【赏析】 吴榖祥以米家山水的笔墨，描绘出温润的南方山水。以横点为主，以点成片，层层叠叠，点出起伏的群山，点出穿插的树木。计白当黑，点山峦间的云烟，整幅作品宛若文人墨戏般灵动。画笔水分饱满，画中云气氤氲，气势磅礴，宛若飞龙，与杜诗所提及的画理相得益彰。

杜少陵贈
王宰有雲氣隨飛龍
米家父子於此得三昧
者壬辰七月學米虎兒為
少卿仁兄大人教正
吴穀祥

《戏题王宰画山水图歌》诗意图 ［清］吴穀祥 绘

【题识】

秋水才添四五尺，野航恰受两三人。邗上倪田写。

【钤印】

（白文）倪田之印

（朱文）墨耕

【作者】 倪田（1855-1919），初名宝田，字墨耕，号墨翁、默道人、默默道人、璧月盦主。江苏扬州人，侨居上海。善画山水、人物、花卉、走兽。传世作品有《写吴昌硕六十六岁肖像》轴、《松阴高士图》轴、《仿新罗山人金谷园图》轴等。

【赏析】 这幅作品据杜诗“秋水才添四五尺，野航恰受两三人”诗意所绘，描绘两位友人同舟泛游之景。人物造型传神，注重情感的表达，笔墨既严谨又生动，设色雅致，冷暖搭配协调，人物顾盼和谐，画面恬淡而有逸致。以遒劲的用笔描绘出江畔迎风飘荡的柳条，叶片以墨皴染，变化微妙富有节奏感。石头刻画更是集合枯笔、湿墨等多种元素，用墨得当。

《南邻》诗意图　[清] 倪田 绘

【题识】

写得“老妻画纸为棋局，稚子敲针作钓钩”。岁在己巳春王月之上浣，棠湖刘铨。

【作者】 刘铨，清代画家，生卒年不详。字衡士，一字半青，号睿斋，江苏扬州人，工古文，画师法王蒙。

【赏析】 这幅作品据杜诗《江村》中“老妻画纸为棋局，稚子敲针作钓钩”诗意所作，格调清劲古逸。用细腻的笔法描绘出丛林旁，房舍内的母亲挥毫作棋局，父子围坐在旁，溪畔的两小儿作垂钓状。作者追求一种笔墨美感，细笔设色，变化丰富；更注重对色彩的运用，淡淡的石绿与赭石色交相辉映，描绘出清远的山石。茅屋后的桃花以小笔加曙红点染，抓住了微风吹过的瞬间；墨色绘出郁郁葱葱的竹林，浓淡相宜，几只燕子在梁前嬉戏。浣花溪畔的美景让人神往。

《江村》诗意图

［清］刘铨 绘

【题识】

老妻画纸为棋局，稚子敲针作钓钩。

乙未春仲，仿玉壶本。达卿七兄大人雅属，华亭子仙杨庆写。

【钤印】

（白文）庆

（朱文）子仙

【作者】 杨庆，清代画家，生卒年不详。字子仙，华庭人，擅白描人物。

【赏析】 这幅作品以团扇的形式，用白描手法，勾勒出一幅舟中垂钓图。画面中，一老者挥毫勾勒画出棋盘，两个虎头虎脑的小孩坐于船头，敲针作钓钩，十分生动有趣。服装勾勒多用钉头鼠尾描，景物多以铁线描勾勒，线条细密，以此衬托出主体人物的疏朗。水草双勾，层层叠叠取势自然，在画面上形成了节奏的律动。淡墨的晕染则使画面层次更加分明，严谨而精准的用笔，足以见先生深厚的功底。

《江村》诗意图 ［清］杨庆 绘

【题识】

杖藜徐步立芳洲。旭斋。

【钤印】

（白文）旭

（朱文）斋

【作者】 龚旭斋，清代书画家，生卒年不详。原名龚有晖，字旭斋。四川巴县人。有融（字晴皋）从弟，工书、画，名亚有融，时称“二龚”。淡于名利，辟花圃曰“藏云”，筑梅花书屋于其中。书法守有融法度，画有沈周格韵，长于着色花鸟。

【赏析】 这幅作品据杜诗“杖藜徐步立芳洲”一句创作，以文人的笔墨，描绘江水之畔，一高士持杖缓步前行，似在流连眼前的美景，又似在排遣心中之烦忧。作品多以点及短线条运笔，笔墨似碎而整，近看长短不一，疏密得当，远观则是一片初夏江畔的美景，独具特色。人物运笔亦如山石，服饰点染淡花青，不拘泥于形似，注重对意象的把握，寥寥几笔却韵味十足。构图虽于方寸之间，却足以展示山崖之巍峨。作品以水墨为主，鲜有赋色，呈现出平淡而幽深的笔墨韵味。

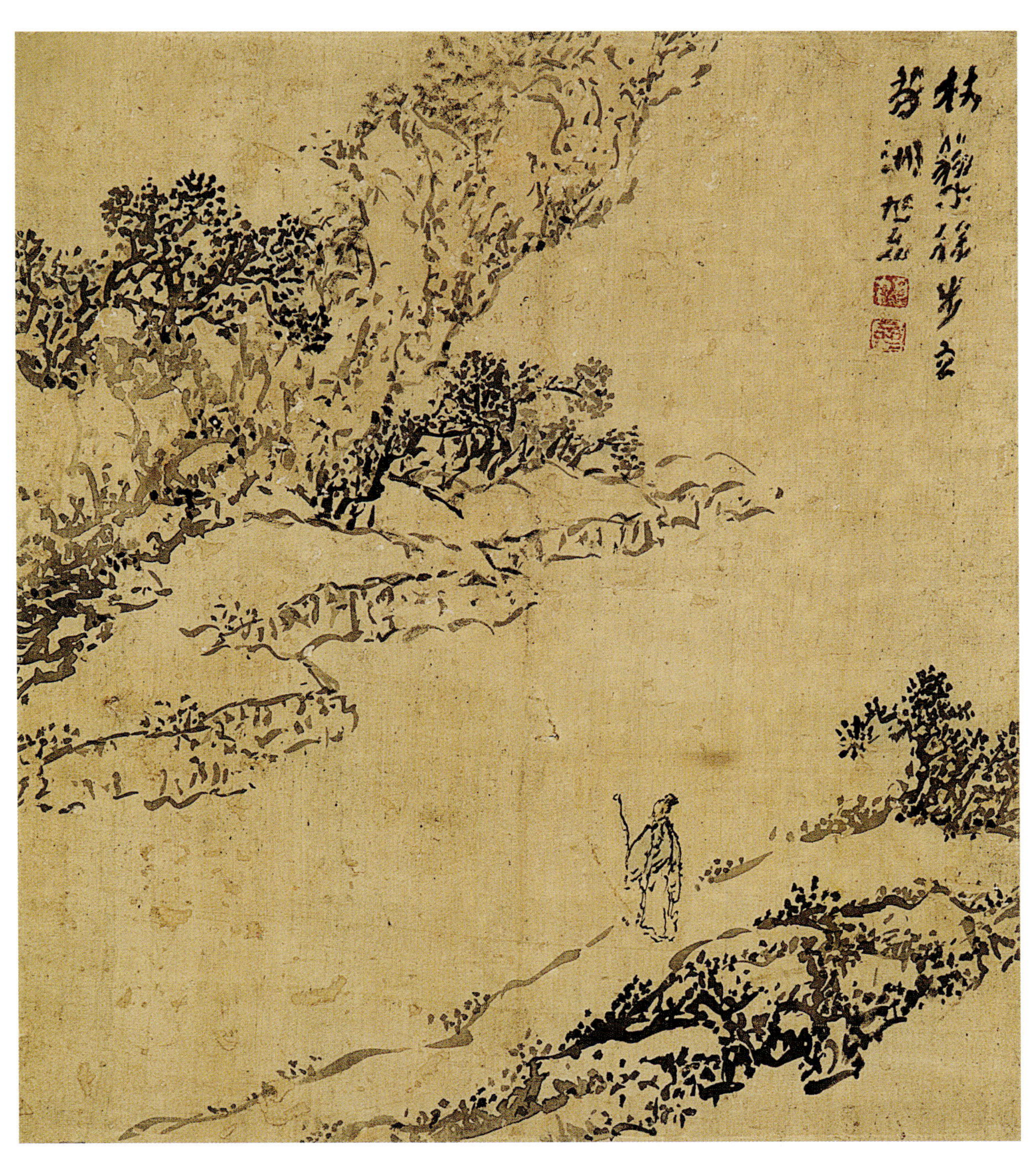

《绝句漫兴九首》（其五）诗意图 ［清］龚旭斋 绘

【题识】

色侵书帙晚，阴过酒樽凉。

工部句，辛亥春暮仿梅花道人笔意，岱雨钱善言，时年七十有一。

【钤印】

（白文）善言私印　祖孙父子叔侄兄弟进士翰林□□　十二世科第门墙

（朱文）檇李　箨石斋

【作者】　钱善言，清代画家，生卒年不详。字岱雨。浙江海盐人。宦蜀。画承家学，尤擅画花卉。

【赏析】　这幅作品描绘竹石挺立、茶花盛开之景。以书入画，枝干刻画如楷书般沉稳而舒展，叶片如行书般流畅而飞动，细小的枝条则似草书般潇洒而灵动；石头以阔笔横扫，中锋侧锋皆用，疾驰而雄放。松弛有度的笔意变化也为作品增添了明快的节奏，“S”型的构图使作品疏密得当，穿插掩映自如。花卉与叶子赋色淡雅，色彩通透，色调和谐，松紧得当。整幅作品清劲而恬淡，传达出文人的笔墨情趣。

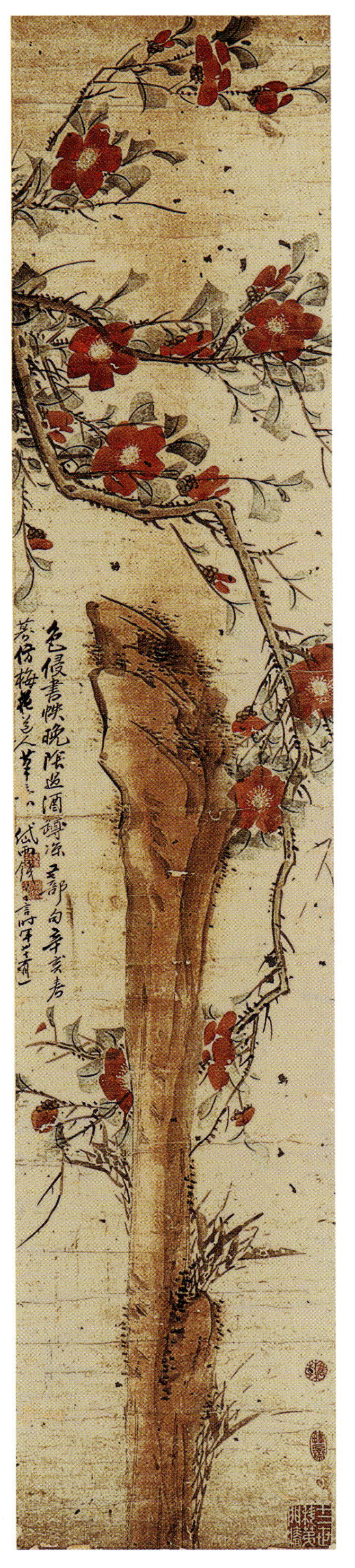

《严郑公宅同咏竹》诗意图 ［清］钱善言 绘

【题识】

独树老夫家。

丙寅夏，为吾党振九弟涂于艺校，篑公。

【钤印】

（朱文）篑公

【作者】 贺良朴（1861-1937），诗人、画家。字履之，号篑公，又号南荃居士。湖北蒲圻人。曾为北京艺专教授、北平画学研究会导师。

【赏析】 这幅作品据杜诗“独树老夫家”一句诗意，作于1926年夏。以扇面画的形式，描绘冬季草堂的清冷与孤寂。一人独坐于荒村草堂之中，眼前是一片孤寂的远山与枯树，极具诗意。画面造型严谨，笔墨自由。双勾笔法勾出树干，造型充满古意，山石笔墨挥洒自如，淡雅的赭石与石绿皴染，为作品增加了一份平淡，在这寂静清冷的环境中，草堂仿佛与世隔绝，一片孤寂。

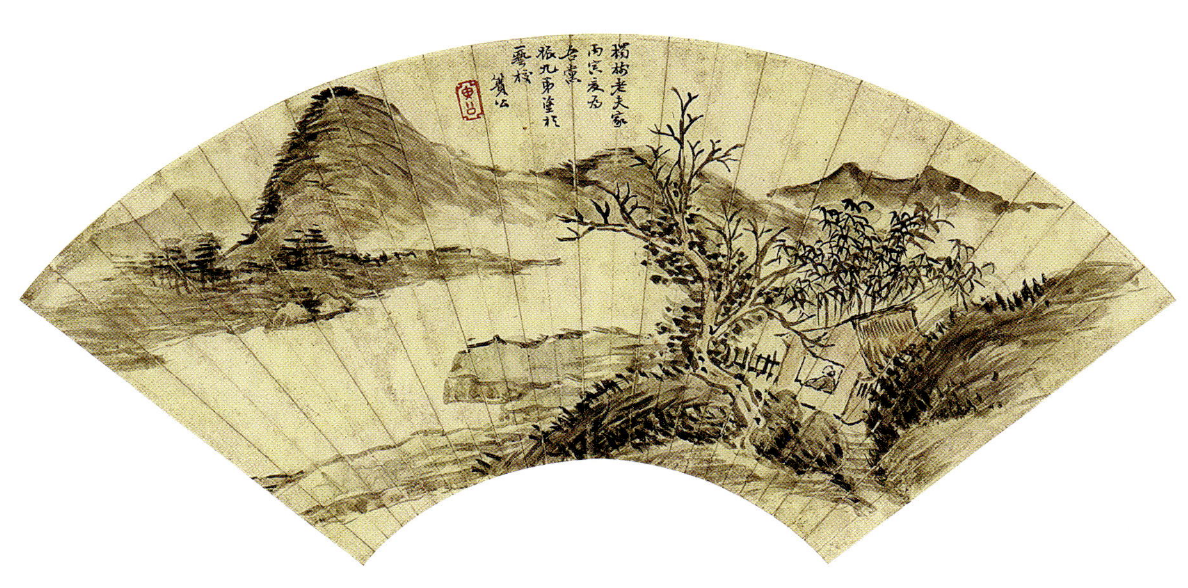

《草堂即事》诗意图　贺良朴 绘

【题识】

杜甫草堂题有句云“枇杷对对香”，九十四岁白石老人画于京华。

【钤印】

（白文）齐璜之印

（朱文）白石

【作者】 齐白石（1863-1957），原名纯芝，字渭青，后改名璜，字濒生，号白石，别号借山吟馆主、寄萍老人等。湖南湘潭人。早年为木工，后学书画、篆刻、诗文。他擅作花鸟虫鱼，亦画山水、人物。建国后，曾任中国美术家协会主席。

【赏析】 这幅作品为齐白石为杜甫草堂所绘杜甫诗意画四条屏之一，时年 94 岁高龄。此画据“枇杷对对香”一句诗意，以奔放的笔墨描绘一树枇杷，果实累累，压弯了树枝。亮丽的颜色为画面注入了勃勃生机，仿佛飘来阵阵果香。侧锋用笔，绘出枇杷的叶子，并以浓墨勾勒叶脉，充满精神与气势。齐白石的画作多描绘农家生活，那是对土地的眷恋与对美好生活的向往，这种情趣恰与杜甫《田舍》中所描绘的村居生活相得益彰。

《田舍》诗意图　齐白石 绘

【题识】

雨细鱼儿出，成都杜甫草堂诗也。九十四岁白石。

【钤印】

（白文）齐白石

【作者】 齐白石（见前）

【赏析】 这幅作品为齐白石 94 岁高龄时，据杜诗“细雨鱼儿出”诗意，为成都杜甫草堂博物馆所作。作品描绘微风细雨后鱼儿浮水而出之景，充满了童趣与天真。构图大胆取舍，形式感强，条屏的上半段以淡墨勾勒水面，同时注意线条疏密与浓淡的变化，下半段笔墨灵动，描绘三条墨鱼在水中嬉戏之景。正是这“似与不似”的形象为画面增添了一份生机，看似简单的画面，却让人回味无穷。

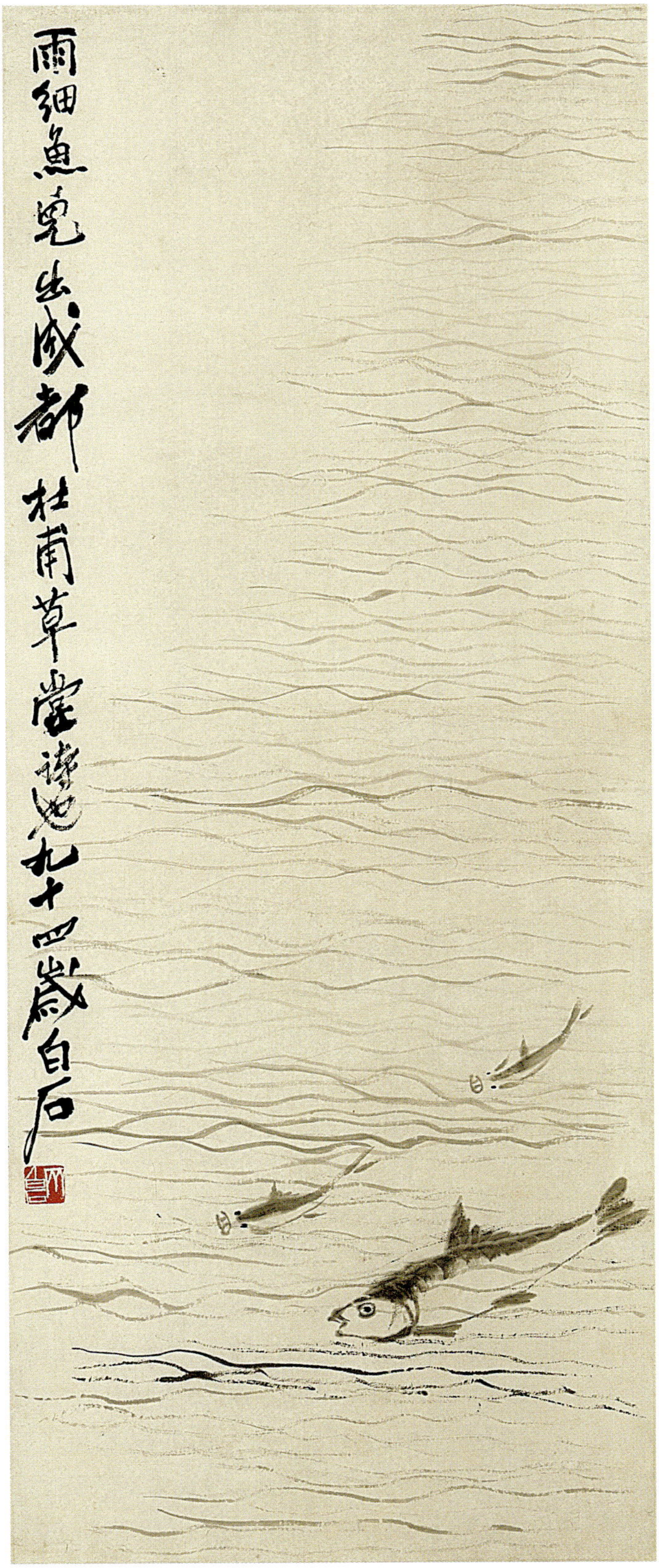

《水槛遣心二首》（其一）诗意图

齐白石 绘

【题识】

忆昔南海使，奔腾献荔枝。

节杜诗题杜甫草堂画，九十四岁白石。

【钤印】

（朱文）人长寿　白石

【作者】　齐白石（见前）

【赏析】　这幅作品是齐白石94岁高龄时为成都杜甫草堂所作，据杜诗《病橘》中“忆昔南海使，奔腾献荔枝”两句创作。以写意的笔法，描绘一株枝繁叶茂、果实累累的荔枝树，用色大胆，以独具特色的“红花墨叶”画法，生动描绘出荔枝的丰盈。浓淡变化有度的枝叶巧妙穿插，展现出一幅欣欣向荣的荔枝图。

《病橘》诗意图　齐白石 绘

【题识】

有同枯棕木，使我沉叹久。死者即已休，生者何自守。

成都杜甫草堂藏，九十四岁白石齐璜画。

【钤印】

（白文）大匠之门

（朱文）借山翁

【作者】 齐白石（见前）

【赏析】 这幅作品为齐白石在94岁高龄时，为成都杜甫草堂博物馆所绘。据杜诗《枯棕》诗意，大笔挥毫，画枯棕一株，因剥割过剩，成枯死状。笔墨雄健豪放，造型单纯质朴。枯笔与水墨交融，将濒临凋零的棕榈树表现得形神兼备，“似与不似”的形态，让观者产生无限的遐想，生命力旺盛的棕榈树在剥割下尚且如此，压迫中生存的百姓更当如何？整幅作品内容简洁，却发人深省。

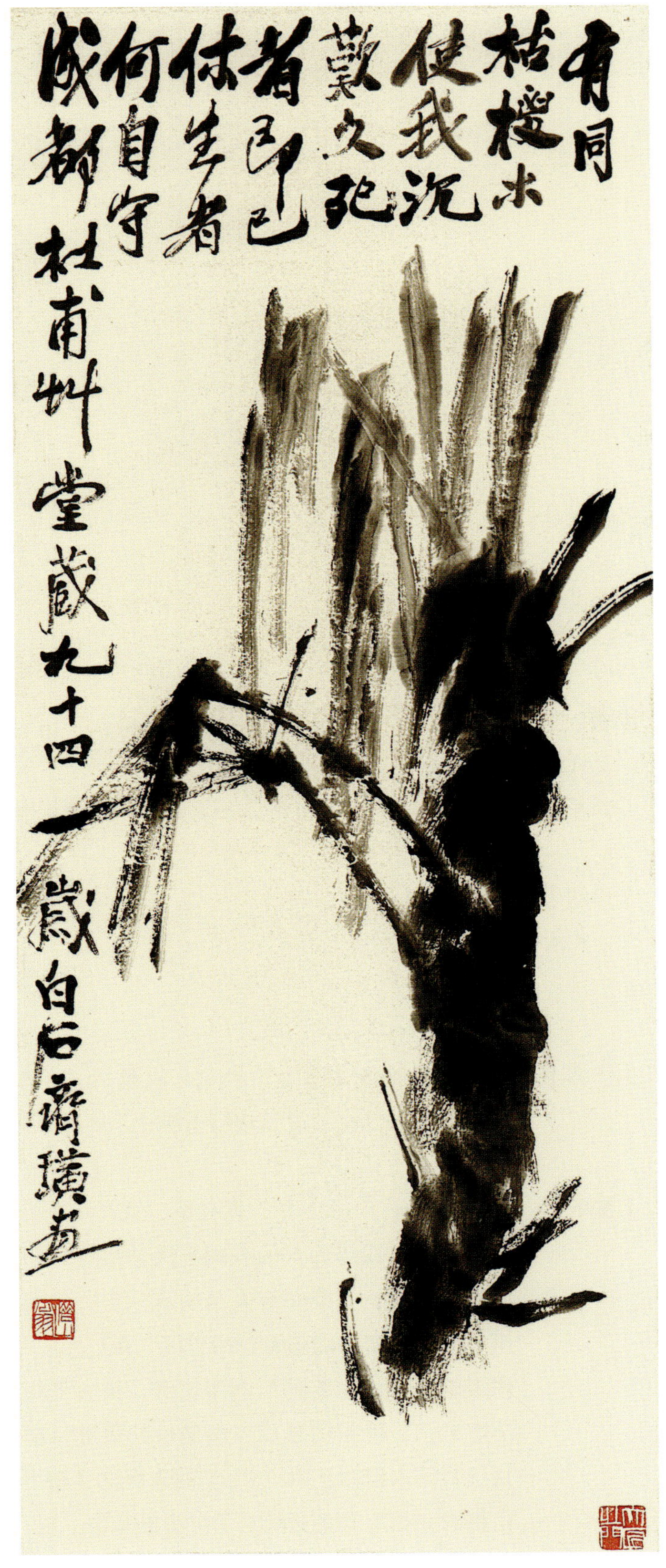
有同枯棕木，使我沉叹久。死者即已休，生者何自守。
成都杜甫草堂藏
九十四岁白石齐璜画

《枯棕》诗意图　齐白石 绘

【题识】

荒村建子月，独树老夫家。

辛酉之冬，晴旭满窗，临元贤陈惟允真迹，顾麟士。

【钤印】

（朱文）鹤逸

【作者】 顾麟士（1865-1930），画家、收藏家。字鹤逸，号西津渔父。江苏苏州人。有《过云楼续书画记》《鹤庐题画录》。

【赏析】 这幅作品作于1921年，据杜诗“荒村建子月，独树老夫家”两句诗意，以浅绛山水的表现手法，描绘冬季的荒村草堂。一棵凋零的枯树，一间鲜有人至的草堂，一弯澄静的浣花溪水，几座叠嶂的山峦，以赭黄色的色调，烘托出冬季草堂的凄凉景色。作者临摹古法，笔墨严谨而扎实，皴法平淡而柔和，墨色点苔节奏感强，细密的墨点点出蓬松的植被，虚虚实实似有而无。云气与溪水留白，以“S”型的走势贯穿整个画面，意境绵延，山林的空虚寂静更衬托出了屋舍的寂寥。

《草堂即事》诗意图　顾麟士 绘

【题识】

锦里烟尘外，江村八九家。圆荷浮小叶，细麦落轻花。卜宅从兹老，为农去国赊。远惭勾漏令，不得问丹砂。偶写工部句于云顶，柯璜。

【钤印】

（白文）柯璜长年

【作者】 柯璜(1867-1963)，画家、书法家、教育家和社会活动家。字定础，号绿天野人。浙江黄岩人。毕业于京师大学堂，曾为山西省博物馆馆长。初学花鸟，晚年以山水画见长，工书法。

【赏析】 这幅作品据杜诗《为农》诗意绘。以独具特色的写意风格，描绘出作者心目中的山水田园。作品多以散锋焦墨入画，后以色破墨，画出山的阴阳向背。落墨松紧得当，大实大虚；布局严谨，逸气纵横，气势磅礴。用笔苍劲古朴，点、线、面结合充满律动感；布白与墨块交融，具有极强的形式美感，也给观者以视觉上的冲击。

《为农》诗意图　柯璜 绘

【题识】

相马图

将军魏武之子孙，于今为庶为清门。英雄割据虽已矣，文采风流今尚存。学书初学卫夫人，但恨无过王右军。丹青不知老将至，富贵于我如浮云。开元之中常引见，承恩数上南薰殿。凌烟功臣少颜色，将军下笔开生面。良相头上进贤冠，猛将腰间大羽箭。褒公鄂公毛发动，英姿飒爽来酣战。先帝天马玉花骢，画工如山貌不同。是日牵来赤墀下，迥立阊阖生长风。诏谓将军拂绢素，意匠惨澹经营中。斯须九重真龙出，一洗万古凡马空。玉花却在御榻上，榻上庭前屹相向。至尊含笑催赐金，圉人太仆皆惆怅。弟子韩幹早入室，亦能画马穷殊相。幹惟画肉不画骨，忍使骅骝气凋丧。将军画善盖有神，必逢佳士亦写真。即今漂泊干戈际，屡貌寻常行路人。途穷反遭俗眼白，世上未有如公贫。但看古来盛名下，终日坎壈缠其身。

庚辰冬，有以相马图属题者。既署其首，复抚米老手书《丹青引》，为补空。

六十六老人本无，记于南园僧舍放生池上之寒烟疏雨轩。

庚辰冬日摹韩幹呈马图本，平江周乔年制。

【钤印】

（白文）周梓画印　江南萧氏　萧

（朱文）无翁　退闇

【作者】　周乔年，生卒年不详。晚清著名宫廷画师。名梓，字乔年，号龙池山樵、龙池山人，以字行。江苏人。擅长墨画骏马、山水。

【赏析】　据落款，可知为周乔年摹写韩幹《呈马图》所绘，虽为摹写之作，却也独具特色。书画结合，空白以精美的书法填充，在丰富内容的同时，也完善构图。画面工写结合，图中一胡人装束的人作牵马状。人物线条勾勒严谨，笔墨方折，抑扬顿挫，提按转折笔笔到位，设色冷暖搭配协调，注重神态的把握，马匹线条勾勒严谨，结构以淡墨分染得当，缰绳以沉稳的朱磦之色绘出，使作品稳中有亮。

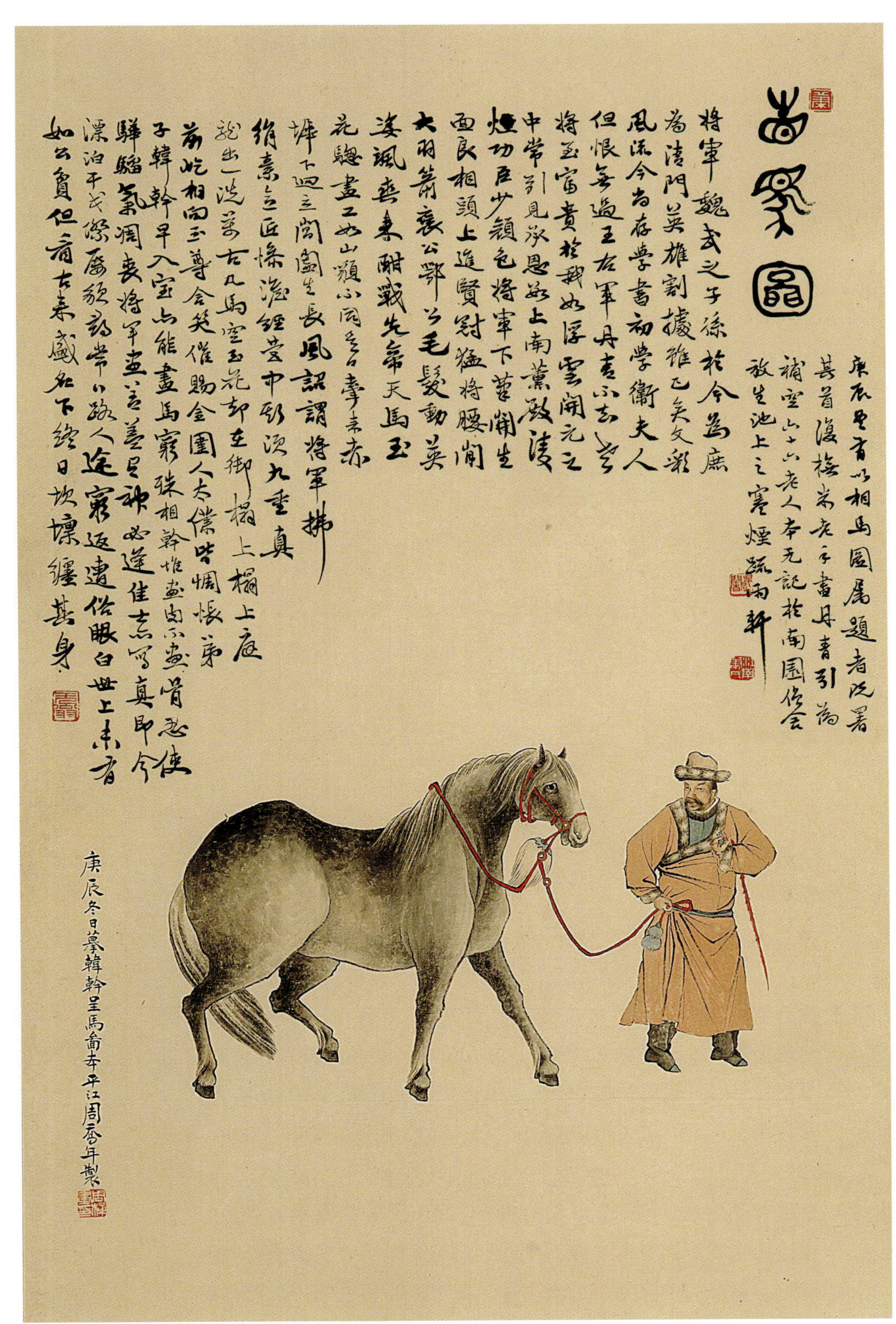

《丹青引赠曹将军霸》诗意图　周乔年 绘

【题识】

“雨裛红蕖冉冉香”诗意。一九五九年十月，八二叟姚石倩写。

【钤印】

（白文）姚石倩

（朱文）渴斋

【作者】 姚石倩（1879-1962），书画家，篆刻家。字宜孔，号渴斋，晚号砚田牛。安徽桐城人。曾任北川县知事。早年拜齐白石学画，专攻花鸟画及治印。建国后为四川省文史馆馆员。著有印谱《渴斋印章》。

【赏析】 这幅作品取意于“雨裛红蕖冉冉香”一句，以大写意的笔法，描绘雨中浸润的红荷。画面中的红荷风姿绰约，仿佛传来阵阵清香。笔墨简中见繁，刻画生动，将书法的用笔融入绘画。以色破墨的绘画方式，巧妙画出雨后荷叶温润的质感。色彩艳而不俗，用笔看似随意，却准确描绘荷花之形，大气磅礴。

《狂夫》诗意图　姚石倩 绘

【题识】

拟工部《客至》诗意，写蓬门、花径、春水、群鸥，益以桤木、笼竹、密藻、圆沙，觉草堂风物去人不远。图成放笔，景仰之情更何能已。乙未春三月，芮善画并记。

【钤印】

（白文）芮善私印

（朱文）敬于

【作者】 芮敬于（1880-1956），名青，原名善，字敬于。祖籍江苏溧阳，生于成都。专攻四王。

【赏析】 这幅作品据杜诗《客至》诗意所绘，描绘草堂春季疏旷清空的山水气象。草堂掩映于修竹、桤木、春水、花径之中，草堂内，二位友人畅谈甚欢。作品构图开合有度，笔墨严谨，色彩淡雅，充满了书卷气息。

《客至》诗意图　芮敬于 绘

【题识】

万里桥西一草堂，百花潭水即沧浪。风含翠篠娟娟净，雨裛红蕖冉冉香。

辛巳六月，雪泥写意。

戊子夏六月，再加浓墨设色，以贻毓卿先生补壁，枕流居士孙鸿。

【钤印】

（白文）孙鸿

（朱文）孙雪泥

【作者】 孙雪泥（1889-1965），上海松江人。名鸿，又名杰生，字翠章，别署枕流居士。曾任上海中国画院画师、上海中国书法篆刻研究会会员、上海市文史研究馆馆员等。

【赏析】 这幅作品据杜甫《狂夫》诗意所绘。以小写意的方式，略施淡彩描绘草堂幽美寂静的景色。从题跋来看，作品先后分两次绘制完成。在辛巳（1941 年）六月时，以淡墨绘制；七年后的戊子夏（1948 年），欲将此画赠与友人，遂以浓墨补笔并设色。画中草堂坐落于沧浪之水畔，以淡墨勾勒出点点荷花与荷叶，散落于水中，皴擦与勾勒并用，描绘出矗立的怪石，补笔的浓墨与淡墨融合得恰到好处，更凸显了石头的结构，怪石后又以层次丰富的淡墨描绘森森竹林。

万里桥西一草堂
百花潭水即沧浪
风含翠筱娟娟净
雨裛红蕖冉冉香
辛巳六月 雪泥写意

《狂夫》诗意图　孙雪泥 绘

【题识】

五月江深草阁寒。

庚辰暮春，写少陵诗意，雪道人溥伒。

【钤印】

（朱文）长白　雪斋四十以后所作　一砚梨花雨

【作者】　溥伒（1893-1966），字雪斋、学斋，号松风主人。幼年饱读诗书经史，能文善赋；长于书画，每日用笔不辍，功力深厚。曾为中国美协会员、北京市美协副主席、北京书法研究社社长、北京画院名誉画师、北京市文史馆馆员等。

【赏析】　这幅作品绘于1940年暮春时节，据杜诗“五月江深草阁寒”诗意，描绘夏季草堂清寒的景色。画面中山峦起伏，草堂笼罩于丛林之中，十分幽静。溥伒深受清代宫廷绘画的影响，此画多采用细笔山水的表现方式，行笔雅致，呈现出宁静而幽深的意境。树木刻画细腻，古法用笔，形式感强。山石以披麻皴法勾勒，苔点更是层层叠叠，先淡后浓，层次丰富而蓬松。赋色淡雅，尽显清幽。

《严公仲夏枉驾草堂兼携酒馔》诗意图　溥伒 绘

【题识】

迟日江山丽，春风花草香。泥融飞燕子，沙暖睡鸳鸯。写杜工部诗意，一九五四年冬，雪翁，陈之佛。

【钤印】

（白文）陈之佛印

（朱文）雪翁、雪翁画记

【作者】 陈之佛（1896-1962），画家、美术教育家、工艺美术家。原名绍本，学名杰，号雪翁。浙江余姚浒山镇（今属慈溪）人。曾为中国美术家协会理事，江苏省美术家协会副主席，江苏省文学艺术界联合会副主席等。

【赏析】 这幅作品作于1954年，以工笔重彩的表现形式，展现杜诗《绝句二首》其一的诗意，画海棠盛开，春燕展翅飞翔，鸳鸯贪睡沙滩，一片春意盎然之景。用笔工谨细腻，用色典雅明丽，禽鸟刻画生动；技法丰富，勾填、晕染、积水等多种技法的结合，使作品松弛有度，尽显工笔画之清隽雅致。

《绝句二首》(其一)诗意图

陈之佛 绘

【题识】

花径不曾缘客扫，蓬门今始为君开。丁酉五月瘦铁写于浣花草堂。

【钤印】

（朱文）钱　无地不乐

【作者】　钱瘦铁（1897–1967），书法家。名厓（一署崖），字叔厓，号瘦铁，又号峰青馆主、天池龙泓斋斋主等。江苏无锡人。擅长绘画、书法、篆刻。

【赏析】　这幅作品作于1957年，据杜诗《客至》诗意，绘于成都杜甫草堂博物馆，生动描绘了草堂春景。先生用笔豪放，气势雄浑，墨色浑厚丰润，颇有石涛笔法之感。树木造型简洁干练，或用干笔焦墨勾勒，或用大笔肆意挥毫浸染，浓墨淡墨纵横相交。山石皴法错落有致，干湿有度，似乱而整。寥寥数笔，绘出近处茅屋中交谈甚欢的宾主二人。远处城郭，以淡墨皴擦表现，随意几笔，勾勒出似有似无的屋顶。整幅作品充满了水墨的温润与灵动之感。

《客至》诗意图　钱瘦铁 绘

【题识】

江碧鸟逾白，山青花欲燃。己亥秋八月，江寒汀写杜甫诗意。

【钤印】

（白文）寒汀画

【作者】 江寒汀（1903-1963），名上渔，字寒汀，以字行。江苏常熟人。幼喜绘事，以花鸟见称。曾任教于上海美术专科学校，1956年入上海中国画院任职，为中国美术家协会会员。

【赏析】 这幅作品作于1959年，据杜诗“江碧鸟逾白，山青花欲燃”两句诗意所绘。画面紧扣杜甫诗意，小写意的笔法画出红艳艳的杜鹃花，重墨略加胭脂细笔勾勒出细长的花蕊，浓墨点写出枝干与叶片，使杜鹃花在山石的映衬下格外的娇艳。四只白色的鸟儿嬉戏玩耍，飞掠过江面，笔墨造型严谨，形态各异；工写结合，淡墨劈毛，后以墨色适当分染暗部，亮部又以白粉提出，眼睛、爪子、舌头等细微部分刻画细腻，以赭石色提点勾勒，显得神韵十足。山石以赭石打底，石绿擦染，展现出清峻的山崖。整幅作品色彩明艳，尽显春意盎然。

《绝句二首》（其二）诗意图

江寒汀 绘

【题识】

清秋幕府井梧寒，独宿江城腊炬残。永夜角声悲自语，中天月色好谁看。风尘荏苒音书绝，关塞萧条行路难。已忍伶俜十年事，强移栖息一枝安。写杜甫咏《宿府》诗意，一九五九年，陆小曼。

【钤印】

（白文）小曼书画

【作者】 陆小曼（1903-1965），原名陆眉。祖籍江苏常州，生于上海。1931年，从贺天健学习国画，曾为上海文史馆馆员、上海画院画师、上海市人民政府参事室参事等。

【赏析】 这幅作品绘于1959年，据杜诗《宿府》诗意，以浅绛山水的形式所绘。笔法严谨，树木造型古意十足，穿插叠嶂，墨色变化微妙，层次丰富。山石多以披麻皴法勾勒，舒缓而平静，透露出浓浓的文人气息。整幅作品赋色淡雅，清丽脱俗。

清秋幕府井
梧寒獨宿江城
蠟炬殘永夜角
聲悲自語中
天月色好誰看
風塵荏苒音
書絕關塞蕭
條行路難已忍
伶俜十年事
强移棲息一
枝安
寫杜甫詩宿府
詩意
陸小曼

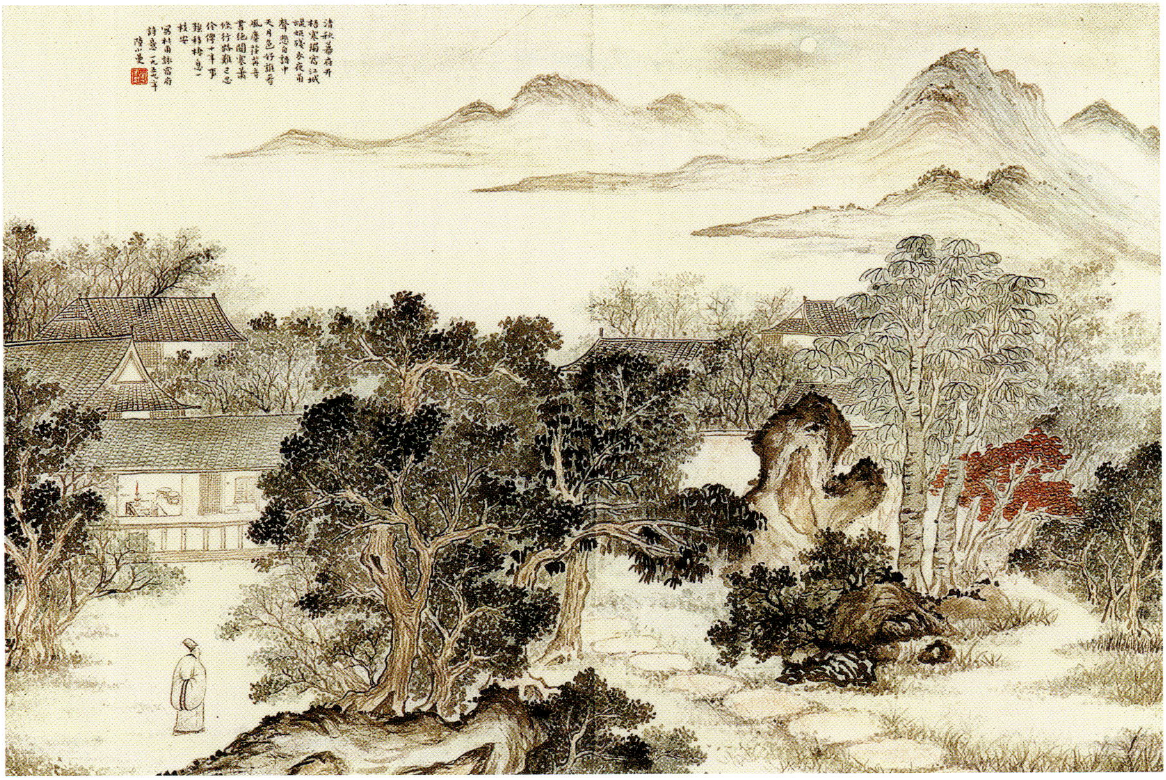

《宿府》诗意图　陆小曼 绘

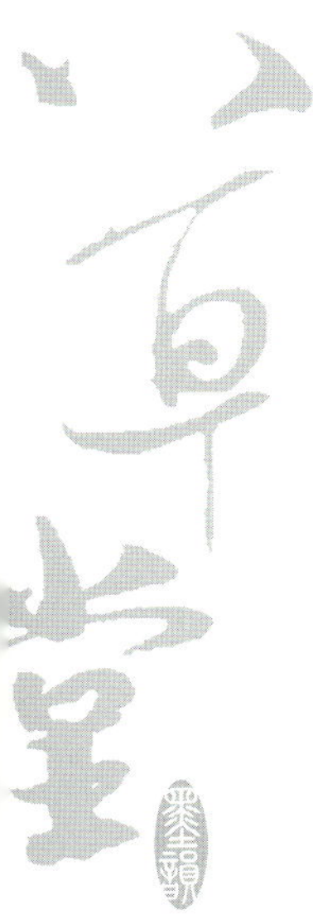

【题识】

元戎小队出郊垧，问柳寻花到野亭。川合东西瞻使节，地分南北任流萍。扁舟不独如张翰，皂帽应兼似管宁。寂寞江天云雾里，何人道有少微星。瘦粿写意。

【钤印】

（朱文）梅

【作者】 伍瘦梅（1909-1971），名莹，号宋民，字瘦梅，以字行。四川成都人，擅长绘画、书法。斋名“安素堂”。

【赏析】 这幅作品描绘杜甫《严中丞枉驾见过》诗意。整个画面春色宜人，赋色清新雅致，富有诗意。人物造型工稳，线条取高古游丝描与钉头鼠尾描的笔法，色彩稳重而不失华美。树木造型各具特色，柳树小笔勾勒，浓淡兼备，再以花青加淡墨罩染，更显蓊郁。门前的松树刻画细致入微，层次丰富，疏疏密密，耐人寻味，夹叶树造型古拙，以石绿与石青点染显得格外亮丽。几株桃花更为草堂增添了一份春意，远山仿佛笼罩在那江天似有似无的云雾里，一片清幽。

《严中丞枉驾见过》诗意图　伍瘦梅 绘

【题识】

两个黄鹂鸣翠柳，一行白鹭上青天。窗含西岭千秋雪，门泊东吴万里船。丁酉春三月上浣，瘦槑写意。

【钤印】

（白文）宋民

（朱文）梅

【作者】 伍瘦梅（见前）

【赏析】 这幅作品作于1957年，紧扣杜诗《绝句四首》其三诗意，以浅绛山水的笔法描绘草堂清雅和谐的景色。画面中，杨柳低垂，一人站于翠柳下，遥望溪畔美景；远处依稀可见皑皑雪山，近处几艘船停泊溪中。作品笔法讲究，线条疏朗，近景多以线条勾勒，而远景则以墨色皴染，层次丰富，冷暖有度，雅致中略带一丝苍茫。

《绝句四首》（其三）诗意图　伍瘦梅 绘

【题识】

自为青城客，不唾青城地。为爱丈人山，丹梯近幽意。

杜少陵句，八零年，冯建吴。

【铃印】

（白文）仁寿

（朱文）太虞　游父

【作者】　冯建吴（1910-1989），字太虞，别字游。四川仁寿人。擅国画、书法、篆刻。师从王一亭、王个簃、潘天寿、诸乐三等名师。曾任中国美术家协会四川分会理事、中国书法家协会理事、重庆国画院副院长、成都画院顾问等。

【赏析】　这幅作品绘于1980年，是作者七十高龄时据杜甫《丈人山》诗意所绘。以苍劲的水墨、雄健的笔法、奇险的构图，将丈人山的高峻与清幽刻画得入木三分。用笔大气，却不失精微，颇具北宗山水的精髓。云水留白，在空白的空间衬托下，山石主体更显得气势雄浑，颇具张力。画面的景物独具蜀地风韵，可见作者长久以来对自然景物的悉心观摩。整幅作品色彩浓郁，笔墨浑厚，画面明快而富有生机，突出了丈人山峻且幽的特点。

《丈人山》诗意图　冯建吴 绘

【题识】

忆年十五心尚孩，健如黄犊走复来。庭前八月梨枣熟，一日上树能千回。岁在丙寅冬月，写杜少陵《百忧集行》诗意，先诚画并记。

【钤印】

（白文）先诚

【作者】 彭先诚（1941- ），四川成都人。现为国家一级美术师、四川省诗书画院专业画家、中国美术家协会会员、国务院特殊津贴专家、中国画学会理事、中国国家画院研究员。

【赏析】 这幅作品作于1986年冬，据杜甫《百忧集行》诗意，描绘少年们充满童趣的生活。画面紧扣诗意，两少年在梨树旁嬉戏玩耍。一人爬树摘梨，一人在树下仰头而视，拉起衣襟，似要接住树上的梨子，一片天真与欢快。先生以枯笔焦墨散锋勾勒树干的结构，颇有八面来锋之感，后以淡破浓，干湿相宜。梨子以没骨之法描绘，结构与冷暖尽显，足见作者对笔墨的把控。叶子色彩变化丰富却又色调统一，刻画少年的笔墨更是生动，结构严谨，服饰的水墨感十足，线面结合，充满了活力，将玩耍中的少年形象表现得形神兼备，整幅作品呈现出一片欢愉与童真之趣。

《百忧集行》诗意图　彭先诚 绘

【题识】

天府风物图。锦城丝管日纷纷，半入江风半入云。此曲只应天上有，人间能得几回闻。丙寅除夕并录杜工部诗一首于成都浣花溪上，以杜甫草堂惠存，张幼矩。

【钤印】

（白文）张幼矩印

（朱文）仲方

【作者】 张幼矩（1943-　），四川成都人。现为国家一级美术师、中国美术家协会会员、中华诗词学会会员、中国楹联学会会员、中国散文学会会员、中国国学研究会会员、四川杜甫研究学会会员、四川省文史馆巴蜀诗书画院副院长、四川省作家协会会员、成都市民盟书画院顾问。

【赏析】 这幅作品绘于1986年除夕，据杜甫《赠花卿》诗意，为杜甫草堂所作。以浅绛山水的形式，描绘锦官城。亭台楼阁勾勒工稳细腻，亭台中人物繁多，一片莺歌燕舞。桥上一人身着白衣，眼看着眼前的一片浮华。楼阁与林木一紧一松，使画面松紧有度，林木刻画尽显蜀地风韵。淡墨绘出树木结构，枯笔浓墨散锋提点，墨色层层叠叠，节奏感强。三青色点出树叶，更觉清丽，淡淡的青绿色皴染画面，锦官城沉浸在一片清幽之中。远处江水澄澈，几只渔船归来，成群的鸟儿似乎也沉浸于清远的乐音之中。整幅作品动中有静，闹中显幽，别有一番韵味。

《赠花卿》诗意图　张幼矩 绘

【题识】

锦官城外。时壬午岁暑，川北翠云廊归后写杜甫诗意，刘朴并记。

【钤印】

（白文）朴子　刘朴画印

【作者】　刘朴（1945-　），四川成都人。本名刘国辉，现为四川省诗书画院专职画家、国家一级美术师、中国美术家协会会员、中国画学会常务理事、四川省中国画学会会长、中国美协河山画会会员、中国人民大学客座教授。

【赏析】　刘朴这幅作品创作于2002年。静观画作，顿感远离尘嚣，仿佛回到理想的境界。画面诗情盈盈，情致满满，此景十年间作者画过数次，以各种尺幅呈现，每次落笔都尽情释放心中的“文人思致”，将杜甫诗意融入笔墨。绘画与诗性完美结合，表现出雅逸高怀，也许诗意无限、烟火无涉的精神世界才是我们追求的。

《锦官城外》诗意图　刘朴 绘

【题识】

晓看红湿处，花重锦官城。

杜甫诗句，半翁天柱写意。

【钤印】

（白文）半醒斋　半醒斋主人

（朱文）秦天柱

【作者】　秦天柱（1952-　），四川成都人。现为中国美术家协会会员、四川省诗书画院副院长、四川省美术家协会副主席、四川省中国画学会副会长，国家一级美术师。

【赏析】　这幅作品据杜诗“晓看红湿处，花重锦官城”两句所绘，构图清灵、简约，设色亮丽，笔墨凝练、舒展。水与墨、墨与色的巧妙融合，构成一幅温润的雨后春景。没骨与线描并用，使画面松紧得当。鸟儿形态生动，枯笔焦墨刻画细腻，虽不画眼睛却更显得神韵十足。整幅作品既有着一定的形式感和抽象意味，又有着浓郁的诗意和中国传统文化的艺术精神。

《春夜喜雨》诗意图　秦天柱 绘

【题识】

锦里烟尘外，江村八九家。圆荷浮小叶，细麦落轻花。卜宅从兹老，为农去国赊。远惭勾漏令，不得问丹砂。

杜少陵在浣花居时作下此诗。丙寅冬日画其大意于锦城支矶石。叶瑞琨并记。花下脱“谿”字。

【钤印】

（白文）叶氏

（朱文）瑞琨

【作者】 叶瑞琨（1954-　），四川成都人。现为中国美术家协会会员，国家一级美术师，四川省中国画学会常务副会长。曾任成都画院副院长，成都画院学术委员会主任。

【赏析】 这幅作品绘于1986年，据杜诗《为农》之意，以泼墨破墨之法，加以平淡的色彩，描绘初夏草堂之景，湖水澄澈，荷叶点点，笼竹青翠，闲然自得。以看似无形的笔墨，看似无皴的笔法，描绘丘壑万千。色块与墨块的交融，展现出清远平湖下的恬淡与安详。写意的笔法勾勒出湖面上漂泊的渔船，渔翁与鱼鹰则蓄势待发，神韵十足。青翠的笼竹清远而蓬松，形成一种向右倾斜的动势，仿佛微风拂过，竹叶随风起舞，飒飒作响。落款书法别具新意，典雅而厚重，传达出浓浓的文人情怀。整幅作品意境雅逸，与杜诗之意境相得益彰。

《为农》诗意图　叶瑞琨 绘

书 法 篇

【释文】

五夜漏声催晓箭，九重春色醉仙桃。旌旗日暖龙蛇动，宫殿风微燕雀高。朝罢香烟携满袖，诗成珠玉在挥豪。欲知世掌丝纶美，池上于今有凤毛。

【款识】

天池徐渭

【作者】 徐渭（1521-1593），初字文清，改字文长，号天池山人、青藤道士，或署田水月，山阴（今浙江绍兴）人。明代著名书画家、文学家。与解缙、杨慎并称为“明代三大才子”。他的诗文书画处处弥漫着一股郁勃的不平之气和苍茫之感，书法与沉闷的明代前期书坛对比显得格外突出。其狂草书，气势磅礴，笔墨恣肆，满纸狼藉。他的杂剧《四声猿》曾得到汤显祖等人的称赞，在戏曲史上也占有一席之地。传世书画作品有《代应制咏剑草书轴》《代应制咏墨草书轴》《墨葡萄图轴》《山水人物花鸟册》等。有杂剧《四声猿》、南戏理论著作《南词叙录》及《徐文长佚稿》《徐文长集》等。

【赏析】 徐渭的书法取法王羲之和米芾。此幅草书，笔法恣肆雄健，超然洒脱，老辣生涩，慷慨激昂；结构上，字的大小不一，取势不同，有的奇斜取势，有的仰望取势，信手拈来，可以用“书初无意于佳乃佳尔”（苏东坡评草书语）来概括。章法上，看似一片狼藉，实则于乱中张弛有度，博得生机，字的结构与笔法取法广泛，变化多端，趣味十足。线条遒劲有力，结体变化多端，章法错落有致，可谓是形神兼备的佳品。

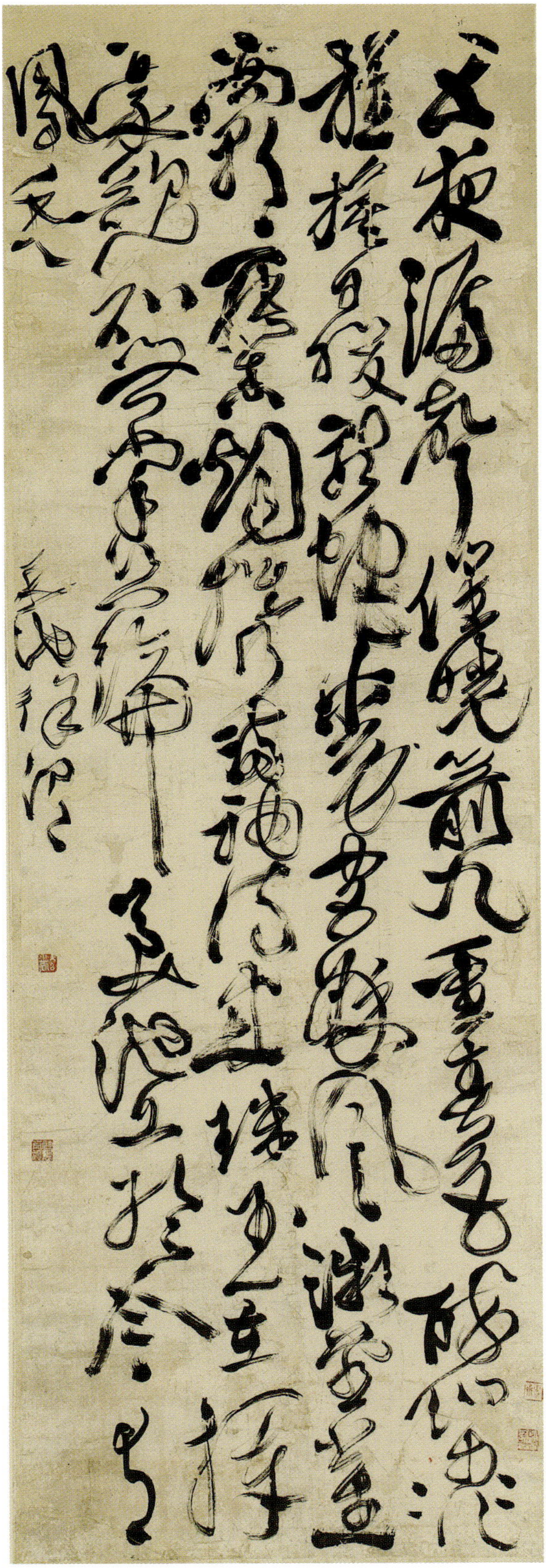

《奉和贾至舍人早朝大明宫》 [明]徐渭 书

【释文】

蓬莱宫阙对南山，承露金茎霄汉间。西望瑶池降王母，东来紫气满函关。云移雉尾开宫扇，日绕龙鳞识圣颜。一卧沧江惊岁晚，几回青琐点朝班。

【款识】

董其昌

【钤印】

（白文）宫詹学士

（朱文）董氏玄宰

【作者】 董其昌（1555-1636），字玄宰，号思白，又号香光居士，松江华亭（今上海松江）人。官至南京礼部尚书，谥文敏。世称“董香光”“董文敏”“董华亭”。董其昌学识渊博，精通禅理，是一位集大成的书画家，其《画禅室随笔》是研究中国艺术史的一部极其重要的著作。他的书法以行草书造诣最高，在当时已“名闻外国，尺素短札，流布人间，争购宝之”（《明史·文苑传》）。其存世书法作品有《岳阳楼记》《白居易琵琶行》《行书唐诗册页》《草书唐人诗卷》《草书诗册》《倪宽赞》等，著有《画禅室随笔》《容台文集》，刻有《戏鸿堂帖》等。

【赏析】 董其昌的书法初学颜真卿，又遍学诸家，取法古人，上追“二王”，集众家之长，另辟蹊径自成一派，书法具有秀劲飘逸之美。此幅草书，笔画圆劲秀逸，尽显平淡天真之意。用笔中锋为主，侧锋为辅，线条刚劲遒美，墨色变化丰富，用墨枯湿浓淡交互并用，特别是飞白的用笔，与重墨形成鲜明的反差。通篇气息通畅，一气呵成，章法上布局合理，使得整体看上去协调统一。

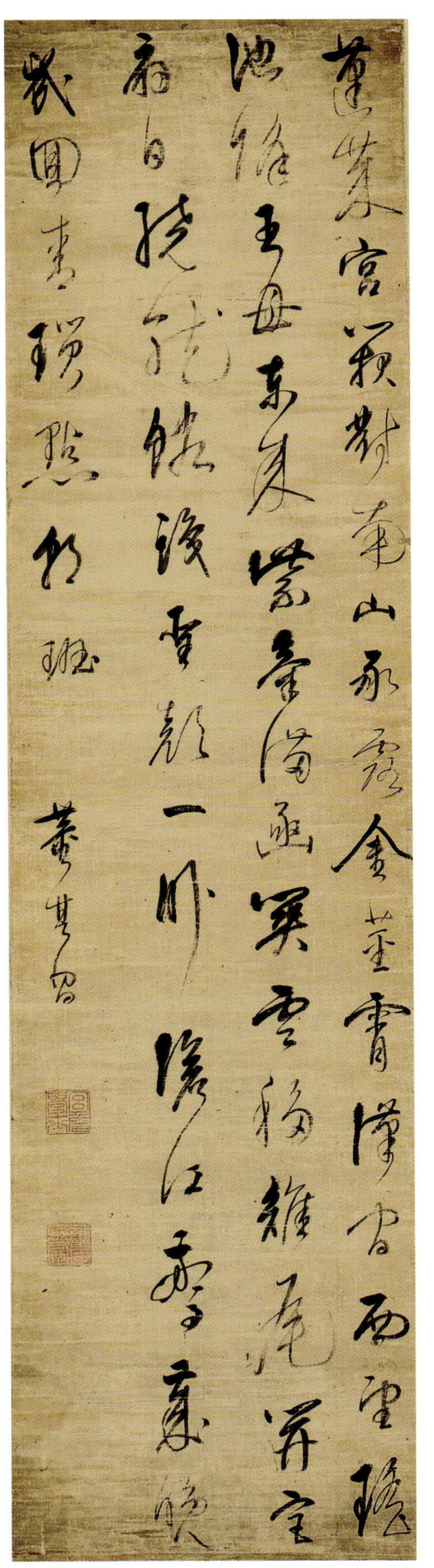

《秋兴八首》（其五）　[明] 董其昌 书

【释文】

锦里先生乌角巾，园收芋栗未全贫。惯看宾客儿童喜，得食阶除鸟雀驯。秋水才添四五尺，野航恰受两三人。白沙翠竹江村暮，相送柴门月色新。

【款识】

瑞图

【作者】 张瑞图（1570-1644），明代书画家。字长公，一字果亭，号二水、白毫庵主、白毫庵主道人、芥子居士、平等居士、果亭山人等。福建晋江青阳下行人。万历三十五年丁未（1607）进士，授编修官少詹事，兼礼部侍郎，以礼部尚书入阁。尤工书，擅长行草，气魄宏大，笔势雄伟。为明代四大书法家之一。与董其昌、邢侗、米万钟齐名，有“南张北董”之号；又擅山水画，效法元代黄公望，苍劲有力，作品传世极希。

【赏析】 《南邻》为杜甫居成都草堂时所作，述其与南邻朱山人的亲密过从，其诗格调清俊，恬适之情扑面而来。张瑞图所书为一大中堂，长达 3.47 米，宽亦超过 1 米，实为难见之巨幅。其书于众家之外独辟蹊径，奇逸清迈，脱尽俗尘，气韵生动，与所书内容浑然天成。观其作品，用笔铿锵有力，通篇气息顺畅，字与字之间的连带、组合及章法布局安排都恰到好处。

《南邻》 ［明］张瑞图 书

【释文】

坦腹江亭暖，长吟野望时。水流心不竞，云在意俱迟。
寂寂春将晚，欣欣物自私。故林归未得，排闷强裁诗。

【款识】

癸丑三月，书杜为鸣珂亲翁正。戴明说。

【钤印】

（白文）戴明说印
（朱文）米芾画禅烟峦如觌明说克传图章用锡　道默

【作者】　戴明说（1608-1686），明末清初直隶沧州（今河北沧州）人，字道默，号岩荦，道号定园，晚年自号铁帚，行一。工书、画，尤精山水、墨竹。著有《定园诗集》《定园文集》《篆书正》《礼记提纲广注》等。

【赏析】　戴明说的书法学习米芾、董其昌，王铎称其书法有王羲之、王献之之意韵。此为绢本行书，所书为杜甫五言律诗《江亭》，诗中描写诗人在江边小亭独坐时的感受。作品通篇结字欹侧多姿，线条粗细变化丰富，率性之中极富法度，多变的墨色彰显着书写过程中起伏跳跃的节奏和情感。特别是枯笔处对笔锋的高度控制，上承米、董之笔法核心，有清一代崇董之风于其所处之时已初见端倪。

《江亭》 [明]戴明说 书

【释文】

得归茅屋赴成都，真为文翁再剖符。但使闾阎还揖让，敢论松菊久荒芜。鱼知丙穴由来美，酒忆郫筒不用酤。五马旧曾谙小径，几回书札待潜夫。

【款识】

《杜工部将赴成都草堂途中有作先寄严郑公》之一。庚午长至月书，谷口郑簠。

【钤印】

（白文）郑簠之印

（朱文）脉望楼

【作者】 郑簠（1622–1693），清代书法家。字汝器，号谷口。原籍福建莆田，明洪武间迁至金陵（今江苏南京）。以行医为业，终身不仕。善书，以隶书著称，书风飘逸虚灵，活脱洒丽。梁巘《论书帖》称："郑簠八分书学汉人，间参草法，为一时名手。"被包世臣《艺舟双辑》列为"逸品上"。后人称之为清代隶书第一人。其传世书迹主要有《杨茂源酬于附马诗轴》《卢仝新月诗轴》《浣溪少词轴》《灵宝谣》等。

【赏析】 郑簠五体皆善，尤精于隶书，亦擅长篆刻。其书法取法宋珏，又上溯汉碑，诸如《史晨碑》《曹全碑》，在《曹全碑》上汲取了很多精华。此幅隶书，字间距疏朗平稳，左右行距紧密，落款于平稳中求险绝。通篇行笔苍劲古拙，遒劲有力，变化丰富；结字方整规矩，扁平之中显浑厚圆润，被世人称之为"草隶"。此幅作品是郑簠遣兴之作，潇洒劲爽，自然随性，洒脱飘逸。

《将赴成都草堂途中有作先寄严郑公五首》（其一）

[清] 郑簠 书

【释文】

八月秋高风怒号，（吹）〔卷〕我屋上三重茅。茅飞渡江洒江郊，高者挂罥长林梢，下者飘转沉塘坳。南村群童欺我老无力，忍能对面为盗贼，公然抱茅入（屋）〔竹〕去。唇焦口燥呼不得，归来倚杖自叹息。俄顷风定云墨色，秋天漠漠向昏黑。布衾多年冷似铁，（骄）〔娇〕儿恶卧踏里裂。床〔头〕屋漏无干处，雨脚如麻未断绝。自经丧乱少睡眠，长夜沾湿何由彻。安得广厦千万间，大庇天下寒士（皆）俱欢颜，风雨不动安如山！呜呼！何时眼前（眼）突兀见此屋，吾庐独破受冻（意）〔死〕亦足！

晴江如镜月如钩，泛滟苍茫送客愁。夜泪潜生竹枝曲，春滩遥上木兰舟。事随云去身难到，梦逐烟（语）〔销〕水自流。昨日欢娱竟何在，一枝梅谢楚江头。（编者按：此首为温庭筠《西江贻钓叟骞生》。）

【款识】

姜宸英书

【钤印】

（白文）二研斋珍藏　姜宸英印

（朱文）老易斋　西溟

《茅屋为秋风所破歌》 [清]姜宸英 书

【作者】 姜宸英（1628-1699），清代书法家、史学家。字西溟，号湛园，又号苇间。浙江慈溪人。清康熙三十六年（1697）探花，授编修。初以布衣荐修明史，与朱彝尊、严绳孙合称“三布衣”。工书善画。山水笔墨遒劲，气味幽雅。书宗米、董，飘逸俊秀，晚年始宗法晋人，名重一时，以小楷为第一。精鉴赏，家藏兰亭石刻，拓本称《姜氏兰亭》。与笪重光、汪士鋐、何焯并称“康熙四家”，为清初帖学书法的代表人物。著有《西溟全集》《湛园题跋》《苇间集》《海防总论》等。

【赏析】 姜宸英的书法取法宋明，后又追溯魏晋，是清代前期帖学的代表书家。此幅草书，在宽舒的行距间营造出一种简约、宁静的艺术氛围。布局疏朗有致，书风飘逸秀润，落笔从容有力，通篇精神贯注，毫无滞涩之感。书法笔势流畅纵横，结体丰满圆润，章法疏朗平稳，结字率意简洁，结构平和自然，疏密、错落有致。字体大小、粗细对比强烈，用笔上多以露锋起笔，运笔、转折、连接，均显得和谐相间，呈现出疏淡而不空阔、丰润而不肥腴的艺术效果。字间相连有四处，看似不经意，却各具特色。细细品味整幅作品，内敛刚劲，外透洒脱，闪转腾挪间，可管窥到二王、米、董影子，如清丽淡雅，有董其昌柔媚书风韵致；而奇正相生的取势，又有米芾竦削谨严之法，但仔细观赏，又不全是各家面貌。综观全篇，雅俗兼而有之，有一种超凡入胜、赏心悦目的美感，令人百看不厌。

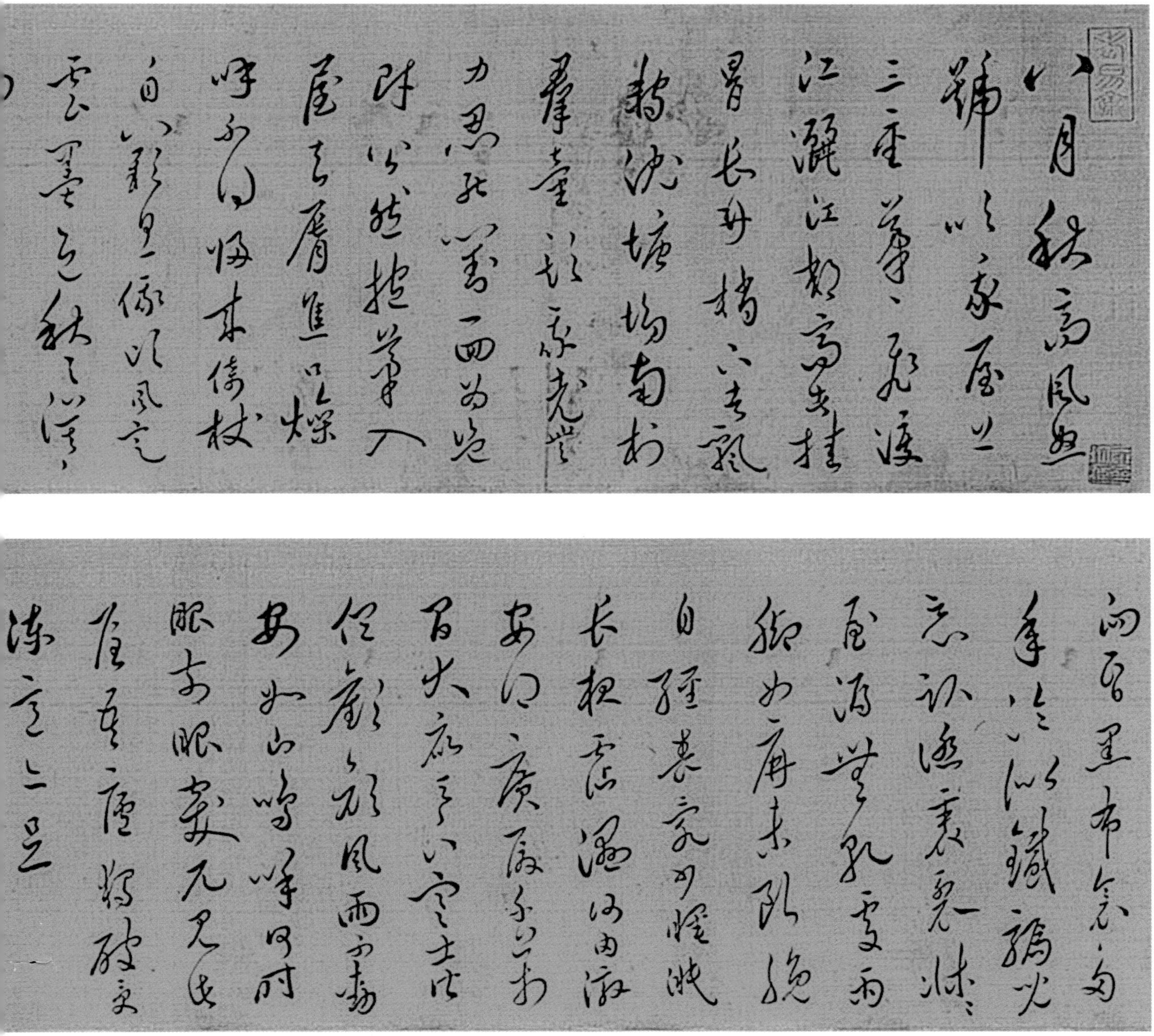

《茅屋为秋风所破歌》 ［清］姜宸英 书（局部）

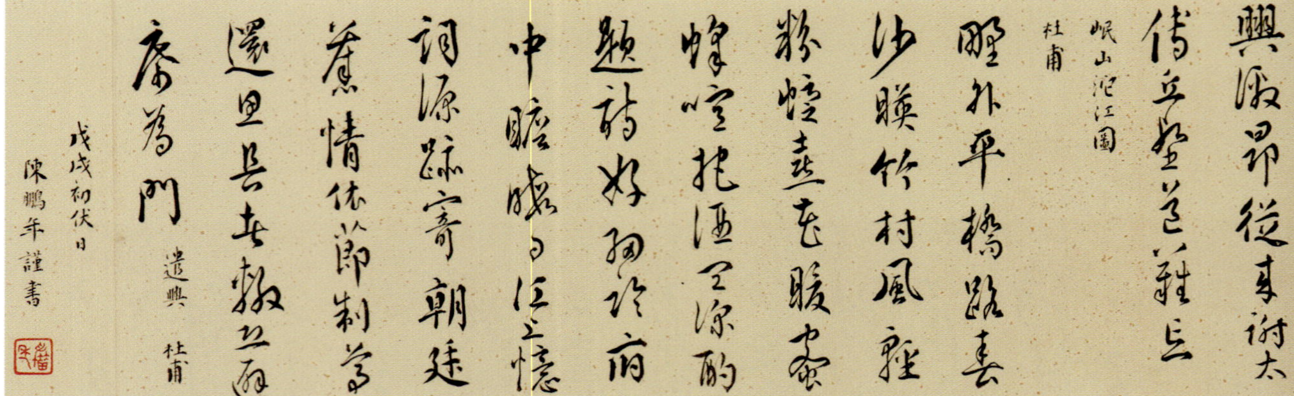

【释文】

陈寋勤公遗墨。后学陈颂万。丁巳三月。

沱水流中座，岷山到此堂。白波吹粉壁，青嶂插雕梁。
直讶松杉冷，兼疑菱荇香。雪云虚点缀，沙草得微茫。
岭雁随毫末，川蜺饮练光。霏红洲蕊乱，拂黛石萝长。
暗谷非关雨，丹枫不为霜。秋成元圃外，景物洞庭旁。
绘事功殊绝，幽襟兴激昂。从来谢太傅，丘壑道难忘。岷山沱江图，杜甫。

野（外）〔水〕平桥路，春沙映竹村。风轻粉蝶喜，花暖蜜蜂喧。
把酒宜深酌，题诗好细论。府中瞻暇日，江上忆词源。
迹寄朝廷旧，情依节制尊。还思长者辙，恐避席为门。
遣兴，杜甫。

【款识】

戊戌初伏日，陈鹏年谨书。

【钤印】

（白文）颂万印信

（朱文）鹏年　程观颂万　巢父

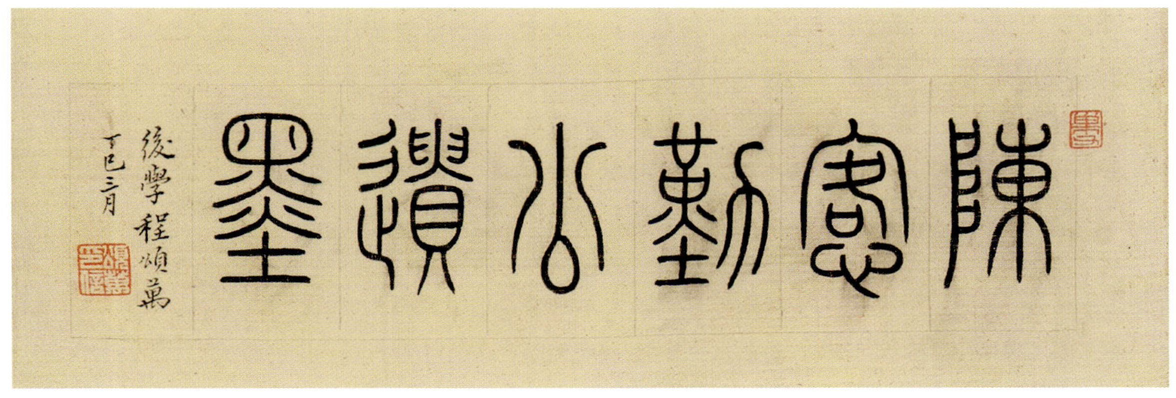

《奉观严郑公厅事岷山沱江画图十韵》《敝庐遣兴奉寄严公》 [清]陈鹏年 书

【作者】 陈鹏年（1663-1723），清代官吏、学者。字北溟，又字沧州。湖广湘潭人。康熙三十年（1691）进士。累擢江宁知府，苏州知府，禁革奢俗，听断称神。以清廉著，有“陈青天”之称。官至河道总督，兼摄漕运总督，卒谥恪勤。曾被康熙誉为“中国第一能臣”。其书法亦为世所称道，善行、草书。罢官时，持易酒米，人争购藏以为荣。著有《道荣堂文集》《道荣堂诗集》《喝月词》《历仕政略》《河工条约》等。《清史稿》有传。

【赏析】 陈鹏年书法取法晋人，专以帖学取胜，气味幽雅，飘逸俊秀，意态雍容厚重，功力颇深。此幅行草，用笔平和圆实，浑厚华滋，肥而不胖，瘦而不削，没有馆阁体肥重之弊，也没有丝毫纤弱之意，有的是魏晋隋唐以来的风流气骨。此诗的意境与作者的为人、心境相契合，可谓相得益彰、恰到好处。

【释文】

将军魏武之子孙，于今为庶为清门。英雄割据虽已矣，文采风流今尚存。学书初学卫夫人，但恨无过王右军。丹青不知老将至，富贵于我如浮云。开元之中常引见，承恩数上南薰殿。凌烟功臣少颜色，将军下笔开生面。良相头上进贤冠，猛将腰间大羽箭。褒公鄂公毛发动，英姿飒爽来酣战。先帝天马玉花骢，画工如山貌不同。是日牵来赤墀下，迥立阊阖生长风。诏谓将军拂绢素，意匠惨澹经营中。斯须九重真龙出，一洗万古凡马空。玉花却在御榻上，榻上庭前屹相向。至尊含笑催赐金，圉人太仆皆惆怅。弟子韩幹早入室，亦能画马穷殊相。幹惟画肉不画骨，忍使骅骝气凋丧。将军画善盖有神，必逢佳士亦写真。即今漂泊干戈际，屡貌寻常行路人。途穷（迂）〔反〕遭俗眼白，世上未有如公贫。但看古来盛名下，终日坎壈缠其身。

【款识】

丙子仲冬，书请问翁老年长兄先生正字，军都弟孙缵功。

【钤印】

（白文）孙缵功印

（朱文）壬戌进士　天全堂

【作者】　孙缵功，生卒年不详，直隶顺天府昌平县（今北京昌平）人。清朝官员，进士出身，官至云南按察司佥事。

【赏析】　孙缵功书法受到清代馆阁体的影响。此幅楷书，用笔圆中寓方，粗细分明，结字呈正方形且稍扁，左右开合，章法疏密错落有致，较为严谨。但通篇观之，生气稍显不足，可谓遗憾。

將軍魏武之子孫於今為庶為清門英雄割據雖已矣文采風流今尚存學書初學衛夫人但恨無過王右軍丹青不知老將至富貴於
我如浮雲開元之中常引見承恩數上南薰殿淩煙功臣少顏色將軍下筆開生面良相頭上進賢冠猛將腰間大羽箭褒公鄂公毛髮
動英姿颯爽來酣戰先帝天馬玉花驄畫工如山貌不同是日牽來赤墀下迥立閶闔生長風詔謂將軍拂絹素意匠慘淡經營中斯須
九重真龍出一洗萬古凡馬空玉花卻在御榻上榻上庭前屹相向至尊含笑催賜金圉人太僕皆惆悵弟子韓幹早入室亦能畫馬窮
殊相幹惟畫肉不畫骨忍使驊騮氣凋喪將軍畫善蓋有神必逢佳士亦寫真即今漂泊干戈際屢貌尋常行路人途窮反遭俗眼白世
上未有如公貧但看古來盛名下終日坎壈纏其身　丙子仲冬書請
問翁老年長兄先生　正字　軍都弟孫纘功

《丹青引赠曹将军霸》　[清] 孙缵功 书

【释文】

好雨知时节，当春乃发生。随风潜入夜，润物细无声。
野径云俱黑，江船火独明。晓看红湿处，花重锦官城。

用拙存吾道，幽居近物情。桑麻深雨露，燕雀半生成。
村鼓时时急，渔舟个个轻。杖藜从白首，心迹喜双清。

【款识】

乾隆丁卯，板桥郑燮书。

【钤印】

（白文）七品官耳

【作者】 郑板桥（1693-1765），清代画家、书法家，文学家。原名郑燮，字克柔，号板桥、板桥道人，人称板桥先生。江苏兴化人，祖籍苏州。康熙年间秀才，雍正十年（1732）举人，乾隆元年（1736）丙辰科二甲进士。官山东范县、潍县县令，有政声。后客居扬州，以卖画为生。为“扬州八怪”之一，其诗、书、画均旷世独立，世称“三绝”，擅画花卉木石，尤长兰竹。其书亦饶有别致，隶、楷参半，自称“六分半书”。著有《板桥全集》。

【赏析】 郑板桥书法初学欧阳询，“欧体”本身结字紧密，故其字也稍显拘谨。后取法隶书，以“汉八分”（隶书的一种）杂入楷、行、草而独创一格，自称“六分半书”，人称“板桥体”。此幅作品即为“板桥体”书风，字的大小、方圆、肥瘦，笔画的长短、粗细，字与字之间的衔接、穿插，错落有致，如“乱石铺街”，纵放中含着规矩。看似随意挥洒，整体上给人的感觉又舒服自然，章法布局安排得合情合理。

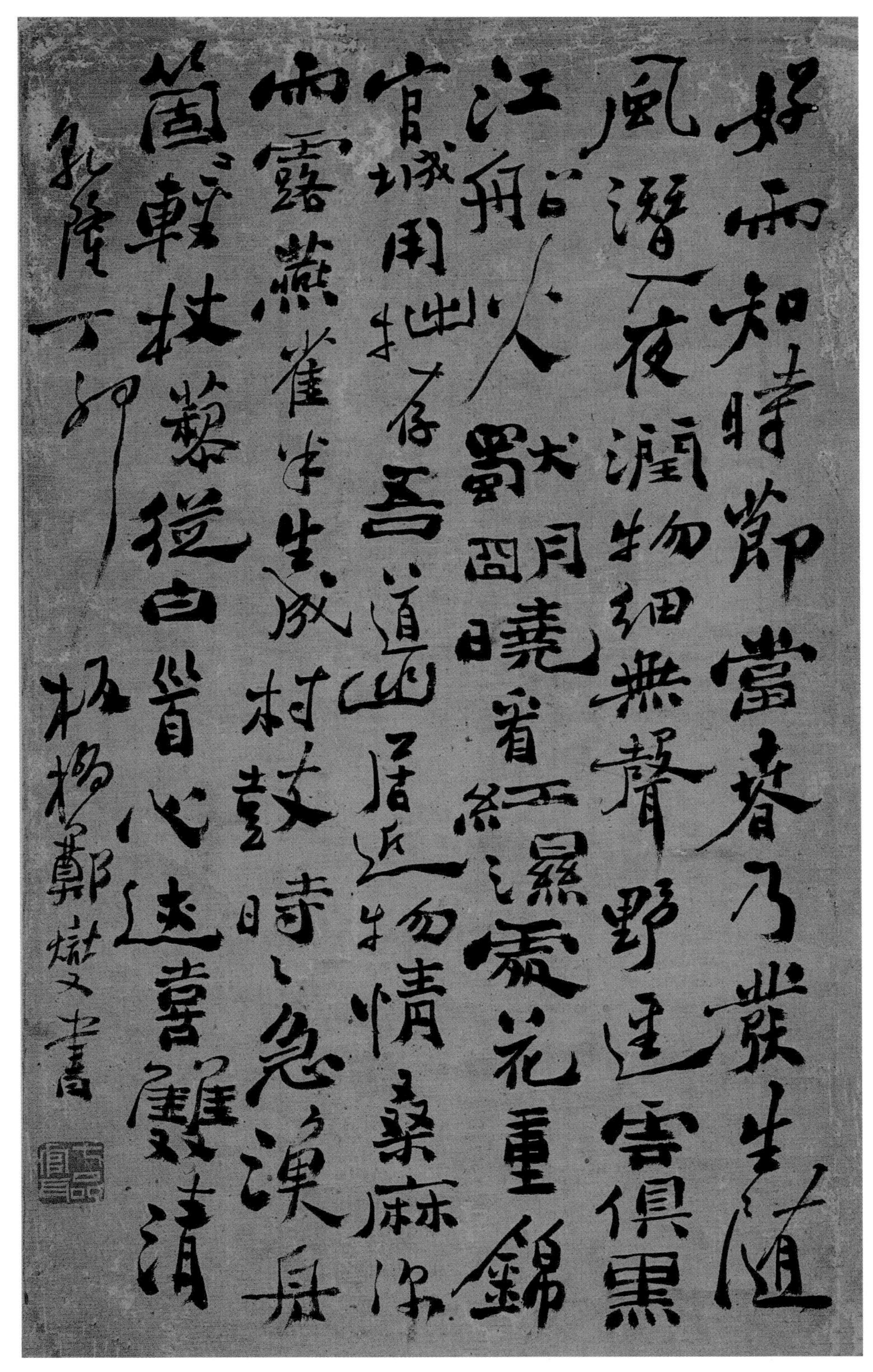

《春夜喜雨》《屏迹三首》（其二）［清］郑板桥 书

【释文】

好雨知时节，当春乃发生。随风潜入夜，润物细无声。
野径云俱黑，江船火独明。晓看红湿处，花重锦官城。

风林纤月落，衣露净琴张。暗水流花径，春星带草堂。
检书烧烛短，看剑引杯长。诗罢闻吴咏，扁舟意不忘。

【款识】

随录杜律二首，所谓一滴水能知大海味也。甲戌暮春之初，三希堂御笔。

【钤印】

（朱文）得象外音
（白文）乾隆宸翰

【作者】 乾隆（1711-1799），清高宗爱新觉罗·弘历，清朝第六位皇帝，入关后第四位皇帝，1735-1795年在位，年号“乾隆”，寓意“天道昌隆”。乾隆自幼就接受汉族传统文化教育，四书五经，诗词歌赋，书法绘画，无一不精，文化修养很高。执政后也十分重视文化建设，“稽古右文，崇儒兴学”。从其书法作品中可以发现，起步学康熙时流行的宫廷书法，后在承学各家中选定赵孟頫丰圆肥润的书法。他对于书法的嗜好和倡导，比之祖父康熙更胜一筹。在位期间，开四库全书馆，编纂《续三通》《皇朝三通》等。

【赏析】 乾隆书法学赵孟頫，将赵字的流畅、秀媚展露无疑。此幅行书，字体稍长，行书中又夹杂草书韵味。点画圆润均匀，结体婉转流畅。但缺少变化和韵味，少雄武之风。

好雨知時節當春乃發生隨風潛入夜潤物細無聲野徑雲俱黑江船火獨明

曉看紅濕處花重錦官城

風林纖月落衣露淨琴張暗水流花徑春星帶草

堂檢書燒燭短看劍引杯長詩罷聞吳詠扁舟意不忘

隨錄杜律二首所謂一滴水能知大海味也甲戌暮春之初三希堂清筆

《春夜喜雨》《夜宴左氏庄》

[清] 乾隆 书

【释文】

清江一曲抱村流，长夏江村事事幽。自去自来梁上燕，相亲相近水中鸥。老妻画纸为棋局，稚子敲针作钓钩。多病所须惟药物，微躯此外复何求。

朝回日日典春衣，每日江头尽醉归。酒债寻常行处有，人生七十古来稀。穿花蛱蝶深深见，点水蜻蜓款款飞。传语风光共流转，暂时相赏莫相违。

【款识】

石庵

【钤印】

（白文）刘墉

（朱文）石盦

【作者】 刘墉（1719-1804），清朝乾嘉时期的政治家，书法家和诗人。字崇如，号石庵、青原、日观峰道人等。山东诸城人。诞于书香门第，长于显宦之家。于乾隆十六年（1751）中进士，官至体仁阁大学士，加太子太保。谥文清，人亦称刘文清。刘墉博通经史百家，擅长水墨芦花，工诗善对，精于书法。其书以“静”“淡”“清”三美取胜，尝有“浓墨宰相”之誉。与成亲王永瑆、铁保、翁方纲称为“乾隆四大家”。有《石庵诗集》行世。

【赏析】 刘墉的书法，初看给人以秀气柔弱之感，实则刚劲有力。此幅扇面，以行书笔意书之，用笔圆润饱满，粗细变化丰富，对比明显。结体方整规矩，整体是方形且稍扁，章法错落有致，排列疏密有度。字与字之间虽不相连却又笔断意连，通篇气息通畅，一脉贯之。此种书风应该受到了当时馆阁体的影响，稍显拘谨。

《江村》《曲江二首》(其二)　[清]刘墉 书

【释文】

楠树色冥冥，江边一盖青。近根开药圃，接叶制茅亭。
落景阴犹合，微风韵可听。寻常绝醉困，卧此片时醒。

【款识】

杜少陵咏高楠诗。乾隆己酉秋日，石庵刘墉。

【钤印】

（白文）刘墉印信
（朱文）石庵

【作者】 刘墉（见前）

【赏析】 刘墉书学赵孟頫，上溯魏晋，及后学苏轼等诸家法帖，集众家之所长，融会贯通，终成自己的风格。此幅行草书，用笔圆润饱满，结构方整规矩，章法疏密相间、错落有致，从中可以看到师法古人又不拟古，在传统基础上推陈出新，不失古法又饶有新意，堪称后人学书的典范。

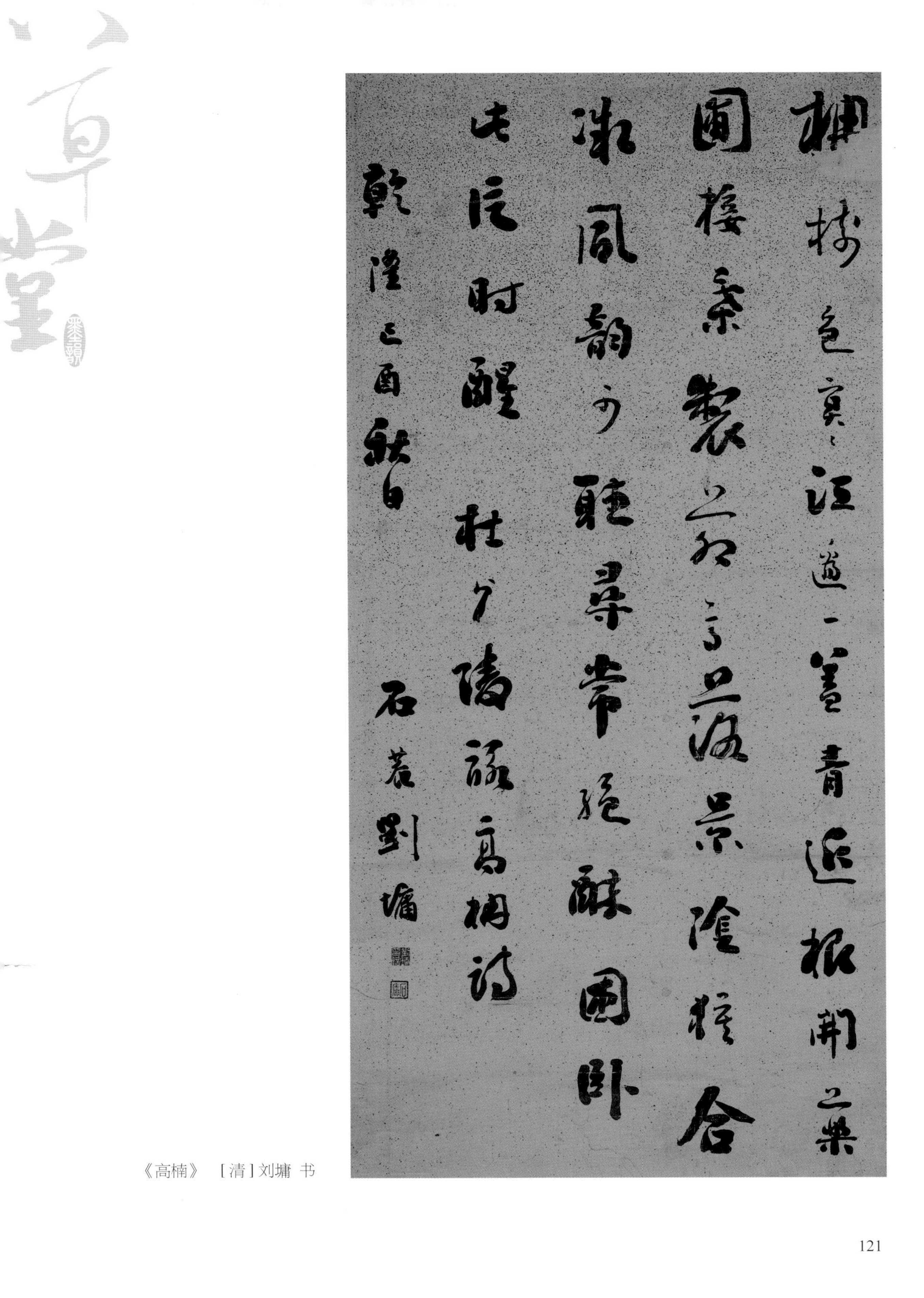

《高楠》　［清］刘墉　书

【释文】

奉和严中丞西城晚眺

汲黯匡君切，廉颇出将频。直词才不世，雄略动如神。

政简移风速，诗清立意新。层城临暇景，绝域望余春。

旗尾蛟龙会，楼头燕雀驯。地平江动蜀，天阔树浮秦。

帝念深分阃，军（须）〔书〕远算缗。花罗封蛱蝶，瑞锦送麒麟。

辞第输高义，观图忆古人。征南多兴绪，事业暗相亲。

水槛温江口，茅堂石笋西。移船先主庙，洗药浣（花）〔沙〕溪。绝句

酬韦韶州见寄

养拙江湖外，朝廷记忆疏。深惭长者辙，重得故人书。

白发丝难理，新诗锦不如。虽无南去雁，看取北来鱼。

宿白沙驿

水宿仍余照，人烟复此亭。驿边沙旧白，湖外草新青。

万象皆春气，孤槎自客星。随波无限月，的的近南溟。

子美神功接混茫，人间无路可升堂。一斑管内时时见，赚得陈郎两鬓苍。

金源刘仲尹诗

《奉和严中丞西城晚眺十韵》等　［清］刘墉 书

【款识】

学杜者韩文公、白太傅、王元之、欧阳六一、苏文忠，皆宗其意而自尽其才，山谷才有小异耳。至后山，实短于才，而以学杜自高，拙矣。渔洋目为钝根，不为过。若弇州以横生斥山谷，则少年未定之论耳。介文属，石庵。

【跋文】

石庵相国晚年书法益趋奇险，此卷极矜慎有法度，要是神明于规矩者。佛门大彻大悟后，仍须坚持戒律，勇猛精进，方能深入法海，学书亦然，可为知者道也。嘉庆丙寅新秋，戴衢亨识。

昭代名臣迹，垂绅染翰年。楮新唐碧落，笔正柳诚悬，忆昔颐园壁，曾珍妙墨笺。余家颐园中藏公迹甚夥。载披巾衍弆，回首意茫然。嘉庆十三年五月，百龄识。

【钤印】

（朱文）行有恒堂审定真迹　曾存定邸行有恒堂　莲士　东武

（白文）臣百龄印　衢亨

（朱白文）御赐天香深处

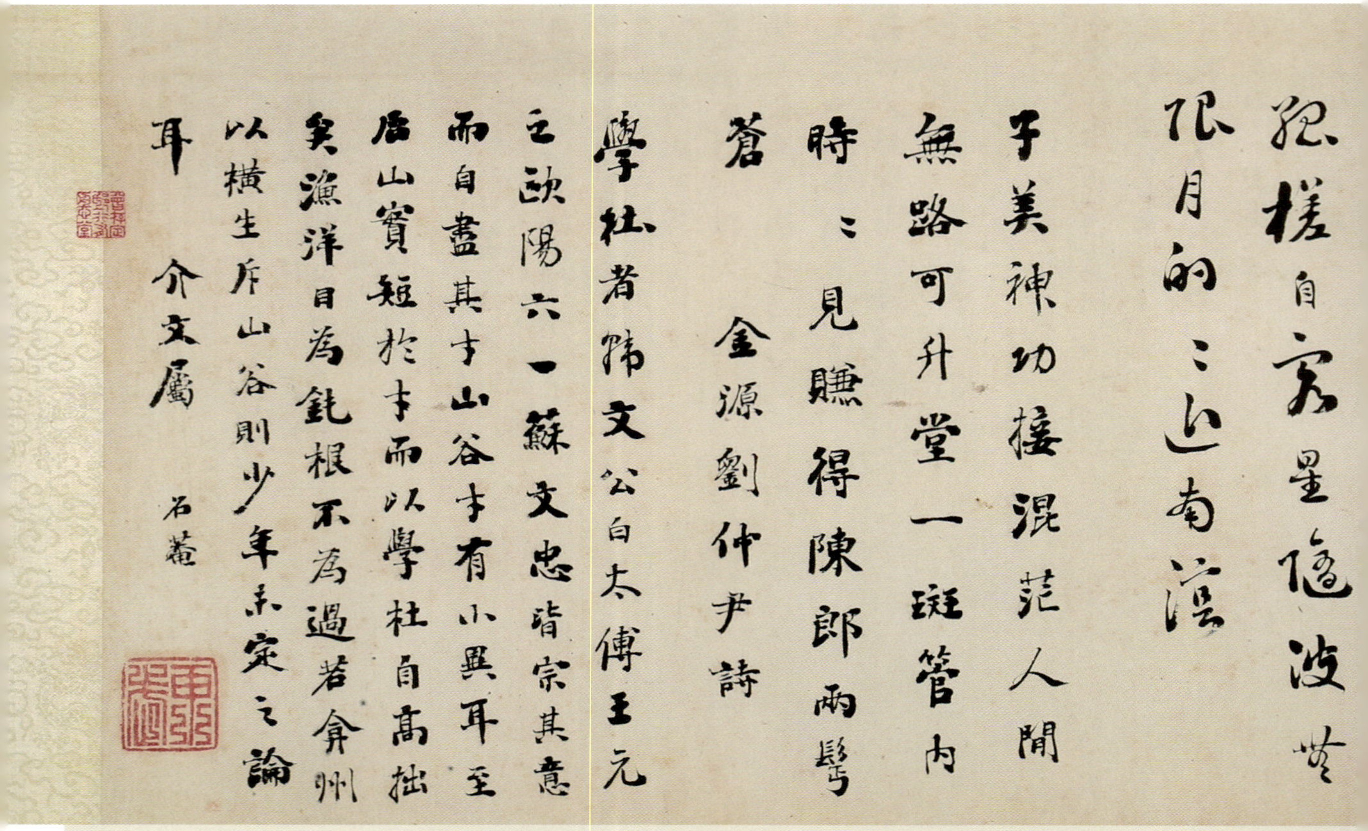

【作者】 刘墉（见前）

【赏析】 刘墉是一位善学前贤而又富有创造性的书法家，师古而不拘泥。此幅行草书，用笔丰润，点画饱满，内含刚劲，犹如绵里铁；用墨浓重；结体中心紧凑，右上角放宽，疏密有致。通篇观之，作品貌丰骨劲，笔短意长，墨浓势厚，具有雍容端庄的风骨，并且结体严谨、墨色浓重而沉郁、富有“静”趣的艺术风格，典型“墨猪”风貌。

《奉和严中丞西城晚眺十韵》等　[清] 刘墉　书（局部）

《沙苑行》　[清] 刘墉 书

《赤霄行》《南邻》 [清] 刘墉 书

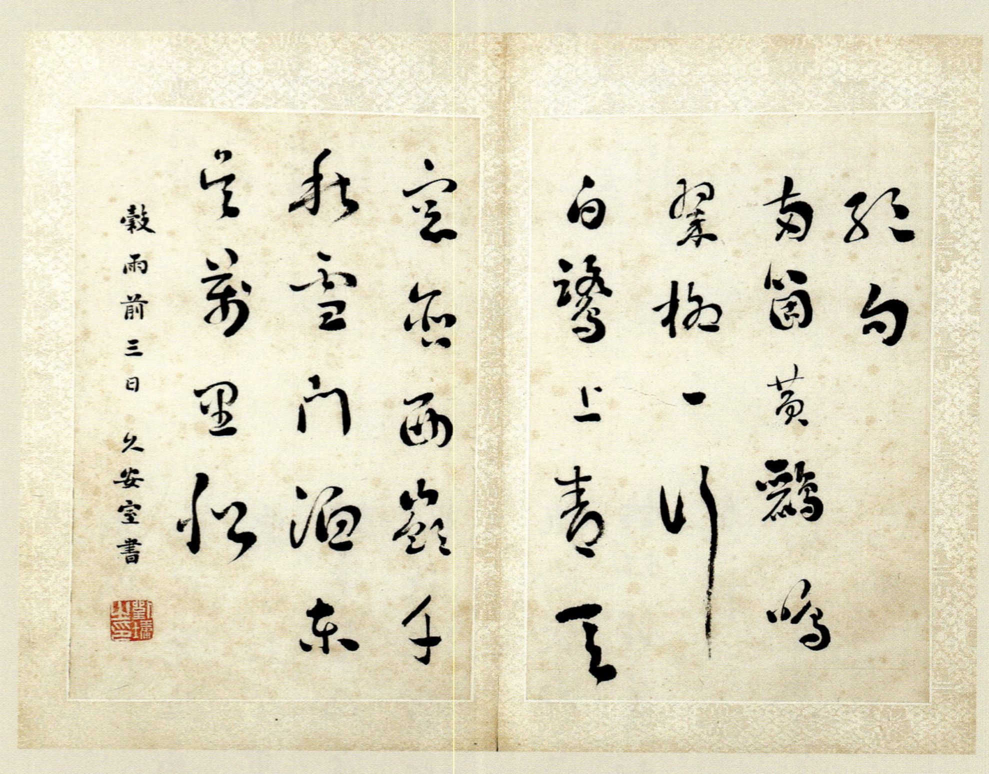

《绝句》 ［清］刘墉 书

《戏为六绝句》　[清] 刘墉　书

古栢行

孔明廟前有古栢柯如青銅
根如石霜皮溜雨四十圍黛
色參天二千尺君臣已與時
際會樹木猶為人愛惜雲
來氣接巫峽長月出寒通雪
山白憶昨路遶錦城東先主
武侯同閟宮崔嵬枝幹郊
原古窈窕丹青戶牖空落落
盤據雖得地冥冥孤高多烈
風扶持自是神明力正直
原因造化功大廈如傾要梁
棟萬牛回首邱山重不露文
章世已驚未辭剪伐誰能送
苦心豈免容螻蟻香葉曾經
宿鸞鳳志士幽人莫怨嗟
古來材大難為用

排比鋪張特一塗藩籬如此亦
區區少陵自有連城璧爭奈微之
識碔砆

書於雲明山館

《古柏行》　[清]刘墉　书

《堂成》《秋日阮隐居致薤三十束》《得房公池鹅》 ［清］刘墉 书

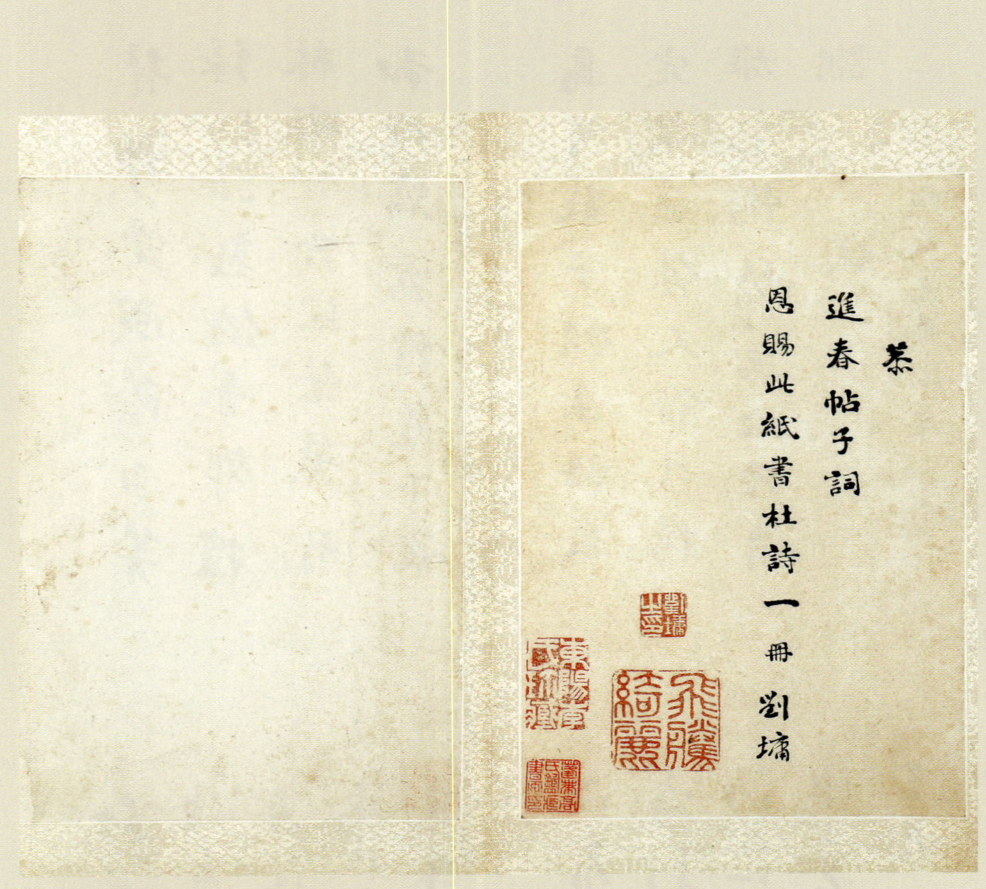
恭
進春帖子詞
恩賜此紙書杜詩一冊 劉墉

【释文】

沙苑行

君不见左辅白沙如白水，缭以周（墙）〔垣〕百余里。龙媒昔是渥洼生，汗血今称献于此。苑中騋牝三千匹，丰草青青寒不死。食之豪健西域无，每岁攻驹冠边鄙。王有虎臣司院门，入门天厩皆云屯。骕骦一骨独当御，春秋二时归至尊。至尊内外马盈亿，伏枥在垧空大存。逸群绝足信殊杰，倜傥权奇难具论。累累堆阜藏奔突，往往坡陀纵超越。角壮翻同麋鹿游，浮深簸荡鼋鼍窟。泉出巨鱼长比人，丹（沙）〔砂〕作尾黄金鳞。岂知异物同精气，虽未成龙亦有神。

沙苑马蕃，周智光知同州，多马而已，遂至造逆。以其逼近长安，乃以铁券悦之。得汾阳王表，始敢下诏征讨。

赤霄行

孔雀未知牛有角，渴饮寒泉（遭）〔逢〕牴触。赤霄悬圃须往来，翠尾金花不辞辱。江中淘河嚇飞燕，衔泥却落羞华屋。皇孙犹曾莲勺困，卫庄见贬伤其足。老翁慎莫怪少年，葛亮贵和书有篇。丈夫垂名动万年，记忆细故非高贤。

此必为流俗所侮，而以诗自解，或为他人解也。

南邻

锦里先生乌角巾，园收（栗芋）〔芋栗〕未全贫。惯看宾客儿童喜，得食阶除鸟雀驯。秋水（裁）〔才〕深四五尺，野航恰受两三人。白沙翠竹江村暮，相送柴门月色新。

剑拔弩张，发气满容，学杜者所同。萧闲洒落，谁能为此？

绝句

两个黄鹂鸣翠柳，一行白鹭上青天。窗含西岭千秋雪，门泊东吴万里船。

谷雨前三日，久安室书。

戏为六绝句

庾信文章老更成，凌云健笔意纵横。今人嗤点流传赋，不觉前贤畏后生。

王杨卢骆当时体，轻薄为文哂未休。尔曹身与名俱灭，不废江河万古流。

纵使卢王操翰墨，劣于汉魏近风骚。龙文虎脊皆君驭，历块过都见尔曹。

才力应难夸数公，凡今谁是出群雄？或看翡翠兰苕上，未掣鲸鱼碧海中。

不薄今人爱古人，清词丽句必为邻。窃攀屈宋宜方驾，恐与齐梁作后尘。

未及前贤更勿疑，递相祖述复先谁？别裁伪体亲风雅，转益多师是汝师。

戊午春谷雨前书。

古柏行

孔明庙前有古柏，柯如青铜根如石。霜皮溜雨四十围，黛色参天二千尺。

君臣已与时际会，树木犹为人爱惜。云来气接巫峡长，月出寒通雪山白。

忆昨路绕锦城东，先主武侯同閟宫。崔嵬枝干郊原古，窈窕丹青户牖空。

落落（蟠据）〔盘踞〕虽得地，冥冥孤高多烈风。扶持自是神明力，正直原因造化功。

大厦如倾要梁栋，万牛回首丘山重。不露文章世已惊，未辞剪伐谁能送？

苦心岂免容蝼蚁，香叶（曾）〔终〕经宿鸾凤。志士幽人莫怨嗟，古来材大难为用。

排比铺张特一途，藩篱如此亦区区。少陵自有连城璧，争奈微之识碔砆。书于云明山馆。

背郭堂成荫白茅，缘江路熟俯青郊。桤林碍日吟风叶，笼竹和烟滴露梢。

暂下飞乌将数子，频来语燕定新巢。旁人错比扬雄宅，懒惰无心作解嘲。

轼，临于天香深处。

秋日阮隐居致薤三十束

隐者柴门内，畦蔬绕舍秋。盈筐承露薤，不待致书求。

束比青刍色，圆齐玉箸头。衰年关鬲冷，味暖并无忧。

得房公池鹅

房相西池鹅一群，眠沙泛渚白于云。凤皇池上应回首，为报笼随王右军。

【款识】

恭进春帖子词，恩赐此纸，书杜诗一册。刘墉。

【钤印】

（白文）刘墉之印　东阳李氏珍藏

（朱文）日观峰道人　飞腾绮丽　蓬莱高氏鉴藏书画印

【作者】　刘墉（见前）

【赏析】　刘墉的书法，笔法圆润浑厚，下笔果断，潇洒俊逸；结构上于平整中带有倾斜取势，增添了作品的律动感；章法上气息顺畅，互为连属。此卷册页是行草书，墨色浓厚，用笔苍劲有力，结体骨力尽显，质朴自然，苍润互见。可以反映刘墉的书法面貌，对研究其书法有重要的价值，从中亦可见刘墉对杜甫的喜爱与尊敬。

【释文】

落落出群非榉柳，青青不朽(似)〔岂〕杨梅。欲存老盖千年意，为觅霜〔根〕数寸栽。草堂堑西无树林，非子复谁见幽心。饱闻桤木三年大，与致溪边十亩阴。

【款识】

书工部诗，铁保。

【钤印】

（朱文）铁保私印　两江使者

【作者】铁保（1752-1824），清代大臣，书法家。字冶亭，号梅庵，本姓觉罗氏，后改栋鄂氏，满洲正黄旗人。为官五十年，曾官居一品。为人慷慨论事，乾隆谓其有大臣风。擅诗，少时即与百龄、法式善并称三才子。工书画，楷书宗法颜真卿，行草书宗法二王、怀素、孙过庭，时人谓其书与刘墉、翁方纲、成亲王永瑆并驾，为“乾隆四大家”之一。尝刻《惟清斋帖》，为士林所重。著有《惟清斋全集》《白山诗介》《淮上题襟》等书。

【赏析】铁保楷书学颜真卿，又在二王、怀素、孙过庭的行草书中汲取营养，融众家之长，成就了独特的书法风格。此件作品为行草书，用笔灵动自然，章法上虽字字独立，却笔断意连，一贯而下。将二王的雅丽、怀素的飘逸、孙过庭的娟秀融汇于一体，通篇观之，给人一种清隽雅丽、怡然自得的感觉。

《凭韦少府班觅松树子栽》 ［清］铁保 书

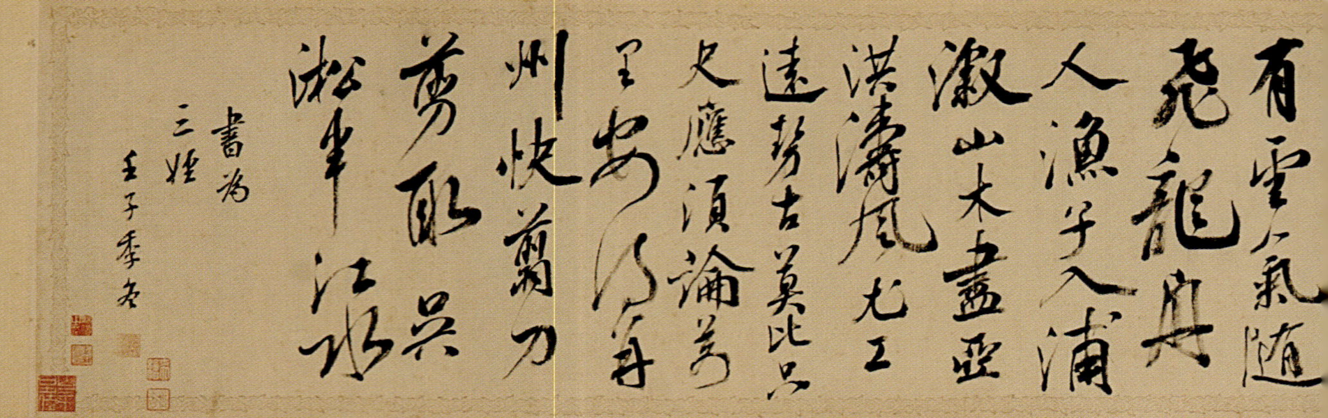

【释文】

十日画一水，五日画一石。能事不受相促迫，王宰始肯留真迹。壮哉昆仑方壶图，挂君高堂之素壁。巴陵洞庭日本东，赤岸水与银河通，中有云气随飞龙。舟人渔子入浦溆，山木尽亚洪涛风。尤工远势古莫比，只尺应须论万里。安得并州快剪刀，剪取吴淞半江水。

【款识】

书为三侄。壬子季冬。

【钤印】

（朱文）观古斋　听雨屋　南韵斋印

（白文）绵亿之印　州□　山气日夕佳　奕绘

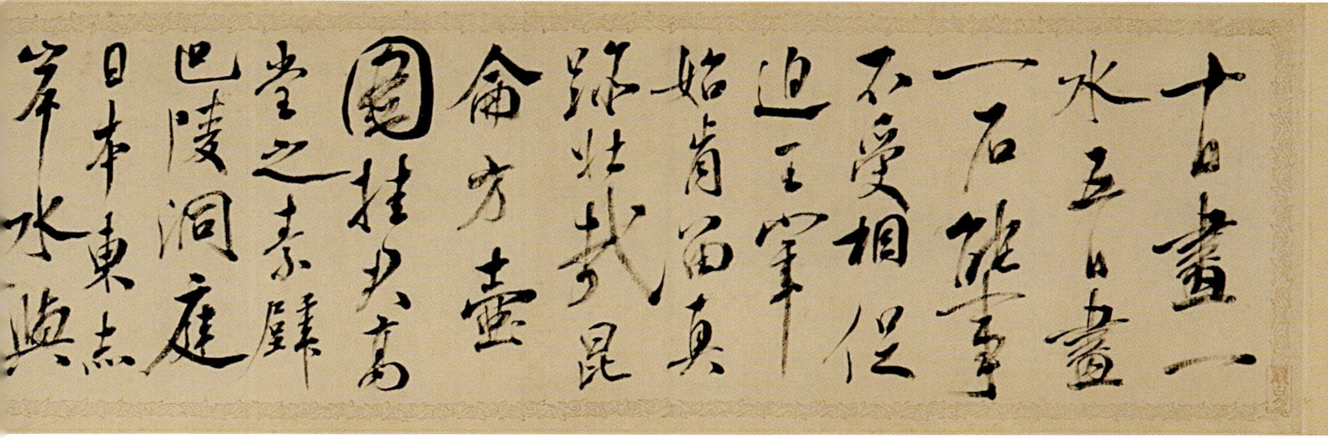

《戏题王宰画山水图歌》 [清]爱新觉罗·永瑆 书

【作者】 爱新觉罗·永瑆（1752-1823），成亲王，清代书法家。字镜泉，号少厂。清乾隆皇帝十一子，封成亲王，谥曰哲。嘉庆年间为军机处行走。因皇太后赐陆机《平复帖》，又号诒晋斋主人。永瑆自幼酷爱书法艺术，刻苦临池，博涉诸家，兼工各体。楷书学赵孟頫、欧阳询，小楷出入晋、唐，典雅可喜。行草书亦俊逸爽洒，风采迎人，与刘墉、翁方纲、铁保并称“乾隆四大家”。有《诒晋斋书》《寿石斋藏帖》《诒晋斋巾箱帖》《诒晋斋巾箱续帖》《话雨楼法帖》《快霁楼法帖》《诒晋斋法书》等专刻丛帖传世，复著有《听雨屋集》《诒晋斋诗文集》及《续集》《随笔》《仓龙集》等。

【赏析】 永瑆初学赵孟頫，后也学欧阳询，参以晋、唐、宋、明书法风格，融会贯通，终成清秀娟丽、个性鲜明的书法风格。此幅行草，写得劲爽洒脱、酣畅淋漓。墨的浓淡湿枯，字与字之间的连带、呼应，线条的丰富变化，都彰显了永瑆对笔法、墨法的理解，也凸显他潇洒的心境。他的书法风格更多地承袭了赵孟頫书法的特征，显得十分圆润、端美，具有馆阁体的特点，但同时又具有欧阳询书法转折方劲的特征，这一点有别于馆阁体。

【释文】

江畔独步寻花七绝句

江上被花恼不彻，无处告诉只颠狂。走觅南邻爱酒伴，经旬出饮独空床。

稠花乱蕊裹江滨，行步欹危实怕春。诗酒尚堪驱使在，未须料理白头人。

江深竹净两三家，多（是）〔事〕红花映白花。报答春光知有处，应须美酒送生涯。

东望少城花满烟，百花高楼更可怜。谁能载酒开金盏，唤取佳人舞绣筵。

黄师塔前江水东，春光懒困倚微风。桃花一簇开无主，可爱深红爱浅红？

黄四娘家花满蹊，千朵万朵压枝低。留连戏蝶时时舞，自在娇莺恰恰啼。

不是爱花即欲死，只恐花尽老相催。繁枝容易纷纷落，嫩蕊商量细细开。

春水生二绝

二月六夜春水生，门前小滩浑欲平。鸬鹚鸂鶒莫漫喜，吾与汝曹俱眼明。

一夜水高二尺强，数日不可更禁当。南市津头有船卖，无钱即买系篱旁。

少年行二首

莫笑田家老瓦盆，自从盛酒长儿孙。倾银注玉惊人眼，共醉终同卧竹根。

巢燕养雏浑去尽，江花结子也无多。黄衫年少来宜数，不见堂前东逝波。

【款识】

嘉庆丙辰冬日，成亲王书。

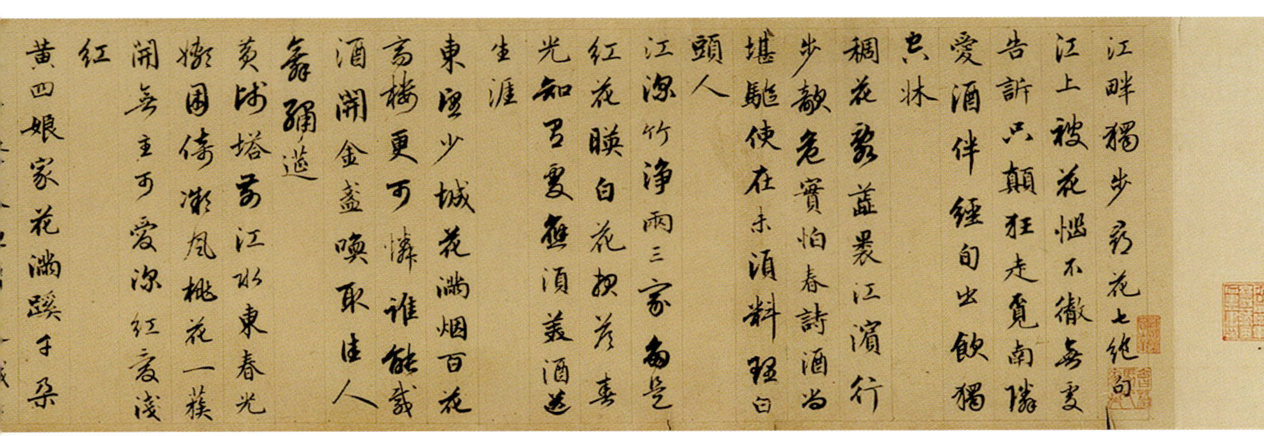

《江畔独步寻花七绝句》等　[清] 爱新觉罗·永瑆　书

【钤印】

（白文）成亲王　皇十一子印章　诒晋斋印　梅卿珍玩　所学何事斋

会稽马氏所学何事斋收藏金石书画印

（朱文）梅卿鉴赏之章　会稽马氏家藏

【作者】　爱新觉罗·永瑆（见前）

【赏析】　永瑆与其父亲乾隆皇帝一样喜欢赵孟頫的书法，心摹手追，后又遍临历朝历代诸家法帖，取法乎上，于方整规矩中有一种清新脱俗的感觉。此幅行草书，在用笔上不拘一格，婉转自然；在结构上合乎规矩，方正有序；章法上疏密相间、错落有致。整幅作品，于秀媚遒劲中给人以严谨之感，这有可能是受到了当时馆阁体的影响。

【释文】

锦城丝管日纷纷，半入江风半入云。

此曲只应天上有，人间（那）〔能〕得几回闻。

【款识】

嘉庆丙寅夏日临米帖，成亲王。

【钤印】

（白文）成亲王

（朱文）诒晋图书

【作者】 爱新觉罗・永瑆（见前）

【赏析】 此幅行草书，笔画结实有力，骨气内含，轻重得体，长短适宜，结字以正为主，又有一些字略为倾侧，纵逸深厚，颇具风采。从落款可知为临米芾帖，深得米字精髓，得其饱满洒脱、遒劲豪迈之气。

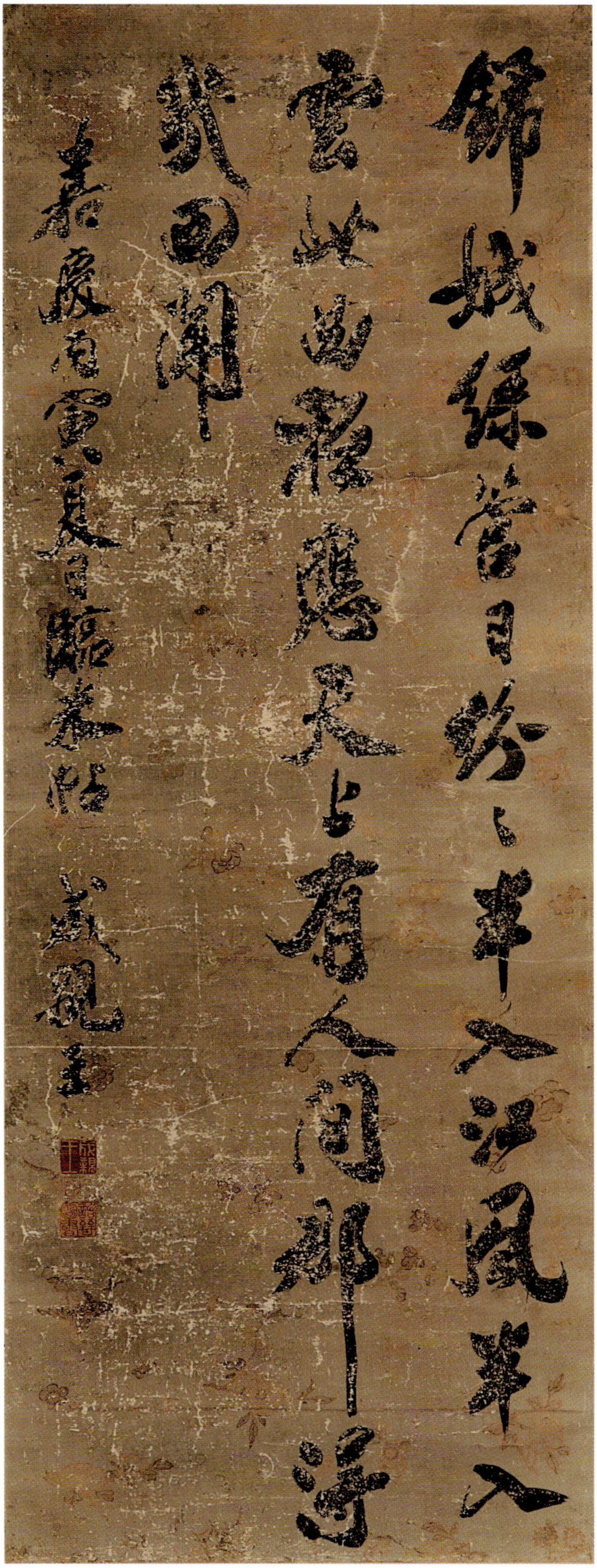

《赠花卿》　[清]爱新觉罗·永瑆 书

【释文】

寒食江村路，风花高下飞。汀烟轻冉冉，竹日净晖晖。
田父要皆去，邻家问不违。地偏相识尽，鸡犬亦忘归。
力疾坐清晓，来诗悲早春。转添愁伴客，更觉老随人。
红入桃花嫩，青归柳叶新。望乡犹未已，四海尚风尘。
海内文章伯，湖边意绪多。玉尊移晚兴，桂楫带酣歌。
春日繁鱼鸟，江天足芰荷。郑庄宾客地，衰白远来过。
久嗟（山）〔三〕峡客，再与暮春期。百舌欲无语，繁花能几时。
谷虚云气薄，波乱日华迟。战伐何由定，哀伤不在兹。

【款识】

杜少陵句。道光二十年庚子仲春十又六日，嘉兴竹里七十三老者叔未张廷济书于清仪阁。

【钤印】

（白文）张廷济印　张未未

（朱文）新篁里

【作者】 张廷济（1768-1848），清代金石学家、书法家。原名汝林，字顺安，号叔未，一字说舟，又字作田，又号海岳庵门下弟子，晚号眉寿老人。浙江嘉兴新篁人。嘉庆三年（1798）解元，后屡试不中，遂家居，专业于学术研究和艺术创作。工诗词，风格朴质，善用典故。精金石考据之学，尤擅长文物鉴赏。著有《清仪阁题跋》《桂馨堂集》《灵鹣阁丛书》《清仪阁印谱》《墨林清话》等。

【赏析】 张廷济五种书体皆擅，以行书、楷书最为出名。书法取法魏晋，后又学习唐碑，晚年又汲取米芾的笔法，自成一家。此幅行书用笔浑厚，生辣中不失灵动，粗细对比明显；结体稍扁，欹正相间；章法疏密相间，大小错落有致。通篇观之，于清秀俊雅中透露出一种拙、涩、朴的感觉，气息贯通。

《寒食诸诗》 [清] 张廷济 书

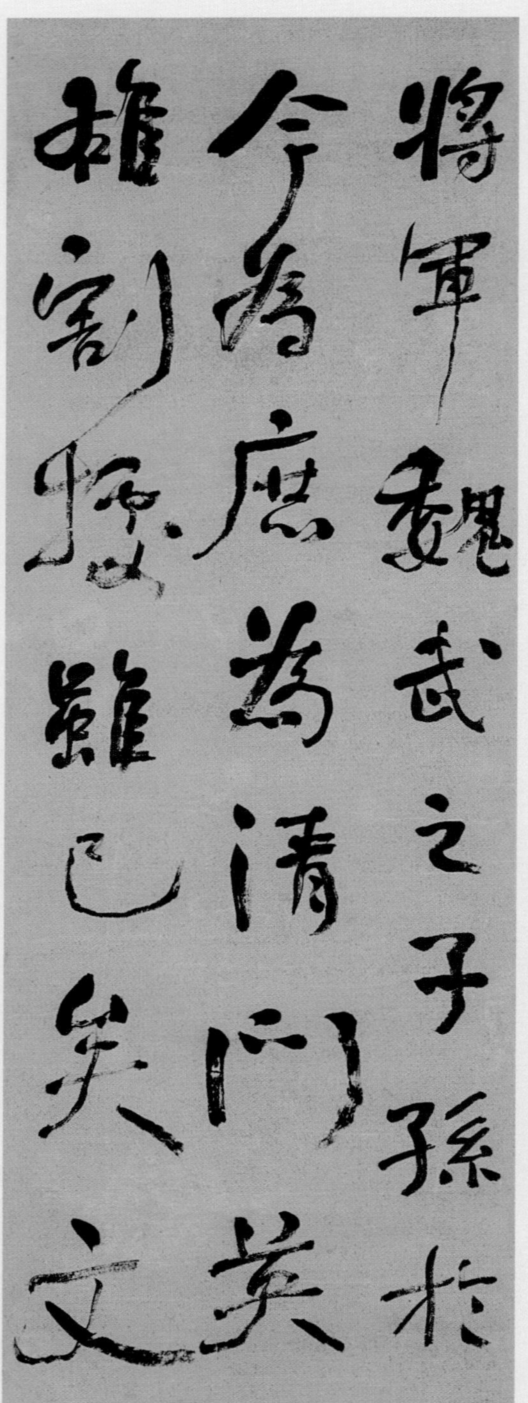

將軍魏武之子孫於
今為庶為清門英
雄割據雖已矣文

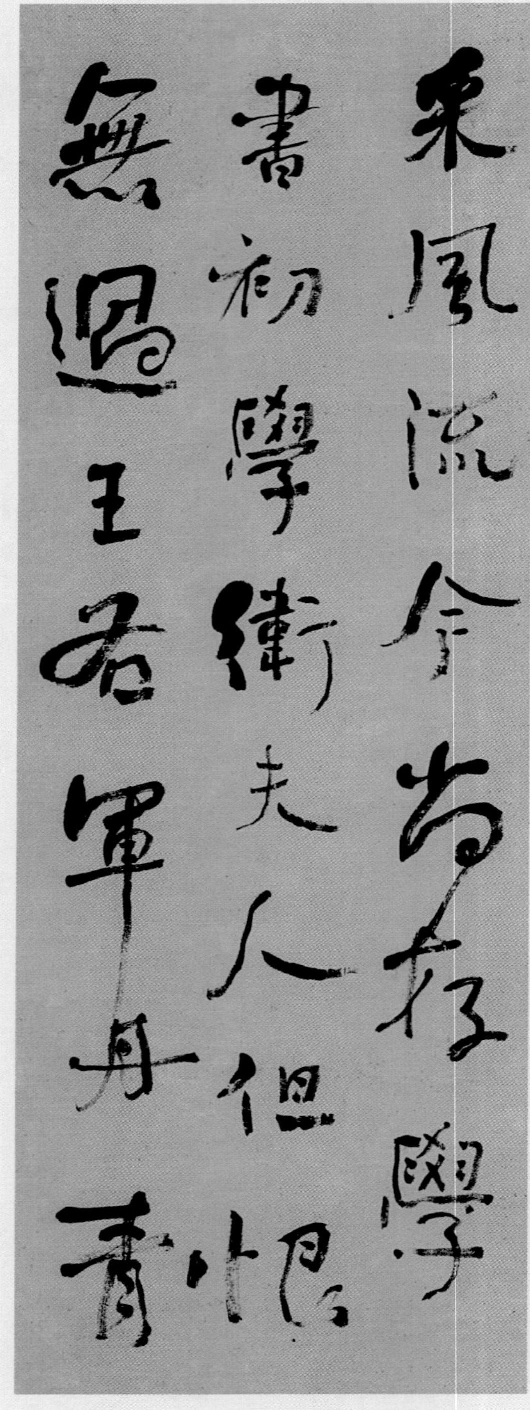

采風流今尚存學
書初學衛夫人但恨
無過王右軍丹青

《丹青引赠曹将军霸》 ［清］何绍基 书

不知老將至富貴

於我如浮雲開元之

中常引見承恩數上

南薰殿淩煙功臣少

顏色將軍下筆開

生面良相頭上進賢冠

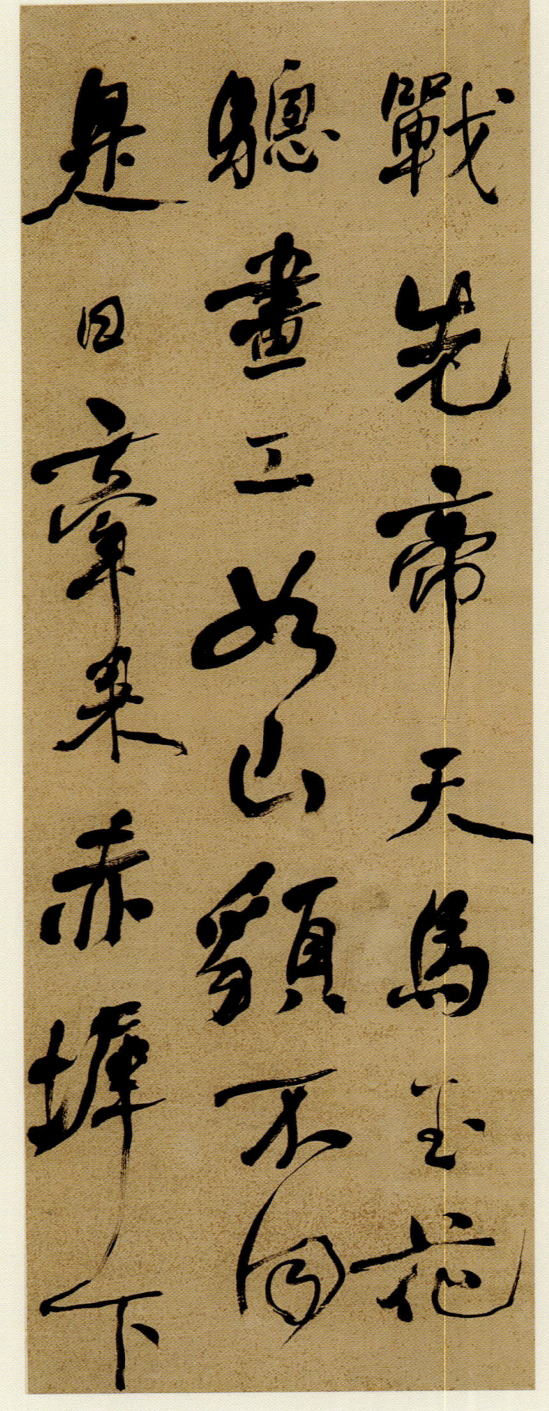

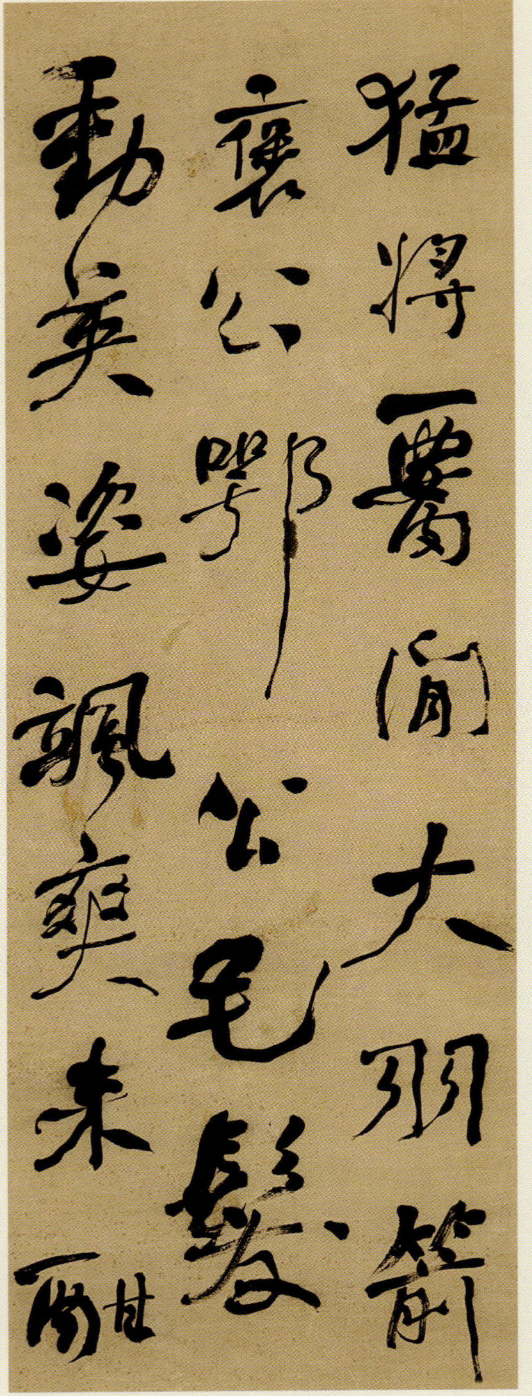

迥立閶闔生長風詔
謂將軍拂絹素意
匠慘澹經營中斯須
九重真龍出一洗萬
古凡馬空玉花卻在
御榻上榻上庭前屹

相向至尊含笑催賜
金圉人太僕皆惆悵
弟子韓幹蚤入室
亦能畫馬窮殊相幹
惟畫肉不畫骨忍使
驊騮氣凋喪將軍

善畫蓋有神每逢佳
士亦寫真即今飄泊
干戈際屢貌尋常

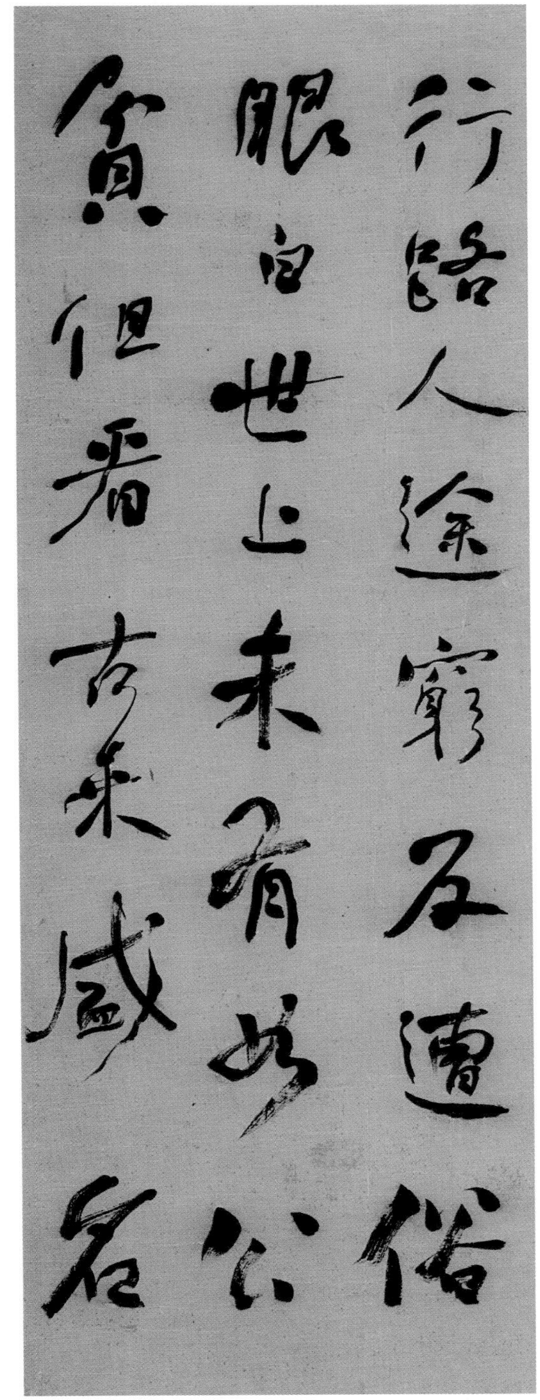
行路人途窮反遭俗
眼白世上未有如公
貧但看古來盛名

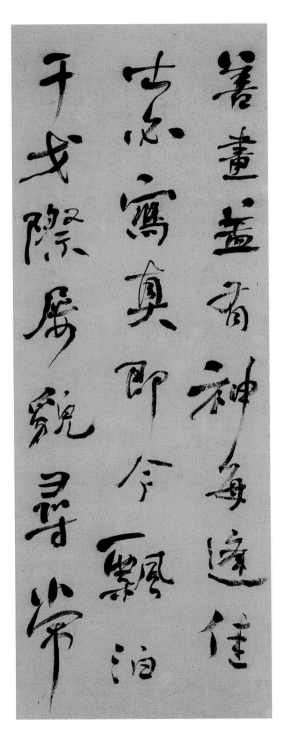

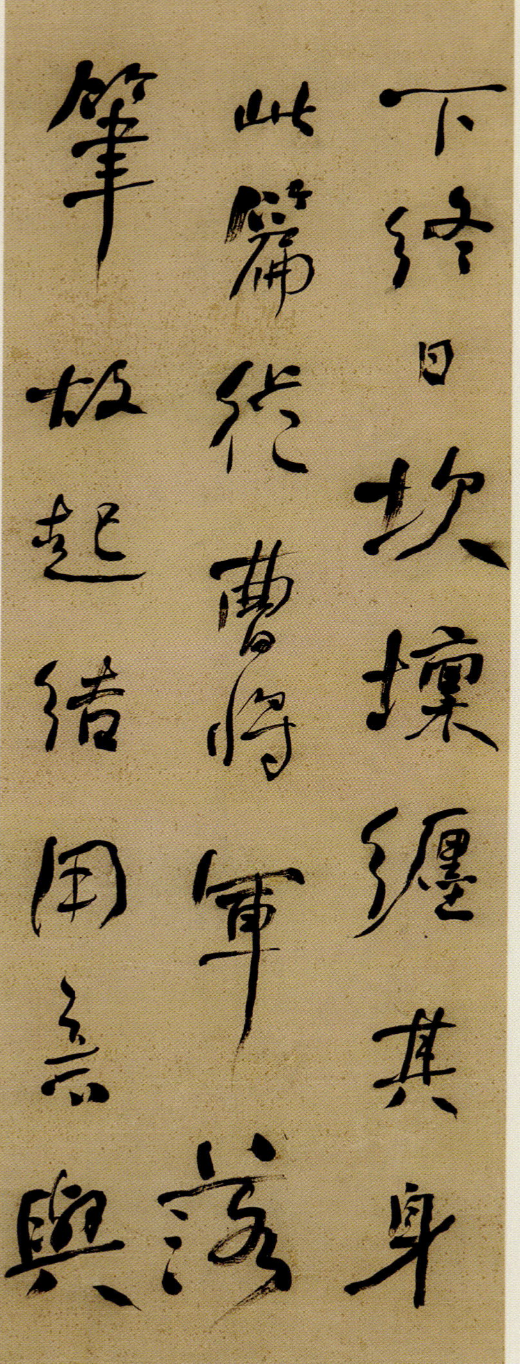

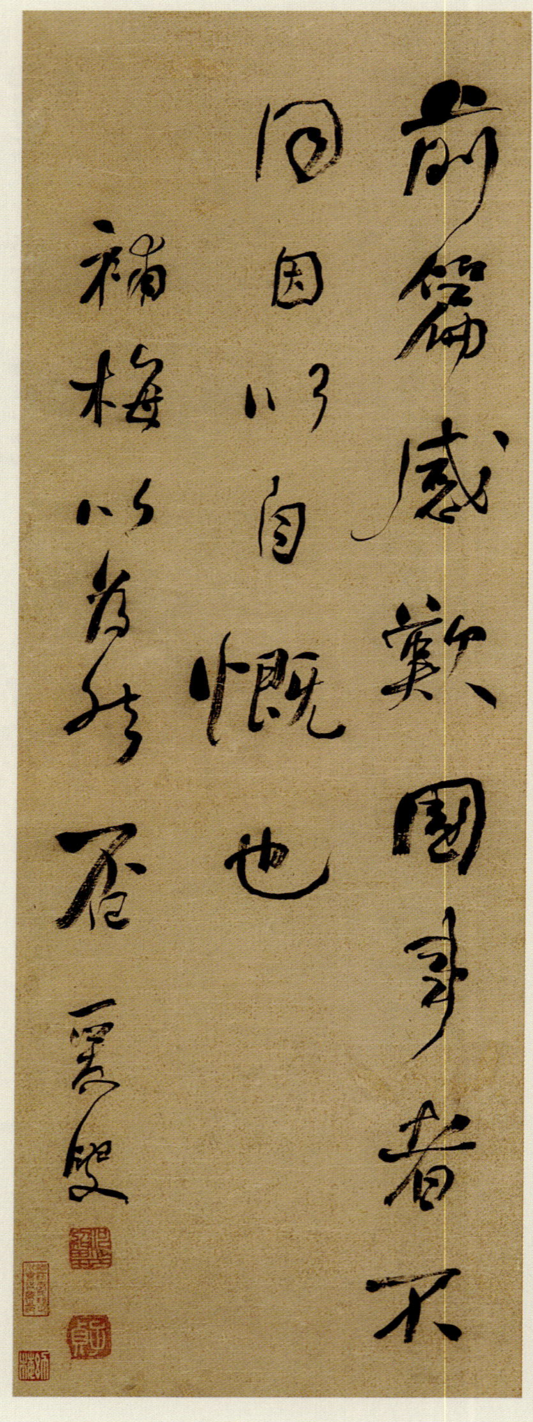

【释文】

将军魏武之子孙，于今为庶为清门。英雄割据虽已矣，文采风流今尚存。
学书初学卫夫人，但恨无过王右军。丹青不知老将至，富贵于我如浮云。
开元之中尝引见，承恩数上南薰殿。凌烟功臣少颜色，将军下笔开生面。
良相头上进贤冠，猛将腰间大羽箭。褒公鄂公毛发动，英姿飒爽来酣战。
先帝天马玉花骢，画工如山貌不同。是日牵来赤墀下，迥立阊阖生长风。
诏谓将军拂绢素，意匠惨澹经营中。斯须九重真龙出，一洗万古凡马空。
玉花却在御榻上，榻上庭前屹相向。至尊含笑催赐金，圉人太仆皆惆怅。
弟子韩幹蚤入室，亦能画马穷殊相。幹惟画肉不画骨，忍使骅骝气凋丧。
将军善画盖有神，(每)〔必〕逢佳士(必)〔亦〕写真。即今飘泊干戈际，屡貌寻常行路人。
途穷反遭俗眼白，世上未有如公贫。但看古来盛名下，终日坎壈缠其身。

【款识】

此篇从曹将军落笔，故起结用意与前篇感叹国事者不同，因以自慨也。
补梅以为然否？蝯叟。

【钤印】

（朱文）湘阴李氏玩止水斋收藏之印　何绍基印
（白文）子贞　幼梅

【作者】何绍基（1799–1873），晚清学者、诗人、书法家。字子贞，号东洲，晚号蝯叟，湖南道州（今道县）人。道光十五年（1835）中举人，次年中进士，授翰林院编修。历任文渊阁校理、国史馆提调等职。曾主讲于山东泺源书院、长沙城南书院、浙江孝廉堂。何绍基精通金石书画，以书法著称于世，尤擅长草书。有《惜道味斋经说》《水经注勘误》《东洲草堂金石跋》《东洲草堂诗文钞》《说文段注驳正》等行世。

【赏析】何绍基书法初学颜真卿，后直取秦汉及六朝碑帖，以古为法，并融各家之长。此为一堂屏，以行草为之。有颜字之形，且金石之骨力透纸背。笔锋圆润而劲健，豪迈潇洒之气贯穿始终，一气呵成。用笔老辣，笔墨纵横，字与字之间的衔接自然流畅，线条变化丰富，字的结体取法古人又有所创新，通篇气息通畅，布局安排合乎情理，形神兼备。

【释文】

清秋望不极，迢递起层阴。远水兼天净，孤城隐雾深。

叶稀风更落，山迥日初（沉）。独鹤归何晚，昏鸦已满林。

【款识】

书少陵句于青山郭外楼。鸿园主人。

【钤印】

（朱文）松门书画印

（白文）悳增

【作者】 胡德增（1805-1900），清代书画家。字松门，号雁桥居士、松道人。湖北天门人。道光年间人，曾担任蕲水县训导等职。其书法遍学汉魏晋唐，后独辟蹊径，气魄雄浑，自成一家。其画初学唐宋大家，中年学石溪、石涛，晚年自成一派。

【赏析】 此幅草书，用笔自然流畅，圆中寓方，结体欹侧相倚，互为连属。章法上大小参差不齐，字与字之间有的几个字相连，有的个个独立，但气息贯通，一气呵成。从整体上看，逸笔草草，具有笔墨情趣，奇逸潇洒，于险中取胜，婀娜多姿，别有情趣。

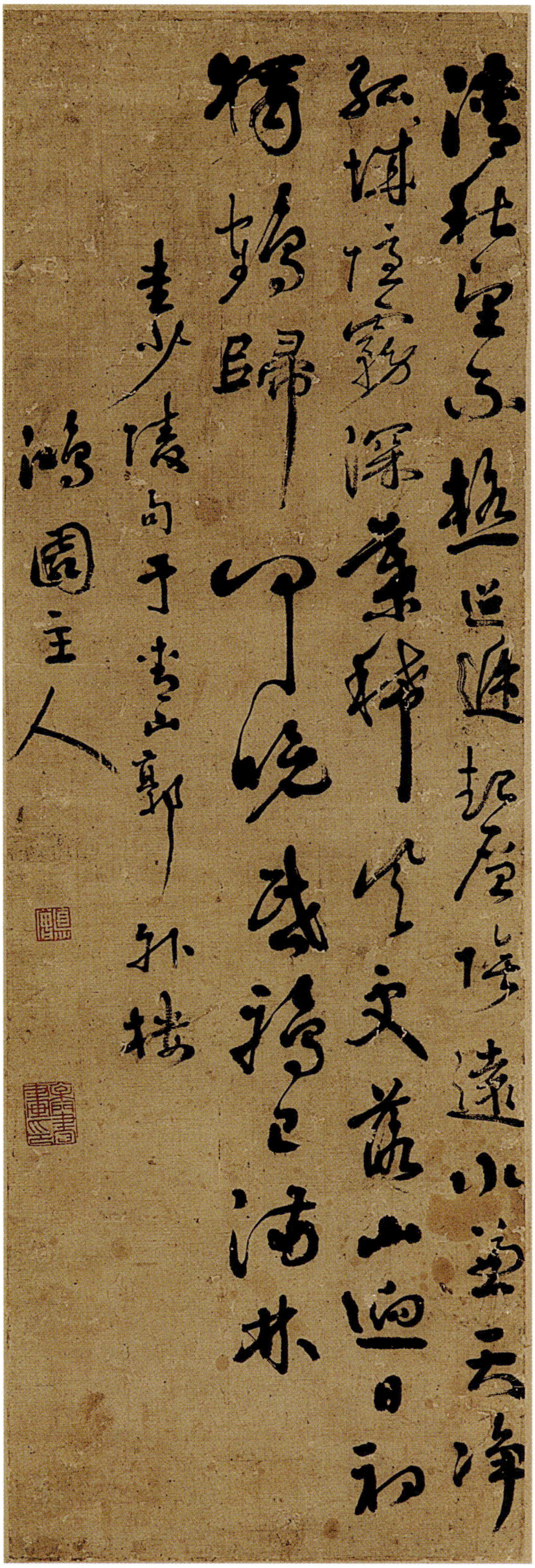

《野望》 [清] 胡德增 书

【释文】

庾信文章老更成，凌云健笔意纵横。今人嗤点流传赋，未觉前贤畏后生。王杨卢骆当时体，轻薄为文哂未休。尔曹身与名俱灭，不废江河万古流。纵使王杨操笔札，劣于汉魏薄风骚。龙文虎脊皆君驭，历块过都见尔曹。才力应难跨数公，凡今谁是出群雄。却看翡翠兰苕上，未掣鲸鱼碧海中。不薄今人爱古人，清辞丽句必为邻。窃（方）〔攀〕屈宋宜（攀）〔方〕驾，恐与齐梁作后尘。

【款识】

杜公绝句。仲鲁仁兄方家正字，挚甫吴汝纶。

【钤印】

（白文）吴汝纶

（朱文）挚父

【作者】吴汝纶（1840-1903），字挚甫，一字挚父。晚清文学家、教育家。安徽桐城（今枞阳）人。同治四年（1865）进士。其治学由训诂以通文辞，无古今，无中外，唯是之求。自群经子史，周、秦故籍以下，逮近世方、姚诸文集，无不博求慎取，穷其原而竟其委。著有《易说》二卷、《写定尚书》一卷、《尚书故》三卷、《深州风土记》二十二卷、《东游丛录》四卷、《夏小正私笺》一卷、《吴挚甫文集》四卷、《诗集》一卷、《尺牍》七卷，及点勘诸书，皆行于世。

【赏析】吴汝纶书法学北碑，并将唐碑与北碑、汉碑相融合，自成一家。此幅行书，借杜甫论诗之作，书写赠送给友人仲鲁，表达了他对杜甫诗歌创作观点的赞同。观此幅四条屏，用笔多姿，流畅婉通，沉着内含。偶出细瘦或丰肥的笔画，自得意趣；笔法不作怒张异态，呈现出庄重典雅、丰劲结实的特征。

庾信文章老更成凌云健笔意纵横今人嗤点流传赋不觉前贤畏后生王杨卢骆当时体轻薄为文哂未休尔曹身与名俱灭不废江河万古流纵使王杨操笔札劣于汉魏近风骚龙文虎脊皆君驭历块过都见尔曹才力应难跨数公凡今谁是出群雄或看翡翠兰苕上未掣鲸鱼碧海中不薄今人爱古人清词丽句必为邻窃攀屈宋宜方驾恐与齐梁作后尘 杜公绝句

仲鲁仁兄方家正字 挚甫吴汝纶

《戏为六绝句》（五首） [清] 吴汝纶 书

【释文】

锦里烟尘外，江村八九家。圆荷浮小叶，细麦落轻花。

卜宅从兹老，为农去国赊。远惭勾漏令，不得问丹砂。

【款识】

杜甫《为农》，张謇。

【钤印】

（白文）通州张謇之印

（朱文）柳非杞氏集藏杜甫纪念文物

【作者】 张謇（1853-1926），近代实业家、政治家、教育家。字季直，号啬庵。祖籍江苏常熟，生于江苏海门。清末状元，近代立宪派人士，主张“实业救国”，为中国棉纺织领域早期开拓者。三江师范、国立东南大学主要创办人之一，上海海洋大学创始人。

【赏析】 张謇的书法端朴苍秀，尤得力于晋楷、汉隶，端庄又不失灵动。其行草书，学习文徵明、包世臣一路，得文徵明“遒逸婉秀”韵味。此幅作品即以行草笔意为之，用笔圆润饱满，间有方笔，结体方整规矩。章法上字字独立却又气脉贯通，于挺秀中蕴含着一种雄强、洞达与平实浑然统一的美。

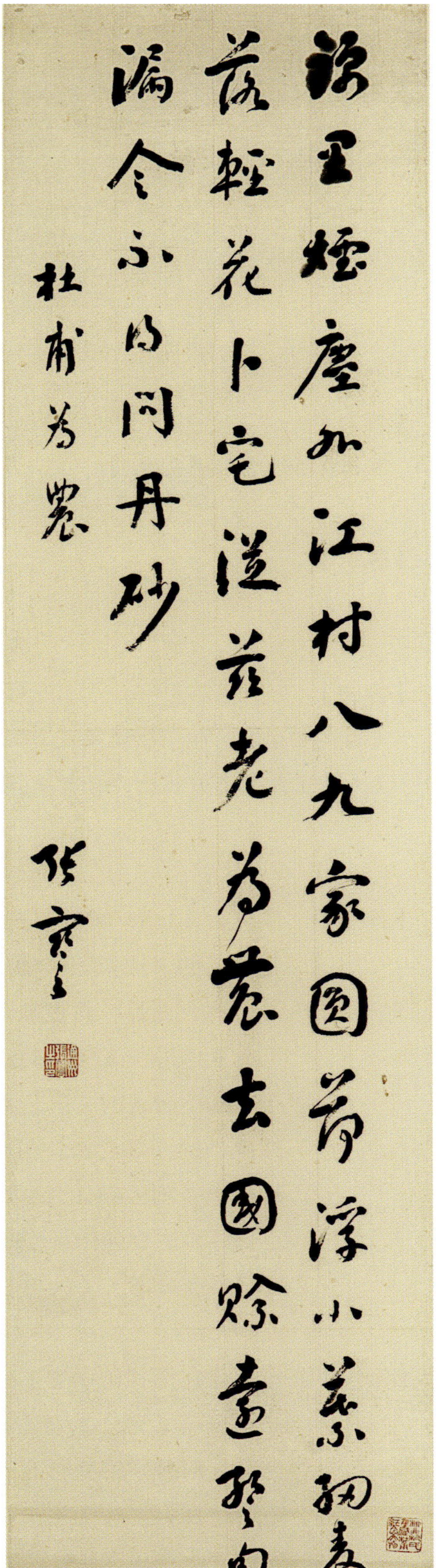

《为农》　张謇 书

【释文】

用拙存吾道，幽居近物情。

【款识】

康有为

【钤印】

（白文）康有为印　初梨鉴藏

（朱文）维新百日出亡十六年三周大地游徧四洲经三十一国行六十万里

【作者】　康有为（1858-1927），近代政治家、思想家、社会改革家，又是著名的书法家和书学理论家。名祖诒，字广厦，号长素，又号明夷、更甡、西樵山人、游存叟、天游化人。广东南海人，人称康南海。光绪年间进士，官授工部主事。他于光绪十五年（1889）所著的《广艺舟双楫》，是从理论上全面地系统地总结碑学的一部著作。在书法实践上，自言“孕南帖，胎北碑，熔汉隶，陶钟鼎，合一炉而冶之”（《长卷诗跋》），终成一己风标。主要著作有《康子篇》《新学伪经考》《孔子改制考》《日本变政考》《大同书》和《欧洲十一国游记》等。

【赏析】　康有为在清代碑学史上占据重要的地位，在阮元、包世臣之后高举碑学大旗，提倡学习魏晋，在碑学崛起之初作出了重要的贡献，对碑学的盛行有很大作用。这幅行草，用笔苍劲有力，老辣生涩；结构上横画较为舒展，圆润浑厚。章法上，字与字之间互为连属，连接看似不协调，实则经过精心安排。

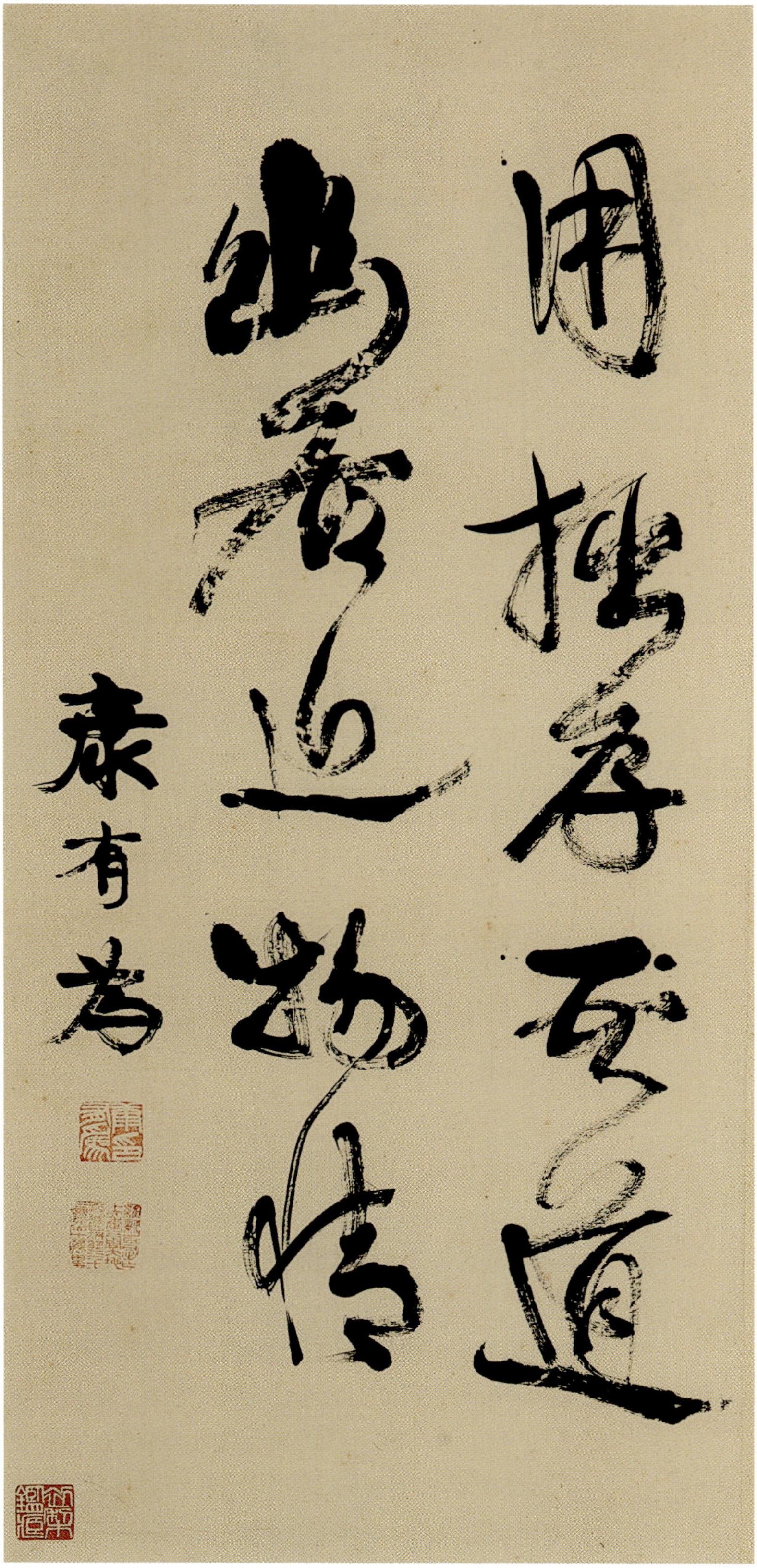

《屏迹三首》（其二） 康有为 书

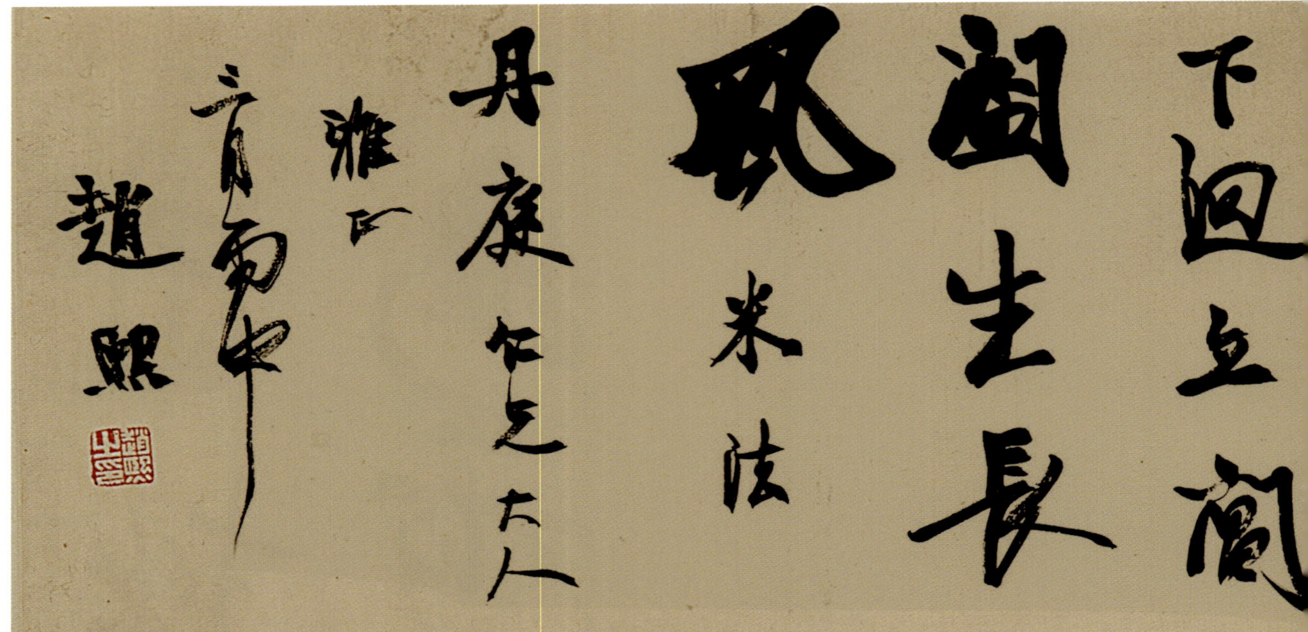

【释文】

先帝天马玉花骢，画工如山貌不同。是日牵来赤墀下，迥立阊阖生长风。

【款识】

米法。丹庭仁兄大人雅正。三月雨中。赵熙。

【钤印】

（白文）赵熙之印

【作者】 赵熙（1867-1948），晚清文学家、诗人、书法家、教育家、戏剧家。字尧生，号香宋，晚自号香宋老人。又署香宋词人、天山渔民，室名雪王龛。四川荣县人。官至翰林院庶吉士、编修、国史馆协修、纂编等。光绪二十年（1894），应保和殿大考，名列一等，授翰林院国史馆编修，时年仅有二十七岁。赵熙书法，于唐宋诸家外，更上溯六朝，浸淫耘耔于南北碑版中。所作“峻整栗密，而又气骨森张，近百年间，罕有与并”（陈声聪《兼与阁词话》）。有《香宋诗抄》《香宋词》等行世。

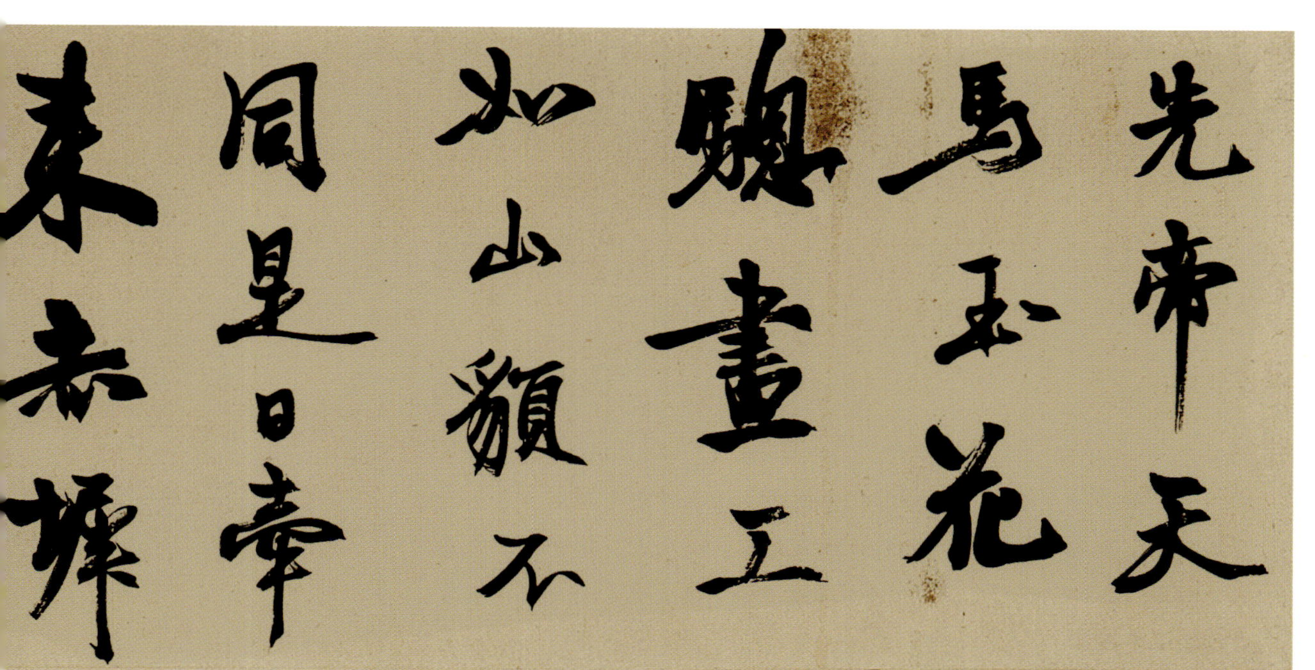

《丹青引|赠曹将军霸》　赵熙　书

【赏析】　赵熙起初尊崇帖学，取法小欧阳，后上溯汉魏碑，在《张猛龙碑》上下了很大功夫，是一位碑帖结合的书法大家。此幅行书，以米芾笔意书之。行笔沉稳果断，干净利落，提按顿挫毫不含糊。结构上内紧外松，将字的主笔作夸张处理，字的大小变化明显且协调。章法上，字间距较为疏朗，但整体又互为连属。于规矩中增添潇洒神韵，精心安排，又给人以自然妥帖之感。

【释文】

君不见徐卿二子生绝奇，感应吉梦相追随。孔子释氏亲抱送，并是天上麒麟儿。大儿九龄色清澈，秋水为神玉为骨。小儿五岁气食牛，满堂宾客皆回头。吾知徐公百不忧，积善衮衮生公侯。丈夫生儿有如此二雏者，名位岂肯卑微休。

【款识】

少陵《徐（君）〔卿〕二子歌》。民国十五年夏至，章炳麟。

【钤印】

（白文）章炳麟印

（朱文）太炎

【作者】 章炳麟（1869-1936），清末民初思想家、史学家、语言文学家、民主主义革命者。初名学乘，字枚叔，后改名绛，号太炎。浙江余杭人。幼年从外祖父读经，研读《史记》。早年入杭州诂经精舍，师从俞樾。因其博通经史，在小学上又享有盛名，所以他的书法，朴茂古雅，为人所称道。所著《新方言》《文始》等颇多创见，遗著有《章氏丛书》《章氏丛书续编》《章氏丛书三编》等。

【赏析】 章炳麟在书法上有一定的造诣，书法取法古人，在籀文、篆书上比较擅长，苍劲古拙，爽朗有力。此幅篆书，将小篆和籀文结合，别具一格。通篇观之，以行书笔法写成，线条富有节奏感，十分生动活泼，具有文人气质，别有情趣与品格。

《徐卿二子歌》　章炳麟 书

【释文】

客里何迁次，江边正寂寥。肯来寻一老，愁破是今朝。

忧我营茅栋，携钱过野桥。他乡唯表弟，还往莫辞劳。

【款识】

《王十五司马弟出郭相访遗营草堂赀》。录杜诗，向楚。

【钤印】

（朱文）向楚之印

【作者】 向楚（1877-1961），字先乔（仙樵），号觙公。巴县人，光绪二十八年（1902）举人。曾就学于川东书院，与周善培、江庸并称“赵门三杰”。为重庆辛亥革命的主要宣传者、组织者和领导者之一。1933年任《巴县志》总纂。1937年返川大任教。1949年底代理川大校务，迎接解放。建国后，任四川省人民代表、省文史馆副馆长。

【赏析】 向楚师从清末书法名家赵熙，受其影响颇深。此幅行书，写得清新脱俗，独有其味，任笔随性，舒展自如，逸气弥漫。杜甫这首诗的意境与向楚清新脱俗的书风呼应，点画之间暗合了诗人此时的心境和情绪。

客裏何遷次江邊正寂寥肯来尋一老
愁破是今朝憂我營茅棟攜錢過野橋
他鄉惟表弟還往莫辭勞
王十五司馬出郭相訪遺營草堂貲錄杜詩 向楚

《王十五司马弟出郭相访兼遗营草堂赀》 向楚 书

【释文】

幕府秋风日夜清，澹云疏雨过高城。叶心朱实看时落，阶面青苔先自生。复有楼台衔暮景，不（须）〔劳〕钟鼓报新晴。浣花溪里花饶笑，肯信吾兼吏隐名。

【款识】

《院中晚晴怀西郭茅舍》。岁在丁酉春二月，蛰庐陈云诰。

【钤印】

（白文）陈云诰印

（朱文）蛰庐书生

【作者】 陈云诰（1877-1965），书法家、文学家、史学家、诗人。字紫纶，又字子纶、璜子，号蛰庐。直隶易州人。清光绪二十九年（1903）进士，癸卯科翰林，授翰林院编修。宣统三年（1911），任奕劻内阁弼德院参议。1951 年受聘于中央文史研究馆，为首任馆员。1956 年，同张伯驹、溥雪斋、郑诵先、郭风惠、章士钊等建立中国书法研究社，任社长。书社培养了启功、沈鹏、刘炳森、王雪涛、王昆仑等后辈书画家，为我国书法艺术之发展作出巨大贡献。

【赏析】 陈云诰书法取法颜真卿，也写汉隶。线条古拙苍劲，尚古自然。此幅楷书，以颜体笔意书之，宽博，雄强。观整幅作品，行以篆籀之笔，化瘦硬为丰腴雄浑，结体气势恢宏，骨力遒劲而气概凛然。这种磅礴的气势与诗意相得益彰，恰到好处。

幕府秋風日夜清澹雲踈雨過高城葉心
朱實看時落階面青苔先自生復有樓臺
銜暮景不須鐘鼓報新晴浣花溪裏花饒
笑肯信吾兼吏隱名 院中晚晴懷西郭茅舍
歲在丁酉春二月 蟄廬陳雲誥

《院中晚晴怀西郭茅舍》 陈云诰 书

【释文】

幽栖地僻经过少，老病人扶再拜难。岂有文章惊海内，漫劳车马驻江干。竟日淹留佳客坐，百年粗粝（老）〔腐〕儒（看）餐。不嫌野外无供给，乘兴还来看药栏。

清江一曲抱村流，长夏江村事事幽。自去自来堂上燕，相亲相近水中鸥。老妻画纸为棋局，稚子（牵）〔敲〕针作钓钩。多病所须唯药物，微躯此外更何求。

遗庙丹青古，空山草木长。犹闻辞后主，不复卧南阳。

【款识】

似仲垌仁兄雅正。陈曾寿。

【钤印】

（朱文）苍虬

【作者】 陈曾寿（1878-1949），晚清官员、诗人。字仁先，号耐寂、复志、焦庵，因家藏元代吴镇所画《苍虬图》，自称苍虬居士。湖北蕲水（今浠水县）人，状元陈沆曾孙。清末民初时期与江西陈三立、福建陈衍并称“海内三陈”。1903 年中进士，授刑部主事。1904 年参加经济特科考试，名列前茅。湖广总督张之洞慕其文名，聘为幕僚，后又保送至日本留学。回国后历任学部主事、员外郎、郎中、广东道监察御史。其书学苏东坡，画学宋元人，其诗工写景，能自造境界，是近代宋派诗的后起名家。著有《苍虬阁诗集》《旧月籍词》《简学斋诗集》《诗比兴笺》等。

【赏析】 陈曾寿书法学苏东坡，此幅楷书显然受其影响。用墨丰腴，笔画舒展、横细竖粗、轻重错落，给人一种清新雅丽的感觉，有意境之美。由落款“仲垌仁兄雅正”可知这是陈曾寿赠予朋友的，想借此诗的意境抒发心中向往。

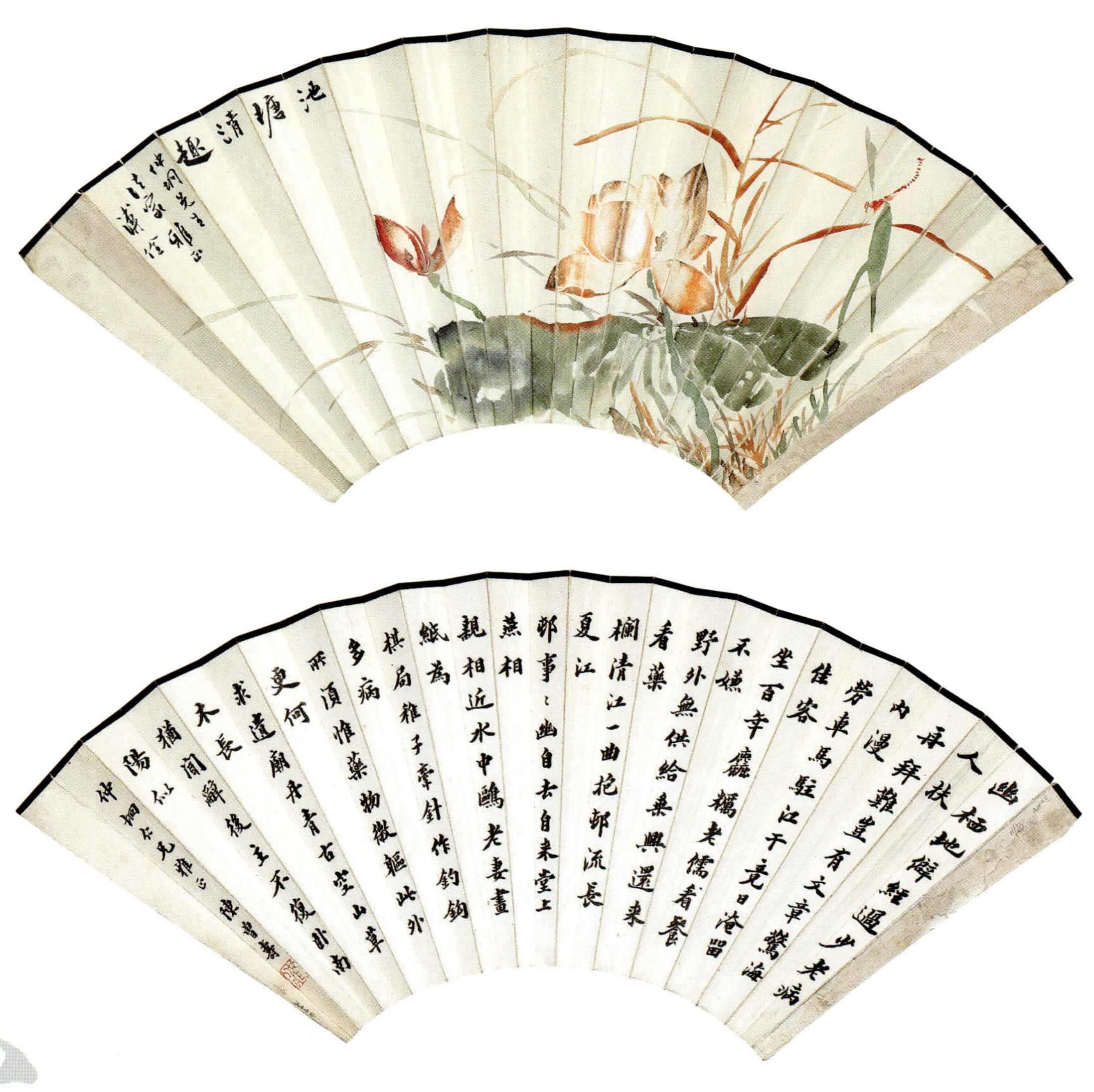

池塘清趣
幽栖地僻经过少，老病人扶再拜难。岂有文章惊海内，漫劳车马驻江干。竟日淹留佳客坐，百年粗粝腐儒餐。不嫌野外无供给，乘兴还来看药栏。
清江一曲抱村流，长夏江村事事幽。自去自来堂上燕，相亲相近水中鸥。老妻画纸为棋局，稚子敲针作钓钩。多病所须唯药物，微躯此外更何求。

《宾至》　陈曾寿 书

【释文】

小径升堂旧（石）〔不〕斜，五株桃树亦从遮。高秋总馈贫人实，来岁还舒满眼花。帘户每宜通乳燕，儿童莫信打慈鸦。寡妻群盗非今日，天下车书已一家。

【款识】

工部草堂即事诗。丁酉谷雨，胡巨川，时年八十。

【钤印】

（朱文）巨川长寿　长眉翁

（白文）胡用霖印

【作者】　胡巨川（1878-1960），四川阆中人，1952年入四川省文史研究馆。曾任北京交通部参事、川康绥靖公署顾问、四川通志馆协纂。

【赏析】　胡巨川在文史方面研究颇深，于书法亦有独到见解。此幅行书用笔老辣生涩，古拙质朴，结体偏长，墨色变化丰富，章法有条不紊，疏密错落有致。落款“丁酉谷雨，胡巨川，时年八十”交代了书写背景，当时胡巨川八十岁了，为其晚期书法作品。“谷雨”在四月，恰好是桃花盛开的时节，作者借杜甫之诗表达对桃花的喜爱。

小徑升堂舊石斜五株桃樹亦從遮高秋總饋貧人
實來歲還舒滿眼花簾戶每宜通乳燕兒童莫
信打慈鴉寡妻群盜非今日天下車書已一家
工部草堂即事詩丁酉谷雨胡巨川
時年八十

《题桃树》 胡巨川 书

【释文】

洛城一别四千里，胡骑长驱五六年。草木变衰行剑外，兵戈阻绝老江边。思家步月清宵立，忆弟看云白日（瞑）〔眠〕。闻道河阳近乘胜，司徒急为破幽燕。

【款识】

《恨别》。一九五九年一月，八十老人王福厂书。

【钤印】

（白文）福厂八十岁后所书

（朱文）古杭

【作者】 王福庵（1880-1960），原名寿祺，更名禔，字维季，号福庵，以号行，别号印奴、印佣，别署屈瓠、罗刹江民。七十岁后称持默老人，斋名麋研斋。浙江仁和（今杭州）人。近代篆书大家，亦工隶书。曾先后受聘为浙江省文史研究馆馆员和上海中国画院画师，并任中国金石篆刻研究社筹委会主任。著有《说文部属检异》一卷、《麋砚斋作篆通假》十卷。

【赏析】 王福庵从小受家庭的影响，在文字训诂、诗文方面都显现出了异于常人的天赋。及至十多岁时，以书法篆刻为人所知。书法工篆、隶。得吴昌硕鼓励，另辟蹊径，专工小篆与金文。所书小篆工整规范，秀美遒劲。晚年从洗铭文字悟得天趣，参以缪篆排叠之法以作篆隶，朴厚古拙，尤独出冠时；隶楷亦自出机杼，别树一帜。此幅隶书是王福庵1959年时所书，线条质感丰富，结体富有意趣，布局安排合理，应是晚年的精品之作。

洛城一別四千里
胡騎長驅五六年
草木變衰行劍外
兵戈阻絕老江邊
思家步月清宵立
憶弟看雲白日眠
聞道河陽近乘勝
司徒急為破幽燕

一九五九年一月
八十老人王福厂書

《恨别》 王福庵 书

【释文】

自为青城客，不唾青城地。为爱丈人山，丹梯近幽意。

丈人祠西佳气酞，缘云拟驻最高峰。扫除白发黄精在，君看他时冰雪容。

【款识】

书《丈人山》。丁酉三月朔日，七十八叟王福厂时居沪西。

【钤印】

（白文）福庵七十岁以后所书

（朱文）我生之初岁在庚辰

【作者】 王福庵（见前）

【赏析】 此幅小篆线条圆转娟丽，富有质感，字形呈长方形，左右对称。所书工整规范，秀美遒劲，给人挺拔秀丽之感。由落款可知这是王福庵七十八岁时所写，可见他对笔的掌控运转自如，心随指转，此书应是其晚期的精品之作。

自為青城客不唾青城地為愛丈人山丹梯近幽意丈人祠西佳氣濃緣雲擬駐最高峰掃除白髮黃精在君看他時冰雪容

書丈人山 丁酉三月朔日 七十八叟王福厂時居滬西

《丈人山》　王福庵　书

【释文】

竹里行厨洗玉盘，花边立马簇金鞍。非关使者征求急，自识将军礼数宽。百年地阔柴门迥，五月江深草阁寒。看弄渔舟移白日，老农何有罄交欢。

【款识】

天深先生法正。朱元树。

【钤印】

（白文）朱元树印

（朱文）甲辰翰林

【作者】 朱元树（1880-1946），字致菜，号敏人，浙江余姚人。清末名臣，擅长书法。光绪二十九年（1903）中举，光绪三十年进士出身，授翰林院庶吉士。光绪三十二年被清政府选派到日本留学。后毕业于日本东京法政大学，回国后授翰林院编修，与钱崇威、宋育德、蓝云屏并称“四翰林”。曾先后担任江苏省武进、常熟知县。晚年担任余姚救济院院长，致力于慈善事业。

【赏析】 朱元树生活在清末民初，擅长书法。此幅楷书用笔圆中寓方，结体宽博雄强，章法上大小参差错落有致，合乎情理。通篇观之，应该受到了颜真卿的影响，将颜体的宽博、横细竖粗的特点展露的淋漓尽致。落款“天深先生法正”，可见此幅作品是朱元树赠予朋友的，加之此诗意境悠长，且用楷书书写，表达了他对杜甫先生的尊敬与对杜诗的喜爱。

竹裏行廚洗玉盤
花邊立馬簇金
鞍非關使者徵求急自識將軍禮數
寬百年地闢柴門迥五月江深草閣
寒看弄漁舟移白日老農何有罄
交歡 天深先生法正 朱元樹

《严公仲夏枉驾草堂兼携酒馔》

朱元树 书

【释文】

拾遗曾奏数行书，懒性从来水竹居。奉引滥骑沙苑马，幽栖真钓锦江鱼。谢安不倦登临赏，阮籍焉知礼法疏。枉沐旌麾出城府，草茅芜径欲教锄。

【款识】

《奉酬严公寄题野亭之作》，叶恭绰录。

【钤印】

（白文）叶恭绰

【作者】 叶恭绰（1881-1968），字裕甫，又字誉虎，号遐庵，晚年别署矩园，室名“宣室”。广东番禺人，清末举人。京师大学堂毕业，后留学日本。曾任清政府邮传部铁路总局提调、交通部次长、铁路督办等。辛亥革命后，历任国民政府交通总长、交通大学校长、国民政府铁道部长等。中华人民共和国成立后，历任政务院文化教育委员会委员、中央文史馆副馆长，北京画院院长、全国政协常务委员等。长期从事我国历史及古代书画、音乐、文学研究。出版有《遐庵清秘录》《广箧中词》《清代学者像传》《全清词抄》《遐庵书画录》《遐庵谈艺录》《叶恭绰书画集》等。

【赏析】 叶恭绰的书法取法颜、赵，又取法魏碑，集众家所长，形成了特有的书法风格。此幅行书，用笔上中侧锋并用，线条变化丰富，结构上以横向取势，结体稍扁，章法上字间距很近，但不感觉压迫，反而整体上看气息通畅。笔力劲健，俊俏舒逸，雄健豪放，绰约多姿。

《奉酬严公寄题野亭之作》　叶恭绰 书

【释文】

日临公馆静，画满地图雄。剑阁星桥北，松州雪岭东。

华夷山不断，吴蜀水相通。兴与烟霞会，清樽幸不空。

【款识】

右杜工部应严公厅宴同咏蜀道画图五律诗一章。丁酉暮春，录于蓉城寄庐，藉表崇仰之忱。井研巫翼之，时年七十又七。

【钤印】

（白文）翼之长寿

【作者】 巫翼之（1881-1960），四川井研人。黄埔军校六期毕业，一总队副主任，黄埔军校校长办公室任职（中校），教授部副主任。1952年入四川省文史研究馆。北京法政专门学堂毕业。曾任新繁、什邡县知事，四川省政府秘书。善书，精于魏书，风格隽永。

【赏析】 巫翼之有深厚的文史功底，于书法亦有自己的见解。此幅楷书用笔爽快利落，笔画排列紧密，于方笔中有圆转，显得柔美刚劲；结体偏长，似魏碑，应是受到了碑学的影响，纵横倚斜，错落有致；章法上疏密关系处理的恰到好处，字与字之间排列紧密，行与行之间间隙较大。从整幅作品来看，干净整洁，疏密得体，用比较严谨的书体书写了这首诗，显示出巫翼之对杜甫的仰慕与尊敬之情。

《严公厅宴同咏蜀道画图》　巫翼之 书

【释文】

草堂堑西无树林，非子谁复见幽心。饱闻桤木三年大，与致溪边十亩阴。

【款识】

为草堂书，无量。

【钤印】

（白文）谢

【作者】 谢无量（1884-1964），四川乐至人。原名蒙，字大澄，号希范，后易名沉，字无量，别署啬庵。近代著名学者、诗人、书法家。早年积极参加社会革命活动，先后担任过《京报》主笔，孙中山大本营秘书长、参议长，黄埔军校教习等职。孙中山逝世后，潜心改志，从事教育与学术，以学者身份终其生。著有《中国大文学史》《文学史类编》《中国妇女文学史》《佛学大纲》《伦理学精义》《老子哲学》《王充哲学》《朱子学派》《诗学指南》《诗经研究》《诗经研究与注释》等。出版的书法集有《谢无量自写诗卷》《谢无量书法》，诗集有《青城杂咏》等。

【赏析】 谢无量的书法取法帖学又取法碑学，可谓是碑帖融合的集大成者。这幅作品写于1959年，应是晚年书作之精品。作品以行书笔意写之，从行笔来看，受钟繇、二王及《张黑女墓志》的影响比较大，从结体来看，可窥见六朝造像的迹象，同时也受到了沈曾植书法的影响。用笔老辣纵横，潇洒流畅，天趣盎然，于有意之中彰显了无意随性的情趣。

草堂塹西無樹林，非子誰復見幽心。飽聞榿木三年大，與致溪邊十畝陰。

為草堂書 無量

《凭何十一少府邕觅桤木栽》 谢无量 书

【释文】

舍西柔桑（色）〔叶〕可拈，江畔细麦复纤纤。人生几何春已夏，不放香醪如蜜甜。

【款识】

杜句。书与成都草堂，无量。

【款识】

（白文）神霄真逸

【作者】 谢无量（见前）

【赏析】 从落款看，此幅作品在杜甫草堂书写，显然受到环境影响，书法、诗意与草堂的幽静怡情相契合，给人以清新自然之感。

《绝句漫兴九首》（其八）　谢无量 书

【释文】

八月秋高风怒号，卷我屋上三重茅。茅飞渡江洒江郊，高者挂罥长林梢，下者飘转沉塘坳。南村群童欺我老无力，忍能对面为盗贼，公然抱茅入竹去。唇焦口燥呼不得，归来倚杖自叹息。俄顷风定云墨色，秋天漠漠向昏黑。布衾多年冷似铁，娇儿恶卧踏里裂。床头屋漏无干处，雨脚如麻未断绝。自经丧乱少睡眠，长夜沾湿何由彻？安得广厦千万间，大庇天下寒士俱欢颜，风雨不动安如山！呜呼！何时眼前突兀见此屋，吾庐独破受冻死亦足！

【款识】

乙未九秋，谢无量书。

【钤印】

（白文）啬庵

【作者】 谢无量（见前）

【赏析】 此幅行书，为作者于秋天书写，正与此诗的意境相契合。作品线条丰富饱满，章法布局合理；字的结体是自然为之，不受约束，潇洒流畅，天趣盎然，有一种“无意为佳乃佳尔”的意趣。

茅屋為秋風所破歌

八月秋高風怒號卷我屋上三重茅茅飛渡江灑江郊高者挂罥長林梢下者飄轉沈塘坳南村羣童欺我老無力忍能對面為盜賊公然抱茅入竹去唇焦口燥呼不得歸來倚杖自歎息俄頃風定雲墨色秋天漠漠向昏黑布衾多年冷似鐵嬌兒惡臥踏裏裂牀牀屋漏無乾處雨腳如麻未斷絕自經喪亂少睡眠長夜沾濕何由徹安得廣廈千萬間大庇天下寒士俱歡顏風雨不動安如山嗚呼何時眼前突兀見此屋吾廬獨破受凍死亦足

乙未九秋 謝无量書

《茅屋为秋风所破歌》

谢无量 书

【释文】

五载客蜀郡，一年居梓州。如何关塞阻，转作潇湘游。

万事已黄发，残生随白鸥。安危大臣在，不必泪长流。

【款识】

杜甫《去蜀》一首。一九五九年五月，谢无量书。

【钤印】

（白文）神霄真逸

【作者】 谢无量（见前）

【赏析】 此幅行书，通篇章法疏朗端庄、开合有度，于字中求险绝、通篇求平稳。结体轻松自由，无拘谨之感，用笔松动，锋芒内藏，用墨平淡天真。作品暗合《去蜀》诗意，表达诗人漂泊不定的愁绪，将这种心情体现在点画起伏之上，显出作者书法之高明，不求字形而求字外之意。

五載客蜀郡一年居梓州如何
關塞阻轉作瀟湘游萬事已
黃髮殘生隨白鷗安危大臣在
不必淚長流
杜甫去蜀一首
一九五九年五月 謝无量書

《去蜀》 谢无量 书

【释文】

背郭堂成荫白茅，缘江路熟俯青郊。桤林碍日吟风叶，笼竹和烟滴露梢。暂止飞乌将数子，频来语燕定新巢。傍人错比扬雄宅，懒惰无心作解嘲。

【款识】

蠲叟书。

【铃印】

（白文）蠲戏老人

【作者】 马一浮（1883-1967），名浮，字一浮，号湛翁，别署蠲翁、蠲叟、蠲叟老人。浙江会稽（今浙江绍兴）人。中国现代思想家，与梁漱溟、熊十力合称为“现代三圣”（或“新儒家三圣”），现代新儒家的早期代表人物之一。学贯中西，新旧赡博，诗文而外，兼工书法。在蜀在浙，尝手创复性书院，雍容讲学，卓然古学者之风范。任中央文史馆副馆长、浙江大学教授。著有《尔雅台答问》《复性书院讲录》等，所著后人辑为《马一浮集》。

【赏析】 马一浮书法初学褚遂良，后将章草、汉隶融入其中，自成一家。此幅行草运笔俊利，章法清逸而气势雄强，横划多呈上翻之势，似淡拘成法，拙中寓巧，气格高古。通篇观之，格调高雅，质朴脱俗。

《堂成》　马一浮 书

【释文】

暮春三月巫峡长，皛皛行云浮日光。雷声忽送千峰雨，花气浑如百和香。黄莺过水翻回去，燕子（衡）〔衔〕泥湿不妨。飞阁卷帘图画里，虚无只少对潇湘。

【款识】

杜公《即事》诗。丁酉春，陈月舫。

【钤印】

（朱文）月舫　蓬安陈氏

【作者】陈月舫（1886-1968），四川蓬安人，清末时期公派日本的第一批留学生，日本早稻田大学毕业。1953年入四川省文史研究馆。曾任新都、内江县知事，四川盐运使署，四川省政府顾问。陈月舫能诗歌，善书法，原成都春熙路街名即为其所书。

【赏析】陈月舫有较为深厚的文化积淀。此幅楷书逆锋起笔，线条变化丰富，棱角分明，结体扁长，横长竖短。通篇观之，结体为魏碑，用笔则是篆隶，增加了篆籀气，使得整幅作品于隽丽中透出一种拙朴、厚重、雄强的感觉。

暮春三月巫峡長皛皛行雲浮日光雷聲
忽送千峰雨花氣渾如百和香黃鸎過水
翻迴去燕子銜泥濕不妨飛閣捲簾圖畫
裏虛無只少對瀟湘

杜公即事詩 丁酉春 陳月舫

《即事》 陈月舫 书

【释文】

幽栖地僻经过少，老病人扶再拜难。岂有文章惊海内，漫劳车马驻江干。百日淹留佳客坐，百年粗粝腐儒餐。（莫）〔不〕嫌野外无供给，乘兴还来看药栏。“竟日”误作“百日”。

【款识】

为草堂书《宾至》诗一首。丙申秋崇庆云生彭举。

【钤印】

（朱文）彭举　百衲巢

【作者】　彭云生（1887–1966），即彭举，字云生，又作芸生、芸荪、芸村，或又自号百衲小巢主、顽石子。四川省崇庆县（今崇州市，归成都市管辖）人。古典文学研究专家，尤致力于薛涛和杜甫研究。复精于宋明理学，有“蜀中大儒”之誉。建国后，任四川省文史馆馆员。撰写有《薛涛丛考》《薛涛诗笺》《杜诗版本考》《草堂文献汇编》等，并参与《成都城坊古迹考》《杜甫年谱》等书的编写，有诗集《辛未旅燕杂感百六首》（北平京城印书局 1931 年出版）行世。

【赏析】　彭云生曾对杜甫草堂做过系统的考证，可见他对草堂的喜爱与对杜甫先生的仰慕。此幅隶书，从落款中可见是专为杜甫草堂书写。写法娟丽清秀，潇洒遒劲，质朴浑厚，颇类其质朴之秉性。

幽棲地僻經過少老病人扶再拜難豈有文章驚海內
漫勞車馬駐江干百日淹留佳客坐百年麤糲腐儒飡
莫嫌野外無供給乘興還來看藥欄

竟日误作百日

為草堂書賓至詩一首

丙申秋 崇慶雲生彭舉

《宾至》 彭云生 书

【释文】

庾信文章老更成，凌云健笔意从横。今人嗤点流传赋，不觉前贤畏后生。

【款识】

工部《戏为六绝句》之一。时公历一九五七年，寄庵汪东。

【钤印】

（白文）吴县汪东

（朱文）寄盦

【作者】 汪东（1890-1963），著名文学家、词学家、书法家，江苏吴县（今苏州吴中区）人。原名东宝，后改名东，字旭初，号寄庵，别号寄生、梦秋。留学日本早稻田大学。早年追随孙中山，参加过辛亥革命。曾出任《大共和日报》总编辑、中央大学文学院院长、国立礼乐馆馆长、国史馆修纂。建国后，先后任苏州市人民代表，人民委员会委员，苏州市政协常委、副主席，江苏省政协常委，民革江苏省委员会副主任等职。与黄侃、钱玄同、吴承仕同为章太炎学生，号“章门四弟子”。其于经史百家，无不研习，在音韵学、训诂学、文字学等方面，都有所创获。平生所著，被沈云龙编辑为《汪旭初先生遗集》，1974 年由台湾文海出版社出版。

【赏析】 汪东书法先学董其昌，后又学颜真卿和米芾，取法广泛。此幅篆书，用笔上流畅自然，爽朗劲峭；结构上浑厚圆润，刚劲遒美，在柔美中苍劲有力。从落款来看，应是晚年之作。通篇观之，用笔圆活，细硬似铁，首尾如线。

庾信文章老更成淩雲健筆
意從橫今人嗤點流傳賦不
覺前賢畏後生

工部戲爲六絕句之一　時公曆一九五七年寄庵汪東

《戏为六绝句》（其一）　汪东 书

【释文】

江渚翻鸥戏，官桥带柳阴。花飞竞渡日，草见踏青心。
已拨形骸累，真为烂漫深。赋诗新句稳，不觉自长吟。

【款识】

杜工部《长吟》一首，为杜甫草堂书。一九五七年三月，吴倩。

【钤印】

（白文）吴倩湖飒之印

【作者】 吴湖帆（1894-1968），初名翼燕，字遹骏；更名万，字东庄，书画署湖帆，别署丑簃，后号倩生、倩庵，斋名梅景书屋。清末著名学者、金石书画鉴藏家吴大澂之孙。著名山水、花卉画大家与古书画鉴定家。二十世纪三四十年代与吴待秋、吴子深、冯超然并称为“三吴一冯”。建国后任上海中国画院筹备委员、画师，上海大学美术学院副教授，中国美协上海分会副主席，上海市文史馆馆员。著有《联珠集》《梅景画笈》《梅景书屋全集》《吴氏书画集》《吴湖帆山水集锦》，有多种《吴湖帆画集》行世。

【赏析】 吴湖帆的书法初学宋徽宗赵佶的“瘦金体”，又得益于米芾的笔法，在“米字”上下了很多功夫。从落款中可知此幅作品专为杜甫草堂书写，以行楷笔意书之，从宋人米芾纵横恣肆而来，兼取瘦金体的飘举清润，陶冶融铸，自出新意，饶有逸趣。

江渚翻鷗戲官橋帶柳陰花飛競渡日草
見踏青心已撥形骸累真爲爛熳深賦詩
新句穩不覺自長吟

杜工部長吟一首爲
杜甫草堂書
一九五七年三月吳倩

《长吟》　吴湖帆　书

【释文】

好雨知时节，当春乃发生。随风潜入夜，润物细无声。
野径云俱黑，江船火独明。晓看红湿处，花重锦官城。

【款识】

录杜诗一首赠成都杜甫草堂。邓拓。

【钤印】

（白文）邓拓
（朱文）左海

【作者】邓拓（1912-1966），原名邓子建，笔名马南邨、邓云特等，福建闽侯（今属福州）人，著名史学家，杰出的新闻工作者。中国科学院哲学社会科学部学部委员，中国历史研究所学术委员。著有《中国救荒史》《论中国历史的几个问题》《毛泽东思想开辟了历史科学的发展道路》《论〈红楼梦〉的社会背景和历史意义》《从万历到乾隆》《燕山夜话》等，并与挚友吴晗、廖沫沙合著有《三家村札记》杂文集。

【赏析】邓拓学习书法以抄书稿入手。此幅行草，从落款中可知是邓拓先生专为杜甫草堂所书，他不以碑帖为宗，却处处彰显传统，没有“造作气”。结体狭长厚重，雄伟壮丽，笔法遒劲有力，章法布局安排合情合理。

好雨知時節當春乃發生隨風
潛入夜潤物細無聲野徑
雲俱黑江船火獨明曉看紅濕
處花重錦官城
錄杜詩一首贈
成都杜甫草堂
鄧拓

《春夜喜雨》　邓拓 书

杜甫草堂诗艺文研究

诗韵草堂

刘洪 编著

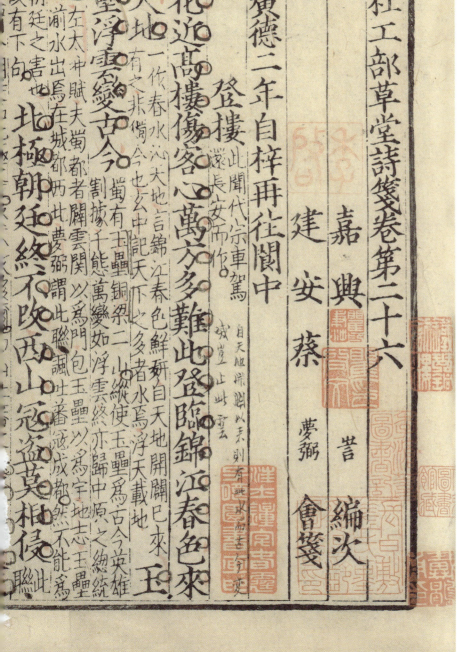

历史的回声，心灵的合唱

有人说，诗中有画，画中有诗。潘天寿却说：“诗中有书，书中有诗。”(《听天阁画谈随笔》)盖书法也有意象，唐人张怀瓘《文字论》曰：

> 探文墨之妙有，索万物之元精，以筋骨立形，以神情润色，虽迹在尘壤，而志出云霄。灵变无常，务于飞动。……探彼意象，入此规模。忽若电飞，或疑星坠，气势生乎流变，精魄出于锋芒。

所谓“以筋骨立形，以神情润色”“灵变无常，务于飞动”云云，就是书法之点线盘旋运动，或疾或徐，或勒或趯，或提或顿，或波或磔，或粗或细，或疏或密，从而形成诗乐般的韵律。一件好作品，无异一段活泼泼的生命之流。诗、书、画佳作皆为生命之形式，其相通处在此。是以张旭见公孙大娘舞剑器因悟草书，吴道子观裴将军舞剑而画法益进，杜少陵观公孙大娘弟子舞剑器而写下好诗。文艺以再现生命的律动为境界，是中国文化精神之所在。中国书法处于有形无形之间，不受羁束，其点之运行而成线的形式，更直观地逼近生命的律动，心电图以动态的曲线表现心律便是现成的佳例。“诗中有书，书中有诗”岂妄言哉！再者，杜诗所具有的抑扬顿挫波澜叠起的语言风格，与书法以点线运动取势的运作方式有着心理上的同构关系，二者拍合，相得益彰。职是之故，书杜诗遂乃与杜甫诗意图一道，为历代书画家所青睐而蔚成大宗。

宗白华尝言：“中国乐教失传，诗人不能弦歌，乃将心灵的情韵表现于书法、画法。”(《论中西画法的渊源与基础》)书画与诗同其可贵的，正是其中所包蕴着的抒情主体的心灵情韵，二者所以能位列一起与诗歌沟通对话也端在于此。由此而言，篆刻又何独不然呢！

以杜诗为题材的书、画、印，排除“文抄公”与赶时髦者不必论，其作意之大端有二：一是悬之以陶冶性情，一是“借他人之酒杯，浇胸中之块垒”。原文艺之始，是人类的自我意识，一种集体记忆，所以中国士大夫尤其强调诗要一唱三叹，反复涵咏，手写心追，以此不断将其内化，用来陶冶性情，构建民族文化的集体意识。杜甫作为中国文化托命之人，“一人心，一国之心”的典型，在宋代便确立了其“诗圣”的地位，这也是杜诗成为历代书画家首选对象的内在原因。文天祥《新淦曾季辅杜诗句外序》云：

> 世人为书，务出新说，以不蹈袭为高，然天下之能言众矣，出乎千载之上，生乎百世之下，至理则止矣。虚其心以观天下之善，凡为吾用，皆吾物也。

杜诗语言的直觉性及其对心理形象的创构，能道人心中事，言人所难言，且海涵地负般的丰富性几于无所不包，后人以杜诗“代言”，缘情写志，有他的道理在。尤其是杜诗“慨世还是慨身”“一人心，一国之心”的特点在动乱年代更能引发志士仁人的共鸣。南宋李纲于此体会甚深刻，《重校正杜子美集序》云：

> 子美之诗凡千四百三十余篇，其忠义气节、羁旅艰难、悲愤无聊一见于诗……时平读之，未见其工，迨亲更兵火丧乱之后，诵其辞如生乎其时，犁然有当于人心，然后知其语之妙也。

同为南宋民族英雄的文天祥《集杜诗·自序》所言尤痛切：

> 余坐幽燕狱中，无所为，诵杜诗。稍习诸所感兴，因其五言，集为绝句。久之，得二百首。凡吾意所欲言者，子美先为代言之。日玩之不置，但觉为吾诗，忘其为子美诗也。乃知子美非能自为诗。诗句自是人情性中语，烦子美道耳。子美于吾隔数百年，而其言语为吾用，非情性同哉！

显然，杜诗的真性情具有强大的感染力与冲击力，入人至深，其儒学精神在那个历史阶段则起到稳定传统、团结整个民族的作用。明清之际蓬起的杜诗书画可加深我们这一理解，本丛书所收甚富甚精，读者细审必得。

于是乎杜诗成为“至理”“人情性中语”，具有符号性，口吟手写杜诗成为陶治性情、塑造人的心灵之重要手段。明了这一层非常重要，它帮助我们理解杜诗书写、绘画、篆刻的独特意义，同时也为当今文艺界解决形式与内容如何相适应问题提供了有益的参照。名画《杜甫诗意图册》作者陆俨少现身说法，说自己用功是：“四分读书，三分写字，三分画画。”所言读书，特嗜读杜。其自序提到抗日战争期间入蜀，独携杜集自随，并以蜀山蜀水证诸杜集，此后经“文革”直至晚年，屡蹶屡战，尽平生仰慕之忱作此百幅杜甫诗意图，诗书画妙合无垠，令人读之动容。呜呼！天下芸芸学杜甫，能得几人用心之苦如陆公者？

成都杜甫草堂博物馆因其天时地利，集诗歌、书法、绘画、印篆于一编，可谓“好雨知时节”，润物之功无量，喜极而为之序。

林继中　张家壮

丁酉秋分谨识

目 录

历史的回声，心灵的合唱 / 林继中 张家壮 / 1

成都府 / 1
酬高使君相赠 / 2
卜 居 / 2
王十五司马弟出郭相访兼遗营草堂资 / 3
萧八明府实处觅桃栽 / 4
从韦二明府续处觅绵竹 / 5
凭何十一少府邕觅桤木栽 / 5
凭韦少府班觅松树子栽 / 6
又于韦处乞大邑瓷碗 / 6
诣徐卿觅果栽 / 7
堂 成 / 7
蜀 相 / 8
梅 雨 / 9
为 农 / 10
有 客 / 11
宾 至 / 11
狂 夫 / 12
田 舍 / 13
江 村 / 14
江 涨 / 14

野　老 / 15
云　山 / 16
遣　兴 / 17
遣　愁 / 18
杜鹃行 / 18
题壁上韦偃画马歌 / 19
戏题王宰画山水图歌 / 20
戏为韦偃双松图歌 / 21
北　邻 / 22
南　邻 / 23
过南邻朱山人水亭 / 24
因崔五侍御寄高彭州一绝 / 24
奉简高三十五使君 / 25
和裴迪登新津寺寄王侍郎 / 26
赠蜀僧闾丘师兄 / 26
泛　溪 / 28
出　郭 / 29
恨　别 / 30
散愁二首 / 30
建都十二韵 / 32
村　夜 / 33
寄杨五桂州谭 / 34
西　郊 / 34
和裴迪登蜀州东亭送客逢早梅相忆见寄 / 35
暮登四安寺钟楼寄裴十迪 / 36
寄赠王十将军承俊 / 36
奉酬李都督表丈早春作 / 37
题新津北桥楼得郊字 / 38
游修觉寺 / 38
后　游 / 39

绝句漫兴九首 / 40

客　至 / 43

遣意二首 / 44

漫成二首 / 45

春夜喜雨 / 46

春　水 / 47

江　亭 / 48

早　起 / 49

落　日 / 49

可　惜 / 50

独　酌 / 51

徐　步 / 52

寒　食 / 52

石　镜 / 53

琴　台 / 54

春水生二绝 / 55

江上值水如海势聊短述 / 56

水槛遣心二首 / 57

江　涨 / 58

朝　雨 / 59

晚　晴 / 59

高　楠 / 60

恶　树 / 61

江畔独步寻花七绝句 [illegible]1

进　艇 / 65

一　室 / 65

所　思 / 66

闻斛斯六官未归 / 67

赴青城县出成都寄陶王二少尹 / 68

野望因过常少仙 / 68

丈 人 山 / 69
寄 杜 位 / 70
送裴五赴东川 / 71
送韩十四江东省觐 / 71
楠树为风雨所拔叹 / 72
茅屋为秋风所破歌 / 73
石 笋 行 / 74
石 犀 行 / 75
杜 鹃 行 / 77
逢唐兴刘主薄弟 / 78
敬简王明府 / 78
重简王明府 / 79
百忧集行 / 80
徐卿二子歌 / 81
戏作花卿歌 / 82
赠 花 卿 / 83
少年行二首 / 83
赠虞十五司马 / 84
病 柏 / 86
病 橘 / 87
枯 棕 / 88
枯 楠 / 89
不 见 / 90
草堂即事 / 91
徐九少尹见过 / 92
范二员外邈吴十侍御郁特枉驾阙展待聊寄此作 / 92
王十七侍御抡许携酒至草堂奉寄此诗便请邀高三十五使君同到 / 93
王竟携酒高亦同过共用寒字 / 94
陪李七司马皂江上观造竹桥即日成往来之人免冬寒入水聊题短作
简李公 / 95

观作桥成月夜舟中有述还呈李司马 / 96
李司马桥成承高使君自成都回 / 96
入奏行赠西山检察使窦侍御 / 97
得广州张判官叔卿书使还以诗代意 / 98
魏十四侍御就敝庐相别 / 99
赠别何邕 / 100
绝　句 / 100
赠别郑鍊赴襄阳 / 101
重赠郑鍊绝句 / 102
江头五咏·丁香 / 102
江头五咏·丽春 / 103
江头五咏·栀子 / 103
江头五咏·鸂鶒 / 104
江头五咏·花鸭 / 105
野　望 / 105
畏　人 / 106
屏迹三首 / 107
少 年 行 / 108
即　事 / 109
奉酬严公寄题野亭之作 / 109
严中丞枉驾见过 / 110
遭田父泥饮美严中丞 / 111
奉和严中丞西城晚眺十韵 / 112
中丞严公雨中垂寄见忆一绝奉答二绝 / 113
谢严中丞送青城山道士乳酒一瓶 / 114
三 绝 句 / 115
戏为六绝句 / 116
野人送朱樱 / 119
严公仲夏枉驾草堂兼携酒馔得寒字 / 119
严公厅宴同咏蜀道画图得空字 / 120

戏赠友二首 / 121
大　雨 / 122
溪　涨 / 123
大麦行 / 124
奉送严公入朝十韵 / 125
春　归 / 126
归　来 / 126
草　堂 / 127
四　松 / 129
题桃树 / 130
水　槛 / 131
破　船 / 132
奉寄高常侍 / 133
赠王二十四侍御契四十韵 / 134
登　楼 / 137
寄邛州崔录事 / 137
王录事许修草堂赀不到聊小诰 / 138
归　雁 / 139
绝句二首 / 139
寄司马山人十二韵 / 140
黄河二首 / 141
扬　旗 / 142
绝句六首 / 143
绝句四首 / 146
寄李十四员外布十二韵 / 148
军中醉歌寄沈八刘叟 / 149
丹青引赠曹将军霸 / 150
韦讽录事宅观曹将军画马图歌 / 151
送韦讽上阆州录事参军 / 153
太子张舍人遗织成褥段 / 154

忆昔二首 / 156
寄董卿嘉荣十韵 / 158
立秋雨院中有作 / 159
奉和严郑公军城早秋 / 160
院中晚晴怀西郭茅舍 / 161
宿　府 / 162
到　村 / 163
村　雨 / 163
独　坐 / 164
倦　夜 / 165
陪郑公秋晚北池临眺 / 165
遣闷奉呈严公二十韵 / 167
送舍弟颖赴齐州三首 / 168
严郑公阶下新松得沾字 / 170
严郑公宅同咏竹得香字 / 171
晚秋陪严郑公摩诃池泛舟得溪字 / 171
奉观严郑公厅事岷山沱江画图十韵得忘字 / 172
过故斛斯校书庄二首 / 173
怀　旧 / 174
哭台州郑司户苏少监 / 175
别唐十五诫因寄礼部贾侍郎 / 177
初　冬 / 178
观李固请司马弟山水图三首 / 179
至　后 / 181
寄贺兰铦 / 182
送王侍御往东川放生池祖席 / 182
正月三日归溪上有作，简院内诸公 / 183
敝庐遣兴奉寄严公 / 184
营　屋 / 184
除　草 / 185

春日江村五首 / 186
长　吟 / 189
春　远 / 190
绝句三首 / 191
三韵三篇 / 192
天 边 行 / 193
莫相疑行 / 194
赤 霄 行 / 195
闻高常侍亡 / 196
去　蜀 / 197

成都府

翳翳桑榆日①，照我征衣裳②。
我行山川异，忽在天一方。
但逢新人民，未卜见故乡。
大江东流去，游子去日长。
曾城填华屋③，季冬树木苍④。
喧然名都会，吹箫间笙簧。
信美无与适，侧身望川梁。
鸟雀夜各归，中原杳茫茫。
初月出不高，众星尚争光。
自古有羁旅，我何苦哀伤。

【题解】 这是一首五古，是杜甫陇蜀纪行组诗的最后一首。乾元二年(759)冬天，杜甫带着全家人，经过艰苦的跋涉，终于抵达成都。他惊喜于成都平原的曾城华屋、季冬木苍，无异于来到了另外一个世界。成都府，因天宝十五载(756)玄宗幸蜀，至德二载(757)回西京而改名为府，号称南京。

【注释】 ① 翳翳：晦暗不明。　桑榆日：西下的落日。
② 征衣裳：远行人的衣裳，这里是指杜甫自己。
③ 曾城：泛指仙乡，此指成都。
④ 树木苍：成都属于南方，冬天气候温暖，所以冬天树木仍是苍翠一片。

【赏析】 杜甫一家人从中原到秦州，再到同谷，最后到达成都，一路奔波不停，为的就是能找到一栖身之地。乾元二年冬季的一个薄暮黄昏，杜甫携家人终于来到了繁华富庶的成都。南方城市气候温润，树木苍翠，绿荫满城。这对于刚历经僻荒险景的中原人杜甫来说，无疑是惊喜的。景色虽美，人民虽好，但终非自己的故乡，所以有“但逢新人民，未卜见故乡”之感慨。诗人的情感是复杂的，有喜有忧，异乡带给他的快慰过后，思乡怅惘之情马上联翩而至。全诗用赋的手法，间用比兴，将这种复杂的感情娓娓道来，情景交融。全诗明白如话，晓畅易懂，风格古朴，有汉魏遗风。

酬高使君相赠

古寺僧牢落，空房客寓居。
故人供禄米[①]，邻舍与园蔬。
双树容听法[②]，三车肯载书[③]。
草玄吾岂敢，赋或似相如[④]。

【题解】 这是一首五言律诗。乾元二年(759)冬，杜甫一家从同谷县到达成都。此诗作于上元元年(760)，时诗人四十九岁。诗人初至成都，居住在浣花溪草堂寺中。当时高适是彭州刺史，作诗赠与杜甫。杜甫便作此诗酬唱。诗歌颈、尾两联用典。

【注释】 ① 故人：一说高适，一说裴冕。
② 双树：即娑罗树，因其成双生长在东西南北四个方向，并且每一个树枝都荣枯并存，因此得名双树。释迦牟尼佛曾在双树间讲说佛法。
③ 三车：一说为《妙法莲华经·譬喻品》"火宅喻"中的牛车、羊车、鹿车。羊车喻声闻乘(小乘)，鹿车喻缘觉乘(中乘)，牛车喻菩萨乘。一说为唐代窥基法师出家前曾使用的三辆车，第一辆车装载经论箱帙，第二辆车自乘，第三辆车载妓女食馔。诗人用典指出借用僧车装载书籍。
④ "草玄"句：杜甫自谦经学不如扬雄，诗赋尚可比拟司马相如。扬雄为汉代著名经学家，作有《太玄》。司马相如为汉代著名的辞赋作家。

【赏析】 诗人从秦陇到成都，得高适赠诗，作此诗与高适酬唱，道出自己初到成都，寓于浣花溪草堂寺中。虽是初来乍到，但仍感到了蜀中人民的热情，得到了友人与邻居相赠的禄米和蔬菜。寓居寺院，诗人时不时能够听到僧人讲经，也可以翻阅经书。这样清幽的生活使诗人心态平和，能够淡泊名利，潜心著述。

卜　居

浣花流水水西头[①]，主人为卜林塘幽[②]。
已知出郭少尘事，更有澄江销客愁。
无数蜻蜓齐上下，一双鸂鶒对沉浮[③]。
东行万里堪乘兴[④]，须向山阴上小舟[⑤]。

【题解】 这是一首七言律诗。上元元年(760)春,剑南节度使右丞相冀国公裴冕为杜甫选址修建居处。所选地址就是诗人寓居的城郭西郊的浣花溪畔草堂寺旁的空地。这里环境清幽,没有繁杂的尘事。杜甫作此诗表达选址城外避俗野居的乐趣,以及久经动荡后得以安宁的恬静心情。诗歌的风格相较于之前的沉郁顿挫也显得轻松愉快。尾联用典,显出诗人神采飞扬畅快之貌。

【注释】 ① 浣花溪:在成都西郭外,又名百花潭。
② 主人:即剑南节度使右丞相裴冕。
③ 鸂鶒:水鸟的一种,常生活在溪中。毛有五色,以短菰为食。
④ 万里:即万里桥,在浣花溪东。三国时蜀汉名臣费祎出使吴国,诸葛亮送费祎到此桥,费祎感叹说:"万里之路,始于此桥。"万里桥因此得名。
⑤ 山阴:即山阴县。王子猷居山阴时,在一个雪夜忽然想起戴安道,便立即连夜坐小船往戴安道家去。当时戴安道住在剡溪县。王子猷船行一夜,到了戴家门口,没有进屋就原路返回。有人问他什么原因,王子猷说他本是乘兴而去,兴尽而归,为什么一定要见到戴安道呢!

【赏析】 杜甫初到成都,友人裴冕为他选址建造草堂。这首诗歌便是描写草堂及周遭环境的。裴冕为诗人卜居之地在浣花溪水西侧,那里林塘环绕又远离市区,所以没有纷杂的尘事喧嚣,环境清幽。颈联写林塘充满生机。尾联述志,以诸葛亮送费祎使吴的典故,表明自己的志向是入世报国,不会安于终老成都草堂。

王十五司马弟出郭相访兼遗营草堂资

客里何迁次[①],江边正寂寥。
肯来寻一老,愁破是今朝[②]。
忧我营茅栋,携钱过野桥。
他乡唯表弟,还往莫辞遥。

【题解】 这是一首五言律诗,作于上元元年(760)草堂初建之时。草堂初建时,裴冕、高适、王十五司马等朋友往来过从,或帮忙修葺房屋、园圃,或赋诗题咏,十分热闹。此诗即是记载王十五司马到草堂拜访杜甫,并出资帮助修建草堂之事。

【注释】 ① 迁次:移居,从一处搬到另一处。

② 愁破：因王十五司马弟到草堂来拜访诗人，消解了诗人初到成都客居草堂的块垒。

【赏析】 杜甫远离家乡初到成都，又十分穷困，不免产生客居他乡、漂泊流离的孤寂寥落之感。好在王十五司马弟等成都的好友时常来看望杜甫，不仅为他提供日常生活必需品，还出资建造住所。这对于杜甫而言，是莫大帮助。“一老”、“野桥”表明杜甫居所远离城市，象征着杜甫内心的寂寥。所以王十五司马弟等好友前来看望，给杜甫的生活带来了生机，消解了他心中的愁闷。对于这些好友，杜甫感激之情溢于诗中。

萧八明府实处觅桃栽

奉乞桃栽一百根，春前为送浣花村[①]。
河阳县里虽无数[②]，濯锦江边未满园。

【题解】 这首诗及以下的《从韦二明府续处觅绵竹》、《凭何十一少府邕觅桤木栽》、《凭韦少府班觅松树子栽》、《诣徐卿觅果栽》四首诗，都是杜甫在建造草堂时向友人求树而写的以诗代简之作。《萧八明府实处觅桃栽》是一首七言绝句，是上元元年(760)初建草堂时的作品。因草堂初建，园圃植被稀少，诗人向友人萧八明府寻觅桃树，望其能在立春前送几株到草堂来。明府，即一县之长。

【注释】 ① 春前：种植树木在正月中最易种植，二月次之。故杜甫希望友人于立春之前将桃树送至草堂。
② 河阳县：用晋人潘岳典。潘岳为河阳县令，全县种植桃树李树，人称“河阳一县花”。此处诗人以河阳县比萧八明府所治之邑。

【赏析】 杜甫从秦陇来到成都，十分喜爱成都的自然气候和风土人情。草堂本为浣花溪畔草堂寺旁的空地，所以草堂初建，园圃当中植被稀疏。杜甫对成都心生喜爱，心情也较之前逃难时好很多，所以萌生了定居的想法。在成都惬适的生活使得他有心情来装饰他的居所，这也表现出杜甫对安定生活的渴望。

从韦二明府续处觅绵竹

华轩蔼蔼他年到，绵竹亭亭出县高①。
江上舍前无此物，幸分苍翠拂波涛。

【题解】 这是一首七言绝句。上元元年(760)草堂初建，杜甫于友人韦二明府处寻得绵竹来装点草堂时所作。

【注释】 ① 绵竹：产于绵州(今四川省德阳市辖绵竹市)的竹子。古时绵州之西有紫岩山，绵竹即产生于此。

【赏析】 杜甫在修建草堂时，院子里没有绵竹，想到韦二府上的绵竹高而苍翠，因此便向韦二借几分青翠来装点自家宅院。期盼溪水的清澈映衬着绵竹的青葱，随着波涛摇曳，使得草堂充满生机。由此可以看出杜甫对在成都的安宁生活的珍视与热爱。

凭何十一少府邕觅桤木栽

草堂堑西无树林，非子谁复见幽心。
饱闻桤木三年大①，与致溪边十亩阴。

【题解】 这是一首七言绝句。上元元年(760)草堂初建，杜甫于友人何邕处寻得桤木来装点草堂时所作。何十一少府邕，即何邕。少府，县尉，职阶亚于明府。何邕为利州绵谷(即今四川省广元市)县尉，是杜甫同乡。杜甫有《赠别何邕》诗。

【注释】 ① 桤木：落叶乔木，易生长，种植几年即可成林。桤木生长三年，可砍伐做柴火，所以乡里人多种植桤树卖薪赚取利益。

【赏析】 草堂在浣花溪西侧，夏日酷晒，所以需要树林遮阴。正好桤木易生长，几年便可成林，所以杜甫向友人何邕求取。杜甫种植桤木也表现出长期定居成都之意。

凭韦少府班觅松树子栽

落落出群非榉柳[①]，青青不朽岂杨梅[②]。
欲存老盖千年意[③]，为觅霜根数寸栽。

【题解】 这是一首七言绝句。上元元年(760)草堂初建，杜甫于友人韦班处寻得松树来装点草堂时所作。韦少府班，即韦班。韦班为涪江尉，是杜甫同乡。杜甫有《涪江泛舟送韦班》诗。

【注释】 ① 榉柳：即榉木，似柳皮，也称榉柳。煮水可饮用。榉柳可生长到与松树同高，枝条纤弱易凋谢。
② 杨梅：易受虫蛀，不像松树那般不朽。诗人将高而易谢的榉柳以及易坏的杨梅树拿来与松树对比，表面描绘榉柳和杨梅树，实则以二树衬托松树四季常青磊落挺拔。
③ 盖：松千岁方顶平如车盖。　千年意：指松树寿命之长。

【赏析】 杜甫向其友人觅得春季开花夏季结果的桃树、多枝簇生于溪水相映衬的青葱绵竹、三年成林夏可遮阴冬可为柴的桤木，又为他的草堂觅得落落挺拔、长青不朽的松树。世称松、竹、梅为“岁寒三友”，是不畏逆境的坚韧精神的象征。杜甫自中原逃难到成都，在自家园圃中种植松树，同样暗示其磊落坚韧、不畏困难的品格，其忧国忧民之心不会因在成都的安稳生活而被消磨。

又于韦处乞大邑瓷碗

大邑烧瓷轻且坚[①]，扣如哀玉锦城传[②]。
君家白碗胜霜雪，急送茅斋也可怜。

【题解】 这是一首七言绝句，作于上元二年(761)。草堂经过一年时间进行园圃修葺和树木栽种，初具规模，杜甫的目光从草堂的宏观落到了日常生活所必需的微观之处。

【注释】 ① 大邑：即大邑县，属于邛州，即邛崃。唐时邛窑已臻于成熟。　轻且坚：嘉庆二十年《景德镇陶录》中记载四川邛州大邑的白瓷质地轻薄，色泽为白色，材质坚致，声音清脆，是当时的珍稀贵重物品。

② 锦城：即成都。成都旧有大城、少城。少城在古代为管理织锦官员之官署，故称“锦官城”，简称“锦城”。

【赏析】 金圣叹评此诗道：“一瓷碗至微，却用三四层写意。初称其质，次想其声，又羡其色。先说得珍重可爱，因望其急送茅斋，只寻常器皿，经此点染，便成韵事矣。”(《杜诗解》)杜甫于诗中先描绘瓷碗的质地，其次描绘轻扣瓷碗所传出的声响，再写瓷碗的色泽，最后表达对这个瓷碗的喜爱。邛窑白瓷在当时已是珍品，且杜甫从少府韦班处得来，所以这个瓷碗令诗人爱惜有加。杜甫对大邑瓷碗的喜爱，也就是他对在成都草堂的安宁生活的喜爱的一个缩影。他先向韦班觅得松树后又向韦班乞要瓷碗，说明二人友谊之深。

诣徐卿觅果栽

草堂少花今欲栽，不问绿李与黄梅。
石笋街中却归去[①]，果园坊里为求来。

【题解】 这是一首七言绝句。上元元年(760)草堂初建，诗人于友人徐卿处寻得果树来装点草堂时所作。

【注释】 ① 石笋街：今府城之西，往草堂之路。

【赏析】 草堂已有松树、绵竹等长青植物，果树却很少。杜甫觅果树，实是取其开花结果之意，用花朵点缀园圃，表明他对生活的热爱。果树需悉心照料方能结果，栽种果树也表明成都的生活使杜甫更多的关注生活本身。让他在动乱的年代有一处轻松的栖息之所。他所希望的，不仅仅是生活能够更好，也包括战争平息、天下苍生能够结束动荡生活。

堂　成

背郭堂成荫白茅，缘江路熟俯青郊。

桤林碍日吟风叶，笼竹和烟滴露梢[①]。
暂止飞乌将数子，频来语燕定新巢。
旁人错比扬雄宅[②]，懒惰无心作《解嘲》[③]。

【题解】 这是一首七言律诗。杜甫《寄题江外草堂》诗曰："经营上元始，断手宝应年。"又，宝应元年(762)春有《畏人》诗曰："畏人成小筑，褊性合幽栖。"所以《堂成》这首诗应作于宝应元年(762)。上元元年诗人依友人裴冕卜居草堂，并在王十五司马弟等友人的资助下着手修建，历时两年时间，至宝应元年草堂建成，故作此诗。

【注释】 ① 笼竹：即笼葱竹，长节竹，产于岭南。
② 扬雄宅：《太平寰宇记》："子云宅在少城西南角，一名草玄堂。"扬雄，字子云，蜀郡成都人。
③《解嘲》：扬雄于西汉末年所写的一篇赋。《汉书・扬雄传》："时雄方草《太玄》，有以自守，泊如也。或嘲雄以玄尚白，而雄解之，号曰《解嘲》。"

【赏析】《堂成》和《卜居》相对，《卜居》写草堂周遭环境，《堂成》写草堂内部的景色。"暂止"、"频来"说明杜甫虽在成都建有草堂，但时常前往蜀中各地会见友人。例如，在上元元年(760)秋，就前往新津拜访裴迪；同年晚秋时候到蜀州拜访高适，直至冬天才回成都。宝应元年(762)，即作《堂成》之年，春夏二季杜甫居住在成都草堂，七月到绵阳，后到梓潼。同年晚秋，回到成都把家人接到梓潼。由此可以看出成都草堂是杜甫在蜀中的暂居之处。用"频来"而非"频归"，也表明杜甫并非把成都草堂当作长期居住地。由此可以看出杜甫面对成都的闲适生活和为官为民两种选择时的犹疑不定。末句用扬雄《解嘲》典，表明自己最关心的是大道的推行和天下苍生的生存和生活问题，不会畏惧旁人的嘲讽，这与计较官场资历的扬雄是不同的。

蜀　相

丞相祠堂何处寻[①]，锦官城外柏森森。
映阶碧草自春色，隔叶黄鹂空好音。
三顾频烦天下计[②]，两朝开济老臣心[③]。
出师未捷身先死[④]，长使英雄泪满襟。

【题解】 这是一首七言律诗，作于上元元年(760)春。蜀相，即蜀汉丞相诸葛亮。此诗是杜甫探访诸葛武侯祠堂而创作的怀古之作。虽然草堂已经开始修建，杜甫也十分喜爱成都的安宁闲适的生活，但他的志向并不止在个人的安定生活，所以他寻访武侯祠堂，表明虽身远朝廷，但仍心系国家的忧国忧民的情怀。

【注释】 ① 丞相：即诸葛亮，刘备建安二十六年(221)即帝位，册封诸葛亮为丞相，录尚书事。 祠堂：即武侯祠，在成都南。蜀人追思诸葛亮，为之立祠，祠堂前的柏树一说为诸葛亮亲手种植。

② 三顾：用三顾茅庐典故。诸葛亮《出师表》："三顾臣于草庐之中"。

③ 开济：开创匡济。

④ 出师未捷：《三国志・诸葛亮传》："十二年春，亮悉大众由斜谷出，以流马运，据武功五丈原，与司马宣王对于渭南。……相持百余日。其年八月，亮疾病，卒于军，时年五十四。"

【赏析】 整首诗歌痛快激昂，前四句写寻找祠堂，后四句怀古抒情。武侯祠柏树葱茏繁茂，然而诸葛丞相同当年植树之人一样，不复再见。唯有岁岁枯荣的青草和不随季节迁徙的黄鹂见证着武侯祠的兴衰变迁。第一句中"寻"字，表明杜甫是有意寻找武侯祠堂，此行并非游玩，而是朝圣，因为他与诸葛亮一样心怀天下。杜甫也希望自己能够像诸葛亮那样，得到皇帝的重用，制定天下大计，改变安史之乱后藩镇割据、社会动荡、民不聊生的局面，为天下苍生鞠躬尽瘁，死而后已。

梅　雨

南京犀浦道[①]，四月熟黄梅。
湛湛长江去，冥冥细雨来。
茅茨疏易湿[②]，云雾密难开。
竟日蛟龙喜[③]，盘涡与岸回。

【题解】 这是一首五言律诗。梅雨，夏至前后四五月间梅子成熟期，持续数十天潮湿多雨的气候现象。江南人称梅雨为黄梅雨。据"茅茨疏易湿"，可知此诗作于上元元年(760)四月草堂初成时。

【注释】 ① 南京：肃宗至德二载(757)十二月，唐肃宗大赦天下，以蜀郡为南京。故诗中"南京"应指以成都为中心的区域。 犀浦：即沉犀之浦。蜀郡有石犀，太守李冰作五石犀沉江以压水怪，因以名县。

② 茅茨：芦苇和茅草盖的屋顶。
③ 蛟龙喜：蛟龙以为涨潮，所以欢喜。

【赏析】 这首诗写蜀地的梅雨。在黄梅熟了的四、五月里，杜甫的草堂刚刚建成，屋顶茅草稀疏，很容易就被持续的濛濛细雨浸湿了。蛟龙喜水，梅雨季节长江水涨溢，故蛟龙之欢与杜甫茅屋漏雨之苦形成对比。

为　农

锦里烟尘外[①]，江村八九家。
圆荷浮小叶，细麦落轻花。
卜宅从兹老，为农去国赊。
远惭勾漏令，不得问丹砂[②]。

【题解】 这是一首五言律诗，作于上元元年(760)春。杜甫希望告老为农，养生求道，实际上面对怀才不遇的现实的自嘲。

【注释】 ① 锦里：锦官城，为成都之代称。　烟尘：烽火之警。
② “远惭”二句：用葛洪典。《晋书·葛洪传》：“以年老，欲炼丹以祈遐寿，闻交阯出丹，求为勾屚令。”勾漏，即勾漏山，在今广西北流东北。其山峰林立，溶洞勾曲穿漏，故名。丹砂，即朱砂，古代道教用以化汞炼丹。

【赏析】 《卜居》篇中已交代，裴冕为杜甫选择的住宅在幽静的远离尘事的城郭之外，本诗首句“锦里烟尘外”与《卜居》“已知出郭少尘事”相照应。远离尘世不受兵戈烽火的侵扰，生活安宁，人家鲜少，似是隐居。草堂的祠堂里又有可爱的圆荷小叶，植被的花瓣随风摆落。如此宁静闲适美好的生活，使得杜甫产生在成都不问世事、为农终老的想法。

有　客

患气经时久[①]，临江卜宅新。
喧卑方避俗[②]，疏快颇宜人。
有客过茅宇，呼儿正葛巾。
自锄稀菜甲[③]，小摘为情亲。

【题解】 这是一首五言律诗。上元元年(760)作于草堂。一名为《宾至》。宋人黄鹤根据本诗"有客过茅宇"句用《诗经·有客》典，指出此篇应名《有客》，以《宾至》为名是将两首诗的题目颠倒了。"有客"，顾名思义，杜甫的草堂在城外地势偏远之处，周遭邻居不过八九家。客来实属稀罕事，所以即使久在病中，也要亲力亲为尽地主之谊。

【注释】 ① 患气：肺疾，为呼吸道疾病。
② 喧卑：喧闹低下。
③ 甲：草木初生时称作"甲"。此处指嫩苗。

【赏析】 前两联诗人写草堂建造于城郭之外，没有尘事繁杂，他十分喜爱这样闲适安宁的生活。但"避俗"并非"避客"，所以偶然有客人从草堂门前过，他十分欢喜。《堂成》颔联表明杜甫对于成都，他的身份是客。屋内屋外皆是客，杜甫对路过草堂的客人在情感上认为彼此相同。因此内心十分欢喜，对客人也是十分热情。他命儿子为自己正巾接待，显示出得体和礼貌，自己又亲自来到园中采摘蔬菜的嫩芽以招待客人，足显重视。此篇虽不似杜甫的绝大部分诗歌那样用典，但所抒之情十分率真不减深刻。

宾　至

幽栖地僻经过少[①]，老病人扶再拜难[②]。
岂有文章惊海内？漫劳车马驻江干[③]。
竟日淹留佳客坐[④]，百年粗粝腐儒餐[⑤]。
不嫌野外无供给，乘兴还来看药栏[⑥]。

【题解】 这是一首七言律诗。上元元年(760)作于草堂。一名为《有客》,实是前人将两首诗题颠倒所致。从内容上看此诗与前《有客》为同一时间的先后作品。

【注释】 ① 幽栖:草堂在城郭外,周遭农户八九家,故少有人经过往来。
② 老病:杜甫有肺疾。
③ 江干:江岸。
④ 竟日:终日,整日。 淹留:挽留。
⑤ 粗粝:即糙米,形容食物粗劣,生活质量差。
⑥ 药栏:芍药栏,泛指花栏。

【赏析】 杜甫在城郭外的草堂过着仿佛隐居的生活,往来的客人不多,又有旧疾在身。所以偶然有客人造访,自觉连起码的礼节都做不好。江畔的车马是造访的客人,而屋内是作诗赋文的腐儒。虽然杜甫在草堂的生活很艰苦,但他避俗不避客,热情挽留客人在草堂多作停留,并期望客人归来时再到草堂共赏园中景致。

狂　夫

万里桥西一草堂,百花潭水即沧浪①。
风含翠篠娟娟净②,雨裛红蕖冉冉香③。
厚禄故人书断绝④,恒饥稚子色凄凉⑤。
欲填沟壑唯疏放⑥,自笑狂夫老更狂。

【题解】 此诗作于上元元年(760)夏杜甫草堂内。诗人在成都西郊建成草堂之后,过着较为闲适的田园生活,然而此诗却隐约透露出诗人内心的焦灼。诗题为"狂夫",本指疏狂之人,这里杜甫自谓,实际上是诗人表达想要超脱的自我抒发。

【注释】 ① 百花潭:浣花溪的一段。 沧浪:青苍的水浪。语出《孟子·离娄上》:"沧浪之水清兮,可以濯吾缨;沧浪之水浊兮,可以濯吾足。"将百花潭比作沧浪之水,意为可以隐居之地。
② 翠篠(xiǎo):翠绿的细竹。 娟娟:美好的样子。
③ 雨裛:雨打湿的样子。 红蕖:红色的荷花。 冉冉:柔美的样子。
④ 厚禄:丰厚的俸禄。
⑤ 恒饥:经常挨饿。 色凄凉:脸色苍白凄凉。
⑥ 填沟壑:填尸体于沟壑,指死。 疏放:疏狂放达,不拘礼节。

【赏析】 此诗以朴素的言语写草堂环境清幽，上四句写草堂夏日怡人美景，下四句述寓居草堂生活的艰难情况。其中“风含翠篠娟娟净，雨浥红蕖冉冉香”两句，上句风中有雨，下句雨中有风，调动视觉、嗅觉，呈现在读者面前的是雨水洗净后的清新之色。草堂生活艰难，故人无援，诗人处于如此困境之境，仍疏放消散，不改其故态，其旷怀心境毕现。元方回《瀛奎律髓》评道：“老杜七言律诗一百五十余首，求其郊野闲适如此者仅三篇，而此之第三篇后四句，亦未免叹贵交之绝，悯贫稚之饥。信矣！和平之音难道，而喜起明良之音难值也。然格高律熟，意奇句妥，若造化生成。为此等诗者，非真积力久，不能到也。学诗者以此为准，为吴体、拗字、变格，亦不可不知。”

田 舍

田舍清江曲[①]，柴门古道旁。
草深迷市井[②]，地僻懒衣裳。
榉柳枝枝弱，枇杷树树香。
鸬鹚西日照[③]，晒翅满鱼梁[④]。

【题解】 与前诗同作于上元元年(760)夏季，是一首典型的写景之作。

【注释】 ① 清江：浣花溪。
② 市井：集市。
③ 鸬鹚(lú cí)：水鸟的一种，又名鱼鹰，可捕鱼。
④ 渔梁：水中用来捕鱼的堰。

【赏析】 此诗描述了草堂夏季自然闲适的农家生活，首句点名田舍位置，位于浣花溪水弯曲环绕处，此地草深地偏，没有干戈之乱。又种有榉柳、枇杷等树木，可以供人栖息。鸬鹚水鸟能够在渔梁上停留晒翅不被打扰，种种画面交织重叠直扑读者眼前，句句如画，与前首同一风致。清浦起龙认为“叙意在前，缀景在后，倒格见致”(《读杜心解》)。诗中描写的农村景物清幽质朴，人情物态富有情趣，可见诗人对江村生活的喜爱。

江　村

清江一曲抱村流①，长夏江村事事幽。
自去自来堂上燕，相亲相近水中鸥。
老妻画纸为棋局，稚子敲针作钓钩②。
多病所须唯药物，微躯此外更何求③。

【题解】 此诗写于唐肃宗上元元年(760)。在此之前，诗人经过四年的流亡生活，从同州经由绵州，来到了不曾遭遇战乱劫难的成都郊外浣花溪畔，在亲友故旧的资助下经营起了草堂。饱经离乡背井、颠沛流离忧患的诗人，终于获得了一个暂时安居的栖身之所。时值盛夏，身居江水清澈，恬淡优雅的浣花溪畔，诗人面对眼前清净自得的生活，愉悦之情不免流之于笔端，遂成这首咏怀之作。

【注释】 ① 清江：指浣花溪。
② 敲针：因其直针无法钓鱼而敲针。东方朔《七谏》曰："以直针而钓兮，又何鱼之能得？惟直针不可以钓，故敲针作钩也。"
③ 微躯：谦称，微贱之躯。

【赏析】 首二句写景：清澈的江水，弯弯曲曲地环绕着美丽的小村庄；漫长的夏日，村庄里的一切都显得那样恬静，显得那样清幽。诗人开篇用了一个似有意又似无意的疏缓淡然的笔调，精妙地点染出了"江村"环境的清幽和闲适，给人以身与心的享受。"抱村流"的"抱"字，不仅赋江水以情态，还将草堂临江、江流曲折的清幽环境和诗人置身于自然美景的感受表现得形象而又生动。这个"抱"字用得有功力，用得恰到好处，看似随口而出，实则是刻意而为之。"事事幽"，即一切都那么怡然自得，一切都那么幽静恬淡，不愧为提挈全篇旨意的一个重笔；而"幽"字，则是全篇的诗眼，是灵魂。

江　涨

江涨柴门外，儿童报急流。
下床高数尺，倚杖没中洲。
细动迎风燕，轻摇逐浪鸥。
渔人萦小楫，容易拔船头①。

【题解】 这是一首五言律诗。唐肃宗上元元年(760)夏天,浣花溪水势骤涨,诗人十分细致地观察了江涨、燕、鸥及渔人,作了这首诗。

【注释】 ① 拨:指掉转。

【赏析】 这是急涨之势。迎风之燕贴近水面,水微动而燕不惊;逐浪之鸥浮泛水中,水轻摇而鸥自适。可见江流平满,波浪不兴。明王嗣奭《杜臆》云:“动曰细,摇曰轻,因鸥燕之得趣,而亦若水使之然也。”此于无情中看出有情。渔人系舟,调转船头亦是轻易之举,可见江水宽而渔人乐。正如王嗣奭之言:“俱眼前一时之景,却有喜意在。”(转引自《杜诗详注》)

野　老

野老篱边江岸回[①],柴门不正逐江开[②]。
渔人网集澄潭下[③],贾客船随返照来[④]。
长路关心悲剑阁[⑤],片云何意傍琴台[⑥]。
王师未报收东郡[⑦],城阙秋生画角哀[⑧]。

【题解】 这是一首七言律诗,作于上元元年(760)。乾元二年(759)九月,东京及济、汝、郑、滑四州皆陷贼。上元元年六月,田神功破思明之兵于郑州,然东京诸郡尚未收复。故云“城阙秋生画角哀”。诗成后,拈首二字为题。

【注释】 ① 野老:杜甫字子美,自号杜陵野老。
② 不正:因浣花溪江岸曲折,随江面方向置门,所以不正。
③ 澄潭:指百花潭,是草堂南面的水域。
④ 贾客:指商人。　返照来:《纂要》云:“日西落,光返照于东,谓之返景。”日暮急于泊船,故随返照而来。
⑤ 剑阁:剑门关,是入蜀门户,在今四川剑阁县北。张孟阳《剑阁铭》曰:“惟蜀之门,作固作镇,是曰剑阁,壁立千仞。”其地势险峻,杜甫《剑门》称:“惟天有设险,剑门天下壮。”
⑥ 琴台:相传是西汉大文学家司马相如弹琴的地方。《玉垒记》:“相如琴台,在浣花溪北。”
⑦ 东郡:概指京东诸郡,非专指滑州灵昌郡也,包括杜甫故乡河南。
⑧ 画角:古军中乐器,长五尺,形如竹筒,外加彩绘,其声哀厉高亢,吹之以警昏晓。

【赏析】 此乃于草堂的感时之作。前四句写景，后四句言情。清代黄生《杜诗说》云："前幅摹晚景，真是诗中有画。后幅说旅情，几于泪痕湿纸矣。"《杜诗言志》云："此首则有望乡之思与忧时之戚。"首言居所概况，贾客兴贩，其船常随返照而来此，此渔人、贾客各行其是而足以供。往来商人多东来，触发诗人的思乡之情。今欲东归，又须从险峻的剑阁而去，虽艰难也不能避，安能若片云长傍此琴台？但能否归去，惟视世难之平，干戈休息。王师远涉，旷日持久，未见报收东郡。烽烟四起，盗贼在途，画角声哀，太平将于何日来耶？杜甫思乡之情或有之，但更多的是心系黎民百姓、天下苍生，热切盼望着和平之日的到来。可见其一片赤子之心。

云 山

京洛云山外，音书静不来①。
神交作赋客②，力尽望乡台③。
衰疾江边卧，亲朋日暮回。
白鸥元水宿，何事有余哀。

【题解】 这是一首五言律诗，作于上元元年(760)。这一年羌、浑、党项侵略泾州和陇右，安禄山部属史思明攻入洛阳。

【注释】 ①"京洛"二句：上元元年(760)史思明攻入洛阳，音讯被战争阻隔，久候不得。京洛，即洛阳。音书，音讯，书信。

②神交：用魏晋名士山涛与阮籍为神交之典故。诗人没得到京洛友人的音讯书信，只有与他们神交。作赋客：或说指司马相如和扬雄等西汉赋作家；或说指班固、张衡等东汉赋作家；或说是指战国时期辞赋家宋玉。无论是先秦的宋玉还是两汉的司马相如、扬雄、班、张，他们都是当时辞赋界的领头人物，具有代表性。又，班固作《两都赋》，张衡有《二京赋》，与此诗首句"京洛"暗合，故此处"作赋客"以班、张为宜。诗人以"作赋客"代指他在京洛的友人。

③望乡台：隋时蜀王杨秀筑。诗人此处借望乡台言思乡的深情。又，一说"望乡台"即望云台，指远望京洛的地方。

【赏析】 杜甫本来居住在京城，然如今避难寓居成都。面对云山遥忆两京，记挂亲友，却迟迟得不到他们的音讯和书信。思念甚切又无奈无法联系，杜甫只有寄希望于效仿魏晋名士山涛和阮籍，希望自己能够和中原亲友神交。杜甫病居成都，虽有亲朋好友前来

探望，但他们傍晚时分便会离开。所以杜甫在最后一句以白鸥自喻，慨叹自己本是漂泊无依之人，又何苦时时记挂着中原而使自己悲哀，实是一种自我宽解的反语。

遣 兴

骥子好男儿[①]，前年学语时。
问知人客姓，诵得老夫诗。
世乱怜渠小[②]，家贫仰母慈。
鹿门携不遂[③]，雁足系难期[④]。
天地军麾满[⑤]，山河战角悲。
傥归免相失[⑥]，见日敢辞迟。

【题解】 这是一首排律诗，作于上元元年(760)秋。诗人借此自遣，抒发战乱干戈、漂泊异乡的伤感。

【注释】 ① 骥子：即杜甫儿子宗武，“骥子”是其小名。
② 渠：意为“他”，此处指宗武。
③ “鹿门”句：用东汉庞德公典故。《后汉书》卷八十四载庞德公携妻子登鹿门山，采药而不返事。此指杜甫渴望能够携妻儿一同避难。鹿门，即鹿门山。泛指隐士所居之地。
④ “雁足”句：用汉苏武典故。《汉书》卷五四载，天子于上林中涉猎得一雁，雁足系有帛书。天子于帛书之内容得知苏武所在。此处诗人以苏武陷匈奴之事自况。
⑤ 军麾：古代指挥军队的旗子。
⑥ 傥：假使，如果。

【赏析】 这首诗前四句写杜甫回忆从前幼子咿呀学语的情境。那时的宗武已经能够问知客人的姓名，能够背诵杜甫的诗句。中间六句感叹过往的美好都被战争阻隔。最令杜甫难过的是乱世中没能携家一同避难。宗武年幼，家境贫寒，全都仰赖母亲的照顾。河山布满叛军的军旗，随处可闻战角的悲号。战争使得杜甫无法得知身在异地的妻儿的音讯。末两句想象将来阖家团圆时的情景，若有这样的机会，杜甫自思不敢迟慢。表现了杜甫对幼子的思念以及家人团聚的渴望。

遣 愁

养拙蓬为户，茫茫何所开。
江通神女馆[①]，地隔望乡台。
渐惜容颜老，无由弟妹来。
兵戈与人事，回首一悲哀。

【题解】 这是一首五言律诗，作于上元元年(760)，与《云山》《遣兴》诸诗同时。旧编在夔州者，非也。

【注释】 ① 神女馆：也称神女庙，在巫山县治西北。此处指代夔州。

【赏析】 杜甫身在异乡，虽有蓬草盖得房屋，但与亲友相隔，即使每天将蓬门打开，也等不到想要见到的人。浩浩江水连通夔州，而自己与故乡、与亲人之间却被阻隔。逝者如斯，时不可再。回忆往事，浮现脑海的只有使得生灵涂炭的战事。所以杜甫面对战乱、流离、与家人天各一方的现实和人事的蹉跎，除了茫然和悲哀，便无他法。所以作诗排遣内心的愁绪。

杜鹃行

君不见昔日蜀天子，化作杜鹃似老乌[①]。
寄巢生子不自啄，群鸟至今与哺雏[②]。
虽同君臣有旧礼，骨肉满眼身羁孤。
业工窜伏深树里，四月五月偏号呼。
其声哀痛口流血，所诉何事常区区。
尔岂摧残始发愤，羞带羽翮伤形愚[③]。
苍天变化谁料得，万事反覆何所无。
万事反覆何所无，岂忆当殿群臣趋。

【题解】 这是一首乐府诗歌。作于唐肃宗上元二年(761)。上元元年,唐明皇从四川归京后,李辅国矫诏劫迁上皇于西内甘露殿,也即西内太极宫内。此诗即借物伤感此事而作。

【注释】 ① 杜鹃:相传为古蜀王杜宇之魂所化。夜鸣,其声哀怨凄切。又称子规、杜宇。
② 哺雏:按《博物志》记载,杜鹃将新生子寄养在其他鸟类的巢中,其他的鸟类则会误把杜鹃的幼子当作自己的雏鸟而哺育之。
③ 翮(hé):鸟的翅膀。

【赏析】 全诗感慨悲痛。诗歌首句言"蜀天子",虽指望帝,实指玄宗。玄宗禅位以后被劫迁至西内太极宫,又被撤去护卫,唐肃宗也不再向玄宗请安。此时玄宗的羽翼已被摧残,寄居他人屋下就像弱小的雏鸟,郁郁成疾。前朝肃宗和其臣子之间况且还遵循着传统的礼仪,而亲生父子之间的亲情已十分淡漠。曾经的九五之尊如今已是无人问询的老头子,世事变化如此难料。诗歌表达了杜甫对宦官弄权的痛恨,对唐明皇遭遇的同情,对世态炎凉的恸心,以及对世事无常的无奈。

题壁上韦偃画马歌

韦侯别我有所适①,知我怜君画无敌②。
戏拈秃笔扫骅骝③,欻见麒麟出东壁④。
一匹龁草一匹嘶⑤,坐看千里当霜蹄⑥。
时危安得真致此?与人同生亦同死!

【题解】 这是一首七言律诗。唐人好在墙壁上作画或题诗,诗题中所言之"壁",就是草堂的墙壁。韦偃是唐代画家,长安人,侨居成都,生卒年不详,当与杜甫同时。善画马,常以越笔点簇鞍马,千变万态、巧妙精奇,与韩幹齐名。画作有《双骑图》《牧放人马图》《三马图》等,著录于《宣和画谱》。

【注释】 ① 韦侯:即韦偃。 别我:向我告别。 适:去。
② 怜:爱。
③ 骅骝:指赤红色的骏马,周穆王的"八骏"之一。常指代骏马。
④ 欻见:即忽见。 麒麟:传说是一种瑞兽。此处比喻良马。
⑤ 龁(hé):即用牙齿咬东西。

⑥ 霜蹄：即马蹄。《庄子·马蹄篇》说“马，蹄可以践霜雪”。

【赏析】 安史之乱使得天下百姓四处奔逃，其中亦有杜甫、韦偃这类的才学之士。二人都曾经避难寓居于成都，期间杜甫多次离开成都，韦偃也是如此。在韦偃离开成都时，他知道杜甫喜爱他的画，故前来作画告别。韦偃画艺高超、造诣极高，画来全不费功夫，所画二马栩栩如生。杜甫看着壁上亦静亦动的马匹，借物言志，慨叹如此好马只应画中有，乱世中的人与马都一般生死。同时，杜甫流露出强烈的爱国之情，希望天下志士如同骏马，能够于危亡中拯救国家。

戏题王宰画山水图歌

十日画一水，五日画一石。
能事不受相促迫[①]，王宰始肯留真迹。
壮哉昆仑方壶图[②]，挂君高堂之素壁。
巴陵洞庭日本东[③]，赤岸水与银河通[④]，
中有云气随飞龙。
舟人渔子入浦溆[⑤]，山木尽亚洪涛风[⑥]。
尤工远势古莫比[⑦]，咫尺应须论万里。
焉得并州快剪刀[⑧]，剪取吴松半江水[⑨]。

【题解】 这是一首歌行体诗。作于上元元年(760)。杜甫客居成都时结识王宰，并应王宰之邀作这首题画诗。王宰，唐大历至贞元年间画家，四川人，所画以蜀中山水树石为多。王宰墨迹并未流传。宋黄休复《益州名画录》有王宰传。

【注释】 ① 能事：擅长的事情。 促迫：催逼推动。
② 昆仑：即昆仑山，是汉族神话中位置极西的神山。在西藏、新疆和青海之间。海拔六千米左右，多雪峰、冰川。 方壶：又称丈山、方丈洲，是中国古代神话中极东部的海上仙山，上有长生不老之药。诗人此处用昆仑和方壶泛指高山，并非实指。
③ “巴陵”句：言水之自西往东。巴陵，即今岳阳，位于湖南省东北部洞庭湖畔。
④ 赤岸：地名，这里泛指江湖的岸。
⑤ 浦溆：水边。
⑥ 亚：通“压”。

⑦ 远势：指绘画中的平远、深远、高远的构图背景。
⑧ 并州快剪刀：古时所产剪刀，以锋利闻名。此处用典，西晋书法家索靖见顾恺之的画后赞叹道："恨不带并州快剪刀，欲剪松江半幅纹练归去。"
⑨ 吴松：即吴淞江，发源于苏州吴江，穿过江南运河，入上海黄浦江。

【赏析】 蜀中画家王宰墨迹虽未流传后世，然而杜甫此诗再现王宰山水画之恢宏气势，诗情和画意有机融为一体。诗歌前半部分写王宰严肃认真的创作态度。中间五句，以昂扬铿锵的音调凸显王画中的巍峨群山和奇伟水势，将极西的昆仑和极东的方壶对举，纵横错综，蔚为壮观。其中又连举三个地名，表现图中江水从洞庭湖起，一直流向日本东，源远流长，绵延不绝。最后评王宰精湛的绘画技巧。杜诗所描绘的王宰山水图是祖国大好河山在艺术上的典型概括。诗歌末尾杜甫以索靖自比，以王宰的画和顾恺之的画并提，含蓄简练地赞扬了王画。

戏为韦偃双松图歌

天下几人画古松，毕宏已老韦偃少①。
绝笔长风起纤末②，满堂动色嗟神妙③。
两株惨裂苔藓皮，屈铁交错回高枝④。
白摧朽骨龙虎死⑤，黑入太阴雷雨垂⑥。
松根胡僧憩寂寞⑦，庞眉皓首无住著⑧。
偏袒右肩露双脚⑨，叶里松子僧前落。
韦侯韦侯数相见⑩，我有一匹好东绢⑪，
重之不减锦绣段。
已令拂拭光凌乱⑫，请公放笔为直干。

【题解】 这是一首七言古诗，题画诗，作于上元元年(760)。

【注释】 ① 毕宏：唐朝画家，生涯前期善画古松。唐代宗大历二年(767)为给事中，画松石于左省厅壁。事载《历代名画记》、《宣和画谱》。
② 绝笔：停笔，此指画成而搁笔。
③ 嗟(jiē)：赞叹。
④ 屈铁：比喻松枝弯曲而色黑如铁。

⑤ “白摧”句：树皮干枯剥蚀，如同龙虎的白骨。
⑥ 太阴：指北方或北极。
⑦ 胡僧：西域僧人。　憩(qì)：休息。
⑧ 庞眉皓首：长眉白头。　住著：即执著，佛教用语。
⑨ 偏袒(tǎn)右肩：佛教徒身披袈裟，袒露右肩，以表示恭敬。
⑩ 数：快。
⑪ 东绢：四川梓潼盐亭县有鹅溪，此县产绢，谓之鹅溪绢，亦名东绢。
⑫ 光凌乱：指素绢舒展时光影凌乱的样子。

【赏析】 老松难画，首句总出韦偃善画松且正当年，接着以韦偃画成搁笔树梢清风起，满堂观画的人都为之动色，惊叹松画的神妙，渲染韦偃画艺的出神入化。中段八句，具体描绘韦偃《双松图》中的景象，杜甫把绘画美转化为诗艺美，诗境即是画境，对松树的干枯屈曲和松树下神态宛然的入定僧，进行了具体形象的描绘。杜甫喜爱韦偃的画，于是备绢求画，急于和韦偃相见。韦偃画松，以屈曲见奇，诗末杜甫却请韦偃画笔直的松树，故作戏语，足见二人交情深厚。

北　邻

明府岂辞满[①]，藏身方告劳[②]。
青钱买野竹[③]，白帻岸江皋[④]。
爱酒晋山简[⑤]，能诗何水曹[⑥]。
时来访老疾，步屧到蓬蒿[⑦]。

【题解】 这是一首五言律诗。作于上元元年(760)。北邻，即草堂之邻。

【注释】 ① 明府：即县令。　辞满：指官吏任期届满，自求解退。
② 藏身：即安身。　告劳：向别人诉说自己的劳苦。
③ 青钱：即铜钱。
④ 帻：头巾。　江皋：江岸，水边的高地。
⑤ 山简：西晋时期名士，是山涛第五子。河内怀县(今河南武陟西)人，年轻时与嵇绍、刘漠、杨淮齐名。
⑥ 何水曹：即何逊，南朝齐、梁文学家。因曾任建安王水曹、行参军兼记室，故称何水曹。
⑦ 步屧(xiè)：行走，漫步。屧，木屐。　蓬蒿：指草堂。

【赏析】 明府在任时不惮劳苦，离任后方才向别人诉说自己的勤勉。明府喜爱竹子，见客又讲

礼数，能赋诗也爱饮酒，这些品质都与杜甫相投合。其所居之处，又恰与草堂邻近。因此杜甫希望明府能够时常到草堂二人为伴饮酒赋诗。

南　邻

锦里先生乌角巾①，园收芋栗未全贫②。
惯看宾客儿童喜，得食阶除鸟雀驯③。
秋水才深四五尺，野航恰受两三人④。
白沙翠竹江村暮，相对柴门月色新。

【题解】这是一首七言律诗。作于唐肃宗上元元年(760)。距杜甫的草堂不远处居有一位锦里先生，杜甫称之为“南邻”即朱山人。此诗写作者到南邻朱山人家造访，朱山人月夜送别的场景。

【注释】① 角巾：四方有角的头巾，为古代隐士所戴。
② 芋栗：芋头，板栗。
③ 阶除：指台阶。
④ 野航：农家小船。

【赏析】全诗用两幅画面组成，前半篇展现出来的是一幅山庄访隐图，下半篇又换成另一幅江村送别图，诗中有画，画中有诗。诗人首先看到的是位头戴“乌角巾”的山人；进门是个园子，园里种了不少的芋头，栗子也都熟了。说“未全贫”，有安贫乐道之趣，可见主人很满足于这种朴素的田园生活。说起山人，人们总会联想到隐士的许多怪脾气，但这位山人却不是这样。进了庭院，儿童笑语相迎。原来这家时常有人来往，连孩子们都很好客。阶除上啄食的鸟雀，看人来也不惊飞，因为平时并没有人去惊扰、伤害它们。这气氛是和谐、宁静的。三、四两句是具体的画图，是一幅绝妙的写意画，连主人耿介而不孤僻，诚恳而又热情的性格都给画出来了。下半篇又换了另一幅江村送别图。“白沙”、“翠竹”，明净无尘，在新月掩映下，意境特别清幽。这就是朱山人家的外景。由于是“江村”，所以河港纵横，“柴门”外便是一条小河。明王嗣奭《杜臆》曰：“‘野航’乃乡村过渡小船，所谓‘一苇杭之’者，故‘恰受两三人’。”杜甫在主人的“相送”下登上了这“野航”。从“惯看宾客儿童喜”到“相送柴门月色新”，不难想象，主人是殷勤接待，客人是竟日淹留。中间“具鸡黍”、“话桑麻”这类事情，都略而不写。这是诗人的剪裁，也是画家的选景。

过南邻朱山人水亭

相近竹参差，相过人不知。
幽花欹满树①，小水细通池。
归客村非远②，残樽席更移。
看君多道气③，从此数追随。

【题解】 这是一首五言律诗。广德二年(764)，杜甫从阆州回到草堂时所作。南邻朱山人即《南邻》诗中的“锦里先生”。

【注释】 ① 欹(qī)：倾斜。
② 归客：杜甫自谓。
③ 道气：脱俗隐逸的气质。

【赏析】 宋代罗大经《鹤林玉露》道：“自古士之闲居野处者，必有同道同志之士相与往还。”所以从阆州返回住在成都草堂的杜甫时常与草堂南邻朱山人往来。二人为了尽兴，常常移席换盏。前四句对清幽的南邻水亭的描写，以及对充溢道气的朱山人的追随，都表现出诗人对安宁的归隐生活的向往。

因崔五侍御寄高彭州一绝

百年已过半，秋至转饥寒①。
为问彭州牧②，何时救急难。

【题解】 这是一首五言绝句。作于上元元年(760)。崔五侍御,姓崔,行五。高彭州,即高适。彭州,在今成都市西北。

【注释】 ① 转:反而。
② 彭州牧:即高适。牧,刺史。

【赏析】 年过半百的人,在和平年代,本应在家享受天伦之乐。然而兵荒马乱的年代,半百的杜甫不但没有一官半职,而且还在四处流落。秋,本应是丰收的季节,然而这时杜甫的生活却是饥寒交迫。好在蜀中朋友多,与高适关系较一般朋友更加密切,因此杜甫希望在困难关头能够得到高适的帮助。

奉简高三十五使君

当代论才子,如公复几人。
骅骝开道路,鹰隼出风尘[①]。
行色秋将晚,交情老更亲。
天涯喜相见,披豁对吾真[②]。

【题解】 这是一首五言律诗。作于上元元年(760)。简,即书信。高三十五使君,即高适。高适转任蜀州刺史后,杜甫将前往拜访,于是写下此诗,以诗为书信,提前告知。

【注释】 ① 鹰隼(sǔn):鹰和隼实际上为两种动物,后来泛指凶猛的鸟。
② 披豁:敞开心扉,开诚。

【赏析】 诗人开篇即赞高适才高,为当世才子。紧接着以骏马、鹰隼设喻。骏马行得远,鹰隼飞得高。杜甫借此两种出尘且勇猛的兽的意象来比喻高适之才气高俊。继而笔锋一转,将他对待高适的真挚情感娓娓道来。二人共同经历了安史之乱,共同目睹了战争中民间的疾苦。流寓他乡的杜甫受到过高适不少的帮助,患难可见真情。高适从彭州转任蜀州杜甫前去看望,想着终于可以见到那个可以坦诚相待的友人,自然觉得内心喜悦。

和裴迪登新津寺寄王侍郎

何恨倚山木，吟诗秋叶黄。
蝉声集古寺，鸟影度寒塘。
风物悲游子[①]，登临忆侍郎。
老夫贪佛日[②]，随意宿僧房。

【题解】 这是一首五言律诗。作于上元元年(760)。裴迪，洗马房裴天恩之后。新津寺，依黄鹤之注，当为唐时蜀州新津县修觉、四安等佛寺。上元元年秋时，杜甫曾到新津县游玩，同时登临诸寺。王侍郎，王缙，是王维之弟。杜甫原注："王时牧蜀"。

【注释】 ① 游子：即裴迪。
② 佛日：对佛的敬称。佛教认为佛普济众生，如日之普照大地。

【赏析】 此诗作于杜甫游新津，与裴迪同宿新津寺时。作品渲染着流寓他乡的惆怅恨意。似乎秋叶泛黄并非因为季节，而是被这样含着恨意的诗歌感染而至。古寺中，还听得到秋蝉的鸣叫。寺中水塘倒映着鸟飞过时的掠影。山中古寺的秋景都使得因战乱而四处流离的游子感到悲伤。登高望远，禁不住怀念故友。而静谧山林中清幽的古寺让诗人觉得安宁，希望能够在寺中多住上一段时间。

赠蜀僧闾丘师兄

大师铜梁秀[①]，籍籍名家孙[②]。
呜呼先博士[③]，炳灵精气奔[④]。
惟昔武皇后[⑤]，临轩御乾坤。
多士尽儒冠[⑥]，墨客蔼云屯[⑦]。
当时上紫殿[⑧]，不独卿相尊。
世传闾丘笔[⑨]，峻极逾昆仑。
凤藏丹霄暮，龙去白水浑[⑩]。

青荧雪岭东[11]，碑碣旧制存[12]。
斯文散都邑，高价越玙璠[13]。
晚看作者意[14]，妙绝与谁论。
吾祖诗冠古，同年蒙主恩。
豫章夹日月[15]，岁久空深根。
小子思疏阔[16]，岂能达词门。
穷愁一挥泪，相遇即诸昆。
我住锦官城，兄居祇树园[17]。
地近慰旅愁，往来当丘樊[18]。
天涯歇滞雨，粳稻卧不翻。
漂然薄游倦，始与道侣敦。
景晏步修廊[19]，而无车马喧。
夜阑接软语，落月如金盆。
漠漠世界黑，驱驱争夺繁。
惟有摩尼珠[20]，可照浊水源。

【题解】 这是一首歌行体诗，作于上元元年(760)。闾丘师，即太常博士闾丘均之孙。《旧唐书》载闾丘均为益州成都人，以文章著称，唐初与杜甫的祖父杜审言齐名。有《闾丘均集》三十卷。《唐诗纪事》载杜审言和闾丘均分别以诗和字同时侍伴武则天。杜、闾两家交好。

【注释】 ① 铜梁：《唐书》载合州石镜县有铜梁山，又有铜梁县。《十道志》载铜梁山在涪江南七里。今铜梁位于重庆西部合川县西南长江上游地区。
② 籍籍：即言声名之盛。
③ 先博士：即闾丘师祖父闾丘均，闾丘均曾为太常博士。
④ 炳：照耀，散发。
⑤ 武皇后：即武则天。
⑥ 儒冠：即文士。
⑦ 云屯：形容数量多。
⑧ 紫殿：帝王宫殿。
⑨ 闾丘笔：闾丘均的文章。
⑩ 凤藏、龙去：比喻闾丘均的辞世。
⑪ 雪岭：即西岭雪山，在四川大邑县西南。
⑫ 碑碣：古代汉族人民把长方形的刻石叫碑，把圆首形的上小下大的刻石，叫碣。此指闾丘均撰的塔碑《瑞圣寺磨崖碑》。
⑬ 玙璠：即美玉。
⑭ 晚：此处指杜甫暮年。　作者：即闾丘均。

⑮ 豫章：传说中高有千丈围有百尺的神异树木。
⑯ 小子：即杜甫自称。
⑰ 祇树园：佛经中记载的古印度拘萨罗国舍卫城富商须达多和祇陀太子共同发心建造的佛教精舍。后借称佛寺。
⑱ 丘樊：园圃，乡村。指隐居之地。
⑲ 晏：晚。
⑳ 摩尼珠：奇世珍宝。

【赏析】 杜甫开篇赞叹闾丘师的世系，叙述两家世交情深。虽然人都有老去的时候，但是祖辈们的文笔、功绩一直彪炳闪耀。杜甫叙旧，将祖辈们的故事娓娓道来，说到自己时，感叹才学不及前人，而且身处乱世。所以心生出世的念头，想要回归山林，渴望安定的生活。令杜甫欣慰的是，还有许多自己的亲朋好友给予帮助。恰好草堂和闾丘师的寺庙相距不远，可以往来走动，在远离尘嚣的禅房中散步、赏景、聊天。

泛　溪

落景下高堂，进舟泛回溪。
谁谓筑居小，未尽乔木西。
远郊信荒僻，秋色有余凄。
练练峰上雪[①]，纤纤云表霓。
童戏左右岸，罟弋毕提携[②]。
翻倒荷芰乱[③]，指挥径路迷。
得鱼已割鳞，采藕不洗泥。
人情逐鲜美，物贱事已睽[④]。
吾村霭暝姿，异舍鸡亦栖。
萧条欲何适，出处无可齐。
衣上见新月，霜中登故畦。
浊醪自初熟，东城多鼓鼙[⑤]。

【题解】 这是一首乐府诗。作于上元元年(760)秋。溪，即浣花溪。

【注释】 ① 练练：形容白色的样子。

② 罟弋(gǔ yì)：指捕鱼捉鸟的工具。
③ 芰(jì)：俗称菱角。两角的叫菱，四角的叫芰。
④ 睽(kuí)：乖离，不顺。
⑤ 鼓鼙(pí)：古代军中常用的乐器，指大鼓和小鼓。借指征战。

【赏析】 此诗描绘了杜甫泛舟浣花溪上所见之景。由驾舟溪上回望的远景，到溪上儿童嬉戏的近景。最后写天晚回舟，浊酒自饮。画面的描写有“移步换景”之妙。杜甫也从所见的景色生出世人对万物喜新厌旧且世事乖睽的感叹。

出 郭

霜露晚凄凄，高天逐望低。
远烟盐井上[①]，斜景雪峰西[②]。
故国犹兵马[③]，他乡亦鼓鼙。
江城今夜客[④]，还与旧乌啼。

【题解】 此诗作于上元元年(760)秋末，杜甫自城中出东郭门，回到浣花溪草堂路途所见秋景，触景生情写下此诗。

【注释】 ① 盐井：蜀地多产盐，故许多盐井。
② 斜景：斜阳。　雪峰：指成都西岭雪山，从浣花溪上可以远观雪山风光。
③ 故国：指洛阳，此时还处于沦陷之中，战争频繁。
④ 江城：临江之城，指成都。江，锦江。

【赏析】 全诗笼罩着忧国忧民之愁，虽是杜甫出城归草堂的随性之作，却写出了丧乱离世之感，可见诗人笔墨之深刻。前四句诗人以景物入手，描绘了郭外晚眺之景，后四句抒发了郭外夜宿之情。诗人抬头望天，天本高耸，然而因秋季霜露深重，故只觉其低。三四句承起句继续言望中之景，迷烟、斜阳、雪峰构成一幅闲适淡远的落日秋景图。五六句点出当时背景，时史思明未灭，蜀地有重兵把守。末两句不着一个情字却倾诉满腔情绪，旧乌的啼叫，似泣未泣，在宁静夜晚更添孤寂，正如明顾宸所言：“故国他乡，干戈满地，公直无处可归，还守江城，与旧乌共夜啼而已。‘与’字凄绝，伴公啼者，唯有夜鸟，较‘水宿鸟相呼’更为惨澹。”(《杜诗注解》)

恨 别

洛城一别四千里，胡骑长驱五六年[①]。
草木变衰行剑外[②]，兵戈阻绝老江边。
思家步月清宵立，忆弟看云白日眠。
闻道河阳近乘胜，司徒急为破幽燕[③]。

【题解】 这是杜甫上元元年(760)在成都写的一首七言律诗。杜甫写此诗时，距天宝十四载(755)十一月安史之乱爆发已有五六年。在这几年中，叛军铁蹄蹂躏中原各地，生灵涂炭，血流成河，杜甫深为忧虑。

【注释】 ① 胡骑：指安史之乱的叛军。
② 剑外：剑阁以南，这里指蜀地。
③ “闻道”二句：上元元年(760)三月，检校司徒李光弼破安太清于怀州城下。四月，又破史思明于河阳西渚。当时李光弼又急欲直捣叛军老巢幽燕，以打破相持局面。

【赏析】《恨别》抒发了杜甫流落他乡的感慨和对故园、骨肉的怀念，表达了希望早日平定叛乱的愿望。全诗情真语挚，沉郁顿挫，扣人心弦。首联中“四千里”，强调离家之远；“五六年”，感叹战乱之久。颔联直接描写战乱之苦，“行剑外”“老江边”，点出杜甫身处成都而心忧天下。颈联写诗人坐卧不宁，日夜思念家乡，“步月”对“看云”，“清宵”对“看云”，简单优美的词语，写出反常的举动，表现内心的不平静，以应“恨别”之题。清人沈德潜评论这联说：“若说如何思，如何忆，情事易尽。‘步月’‘看云’，有不言神伤之妙。”(《唐诗别裁集》)最后一联充满希望，诗人听到唐军获胜的消息，感情由悲凉转为欢快，令人振奋。

散愁二首

【题解】 这两首诗与前诗作于同时，时李光弼大破安太清、史思明，杜甫希望其能尽快平息安史之乱，结束战争，收回以前大好河山。

其　一

久客宜旋旆①，兴王未息戈②。
蜀星阴见少，江雨夜闻多。
百万传深入③，寰区望匪他④。
司徒下燕赵⑤，收取旧山河。

【注释】 ① 旋旆(pèi)：这里指返乡。
② 兴王：望肃宗复兴王室。　未息戈：指安史之乱尚未平息。
③ 传：传闻。　深入：深入敌境中。
④ 寰区：全天下。　匪：不是。
⑤ 司徒：指李光弼。　燕赵：被安史叛军所占据的地区。

其　二

闻道并州镇①，尚书训士齐②。
几时通蓟北③，当日报关西④。
恋阙丹心破⑤，沾衣皓首啼⑥。
老魂招不得，归路恐长迷。

【注释】 ① 并州：指太原。
② 训士齐：李光弼迁往河阳，王思礼代为河东节度使，用法严整。
③ 蓟(jì)北：安史叛军的巢穴。
④ 当日：当天。　关西：指京都长安。
⑤ 恋阙：思念朝廷、牵挂朝廷。
⑥ 皓首：白发，这里杜甫自谓。

【赏析】 诗人以“散愁”为诗题，可见其忧心。诗人盼望之切，喜慰之至，然奏功尚在未事之先，故题名散愁。第一首诗人以北伐之功望李光弼。一二句写做客已久，战争未休；三四句承首句，言做客凄凉；五六承次句，欲河北息兵。诗人内心本愁，但想到李光弼能够大破叛军取得胜利，便由愁变为散愁。第二首诗以讨贼之事兼望王思礼，因乱世而念归途，本欲散愁，却由散愁变为愁。时史思明在东都，若李光弼乘河阳之捷，直捣范阳之虚，王思礼以兵会之，倾其巢穴，则贼必灭。顾宸对此二首诗解释十分到位：“前首先言不得归，后则望之司徒。此首先望之尚书，后复言不得归，题曰‘散愁’，盖欲归而不得归，故愁不得归而至于长迷，故愈愁。谁能为我散愁者，其惟司徒、尚书乎？其致意于二公者深矣。”(《读书堂杜工部诗文集注解》)

建都十二韵

苍生未苏息①，胡马半乾坤。
议在云台上，谁扶黄屋尊②。
建都分魏阙，下诏辟荆门③。
恐失东人望④，其如西极存⑤。
时危当雪耻，计大岂轻论。
虽倚三阶正⑥，终愁万国翻⑦。
牵裾恨不死⑧，漏网荷殊恩⑨。
永负汉庭哭，遥怜湘水魂⑩。
穷冬客江剑⑪，随事有田园。
风断青蒲节，霜埋翠竹根。
衣冠空穰穰⑫，关辅久昏昏⑬。
愿枉长安日⑭，光辉照北原⑮。

【题解】 此诗作于上元元年(760)冬。当时朝廷以荆州为南都,州曰江陵府,而杜甫认为朝廷此举十分失策,因此写下此诗。吴瞻泰称此诗“可作贾谊陈政事书读”(《杜诗提要》)。

【注释】 ① 未苏息:言百姓仍困于盗贼中。苏息,休养生息。
② “议在”二句:暗含诗人对朝廷奸臣的抨击。云台,汉朝宫廷中的高台,这里指代朝廷。黄屋,天子的车盖,这里指代天子。
③ “建都”二句:指皇帝下诏书新辟荆州为南都一事。建都,指置南都事。魏阙,古代宫门外的阙门。荆门,荆州。
④ 东人:荆州之人。
⑤ 西极:指长安。
⑥ 三阶:星名,又称三台星。古人以星象比人事,三阶正则天下太平。
⑦ 万国:全国。
⑧ 牵裾:指冒死谏言。这里指代杜甫上疏救房琯一事。
⑨ 漏网:指杜甫疏救房琯被贬为华州司功参军一事。
⑩ “永负”二句:诗人言自己愿意冒死进谏,却不能与两先贤齐肩,心有愧疚。汉庭哭,指汉代贾谊上疏事。湘水魂,指屈原之魂。
⑪ 穷冬:冬末。　江剑:指成都。
⑫ 衣冠:指朝廷百姓。　穰穰:众多貌。
⑬ 关辅:关中三辅:扶风、冯翊、京兆。这里指京城一带。
⑭ 枉:收回。　长安日:指肃宗皇帝。
⑮ 北原:河北,被安史叛军所占。

【赏析】 此篇言建南都而追思分镇之事，大段谓分建五都非当时之急务，诗人自叹远离阙下，不得上疏谏止也，其忧国之心感人至深。当时房琯分建之策与吕諲建都之请，因时局不同要审时考虑。当初安史之乱爆发，陷中原，破两京，剪宗室，唐王朝孤危极也，故分建子弟之议，足以使贼子胆寒。然而现在长安既复，兵势复张，唯有河北未平，故须专意北向，以清除祸根。若建都荆门，虚张国势，且东南本无事，而劳民伤财，恐百姓心生反意，更不利于平定叛乱。此诗饱含诗人血泪，其间浩然之气，充斥天地之间。

村　夜

风色萧萧暮，江头人不行。
村舂雨外急[①]，邻火夜深明。
胡羯何多难[②]，渔樵寄此生[③]。
中原有兄弟，万里正含情。

【题解】 此诗作于上元元年(760)浣花溪上，诗歌通过描绘浣花溪上冬夜之景抒发了诗人思乡客居之愁。

【注释】 ① 舂(chōng)：用杵捣谷成米。
② 胡羯(jié)：指安史叛军。
③ 渔樵：指隐居生活。

【赏析】 此诗前四句写村夜之景，后四句由景抒情，发思乡之情，寥寥数语将夜幕下老人倚门兴叹的形象清晰勾勒了出来。诗人身居乱世，不能建言献策反而远离庙堂，寓居在江边草堂，不由得诘难安史叛军，却又无能为力，只能自嘲，想着在异乡村野中了却残生。后人常称杜甫诗歌为“诗史”，因为从其诗作中可以窥见当时的生活场景。村夜皆当休息安寝之时，况风雨潇潇，为何此时舂米之声如此紧急，邻人之火又为何亮至深夜？究其原因，乃是安史之变殃及蜀地，白天人们不敢开门做事，只能等到夜深稍静，举火劳作，可见安史之乱带给整个国家的巨大灾难和悲痛。念此想到自家兄弟，故万里遥遥含情。

寄杨五桂州谭

五岭皆炎热[①]，宜人独桂林。
梅花万里外，雪片一冬深。
闻此宽相忆[②]，为邦复好音[③]。
江边送孙楚[④]，远附白头吟[⑤]。

【题解】 此诗作于上元元年(760)冬。题下原注:“因州参军段子之任。”上元元年,段参军即将赴桂州上任,杜甫便想托其捎信给在桂州为官的朋友杨谭。

【注释】 ① 五岭:山名,始安、越城、临贺、大庾、腊岭的总称。在今天广西、福建、江西等地。
② 宽:宽慰。
③ 为邦:治理城邦。
④ 孙楚:西晋人,为石苞参军,这里指代段参军。
⑤ 白头吟:乐府曲名。这里指代杜甫托段参军送去的书信。

【赏析】 杜甫写作律诗技法圆熟,既符合规矩又突破局限,整首诗歌气势流走,字句空灵,诗之不缚于律者。首联写五岭皆属炎热,而宜人者独有桂林一地。颔联继续写桂林宜人气候,桂林有梅花盛开,冬季积雪也很深。颈联写诗人听闻杨公政绩喜人,即使相隔万里,也可做“好音”稍宽相忆之怀。尾联点名因送段参军之便,始得附寄此白头老人之吟咏,以回应首联作结。后人写诗有作官人诗时,常以“为邦复好音”为意,可见其诗流传之深广。

西　郊

时出碧鸡坊[①]，西郊向草堂。
市桥官柳细，江路野梅香。
傍架齐书帙[②]，看题检药囊[③]。
无人觉来往，疏懒意何长。

【题解】 此诗作于上元元年(760)。题曰“西郊”,指从西郊赴草堂。

【注释】 ① 碧鸡坊：据《梁益记》记载,成都有一百二十个坊,其中第四坊为碧鸡坊。
② 齐：使书整理。 书帙：书套。
③ 题：药上题标签。

【赏析】 杜甫从寂寞中写出自适的情趣,是其生性疏懒的个性所致,更是其高尚情操所兴。自谓“疏懒”,故其能从西郊回草堂这一段路途而得自适之感,简单随性是杜甫最好的注脚。

和裴迪登蜀州东亭送客逢早梅相忆见寄

东阁官梅动诗兴①,还如何逊在扬州②。
此时对雪遥相忆③,送客逢春可自由④?
幸不折来伤岁暮,若为看去乱乡愁。
江边一树垂垂发⑤,朝夕催人自白头。

【题解】 此诗作于上元元年(760)冬末浣花溪上,乃是杜甫写给好友裴迪的酬答诗。当时裴迪做蜀州刺史王缙(王维之弟)的幕僚,杜甫曾与裴迪同游新津寺等地。裴迪因在蜀州东亭与人送别,看到早梅开放便忆及杜甫,写下诗作相赠,杜甫也回赠此诗。

【注释】 ① 东阁：即“蜀州东亭”,旧址在成都崇州市内,为古代达官贵人宴客之地。
② 何逊：梁朝诗人,长于写景和炼字。在扬州任职时,写有《咏早梅》诗。诗人借何逊比裴迪。
③ 对雪：面对洁白的梅花。
④ 自由：闲情雅趣。
⑤ 垂垂：渐渐。诗人由梅花想到自己,感叹岁月流逝。

【赏析】 诗人因梅而生伤感之情,由梅而起,却不止于言梅。裴迪与诗人同为蜀客,却不能回归故里,当裴迪送人离别时见早梅盛开,触景生情,不觉触动乡思。杜甫想到同有此心,便写诗相赠。梅花不过一时借兴,全诗针锋相对处全在第六句。清代王世贞推其为“古今咏梅第一”。

暮登四安寺钟楼寄裴十迪

暮倚高楼对雪峰[①]，僧来不语自鸣钟。
孤城返照红将敛[②]，近市浮烟翠且重。
多病独愁常阒寂[③]，故人相见未从容。
知君苦思缘诗瘦[④]，大向交游万事慵。

【题解】 此诗作于上元二年(761)春，杜甫前往蜀州时重游新津县。四安寺在新津县南二里，杜甫独自前往，深感寂寞，遂写诗给裴迪诉说衷肠。当时裴迪在蜀州为官。

【注释】 ① 雪峰：即西岭雪山。
② 孤城：指新津县。 返照：夕阳落山。
③ 阒(qù)寂：寂静，孤寂。
④ 诗瘦：因苦吟而瘦。

【赏析】 诗歌首联言远峰残雪，倚楼对之，鸣钟之僧来往不言语，营造了寂静的氛围。颔联写孤城返照的余晖将收敛不显，闹市浮烟的翠色更重而难分。诗人倚楼所见的晚景一红一翠，与首联雪山相映成趣，呈现了诗中有画的意境。颈联由景入情，公言其多病，孤寂难遣，而故旧如裴迪等公，相见又未尝从容，不能同游以破其孤寂。尾联诗人似有责怪之意，怪裴公离自己并不太远，却只以诗寄之而不能从容一会。诗人认为裴迪能够安慰并解其心中忧愁，故盼望能与其小叙。纵观其诗，公既自甘寂寞，又难忘故交；既深知裴瘦，又怪其太懒。各种情绪全囊括在诗内。

寄赠王十将军承俊

将军胆气雄，臂悬两角弓[①]。
缠结青骢马，出入锦城中。
时危未授钺[②]，势屈难为功。
宾客满堂上，何人高义同[③]。

【题解】 此诗作于上元二年(761)青城山,据诗意推测王将军在成都。杜甫赞叹王将军的英勇果敢,同时惋惜其怀才不遇。

【注释】 ① 角弓:两头装有兽角的硬弓。
② 授钺(yuè):古代大将出征,君主授予斧钺,表示授予军权。斧钺,军权的象征。
③ 高义:高尚大义。

【赏析】 全诗前四句称赞王将军雄壮有魄力,后四句则叹息其没有当得重任,时局危急却未被朝廷委以重任,而徒怀高义。自古五言律诗,起句最难,唐人多以对偶句起,虽严森而乏高气韵。此诗"将军胆气雄,臂悬两角弓"两句颇具古意,可作为律诗起句的法门。

奉酬李都督表丈早春作

力疾坐清晓[1],来诗悲早春。
转添愁伴客,更觉老随人。
红入桃花嫩,青归柳叶新。
望乡应未已,四海尚风尘。

【题解】 此诗作于上元二年(761),李都督写作一首《早春》赠与杜甫,杜甫奉酬此诗作为回赠。表丈,对表叔伯的敬称。

【注释】 ① 力疾:身体衰病仍勉强起身。

【赏析】 短短八句道尽春归人未归的思乡之情,此诗据李都督来诗而翻出新意,抒尽自己胸怀。春意来临,而诗人却转添更甚。本来早春不必感到悲伤,况且桃红柳青,景色亦正佳,但末两句描绘的四海犹乱、望乡未归,愁伴客、老随人,挥之不去尤为可悲。

题新津北桥楼得郊字

望极春城上[①]，开筵近鸟巢。
白花檐外朵，青柳槛前梢。
池水观为政[②]，厨烟觉远庖[③]。
西川供客眼，唯有此江郊。

【题解】 此诗作于上元二年(761)春，时诗人暂居新津(今成都新津县)，新津县令于北桥楼上设宴款待，席间分韵作诗，诗人拈的“郊”字，写作此诗。前有《和裴迪登新津寺寄王侍郎》一诗，是诗人于上元元年(760)秋到新津县所写的诗，如今故地重游，时节不同，所感也不相同。

【注释】 ① 望极：眺望得很远。极，穷尽。 春城：指新津县。当时是春季登楼，故曰“春城”。
② “池水”句：《后汉书·庞参传》记载，汉阳任棠为高隐之士，太守庞参拜访他时，任棠放置一碗清水于其前，意为为官清正廉洁。
③ “厨烟”句：《孟子·梁惠王上》：“君子之于禽兽也，见其生，不忍见其死；闻其声，不忍食其肉。是以君子远庖厨也。”远庖，远离厨房。

【赏析】 首联、颔联言登楼眼前之美景；颈联称赞县令的清廉与仁德；尾联呼应首联，以江郊美景作结。北桥楼因高而望及其远，以至鸟巢都能相邻对看，白花、青柳才能伸手触摸，此两联领起通篇之意，并点名主人宴客之情，新颖巧妙。“池水”两句因眼前所景而生发寓意，上句因新津县令素有清名，故见池水而观其为政，乃从春池看来；下句因其旧有仁声，故望厨烟觉其可以远庖，乃是从开宴想去，两句互相发明，真是独特至极。尾联总收全诗，“供客眼”应“望极”；“此江郊”结“桥楼”，再次赞叹西川江郊之景的美不胜收。

游修觉寺

野寺江天豁[①]，山扉花竹幽。
诗应有神助，吾得及春游。
径石相萦带[②]，川云自去留[③]。
禅枝宿众鸟[④]，漂转暮归愁[⑤]。

【题解】 此诗与前诗同作于上元二年(761)春新津县。通过描写修觉寺的春景抒发漂泊在外的孤寂与思乡之情。修觉寺,在新津县东南五里修觉山。

【注释】 ① 野寺:指修觉寺。 豁:开阔。
② 萦带:相互缠绕,盘旋相连。
③ 川云:漂浮在山川里面的白云。因山势很高,故视觉上已经和白云相接。
④ 禅枝:生长在禅院周围的树木。
⑤ 暮:晚年。

【赏析】 诗人上元二年(761)再至新津,游览四安寺、修觉寺。诗人此次重游正值春季,观江天之浩荡、花竹之幽映,庆幸自己能够乘此春光及时出游得见美景而赋诗。全诗上下两截,遥相照应。首联写景从外自内,视线由"江天豁"的寺外之景转到"花竹幽"的寺内之景,一远一近,勾勒出修觉寺视野开阔、竹林深幽的美景。颔联写入寺之事,因游寺感兴而吟此诗。颈联重回写景,景之自内而外者,"径石""川云"一静一动,潇洒自如。尾联写宿寺之情,以黄昏之景借喻暮年的羁旅之愁。

后　游

寺忆曾游处,桥怜再渡时①。
江山如有待,花柳自无私②。
野润烟光薄③,沙暄日色迟。
客愁全为减④,舍此复何之?

【题解】 此诗与前诗作于同时,抒发对修觉寺的喜爱以及物我相融之态。

【注释】 ① "寺忆"二句:用互文手法,寺庙与小桥都是再次重游,诗人感到欣喜。
② 无私:没有偏私,让人尽情欣赏。
③ 野润:山野朗润。
④ 客愁:指诗人自身的烦恼忧愁。

【赏析】 此诗可与前诗《游修觉寺》同赏,前诗少描绘景物,似乎春物尚早,至此诗则春光烂漫。且前诗自叹无可归之处,至此诗似乎可把修觉寺当其归宿,然而意在言外,读来只觉诗人漂泊无归之意更明显。颔联“江山如有待，花柳自无私”，被古人认为律句中最上一格，乃自然流露，无雕琢模拟之痕。

绝句漫兴九首

【题解】 这组诗作于上元二年(761)春浣花溪上。题名“漫兴”，即书眼前之景而漫成也。九首诗歌虽非一时写成，却逐章相承，各有次第。或抒发客居他乡的思乡愁绪，或感慨岁月流逝的无可奈何，或生发岁月不待、及时行乐之感。写作手法上借用了《竹枝》《乐府》加以衍化，是杜甫在七绝这种诗歌形式上的有意尝试。

其　一

眼见客愁愁不醒①，无赖春色到江亭②。
即遣花开深造次③，便教莺语太丁宁④。

【注释】 ① 客愁：诗人寓居他乡所生发的乡愁。王嗣奭说：“‘客愁’二字，乃九首之纲领。愁不可耐，故借目前景物以发之。”(《杜臆》)
② 无赖春色：“无赖”本是人的情绪，杜甫借以指物，同前诗“花无赖”一样，是说自己因客愁难消、老病缠身，面对春光所产生的无可奈何之意。
③ 深：指花开茂盛。　造次：率性、急遽。
④ 丁宁：嘱咐，此指黄莺等鸟在耳边聒噪不停。

其　二

手种桃李非无主，野老墙低还似家①。
恰似春风相欺得，夜来吹折数枝花。

【注释】 ① 野老：村野老人，此杜甫自谓。

其　三

熟知茅斋绝低小①，江上燕子故来频。
衔泥点污琴书内，更接飞虫打着人②。

【注释】 ① 熟知：深知。　茅斋：指草堂。
② 接飞虫：燕子捕捉小飞虫，飞虫乱飞不时撞诗人。

其　四

二月已破三月来[①]，渐老逢春能几回。
莫思身外无穷事，且尽生前有限杯。

【注释】 ① 破：完、尽。

其　五

肠断江春欲尽头，杖藜徐步立芳洲[①]。
颠狂柳絮随风去，轻薄桃花逐水流。

【注释】 ① 杖藜：拄着拐杖。　芳洲：长满花草的小洲。

其　六

懒慢无堪不出村[①]，呼儿日在掩柴门。
苍苔浊酒林中静，碧水春风野外昏。

【注释】 ① 懒慢：懒惰散漫。　无堪：无可取之处。诗人自谦之语。

其　七

糁径杨花铺白毡[①]，点溪荷叶叠青钱。
笋根雉子无人见[②]，沙上凫雏傍母眠[③]。

【注释】 ① 糁(sǎn)径：散落在小路上。糁，散落。　青钱：铜钱。此喻荷叶。
② 雉子：稚嫩的野鸡。
③ 凫雏：幼小的野鸭。

其　八

舍西柔桑叶可拈，江畔细麦复纤纤[①]。
人生几何春已夏，不放香醪如蜜甜[②]。

【注释】① 纤纤：形容麦苗细长柔美的姿态。
② 不放：不放过。　香醪(láo)：美酒。

其　九

隔户杨柳弱袅袅[①]，恰似十五女儿腰。
谓谁朝来不作意[②]？狂风挽断最长条。

【注释】① 袅袅：轻盈柔美的样子。
② 不作意：不注意。

【赏析】第一首因旅况无聊而发为恼春之词。上两句言客愁如睡如醉而不醒；却被江亭春色所惊破。下两句写春天花开急速繁盛，更让黄莺喋喋不休太过撩人。诗人客愁如此，而春光犹“即遣花开”“便教莺语”，让人实感无可奈何。见此春景，诗人心生喜悦，而语故怨之，以此产生的口角之趣令人叫绝。然而诗人虽然表面在责怪春之无情，实则赞美花自盛开春自来的自然韵律。

第二首诗人承接首章花开，借春风以寄其牢骚。桃李是诗人亲手栽种，而春风忽然吹折，似乎是造物主欺人太甚。诗中的桃李实则是诗人自己，惜桃李，正自惜孤寂也。

第三首承接首章莺语，借燕以寓其感慨。前两句诗人抱怨燕子明明知道茅屋低下，却故意不断飞来打扰。后两句诗人责备燕子“污琴书”、虫子“打着人”，故意着恼人。诗人看着莺来燕去，感到时光急速飞逝而自身却无可奈何，看似责备燕子实则自我解嘲。

第四首因春不暂留而生暮年伤老的感慨，有及时行乐之意。春将去而人渐老，则其逢春还能何时。勿思身外之事，且尽杯中之酒，则诗人亦可谓乐天知命者。

第五首诗人见春光欲尽而愁烦更甚。诗人肠断于春江之上，而杖藜独立于芳洲之间，望远而忧深，所见者江水流春去欲尽，伤时亦自伤也。

第六首诗人酌酒留春，有物外逍遥之意。诗人在草堂的生活懒漫而闲散，不出村而呼儿自在家掩柴门，以免俗物干扰。而后在林中、在野外，诗人借酒聊以自适、悠然

自得。

第七首言春去夏来，诗人借景物以自娱。“糁径”句，写春尽；“点溪”句，写夏来，诗人以景物移换之乐趣，用以自宽。

第八首与第四首相应，前是逢春而饮，此是遇夏而饮，叹时光易逝而作放达之词。夏季已至，桑肥麦熟，皆新夏景物。自初春、仲春、深春，而今倏然已夏，百年人生，如此能几？况今桑足衣，麦足食，生在世间，饱暖既足，有何不快。

第九首与第二首相应，折花断柳，皆叹所遭之不幸。自春入夏，诗人所咏花木禽兽，随时借物起兴。而今柳色依然独青，却遭摧残，诗人自比而生发出人如花木般遭摧残的感慨。

《绝句漫兴九首》率真自然，古人对此早有判断：“学杜者必先得其情性语言而后可，得其情性语言必自其《漫兴》始。”（杨维桢《铁崖先生古乐府》）

客　至

舍南舍北皆春水，但见群鸥日日来①。
花径不曾缘客扫②，蓬门今始为君开。
盘飧市远无兼味③，樽酒家贫只旧醅④。
肯与邻翁相对饮⑤，隔篱呼取尽余杯⑥。

【题解】 此诗作于上元二年（761）春，杜甫自注：“喜崔明府相过。”这位姓崔的县令可能是杜甫的舅亲，杜甫暂居草堂，喜得崔县令相过，故写作此诗。此诗透露出诗人对崔明府的到来表示了别样的亲切，颔联“花径不曾缘客扫，蓬门今始为君开”多为后人引喻借用，现成都杜甫草堂博物馆有“花径”一条，即由此取名。

【注释】 ① 但见：只见。
② 缘：为了，因为。　客：指崔明府。
③ 盘飧（sūn）：指菜肴。飧，熟菜。
④ 旧醅（pēi）：陈年老酒。
⑤ 肯：能否。
⑥ 呼取：呼邻翁过来饮酒。

【赏析】 同样是欢迎友人来草堂,《宾至》与此诗所表达的情感不尽相同,《宾至》诗有尊敬之意,而此诗有亲切之意。春来多雨,舍之南北一派皆水。群鸥水鸟,因水而来,遨游于舍南舍北之间;客既不来,径亦不扫,门亦不开,今始扫径开门,只为崔明府一人。市远偏陋,盘飧仅一味;家贫无美酿,樽酒只浊醪。实在惭愧,幸是亲戚情亲,不会计较。隔篱招呼邻翁同来饮酒,可见公之真率,更可见公之甘贫而谐俗。全诗前半见空谷足音之喜,后半见贫家率真之趣,隔篱之邻翁,酒半可呼,正如鸥鸟之类,宾主都心机相忘也。

遣意二首

【题解】 此组诗作于上元二年(761)春。诗人在草堂逢春而作,分别描绘春日和春夜的美好景象。

其　一

啭枝黄鸟近[①],泛渚白鸥轻。
一径野花落,孤村春水生。
衰年催酿黍[②],细雨更移橙。
渐喜交游绝,幽居不用名[③]。

【注释】 ① 啭:形容鸟鸣声变化多端。
② “衰年”句:据《语林》记载,王无功有田十六顷,奴婢数人自种黍苗,春秋酿酒。
③ 名:声名。

其　二

檐影微微落,津流脉脉斜。
野船明细火[①],宿雁聚圆沙[②]。
云掩初弦月,香传小树花。
邻人有美酒,稚子夜能赊。

【注释】 ① 细火：指渔船燃起的火把，因距离较远故说“细火”。
② 圆沙：大雁栖息之处，常常将细沙堆聚成圆形状以做窝。

【赏析】 第一首言草堂春日可娱。首联从景物写起，一闻一见，“黄鸟近”可见草堂四周幽闻之境，“白鸥轻”可见空寂之况，营造出一片物我相融的和谐景象。颔联以“花”“水”等物候记事，一生一息，承接上联。颈联写诗人春日所忙，年衰需要酒暖，故催酿黍；雨中植物易活，故移植橙树。尾联直明言幽居之志，诗人感到可喜在于交游之渐绝，正合得幽居而不用名，“幽居”二字乃一篇之旨。并且与首联相照应作结，正因为交游渐绝，才能见黄鸟见人；幽居忘名，才好与白鸥远泛。

第二首细致入微描绘了草堂春夜的美景，随着时间的推移，诗人所观察到的景象也不相同。首联写草堂夜晚来临景象，檐影乃初弦月影，浸流则雨后泉流。颔联写夜晚已至的景象，诗人远望野船之细火，雁栖之圆沙。颈联写深夜之景。月初弦被云掩盖，树花也为夜色所遮蔽，仅闻花香传来，摹写夜景堪比作画。尾联诗人从景色写到村事，充满浓厚人情味。赊酒更与前诗催酿相照应，可见诗人下笔之严谨。两诗俱写遣意之事实，足见幽居之乐。

漫成二首

【题解】 此诗作于上元二年(761)草堂中，因其格调疏放，非刻意雕琢，故云“漫成”。

其　一

野日荒荒白[①]，春流泯泯清[②]。
渚蒲随地有，村径逐门成。
只作披衣惯[③]，常从漉酒生[④]。
眼前无俗物，多病也身轻。

【注释】 ① 荒荒：形容暗淡迷茫的样子。
② 泯泯：形容流水清澈。
③ 披衣：指隐士。
④ 漉酒：滤酒。据《宋书·陶潜传》记载，郡将尝候陶潜，值其酿熟，取头上葛巾漉酒，漉毕，还复着之。

其　二

江皋已仲春，花下复清晨。
仰面贪看鸟，回头错应人。
读书难字过[①]，对酒满壶频。
近识峨眉老，知予懒是真。

【注释】 ① 难字过：难以理解的地方就放过去不读。

【赏析】 诗人寓居草堂时生活过得恣意疏放，因此其诗写作起来也颇随意而为。第一首可视为公居草堂自乐之词。一二句言野地之日，见其空旷荒芜，或许是晚烟渐生而日欲落；春江之流，觉其泯泯甚清，或许是水合流而春将深。“荒荒”“泯泯”让写景妙在眼前。三四句写蒲随地，长势喜人；径逐门，往来自如。乃是诗人日晚游归眼前所见幽居之景，萧散自如可见。五六句用庄子与陶潜之典，“披衣”与“漉酒生”作对，写出了诗人生活的疏放自在。七八句读来让人眼前一亮，以“无俗物”三字唤破一诗之意，下句紧接写无俗物所累之妙。草堂景物幽雅，起居自适，故虽多病，而无俗物烦扰，亦自轻健，天下之乐事莫过于此。

第二首相较前诗，情景俱深一层，言前章未尽之意。前章上四句说浣花溪外景，此章上四句说草堂内景；前章披衣漉酒，乐在身间；此章读书对酒，乐在心得。诗人隐居草堂，时值仲春，江花正开，如在俗尘之中，不知多少应酬奔波；而隐居于此，不独看花，且仰面看鸟，且不顾人言，疏放如此，诗人之坦然令人称羡。

春夜喜雨

好雨知时节，当春乃发生[①]。
随风潜入夜[②]，润物细无声。
野径云俱黑[③]，江船火独明。
晓看红湿处[④]，花重锦官城[⑤]。

【题解】 此诗作于上元二年（761）春，描摹了川西平原的春雨，为杜甫名篇之一。

【注释】 ① 发生：萌发生长。
② 潜：暗暗地，悄悄地。
③ 野径：田野间的小路，这里泛指郊野。
④ 红湿处：指有带雨水的红花。
⑤ 花重（zhòng）：花沾上雨水而变得沉重。

【赏析】 杜甫在经过一段流离转徙的生活后，来到四川成都定居，开始了一段较为安定的生活。作此诗时，他已在成都草堂定居两年。他亲自耕作，与农民交往，对春雨之情很深。这首诗以喜悦的心情，采用拟人的手法描绘了春雨在夜间悄悄降临，滋润万物，从听觉、视觉的角度描绘了春雨的动态和夜雨的景色，以及第二天雨后的美景。

春　水

三月桃花浪[①]，江流复旧痕。
朝来没沙尾[②]，碧色动柴门[③]。
接缕垂芳饵[④]，连筒灌小园[⑤]。
已添无数鸟，争浴故相喧。

【题解】 此诗于上元二年（761）春在浣花溪作。诗歌描写了春江水涨和春江景事。

【注释】 ① 桃花浪：指涨水时值桃花开放，故又称桃花汛，即春汛。
② 沙尾：被水淹没的只剩最后一点的沙洲。
③ 碧色：指水深色碧。
④ 接缕：水深则线短，故钓钩须接缕。缕，钓鱼线。
⑤ “连筒”句：仇兆鳌注：李实曰：“川中水车如纺车，以细竹为之，车骨之末，缚以竹筒，旋转时低则舀水，高则泄水，故曰：‘连筒灌小园’。”（《杜诗详注》）蜀中通过这种方式灌溉田园，由来已久。

【赏析】 这首诗描写了时值三月春汛时期，江水上涨，倒映在绿水里的柴门晃动着，诗人接线垂钓，车水灌溉小园，周围又有群鸟争浴相喧，尽享闲居之乐。前半部分写水势，“复”字为妙，“动”字尤妙，写出水涨淹没岸边旧痕，波影晃动着一派生机盎然的柴门春色。五、六句写钓鱼灌园，妙在接缕连筒，是江河水慢慢变深的写照。七、八句写鸟浴争喧，连鸟之性情也点睛写出。物理人情，皆入化工。通首生趣盎然，活泼泼地，写春雨后水涨，能一字不提雨，又能字字切春，非一般人所能做到。

江　亭

坦腹江亭暖[①]，长吟野望时[②]。
水流心不竞[③]，云在意俱迟[④]。
寂寂春将晚[⑤]，欣欣物自私[⑥]。
故林归未得[⑦]，排闷强裁诗[⑧]。

【题解】 此诗虽写于浣花溪，而未详何年，从旧为上元二年(761)。表达杜甫在江亭独卧的忧闷心情。

【注释】 ① 坦腹：用王羲之坦腹东床之事。《晋书·王羲之传》："时太尉郗鉴使门生求女婿于导，导令就东厢遍观子弟。门生归，谓鉴曰：'王氏诸少并佳，然闻信至，咸自矜持。惟一人在东床坦腹食，独若不闻。'鉴曰：'正此佳婿邪！'访之，乃羲之也，遂以女妻之。"

② 长吟：指吟咏，吟诗。　野望：指眺望远方。

③ 竞：追逐。

④ 迟：缓慢，徘徊。

⑤ 寂寂：悄然。　春将晚：春将尽，指暮春。

⑥ 物自私：指草木各为一己着想，开花结果。

⑦ 故林：指家乡。

⑧ 强：勉强。　裁诗：指写诗。

【赏析】 前四句写江亭野望之景，看水流东去，而心不能与之相奔逐，云滞留于天，只能心意与之共徘徊，乃归乡无望，暗含滞留他乡之意。后四句抒发自己内心苦闷的情感，悄悄地春天将要结束，万物欣欣自荣，而自己有乡不得归，人不如万物来得自在，只能作诗来排解自己苦闷的心情，寄托感慨。首联发端极悠缓，故次联透出胸襟，便显得极闲适。到第三联又达到通之化象的境界，故结语直吐心事。才知道最后的离乡之感，是从"物自私"三字带出来的，不是硬装之语。江亭之景本无闷，想到故林则闷。不能回归的苦闷无可排，只能强裁诗来排。从最可排闷处，转到闷不可排；从最不可排闷处，又强撇下故林而排。通篇诗结构巧妙，任情绪在景物中自然流动，又联系到万物情怀，反观己身，心有戚戚然。

早　起

春来常早起，幽事颇相关[①]。
帖石防隤岸[②]，开林出远山[③]。
一丘藏曲折，缓步有跻攀[④]。
童仆来城市[⑤]，瓶中得酒还。

【题解】 此诗作于上元二年(761)春,居于草堂之时。

【注释】 ① 幽事：幽雅之事,这里指诗人幽栖闲居,所做之事称为“幽事”。
② 帖石：砌石。帖,通“贴”。　隤(tuí)：下坠。
③ 开林：砍树。
④ 跻(jī)攀：登攀。
⑤ 来：来自。　城市：指成都。

【赏析】 诗歌描写了春天里常起得很早,是因为十分关心一些所要做的“幽事”。在岸边砌上石块,以防堤岸崩塌,砍掉过密的树林,以使远处的山脉显现出来。草堂边的小小林丘竟深藏着如此多的曲折,能缓步攀登,慢慢品味。童仆从城里买酒回来,可以带回家慢斟细酌,悠闲自得。全诗是杜甫幽居生活的写照,处处透漏出幽意。这首诗起句平入,三、四句以“帖”“防”“开”“出”四个动词为眼,叙述所作“幽事”,五、六句意足,尾句别用一意,提升了“早起”的乐趣。

落　日

落日在帘钩，溪边春事幽[①]。
芳菲缘岸圃[②]，樵爨倚滩舟[③]。
啅雀争枝坠[④]，飞虫满院游。
浊醪谁造汝[⑤]，一酌散千愁。

【题解】 此诗作于上元二年(761)春。描写草堂春天落日的景象,以及自己饮酒消愁的情景。

【注释】 ① 春事：春意。
② 芳菲：花草。
③ 樵爨(cuàn)：劈柴做饭。 倚：停靠。
④ 啅(zhào)：鸟鸣。
⑤ 浊醪(láo)：浊酒。 汝：你，指浊醪。

【赏析】 一轮落日挂在帘钩之上，浣花溪畔的春意令人感到清幽，从而引起下面四句幽事的描绘。沿溪花草繁茂，如同天然的园圃，停靠江边的船上正在劈柴做饭。树上唧唧喳喳的鸟雀为争占树枝而不停飞坠，带翅的昆虫也满庭院里任意飞游。浊酒啊浊酒，究竟是谁酿造的你啊？痛饮就能解千愁。诗歌主要歌咏春日暮景，“春事幽”领起中间四句。芳菲、樵爨，是说溪前幽事；啅雀、飞虫，是说堂前幽事。皆承开篇落日而言，故以“落日”作为诗歌的题目。这首诗以落日起兴，其实是闲适之景，但心情却不得闲适，故需借酒来自宽，情与景会，不自知快乐从何而来，而归功于酒。其实是胸无宿物，故才能对景忘忧。

可　惜

花飞有底急①，老去愿春迟②。
可惜欢娱地③，都非少壮时。
宽心应是酒④，遣兴莫过诗⑤。
此意陶潜解⑥，吾生后汝期⑦。

【题解】 此诗当作于上元二年(761)春。借咏叹时光荏苒，聊表作者临世事变迁之孤愁，山河败落之无奈。

【注释】 ① 底：何，什么。表示疑问。
② 春迟：春天慢慢过去。
③ 欢娱地：指草堂。
④ 宽心：解除心中的焦急愁闷。
⑤ 遣兴：抒发情怀，解闷散心。
⑥ “此意”句：东晋诗人陶渊明，曾作过彭泽县令，后不愿“为五斗米折腰”，弃官归隐田园。
⑦ 后汝期：在你的时代之后。

【赏析】 年老逢春，上四句写的是自惜；寄情诗酒，下四句写的是自遣。开头已领全意，说花有何事而急飞去，而今我这衰老之人，愿春色稍稍停留，现在到了这欢娱的地方，只可惜已非少壮之时，不可能再有什么作为了。今惟借诗酒以宽心遣兴，这种心情只有陶潜能够理解，我们时代不同而志趣相似。此诗抒写了生不逢时，空有志济世，而厄于穷愁的境况，故作"可惜"之叹。通首逐句流对，看似古诗，又是律体，清洒逸宕。语言浅显直率，接近俚语，开长庆一派诗风。

独　酌

步屧深林晚，开樽独酌迟。
仰蜂粘落絮，行蚁上枯梨。
薄劣惭真隐[①]，幽偏得自怡[②]。
本无轩冕意[③]，不是傲当时[④]。

【题解】 此诗当作于上元二年(761)春。写独酌之景并抒发内心情感，虽无愤激之语而隐含慨世之叹。

【注释】 ① 薄劣：才学浅薄拙劣。
② 幽偏：清幽偏僻之处。
③ 轩冕：古时卿相的轩车和冕服，这里代指显官要职。
④ 傲当时：倨傲当时。

【赏析】 前四句写独酌之景，后四句抒发独酌之情。步林向晚，独酌从容，故得详玩物情。这个时候，逸兴自娱，可以暂时把富贵荣禄忘掉，有自怜自慰之意。最后因才劣见弃，并不是真正隐退，只是对着这幽胜之景，聊以自怡罢了。因为才能薄劣，所以并没有宏大的志向，又怎么敢笑傲当时呢！

徐 步

整履步青芜[①]，荒庭日欲晡[②]。
芹泥随燕觜[③]，蕊粉上蜂须。
把酒从衣湿，吟诗信杖扶[④]。
敢论才见忌，实有醉如愚[⑤]。

【题解】 此诗当作于上元二年(761)春。描写诗人在庭内漫步之所见所思。

【注释】 ① 整履：穿鞋。王嗣奭《杜臆》："公闲暇疏懒，卧时多而行时少，故须整履而起。" 青芜：青草。
② 晡(bū)：申时，即下午三至五点。
③ 芹泥：燕子用以筑巢的泥。 觜(zuǐ)：通"嘴"，指鸟喙。
④ 信：随意。
⑤ 醉如愚：以醉酒比自己的愚笨。

【赏析】 穿上鞋子在青草丛生的庭院里漫步，此时太阳快要西落了。燕子的嘴里叼啄湿泥忙着筑巢，蜜蜂采蜜时触须上沾满了花粉。把酒而行，任由酒洒出来打湿了衣服，漫步赋诗，信杖而吟。怎么敢说自己的才能被人忌妒才在此隐居，确实是因为自己愚笨如酒醉糊涂的缘故啊！上四句写徐步景物，下四句写徐步情事。徐步，则非奔走也。以故蜂蚁之类，细微之物，皆能见之。燕衔泥而至，蜂采蕊而回，皆是在日晡以后。步而把酒，所以倾溅在衣服上。步而吟诗，所以需要携杖而行。才见忌，承诗。醉如愚，承酒。杜甫此时放浪形骸，纵情诗酒，实有轻世傲物之态，招尤取忌，也不是没有原因。这首诗最后写到用酒来引醉自归，与前面一首诗《独酌》的尾联"本无轩冕意，不是傲当时"是同一个意思，抒发了自己的浅郁情怀。

寒 食

寒食江村路，风花高下飞[①]。
汀烟轻冉冉[②]，竹日净晖晖[③]。
田父要皆去[④]，邻家问不违[⑤]。
地偏相识尽[⑥]，鸡犬亦忘归。

【题解】 此诗当作于上元二年(761)寒食之日。寒食,节令名,在农历清明前一日或二日,民间禁烟火而吃冷食,称“寒食节”。

【注释】 ① 风花:风中落花。
② 汀:水边小洲。 冉冉:渐渐飘升。
③ 晖晖:澄净而明亮。
④ 要(yāo):邀约。
⑤ 问:馈赠。 不违:推辞。
⑥ 相识尽:指全都熟悉。

【赏析】 在寒食季节,风花上下飞舞的江村路上,水边小洲上有雾气冉冉升起,路边的竹子在太阳的照耀下,明亮而澄净。只要有邻翁相邀,自己便会前往造访,凡是他们的馈赠,我都欣然接受。因江村地偏人稀,所以相邻的人都很熟悉,甚至连鸡狗都互相串门,常常忘了回家。上四句写寒食所见之景,下四句写寒食所接之人,描绘了与相邻农家的淳厚友谊。邀请就去赴约,馈赠就不推辞,人情相亲,鸡犬忘归,与田父邻家和睦盘桓,与世俗无忤意,将江村明丽的风景和自己宁静的心境交织融合在一起,颇有世外之趣,其风致不减桃花源,颇具古风。

石 镜

蜀王将此镜[①],送死置空山[②]。
冥寞怜香骨,提携近玉颜。
众妃无复叹,千骑亦虚还[③]。
独有伤心石,埋轮月宇间[④]。

【题解】 此诗作于上元二年(761)。石镜为成都的一处古迹,原在城北武担山上,现已不存。《华阳国志》记载:“武都有一丈夫,化为女子,美而艳,盖山精也。蜀王纳为妃……无几,物故。蜀王哀念之,乃遣五丁之武都,担土为妃作冢,盖地数亩,高七丈,上有石镜,表其门,今成都北角武担是也。”可知,石镜原是蜀王妃墓的表记。《太平寰宇记》记载了石镜外观情况:“冢上有一石,厚五寸,径五尺,莹彻,号曰石镜。”(转引自《杜诗详注》)杜甫在游览蜀地时,在武担山看到这面石镜,有感于其非凡之处,遂作此诗以为凭吊，抒发感慨，怀古思今，诗中流露出苍凉情绪。

【注释】 ① 蜀王：指夏、周时古蜀国的开明帝。
② 送死：给死去的王妃送葬。
③ 虚还：空手而还。
④ 轮：指石镜。

【赏析】 诗歌主要叙述了这样一个故事，心爱的王妃故去，蜀王为其送葬，担心她独立在墓中寂寞，把石镜提来放在她的玉颜旁边。安葬完毕，众嫔妃不再哀叹死者，千骑的送葬队伍也空手而还。这时只剩一块伤心石，孤独地埋在月华照耀的天地间。前四句叙述石镜的由来，后面则睹镜而生发感慨。石镜终究是一块伤心石，诗人把感叹世事的哀思寄托于此石上。

琴　台

茂陵多病后[①]，尚爱卓文君。
酒肆人间世[②]，琴台日暮云[③]。
野花留宝靥[④]，蔓草见罗裙。
归凤求皇意[⑤]，寥寥不复闻。

【题解】 杜甫于上元二年(761)春登临琴台，作此诗。琴台的具体位置，据《太平寰宇记》："《益部耆旧传》记载：'相如宅在州西笮桥北百许步，有琴台在焉。'"《成都记》里说："琴台院，以相如琴台得名，而非其旧。旧台，在城外浣花溪之海安寺南，今为金花寺。元魏伐蜀，下营于此，掘堑得大瓮二十余口，盖所以响琴也。隋蜀王秀更增五台，并旧为六。"(转引自《杜诗详注》)

【注释】 ① 茂陵：司马相如晚年退居茂陵，这里以地名指代人名。
② 酒肆：指司马相如和卓文君所开的酒舍。
③ 日暮云：江淹《拟休上人怨别》："日暮碧云合，佳人殊未来。"后人便以暮云之思来比喻情人之恋。
④ 宝靥(yè)：花钿。唐代妇女多贴花钿于面，称为靥饰。
⑤ "归凤"句：传司马相如作《琴歌》以表达对卓文君的爱慕追求之意。

【赏析】 此诗是杜甫晚年在成都凭吊司马相如遗迹琴台时所作。与《石镜》一样，也是一首凭吊古人古迹之作。诗歌讲述了司马相如晚年虽已年老多病，对文君仍怀着热烈的爱，丝毫未减。然后回想他们年轻时，司马相如在琴台上弹奏《凤求凰》，文君为琴音所打动，夜奔相如。后生活陷入困窘，夫妻俩便开了个酒店，以卖酒营生。而今的杜甫默默徘徊于琴台之上，眺望暮霭碧云，心中无限追怀歆羡之情，感慨今日空见琴台，文君安在？看到琴台旁的野花和蔓草，联想到文君脸颊上的花钿和昔日所着的碧罗裙。司马相如的"归凤求凰"之歌，恐怕是再也听不到了。诗歌赞扬了相如、文君反抗世俗礼法，追求美好生活的精神。

春水生二绝

【题解】 这两首绝句作于上元二年(761)春浣花溪。春江水涨，诗人喜忧参半。

其　一

二月六夜春水生，门前小滩浑欲平[①]。
鸬鹚鸂鶒莫漫喜[②]，吾与汝曹俱眼明[③]。

【注释】 ① 浑：几乎。
② 鸬鹚：水鸟名，俗称鱼鹰。　鸂鶒(xī chì)：水鸟名，像鸳鸯，又称紫鸳鸯。
③ 汝曹：你辈，指水鸟。

【赏析】 此诗描写了杜甫见春水而喜的心情。二月里六夜雨水不断，春汛发涨，门前的小水沟几乎要与地相平。诗人似乎与水鸟们同样为春水生发而欣喜。

其　二

一夜水高二尺强[①]，数日不可更禁当[②]。
南市津头有船卖[③]，无钱即买系篱旁。

【注释】 ① 强：多。

② 不可：不止。　更禁当：岂禁得起。禁当，唐人口语，同义词连用，禁得起的意思。
③ 津头：渡口。

【赏析】 第二首描写由于春水上涨给诗人带来的担忧和困扰。一夜过后水就涨了二尺多，再有几日茅屋恐怕便不能承受了。而诗人又无钱买船，以防水患淹没草堂。全篇皆用俗语而不害其意，实为超脱。

江上值水如海势聊短述

为人性僻耽佳句①，语不惊人死不休。
老去诗篇浑漫与②，春来花鸟莫深愁。
新添水槛供垂钓③，故著浮槎替入舟④。
焉得思如陶谢手⑤，令渠述作与同游⑥。

【题解】 此诗作于上元二年(761)春。诗人面对春潮发生水势如海的奇景，借诗歌抒发内心感受。但又感伤于自己年老，不能有长篇佳构，只好“聊短述”，实为自谦之词，抒写了他激愤的、自我解脱的人生感悟。

【注释】 ① 为人：言平生。　性僻：性情喜好。　耽(dān)：爱好，沉迷。
② 浑：完全，简直。　漫与：随意付与。
③ 水槛(jiàn)：水边栏杆。
④ 故：因为。跟“新”字作对，是借对法。　著(zhuó)：同“着”，置备。　槎(chá)：木筏。
⑤ 焉得：怎么找到。　陶谢：陶渊明、谢灵运，前者为东晋著名田园诗人，后者为南朝著名山水诗人，皆工于描写景物。
⑥ 令渠：让他们。　述作：作诗述怀。

【赏析】 杜甫自述平生总喜欢琢磨推敲好的诗句。如果达不到惊人的地步，就决不罢休。年老了，作诗已不像原来那样刻意求工，而是随意挥洒。诗人感叹怎样才能得到像陶渊明、谢灵运这样的诗坛高手相伴，一起作诗畅谈，一起浮槎漫游？诗歌主要是借江水上涨的景观来谈自己作诗的苦心与追求。“为人性僻耽佳句，语不惊人死不休”为名句，概括了杜甫一生的艺术追求。读过杜甫诗集的人就会知道，这句话并不是虚妄之言。

水槛遣心二首

【题解】 作于上元二年(761)春。水槛，指水亭之栏杆，可以凭槛眺望，舒畅身心。

其 一

去郭轩楹敞[①]，无村眺望赊[②]。
澄江平少岸，幽树晚多花。
细雨鱼儿出，微风燕子斜。
城中十万户，此地两三家。

【注释】 ① 去郭：远离城郭。郭，外城。 轩楹：此指水槛。
② 赊(shē)：长远，空阔。

【赏析】 第一首写凭栏眺望所见之景，写得细致入微，清新生动。开头两句说草堂远离城郭，水槛也很敞亮，没有村落遮挡，放眼望去，景物一览无余。接着描写周围的环境，浣花溪流因水涨而与岸平齐，清幽的林木到晚春仍是繁花盛开。这是静景，接着描写动景。将鱼儿与燕子放到“细雨”和“微风”中去描画，恰到好处地写出了其动态的鲜活，真有呼之欲出之感，足见诗人体物之细致入微，状物之精妙准确。最后两句，“城中十万户”照应“去郭”，“此地两三家”照应“无村”，使诗浑然一体。诗中虽然描绘的是草堂周围的环境，然而字里行间却蕴含着诗人悠游闲适的心情和对大自然、对春天的热爱。

其 二

蜀天常夜雨，江槛已朝晴。
叶润林塘密，衣干枕席清。
不堪祗老病[①]，何得尚浮名[②]。
浅把涓涓酒[③]，深凭送此生[④]。

【注释】 ① 祗(zhī)：恭敬。
② 尚：注重。 浮名：虚名。
③ 涓涓：形容水缓流的样子。此处借指慢慢饮酒。
④ 深凭：全凭。

【赏析】 第二首从外入内，由景及情，写栏内老病之身，透出淡淡的苍凉。开始写四川一带常多夜雨，天亮以后，雨也停了。树林池塘，景色幽深，诗人也觉得清爽舒适。接着突然笔锋一转，言及自身，仅此老病之躯已不堪忍受，哪里还会去注重世间浮名呢？末两句以酒遣怀，略显沉重。诗人厌倦浮名，渐趋老迈，对现实的种种不满和郁郁不得志，只能以饮酒来消遣。

江 涨

江发蛮夷涨①，山添雨雪流。
大声吹地转，高浪蹴天浮②。
鱼鳖为人得，蛟龙不自谋③。
轻帆好去便，吾道付沧洲④。

【题解】 此诗当作于上元二年(761)。当时蜀中或有兵乱，诗人感江涨而起兴，所以有末二句言“轻帆好去便，吾道付沧洲”。

【注释】 ① 蛮夷：古代对边远地区少数民族的泛称，此指蜀地。蜀水之源，皆出夷地。
② 蹴(cù)：踢，踏。 天浮：古代渡水战具。
③ 不自谋：指波涛浑浊汹涌，蛟龙不能安生自处。
④ 沧州：神仙之境，或指水滨，是隐者居住的地方。

【赏析】 雨降雪融，是江涨的原因。地转天浮，乃江涨之势。鱼龙失所，是江涨所驱。轻帆浮海，抒写江涨的感发。“大声吹地转，高浪蹴天浮”，句意警拔，“吹”“蹴”两个字，写得奇隽。“鱼鳖为人得，蛟龙不自谋”，是写由于江涨的原因，鱼鳖近岸，故为人所得，蛟龙窟移，所以不能自谋。前六句皆实写江涨，结句“轻帆好去便，吾道付沧洲”忽置身题外，虚神澹远，通体俱灵。诗歌全文可谓是扼要争奇，全在于善用虚实。实处易写，虚处难写，故结句使人玩味。

朝　雨

凉气晓萧萧[①]，江云乱眼飘。
风鸢藏近渚[②]，雨燕集深条[③]。
黄绮终辞汉[④]，巢由不见尧[⑤]。
草堂樽酒在，幸得过清朝[⑥]。

【题解】 当作于上元二年(761)。诗歌描写了清晨的雨景，并对雨感怀，抒发幽栖避世之情。

【注释】 ① 萧萧：风声。
② 鸢：又名“老鹰”。属于鹰科的一种小型的鹰，有长而狭的翼，分叉很深的尾，薄弱的喙。
③ 深条：树丛深处。
④ 黄绮：指西汉隐士“商山四皓”中的夏黄公、绮里季二人。四皓避秦，入商洛山，汉高帝召之不至。
⑤ 巢由：巢父和许由。尧欲禅让君位于他们，二人辞而归隐。
⑥ 清朝：清晨。

【赏析】 雨后的早晨，凉风萧萧，寒气侵体，江上的云也被吹乱了，从眼前极速飘过。风雨中，老鹰和燕子也飞到岸边树丛深处躲避。前四句写朝雨之景。黄绮和巢由等古代隐士终究坚定自己的意志，辞而归隐。自己独居草堂，幸而有一杯酒在，饮酒赋诗，可以安然度过明天早晨。下四句主要对雨感怀。凉气、江云，雨势骤来。鸢藏、燕集，禽鸟避雨。此诗由雨景而生出避世之思，以古人自况，表达了欲托身于草堂、隐居世外的情感。

晚　晴

村晚惊风度[①]，庭幽过雨沾[②]。
夕阳薰细草[③]，江色映疏帘[④]。
书乱谁能帙[⑤]，杯干可自添。
时闻有余论[⑥]，未怪老夫潜[⑦]。

【题解】 前诗朝雨，此为晚晴，当是一天所作。诗歌描绘了傍晚雨过天晴的景象，以及由此而生的平和心态。

【注释】 ① 惊风：疾风。 度：吹过。
② 沾：雨后的润泽。
③ 薰：薰灼，熏蒸。雨后初晴，在夕阳的照耀下，湿气蒸腾，仿佛在薰灼细嫩的小草。
④ 疏帘：指稀疏的竹织窗帘。
⑤ 帙：书套、函册。此处引申为整理图书之意。
⑥ 余论：指宏论。余，赘也。
⑦ 老夫潜：即老潜夫。此处倒置，是为了押韵。潜夫，指隐士，王符有《潜夫论》，这里是作者自谓。

【赏析】 山村的傍晚阵阵冷风吹过，幽静的庭院经过一场秋雨洗涤，院里显得湿润泥泞。夕阳照耀着细草，雨后的湿气升腾，清新明丽的江景映入眼帘。书乱了没有人帮助整理，杯中酒喝完了也只能自己添满。听到人们关于世俗人情的谈论不少，庆幸还没有责怪自己这一隐居江边的老头子。薰草映帘，是描写晚晴之景。整书酌酒，是诉说晚晴之事。与俗相安，当地的蜀人也未尝责怪杜甫这一潜夫。相传杜甫在成都时，与田父野老关系亲密，邻里和睦，所以才有“时闻有余论，未怪老夫潜”之言。杜甫与邻里农夫交往密切，这也从侧面印证了他常怀忧民爱民之心。

高　楠

楠树色冥冥[①]，江边一盖青[②]。
近根开药圃，接叶制茅亭。
落景阴犹合[③]，微风韵可听。
寻常绝醉困[④]，卧此片时醒。

【题解】 此诗当作于上元二年(761)。草堂门前有一颗长了二百年的大楠树，为草堂增添了不一样的风景，也使诗人获得了许多乐趣。杜甫另有《楠树为风雨所拔叹》等诗描述之。

【注释】 ① 楠树：生于南方，四季常绿，树形高大，木材坚硬细密，有芳香味。 冥冥：昏暗，这里形容青绿的树色。
② 一盖：树冠如伞盖，形容楠树的繁茂之态。
③ 落景：落日之光。景，日影。
④ 醉困：酒醉而困乏。

【赏析】 生长在江边的楠树繁茂葱荣，树冠形似车盖，遮阳御雨，在江上延伸开来。诗人在树的旁边开辟药圃，建造茅亭。夕阳下，楠树的浓荫聚合，微风中，树叶发出的旋律优美。平时，酒醉之后困乏，卧此片刻就能酒醒。首句领起，次句是总写楠木高大，中间四句写药圃、茅亭皆是依树营造，浓阴远荫，风韵长闻，真是醒酒的好地方啊！当时杜甫卜居溪上，正是喜爱这棵高大灵秀的楠木，才倚以建造草堂，闲暇时，常在树下吟诗，寻得怡悦。

恶　树

独绕虚斋径①，常持小斧柯②。
幽阴成颇杂，恶木剪还多。
枸杞因吾有，鸡栖奈汝何③。
方知不材者，生长漫婆娑④。

【题解】 此诗当作于上元二年(761)。恶树，指不材之木，如鸡栖之类。此为借物拟人，实为讽刺小人。

【注释】 ① 虚斋：指草堂。虚，空寂。这里是说庭院里静寂。
② 斧柯：斧柄。代指斧头。
③ 鸡栖：皂荚树的别称。
④ 漫：无拘束。　婆娑：茂盛。

【赏析】 前四句主要说恶木难除，一再修剪，反而生长得愈加茂盛。“恶木剪还多”领起下四句，叹恶树徒生无益。枸杞延年是因为栽种才有的，然而像鸡栖这样的恶树，奈何其剪又复生。可见不材的树木常常容易蔓延滋长，大概万事万物都是一样的道理。

江畔独步寻花七绝句

【题解】 当作于上元二年(761)春天。江，指浣花溪。杜甫前往南邻访酒伴未遇，故独步沿江信步，寻花赏景。这七首绝句组成一个整体，诗人采用了移步换景的手法，从不同的角度，描写了浣花溪畔群芳竞放、千姿百态、春意盎然的美好景色，表现了诗人对美好事物的热爱和向往；同时又写恼花、怕春，即以春景兼寓悲情。这七首诗，组成了一个体系，都紧扣着寻花题意来写，每首都有花，同时每首诗又自成一章，脉络清楚，层次井然，是一幅独步寻花长卷图。

其　一

江上被花恼不彻①，无处告诉只颠狂②。
走觅南邻爱酒伴③，经旬出饮独空床④。

【注释】① 被：覆盖。
② 颠狂：放荡不羁。
③ 南邻：杜甫的邻居，也是酒友，名叫斛斯融。
④ 经旬：经历一旬。一旬为十天。

【赏析】第一首，主要写独步寻花的原因，春暖花开的季节，杜甫想寻同伴赏花，却遇友人外出，只好在浣花溪畔独自散步。诗歌从恼花写起。起句的“江上被花恼不彻”虽有些突兀，和末首的“不是看花即欲死”首尾呼应，布局不凡。“颠狂”两字把爱花的情态刻画得淋漓尽致。这七首绝句写寻花，贯穿了“颠狂”二字，第一首诗是解题。

其　二

稠花乱蕊裹江滨①，行步欹危实怕春②。
诗酒尚堪驱使在③，未须料理白头人④。

【注释】① 裹江滨：极言花之繁盛，包裹住了江边。
② 欹（qī）危：歪斜的样子，形容老态。
③ 尚堪：还能。
④ 料理：照顾。　白头人：杜甫自谓。

【赏析】第二首，“稠花乱蕊裹江滨”承接了第一首“江上被花恼不彻”。“行步欹危实怕春”写行至江滨见繁花之多，忽曰怕春，语极奇异，实际上是反语，爱春之极，这样就把颠狂的形态和心理讲得比较透彻。在花如此醉人的情况下，自然有诗酒助兴。“未须料理白头人”，这是写花的魅力，花能使青春常在，富有哲理，也合乎情理。

其 三

江深竹静两三家，多事红花映白花。
报答春光知有处，应须美酒送生涯①。

【注释】 ① 生涯：生命，人生。语本《庄子・养生主》："吾生也有涯，而知也无涯。"

【赏析】 第三首，写临江而行，看到江边两三家的花，红白耀眼，应接不暇。并抒发及时行乐，不负春光之情。"江深竹静两三家"写静态，红花、白花加"多事"两字，顿觉热闹非常。"多事"又是从前面花恼人而延伸开来，前后照应。"报答"二句，似乎有所顿悟，也似超脱，言报答春光，应以美酒相伴，度过此生。率性中愈见对春对花之深情。

其 四

东望少城花满烟①，百花高楼更可怜②。
谁能载酒开金盏，唤取佳人舞绣筵③。

【注释】 ① 少城：成都有大城、少城之分。少城即小城，在大城之西。
② 百花高楼：少城中楼名，一说为少城酒楼。 可怜：可爱。
③ 佳人：指官妓。 绣筵：丰盛的筵席。

【赏析】 第四首，写遥望少城之花，想象其花之盛与人之乐。"东望少城花满烟，百花高楼更可怜"，写东望少城，繁花盛开，绚烂如烟霞，更想象着那高耸的百花楼在春光之下，令人向往。末二句"谁能载酒开金盏，唤取佳人舞绣筵"，以发问作结，实叹招饮无人，只留下想象，余韵无穷。

其 五

黄师塔前江水东①，春光懒困倚微风。
桃花一簇开无主，可爱深红爱浅红？

【注释】 ① 黄师塔：指黄姓和尚的墓地。蜀地称和尚为师，其葬地为塔。

【赏析】 第五首，写黄师塔前桃花盛开，令人目不暇接。“黄师”句，点出具体的地点。“春光”句写自己的倦态，春暖易倦。“开无主”以拟人手法写出桃花盛开，故而“深红”、“浅红”应接不暇，更显出绚烂绮丽，诗也如锦似绣。

其　六

黄四娘家花满蹊[①]，千朵万朵压枝低。
留连戏蝶时时舞[②]，自在娇莺恰恰啼[③]。

【注释】 ① 黄四娘：姓黄的妇女，排行第四，杜甫住成都草堂时的邻居。唐时习惯以行第相称，“娘”是对女子的通称。　蹊：小路。
② 留连：即留恋，舍不得离去。
③ 恰恰：象声词，形容鸟叫声音和谐动听。

【赏析】 第六首，写寻花到了黄四娘家住宅旁，通过描写草堂周围烂漫的春光，表达了诗人对美好事物的热爱之情和适意之怀。首句点明寻花的地点，以“黄四娘”人名入诗，生活情趣较浓。次句“千朵万朵”，是对“满”字的具体解释。“压枝低”，描绘繁花太多，快把枝条都压弯了。第三句写彩蝶蹁跹，因恋花而“留连”不去，暗示出花的芬芳。正在赏心悦目之时，传来黄莺动听的歌声，更令人沉醉其中。

其　七

不是爱花即欲死，只恐花尽老相催。
繁枝容易纷纷落，嫩蕊商量细细开[①]。

【注释】 ① 细细：慢慢。

【赏析】 第七首，总结赏花、爱花、惜花。“不是爱花即欲死”，直呼爱花之情，干脆痛快。“只恐花尽老相催”，又是一转，怕的是花谢人老，有暮年之感。后两句则又实写花枝的易落，花蕊的慢开，景中寓情，惜花加感叹暮年，承前面的恼花、怕春之意，突显惜花之旨。对仗工整，更显密不透风，情深语细。

进　艇

南京久客耕南亩[①]，北望伤神坐北窗。
昼引老妻乘小艇，晴看稚子浴清江。
俱飞蛱蝶元相逐[②]，并蒂芙蓉本自双。
茗饮蔗浆携所有[③]，瓷罂无谢玉为缸[④]。

【题解】 此诗作于上元二年(761)夏。

【注释】 ① 南京：指蜀地。至德二载(757)，以蜀郡为南京。上元元年(760)九月，废其南京之号，复为蜀郡。　南亩：指成都的农田。
② 蛱(jiá)蝶：即蝴蝶。蝴蝶成双相逐是天性，故云“元相逐”。　元：本来。
③ 茗饮：茶水。　蔗浆：甘蔗汁。
④ 罂(yīng)：一种小口大腹的容器。　无谢：不让，不亚于。

【赏析】 诗写寓居浣花溪畔时，全家生活的悠游与闲适，亦流露出客居他乡而生的思乡之情及安贫乐道之意。在成都客居事农时间已经很长了，难免要经常生出思乡之情令人伤神。接着写白天带着妻子乘着小船游玩，看小孩子在水中嬉戏沐浴。带着茶水、蔗汁等饮料，虽是平常瓷器所装，却不亚于高贵的玉缸，弦外之音是说自己的幽栖闲适，并不比那些权贵过得差。此诗第三句点题，首尾为进艇之事。

一　室

一室他乡远，空林暮景悬[①]。
正愁闻塞笛[②]，独立见江船。
巴蜀来多病，荆蛮去几年[③]。
应同王粲宅[④]，留井岘山前[⑤]。

【题解】 一室即草堂，此当是上元二年(761)作。诗写于蜀而怀楚，为诗人以后乘舟东下，漂泊荆湘埋下了伏笔。

【注释】① 暮景：夕阳。
② 塞：边塞。成都地近西陲，故言。
③ 荆蛮：指楚地。
④ 王粲宅：王粲为东汉文学家，字仲宣，山东邹县人，“建安七子”之一。曾在荆州依附刘表，未受重用。其宅在襄阳县西二十里岘山坡下。
⑤ 留井：王粲宅前有井，人呼为仲宣井。

【赏析】诗歌寓景含情，表达了杜甫身在蜀地而怀楚的客寓无聊之感。草堂偏居他乡，空林中垂挂着夕阳。“正愁”二句，承上暮景，亦领起下意。闻笛而愁，是因为留在蜀地多病的缘故。独立见船，想要去荆州又不知在何年？“巴蜀”承“塞笛”而言，“荆蛮”由“江船”而出。自己应当像王粲那样，在荆州建宅留井，表达了欲往荆州的念头。襄阳本是杜甫祖居，故想留迹其地。

所　思

苦忆荆州醉司马[①]，谪官樽酒定常开。
九江日落醒何处[②]？一柱观头眠几回[③]。
可怜怀抱向人尽[④]，欲问平安无使来。
故凭锦水将双泪，好过瞿唐滟滪堆[⑤]。

【题解】此诗作于上元二年(761)。诗人为怀念荆州司马崔漪而作，反映了二人之间的真挚感情。

【注释】① 醉司马：指崔漪。当时崔漪已由判文部(即吏部)侍郎贬谪为荆州司马。醉，是说崔漪爱饮酒，刻画了崔漪豪放落拓的性格。
② 九江：指荆州。
③ 一柱观：观名，在荆州。
④ 怀抱：怀念崔漪之情。　向人尽：向人打听遍了。
⑤ 瞿唐：瞿塘峡，长江三峡第一峡，在今重庆市奉节县。　滟滪堆：瞿塘峡口的一块礁石，因阻碍通航，20世纪50年代被炸平。瞿塘峡为乘船下荆州所必经，故言。

【赏析】首句由“苦忆”开端，表达了杜甫与崔漪的真挚友谊。崔漪虽遭贬谪，但却樽酒常开，可见司马胸襟。或醒或眠，癫狂落拓，真是得酒中之趣，传神地写出了醉司马的神态，

而相忆已在其中。怀念友人，便向人四处打听，想知道是否平安，却无信使到来。彼此互言，更见两情虽远隔千里，却遥向企及。因音讯不通，思念愈深，所以杜甫只好借着锦江东流水带去思念的眼泪，通过瞿塘峡和滟滪堆来荆州表达挚情。诗人用江水和泪水串起怀友深情，十分生动巧妙，堪称“奇语”，与李白“我寄愁心与明月，随风直到夜郎西”（《闻王昌龄左迁龙标遥有此寄》）并美。整首诗看似琐琐屑屑，颠颠倒倒，实则情致婉转，缠绵之极。

闻斛斯六官未归

故人南郡去，去索作碑钱。
本卖文为活，翻令室倒悬①。
荆扉深蔓草②，土铛冷疏烟③。
老罢休无赖④，归来省醉眠⑤。

【题解】 此诗当作于上元二年（761）。斛（hú）斯六官，即斛斯融，斛斯为复姓，六为排行，称“官”，可能是当时的俗称，并非真为官者，杜甫的南邻，好饮酒。诗中对斛斯融沉溺于酒，得钱即饮，不顾其家的行为进行了讽劝。

【注释】 ① 令室：贤妻。 倒悬：指人被倒挂着，比喻特别痛苦或危急。
② 荆扉：即柴门。
③ 土铛（cuò）：炊具，砂锅之类。
④ 老罢：到老。 无赖：无所倚靠。
⑤ 省：反省。

【赏析】 杜甫的邻居斛斯融是靠卖文为生，杜甫拜访他时，正值他去南郡索取写碑文的钱。看到斛斯融家徒四壁，蔓草弥生，疏烟冷灶，不禁规劝道：现在卖文索钱，得钱即醉，老来将无所依靠，回家后希望能反省那无度的醉饮，好好过生活。此篇为遥促之词，表现了对邻人的关爱之情。

赴青城县出成都寄陶王二少尹

老被樊笼役①，贫嗟出入劳②。
客情投异县③，诗态忆吾曹④。
东郭沧江合⑤，西山白雪高⑥。
文章差底病⑦？回首兴滔滔⑧。

【题解】 此诗当作于上元二年(761)。青城县唐时属蜀州，因山为名，即今四川都江堰市。少尹，官职名，府州的副职。此诗是杜甫前往青城县途中写给陶、王二位少尹的，陶、王二人是杜甫在成都的诗友，诗人希望他们能资助自己解缓贫困之苦。人未至，先寄诗，有投石问路的意思。

【注释】 ① 樊笼役：比喻客居而受束缚。
② 出入劳：为生计而辛劳奔波。
③ 异县：指青城县。
④ 诗态：吟诗的神态。 吾曹：我辈，指陶、王。
⑤ 东郭：指成都。杜甫是向西行，故成都为东郭。 沧江合：岷江的内江、外江汇合于成都，故言。
⑥ 西山：指岷山雪岭，在成都西面。也暗指青城山。
⑦ 差(chài)：病除。 底：何，什么。
⑧ 兴：诗兴。

【赏析】 首联言往青城之故。客居他乡，为生计辛劳奔波。如鸟在樊笼，不能奋飞，慨叹自己羁旅踽踣。颔联先言作客异县，内心惴惴，后言陶、王之诗才，有褒美之意。十分传神地刻画出诗人求人相助时的心态。诗人感慨文章救贫无济，惟有回首故人，诗兴才觉滔滔。“差底病”与章首相应。

野望因过常少仙

野桥齐渡马①，秋望转悠哉②。
竹覆青城合③，江从灌口来④。
入村樵径引⑤，尝果栗皱开⑥。
落尽高天日，幽人未遣回⑦。

【题解】 此诗当作于上元二年(761)初秋,时杜甫在青城县(今四川都江堰市)。常少仙其人不详,据诗歌言“幽人”判断可能是居于青城县郊的一位隐者。诗歌描写了四野之景色和常少仙对杜甫的盛情款待。

【注释】 ① 齐渡马:是说桥很宽,可以并马而行。
② 秋望:眺望秋景。 转悠哉:因景色怡人,心情也变得悠然自得了。
③ 青城合:这里是说青城县被翠竹环绕着。
④ 灌口:指灌口镇,在青城县西北,与之接壤。
⑤ 樵径:指樵夫所走的小路。
⑥ 栗皱:板栗的外壳。青城盛产板栗。
⑦ 幽人:指常少仙,因其隐居山村,故言。 未遣回:指常氏留客,直到日落,仍不让我回家。

【赏析】 前四句写野望之景,下四句写过常情事。野外之桥,可并排骑马,“齐渡马”三字,写景特佳。青城、灌口,乃是野望所见。入村,是为了访常少仙。主人很热情,敲开栗壳请杜甫品尝,直到日落,仍不让回家,可见其款洽多情。

丈人山

自为青城客,不唾青城地①。
为爱丈人山,丹梯近幽意②。
丈人祠西佳气浓③,缘云拟住最高峰④。
扫除白发黄精在⑤,君看他时冰雪容⑥。

【题解】 此诗作于上元二年(761)游青城山时。丈人山即青城山,山在青城县北,黄帝封青城山为五岳丈人。青城山是我国道教发源地,有“青城天下幽”的美誉。此诗既写了青城山的幽胜,又流露出幽栖于此的愿望,排遣自我。

【注释】 ① 不唾:不嫌弃,表示尊重、喜爱的意思。
② 丹梯:指山高峻而清幽。 幽意:幽闲的情趣,指青城山仿佛仙境一般。
③ 丈人祠:指晋代所建丈人观。
④ 缘:沿着。
⑤ 黄精:多年生草本植物,根茎可入药,据说常吃可令白发转黑,即诗中“扫除白发”之意。
⑥ 冰雪容:指道貌仙骨。

【赏析】 此诗写杜甫游览青城山时看到青城幽意，而生出的托身于此的愿望。杜甫的这一愿望与他寄情诗酒，及时行乐一样，更多的是自我排遣，而并非想求道成仙。写来看似直白，但却意境悠远，能自喻为“青城客”的杜甫，透露出对丈人山的无限热爱和赤子之情。

寄杜位

近闻宽法离新州①，想见怀归尚百忧②。
逐客虽皆万里去③，悲君已是十年流④。
干戈况复尘随眼，鬓发还应雪满头。
玉垒题书心绪乱⑤，何时更得曲江游⑥。

【题解】 此诗作于上元二年(761)。杜位是杜甫的族弟，宰相李林甫的女婿。李林甫于天宝十一载(752)十一月卒，其亲信党羽随之被清洗，杜位被贬放岭南新州(今广东新兴境内)。杜甫在青城县时，得知杜位被减罪移往江陵，遂作此诗寄去，以表怀念和期望再见的心情。

【注释】 ① 宽法：从宽处理。是说杜位获减罪离开新州。
② 怀归：想回家。 尚百忧：杜位由新州移至荆州，仍不得归家，故言。
③ 逐客：被放逐之人，指与杜位同被放逐者。
④ 十年流：流放了十年。杜位于天宝十一载(752)被贬官流放，至上元二年(761)已是十个年头。
⑤ 玉垒：山名，在灌县(今都江堰市)西北。
⑥ 曲江：即曲江池，故址在今西安市长安县杜陵西北，唐时为风景胜地。

【赏析】 诗歌写杜位获减罪离开新州至荆州，但仍不得归家，心中百忧。与同被放逐者相比，杜位流放了十年，时间太长。战乱离逐之苦，使得他尘满眼，头全白。诗人对其不幸遭遇寄予了深切同情。最后表达了期望能与杜位一同回到长安，同游其曲江故宅的心愿。此诗如一篇家书，写得率直而不加修饰，骨肉真情溢于言表。

送裴五赴东川

故人亦流落，高义动乾坤①。
何日通燕塞②，相看老蜀门。
东行应暂别③，北望苦销魂④。
凛凛悲秋意⑤，非君谁与论。

【题解】 此诗当是上元二年(761)秋,杜甫由青城返成都,为送友人裴五去东川(今四川三台)而作。浦起龙说:"裴与公同为北人,其在蜀当亦无官而流寓,故作同病相怜之语。"(《读杜心解》)从诗中可以看出诗人与裴五不仅友情真挚,志趣相投,而且遭遇也颇相似。

【注释】 ① 高义:品德高尚而怀大志。
② 燕塞:指北方边塞。燕,古国名,故地在今河北省北部和辽宁省南部。
③ 东行:东川在成都东边,故云。
④ 销魂:极其痛苦忧愁。
⑤ 凛凛:寒冷的样子。

【赏析】 开头就裴五的抱负与遭际说起,老友也是由北方流落到蜀中,你的济世之志感天动地。战乱未休,去北方的道路何时才能畅通?而在这无止境的等待中,我们都眼看着对方老于蜀中。那望而生寒的秋意令人产生凄苦悲凉的感觉,这心境除了你还能向谁诉说呢?然而裴五又要往东川而去,不能在一起,所以送行发出此意。杜甫的悲秋,其实是在悲天下啊!此诗通篇转折而下,愈折愈深,愈深愈痛,以送别收尾,更加凄然欲绝,其中的苦情于辞中可见。

送韩十四江东省觐

兵戈不见老莱衣①，叹息人间万事非②。
我已无家寻弟妹，君今何处访庭闱③。
黄牛峡静滩声转④，白马江寒树影稀⑤。
此别应须各努力，故乡犹恐未同归。

【题解】 这首诗当作于上元二年(761)秋,杨伦认为是在青城时作,姑从之。从诗的内容看,没有明显表现作于青城的字句,故其他注本多编在返成都后作,这是需要说明的。韩十四是杜甫的同乡,其父母当时避乱于江东(长江下游南岸地区),欲往探视,杜甫作此诗为他送行。省觐(jìn),探视父母。诗集离别之情、丧乱之感、家国之思于一体,可以说是“气韵淋漓,满纸犹湿”(《杜诗镜铨》卷八引朱瀚语)。

【注释】 ① 老莱衣:《艺文类聚》引《列女传》:“老莱子孝养二亲,行年七十,婴儿自娱,着五色采衣。”这里是儿女向父母尽孝心之意。
② 太息:长叹。 非:不正常。
③ 庭闱(wéi):父母的居处。此处借指父母。
④ 黄牛峡:长江的一处峡谷,在今湖北宜昌。因此处山岩色黄而形似牛,故名。 转:回响。
⑤ 白马江:在今四川崇州市境内,属长江水系。

【赏析】 诗歌讲述了因战乱阻隔,天各一方,家人无法团聚,儿女无法侍奉父母的现状,令人叹息。句首提到“莱衣”,紧扣题意,触起乱离心绪,情文恻恻。中间四句,一句一转,通首全用虚写,可见缠绵怆恻,字字深情。

楠树为风雨所拔叹

倚江楠树草堂前,故老相传二百年[①]。
诛茅卜居总为此[②],五月仿佛闻寒蝉。
东南飘风动地至[③],江翻石走流云气。
干排雷雨犹力争[④],根断泉源岂天意。
沧波老树性所爱[⑤],浦上童童一青盖[⑥]。
野客频留惧雪霜[⑦],行人不过听竽籁[⑧]。
虎倒龙颠委榛棘[⑨],泪痕血点垂胸臆。
我有新诗何处吟?草堂自此无颜色。

【题解】 此诗当作于上元二年(761)。其时,草堂前的一株诗人所钟爱的老楠树被狂风吹倒,匍匐于地。诗人感情为此受到强烈震动,悲从中来,痛心疾首,遂以沉痛的笔调抒发出内心的哀伤,其咏物遣意之心是显而易见的。

【注释】 ① 故老：阅历丰富的老人。
② 卜居：择地而居。
③ 飘风：暴风。
④ 干：树干。　排：推开。
⑤ 沧波老树：指楠树。因其生长于江边，故云。
⑥ 浦上：水边。　童童：茂盛的样子。
⑦ 野客：即行人。　不过：不走开，指歇脚。
⑧ 竽籁：竽和箫，其声如悲鸣。
⑨ 虎倒龙颠：楠树倒地的样子。杜甫多用“龙虎”形容古木。　委：弃。指树倒。

【赏析】 当初剪伐荒草，择此而居，全都是为了紧靠着它。这株楠树枝繁叶茂、阴多气凉，簌簌有声，五月里仿佛就听到了寒蝉的鸣叫。紧接着的四句写楠树被风雨摧倒的情景：风暴雷雨一时并作，楠树在风雨中奋力抗争，但终究不免根断而树倒。诗人痛心地发问：这难道是天意吗？然后言其对楠树的钟爱，楠树品性可爱，形态挺拔。最后四句道出了诗人对楠树被拔的痛惜之情，并有自伤之意。浦起龙“虎倒龙颠，英雄失路，泪痕血点，人树兼悲。末二句叹楠耶？自叹耶？”之言，深得此诗情味。（《读杜心解》）

茅屋为秋风所破歌

八月秋高风怒号①，卷我屋上三重茅②。
茅飞渡江洒江郊，高者挂罥长林梢③。
下者飘转沉塘坳④。
南村群童欺我老无力，忍能对面为盗贼⑤。
公然抱茅入竹去，唇焦口燥呼不得⑥。
归来倚杖自叹息⑦。
俄顷风定云墨色⑧，秋天漠漠向昏黑⑨。
布衾多年冷似铁⑩，骄儿恶卧踏里裂⑪。
床头屋漏无干处，雨脚如麻未断绝。
自经丧乱少睡眠⑫，长夜沾湿何由彻⑬。
安得广厦千万间⑭，大庇天下寒士俱欢颜⑮，
风雨不动安如山。
呜呼！何时眼前突兀见此屋，吾庐独破受冻死亦足⑯。

【题解】 此诗作于上元二年(761),是杜甫的名篇之一。这一年八月,杜甫的茅屋被秋风刮破,风停之后又下起大雨,诗人一家因屋漏而彻夜不得安眠。

【注释】 ① 秋高:秋日天高气爽,故云。
② 三重(chóng):数层。三,概数,指多。
③ 挂罥(juàn):挂结缠绕。 长林梢:高树梢。
④ 沉塘坳(āo):低洼的地方。沉,是“低”的意思,与上句“长”字呼应。
⑤ 忍能:忍心这样。能,这样。 为盗贼:谓村童恶作剧的行为。
⑥ 呼不得:吆喝不住。
⑦ 倚杖:靠着拐杖。
⑧ 俄顷:不久,一会儿。
⑨ 漠漠:阴沉迷蒙的样子。 向:接近。
⑩ 布衾(qīn):布被。
⑪ 恶卧:睡不好,在床上折腾。
⑫ 丧乱:指安史之乱。
⑬ 何由彻:怎样等到天明。彻,彻晓,达旦。
⑭ 安得:哪得。 广厦:宽敞的大屋。
⑮ 大庇(bì):广泛地遮盖。 寒士:贫寒的读书人,也兼指所有的贫苦人。
⑯ 突兀(wù):高耸的样子。 见(xiàn):显现,出现。

【赏析】 此诗为叙事体。“八月秋高”五句写秋风破屋的情景。“南村群童”五句写村童恶作剧,诗人无力制止而倍觉伤感。“俄顷风定”八句写屋漏雨浸、不得安眠的苦况。但在如此窘困的处境中,诗人想到的却不是自己,而是希望“天下寒士”都能安居于广厦之中,免遭风雨侵袭之苦。并表示如若这一愿望得以实现,宁可自己冻死也心甘情愿。诗中表露的这种忘我的崇高精神境界,是诗人忧国忧民的博大情怀的具体体现。这首诗既纪事,又抒情,写得气势跌宕,朴实深沉,激动人心。诗历千载而不朽,并使成都草堂扬名天下。

石 笋 行

君不见益州城西门①,陌上石笋双高蹲。
古来相传是海眼,苔藓蚀尽波涛痕②。
雨多往往得瑟瑟③,此事恍惚难明论。
恐是昔时卿相冢,立石为表今仍存④。
惜哉俗态好蒙蔽,亦如小臣媚至尊⑤。
政化错迕失大体⑥,坐看倾危受厚恩⑦。
嗟尔石笋擅虚名⑧,后来未识犹骏奔⑨。
安得壮士掷天外,使人不疑见本根⑩。

【题解】 此诗作于上元二年(761)。诗题所谓"石笋",是指成都西门外的两根石柱。《华阳国志·蜀志》载:"蜀有五丁力士,能移山,举万钧。每王薨,辄立大石,长三丈,重千钧,为墓志,今石笋是也。"说石笋是蜀王墓的表记,是比较令人信服的。但民间却传说石笋是用来镇压海眼的,如果移动,就会造成洪水泛滥。杜甫由此发挥,讽喻时政。

【注释】 ① 益州:汉代地名,即成都。
② 蚀:遮蔽。
③ 瑟瑟:碧珠。《酉阳杂俎》:"蜀石笋街,夏中大雨,往往得杂色小珠。俗谓地当海眼。莫知其故。"据赵清献《蜀都故事》载,石笋之地为大秦寺遗址,寺以珍珠翠碧为帘。寺毁,每大雨后,人多在其基脚处拾得珠碧。由此可知其与"海眼"无涉。
④ 表:表记,古人墓前的标志。
⑤ 小臣:宦官,这里泛指皇帝身边的小人。 至尊:指皇帝。
⑥ 政化:政治教化。 错迕(wǔ):违误,错乱。 大体:根本。
⑦ 坐看:坐视不问,袖手旁观。
⑧ 嗟(jiē):叹词。 尔:你,指石笋。 擅:占有。
⑨ 骏奔:像马那样快跑。
⑩ 本根:底细。

【赏析】 诗歌借石笋的故事来借题发挥,讽喻时政。传说石笋是用来镇压海眼的,现被苔藓覆盖,已看不到波涛留下的痕迹。诗人认为这其实是过去大官的坟墓,竖立了两根石柱作为表记并一直保存至今。世俗之人专喜用石笋的假相蒙蔽人,演绎出各种传说,就像小人的谄媚迷惑了皇帝一样,这真令人惋惜呵!"惜哉"二句是从俗人的受蒙蔽联想到皇帝的被蒙蔽。"政化"二句,诗人对枉受皇帝厚赏却干着扰乱国家秩序勾当的"小臣"表示了嘲讽与激愤。"安得"表达了诗人的迫切愿望:哪儿有大力士来把石笋扔到天外去,使人们明了它的底细,不再被这荒诞的传说迷惑呢?此处诗人明说石笋,暗指朝廷再也不能被小人蒙蔽。此诗与下首《石犀行》旨意相同,大有移风易俗之意。

石犀行

君不见秦时蜀太守[①],刻石立作五犀牛[②]。
自古虽有厌胜法[③],天生江水向东流。
蜀人矜夸一千载[④],泛溢不近张仪楼[⑤]。
今日灌口损户口[⑥],此事或恐为神羞。

修筑堤防出众力，高拥木石当清秋[7]。
先王作法皆正道，诡怪何得参人谋[8]。
嗟尔五犀不经济[9]，缺讹只与长川逝[10]。
但见元气常调和[11]，自免洪涛恣凋瘵[12]。
安得壮士提天纲[13]，再平水土犀奔茫[14]。

【题解】 此诗与《石笋行》当作于同时，同样也具有托讽时事的用意。

【注释】 ① 蜀太守：指秦孝文王时（公元前3世纪中叶）的蜀郡太守李冰。他主持修筑了举世闻名、至今仍在发挥巨大作用的都江堰。

② 五犀牛：据《华阳国志》载，李冰曾刻石作了五头石犀牛，以镇压水怪。又据《水经注》，五头犀牛中，后来有两头沉于渊中，故下文言“缺”。

③ 厌（yā）胜法：用诅咒或类似的迷信方法来镇压鬼怪。这里是就李冰作石犀镇压水怪而言。

④ 矜夸：夸赞，炫耀。

⑤ 张仪楼：指成都少城西南宣明门上的城楼。据《华阳国志·蜀志》记载，秦惠王二十七年，张仪与张若筑成都城，周回十二里，高七丈。其城西南楼，高百余尺，名张仪楼。这里是以张仪楼指代成都城。

⑥ 灌口：即今四川省彭州市灌口镇，城内有李冰祠。　损户口：指水灾淹死了人。损，减少。杨伦《杜诗镜铨》卷七转引黄鹤注：“是年八月霖雨不止。”

⑦ 高拥木石：用木石筑起高堤。拥，堆积。　当清秋：抵挡秋季的水患。

⑧ 参人谋：参与人的谋划。

⑨ 经济：经世济民。

⑩ 缺讹：石犀本五头，此时仅存其三，故云“缺”；且又移动了位置，故云“讹”。讹，言其处移动。

⑪ 元气：本指人的精神、生命力的本原，这里指国家。

⑫ 恣凋瘵（zhài）：任意为患，使（国力）颓败。恣，任意。凋瘵，颓败，这里用作动词。

⑬ 提天纲：抓住纲领，整顿国家秩序。天纲，国家大纲。王嗣奭说：“壮士提天纲，正谓贤相操国柄也。曰‘安得’，伤时无贤相也。”（《杜臆》卷四）这也体现了杜甫的忧国忧民情怀。

⑭ 平水土：使水土各得其所。平，顺。　奔茫：逃跑。

【赏析】 秦孝文王时，蜀郡太守李冰修筑都江堰，曾刻石作了五头石犀牛，以镇压水怪。杜甫由此对“厌胜法”提出了质疑，“泛溢”“今日”二句即是最好的证明。“修筑”二句明确提出抵御水灾的唯一办法是“修筑堤防”“高拥木石”，这种科学态度是难能可贵的。“但见”四句，借眼前事表达忧国之思。国家气运与人的精神一样，如经常调理而使之和畅，就可免除灾患的任意妄为。只有得到有志之士抓住纲领，整顿国家秩序，才能使水土各得其所。此篇因石犀而指讥庙堂无经济可用之人，体现了杜甫的忧国忧民情怀。抑扬反覆，一唱三叹，悠然有余，而不见议论的痕迹，矫邪归正，可以羽翼“六经”。

杜鹃行

君不见昔日蜀天子①，化作杜鹃似老乌②。
寄巢生子不自啄③，群鸟至今为哺雏。
虽同君臣有旧礼④，骨肉满眼身羁孤⑤。
业工窜伏深树里⑥，四月五月偏号呼。
其声哀痛口流血，所诉何事常区区⑦。
尔岂摧残始发愤⑧，羞带羽翮伤形愚⑨。
苍天变化谁料得，万事反覆何所无？
万事反覆何所无，岂忆当殿群臣趋⑩。

【题解】 上元元年(760)七月，作为太上皇的玄宗被李辅国(肃宗亲信太监)劫迁于西内，高力士及旧宫人均不能跟随，如仙、玉真等儿女骨肉亦不得相见。玄宗不思寝食，忧思成疾。此诗借物伤感，当作于上元二年。杜甫在这首诗中，将境况凄凉的玄宗比作古代传说中禅位后化作泣血杜鹃的蜀王杜宇，对其不幸寄予了深深的同情。

【注释】 ① 蜀天子：指古蜀王杜宇。据《华阳国志・蜀志》，杜宇为蜀王，教民务农。后称帝，号望帝。在位时适逢水灾，其丞相开明决玉垒山以除水患，杜宇遂让位于开明，而自己则到西山隐居。
② 杜鹃：鸟名，又称布谷、子规。相传杜鹃为望帝死后其魂所化。
③ 寄巢生子：指杜鹃借巢生子。张华《博物志》："杜鹃生子，寄之他巢，群鸟为饲之。"
④ 有旧礼：暗指李辅国劫迁玄宗时，表面上仍行君臣之礼。
⑤ 羁孤：羁旅孤独。
⑥ 业工窜伏：指杜鹃练就了擅长隐蔽躲藏的本事。
⑦ 区区：情真意切。
⑧ 尔：你，指杜鹃。　摧残：暗指玄宗被劫迁事。
⑨ 羽翮(hé)：羽翅。比喻辅佐者，这里指玄宗的亲信及子女。玄宗迫迁西内后，他们都不同程度地遭到迫害而不得为玄宗所带，玄宗亦心中有愧，故云"羞带"。　伤形愚：哀伤自己羽翼被剪后形态的蠢笨。
⑩ 趋：归附。

【赏析】 《杜鹃行》是伤旧主玄宗之孤危，整篇富含寓意。昔日的蜀天子化为杜鹃，群鸟为杜鹃哺雏，诗人以杜鹃与群鸟喻君臣之礼；骨肉满眼，却身居异地，孤苦无依，以喻玄宗之处境。杜鹃啼鸣，其声哀伤悲痛，甚至叫得口角流出鲜血，它要诉说心中挂念着的什么呢？因"发愤"而"偏号呼"，因"摧残"而"声哀痛口流血"；"窜伏深树"只为"羞带羽翮"，"所诉区区"就在自"伤形愚"。"羞带"以上两句与上文互相呼应。老天爷的变化谁能够料得到？世间万事的反覆什么情况都会出现！既然万事反覆一切都可能发生，你还回忆追怀当年你临朝时，殿前群臣趋炎附势的盛况吗？

逢唐兴刘主薄弟

分手开元末①，连年绝尺书②。
江山且相见，戎马未安居③。
剑外官人冷④，关中驿骑疏⑤。
轻舟下吴会⑥，主簿意何如⑦。

【题解】 此诗当作于上元二年(761)。唐兴，县名，今四川蓬溪县。刘主簿，唐兴县衙掌管文书簿籍之官，生平不详(据诗中所叙，应是中原人)。杜甫未曾涉足唐兴，这首诗可能是刘主簿来成都与之相遇时所作。诗中叙离情、抒别意而叹飘零，表达了羁留他乡的无限悲伤。

【注释】 ① 开元末：开元末年，即公元741年。至上元二年(761)，诗人与刘主簿已分别二十年了。
② 尺书：书信。
③ 戎马：战乱。
④ 剑外：剑门关外，指蜀地。官人：为官之人。此指做官的旧交。
⑤ 驿骑：骑马传递文书者。
⑥ 吴会(kuài)：吴郡和会稽郡的合称，在今江浙一带。此处泛指吴越之地。杜甫年轻时曾游于此。
⑦ 何如：犹言“如何”。

【赏析】 首四句叙久别重逢而奔波未息的情状。后面两句自述旅况之苦，蜀中与自己有旧交的官员业已冷淡、疏远，而京城的亲友也因战乱阻隔，少有书信寄来。最后两句承上而言，因旅况困苦，人情淡薄，故生东下吴越，再游故地的念头，并询问刘主簿是否可行。

敬简王明府

叶县郎官宰①，周南太史公②。
神仙才有数③，流落意无穷④。

骥病思偏秣⑤，鹰愁怕苦笼。
看君用高义⑥，耻与万人同⑦。

【题解】 此诗当作于上元二年(761)。王明府,应即唐兴县宰王潜。杜甫曾为王县令作过《唐兴县客馆记》,时间亦在同年。诗人眼前生活陷于困顿,而旧交又纷纷冷落(见前诗),不得已而以诗代简,求助于王县令。

【注释】 ① 叶(shè)县:县名,属河南省。据《后汉书·王乔传》,王乔任叶县令,有道术,传说每月进京上朝时,不乘车骑。太史伺其将至时,便有双凫从东南飞来。于是候凫至,举罗网之,得一鞋,视之则为所赐尚书官属履。其死后立庙,名叶君祠。　郎官宰:即以郎官(郎中员外)身份出任县令。

② 周南:古地名,在今洛阳以南。　太史公:此指司马谈,司马迁之父。据《史记·太史公自序》载,汉武帝始建汉家之封(首封泰山)时,司马谈留滞周南,不得参与。

③ 神仙:指王明府,承第一句而言。

④ 流落:杜甫自况,承第二句而言。

⑤ 骥:良马。　思偏秣:"偏思秣"的倒装。秣,饲料。

⑥ 高义:品行高尚,合于正义。

⑦ 万人:指漠视友情,见危不救的芸芸众生。

【赏析】 开头以有非凡才能的王乔来喻指唐兴县令王潜,以司马谈之不受重用自比。王宰仙才非凡而有神术,自己则流离失所,愁思不尽。良马生病,特别想得到粮草,雄鹰悲愁,是因为害怕牢笼之苦。这两句借马、鹰之病愁来表白自己陷于困顿而期冀援助的心态。最后两句道出寄诗的主旨,即希望王明府救助。但话说得很委婉,意为:我知道您品行高尚,定会施惠解困救难,而耻于像世间众生那样寡情薄义,不顾交情。这首诗宾主叠叙,而致唐兴县宰王潜,希冀救助之意在末联体现出来。

重简王明府

甲子西南异，冬来只薄寒①。
江云何夜尽，蜀雨几时干②。
行李须相问，穷愁岂有宽③。
君听鸿雁响，恐致稻粱难④。

【题解】 此诗当作于上元二年(761)冬。言“重简”,是因上一首诗寄给王明府后,一直没有回音,而眼下时已至冬,诗人一家饥寒交迫,得不到救助显然无法过冬,故只得再次寄诗相求。从中不难看到杜甫生活的困窘已到了何等程度。

【注释】 ① 甲子:指岁序、季节。 西南:指成都。
② 行李:使者。
③ 宽:宽解。
④ 致:得到。

【赏析】 成都的季节与家乡不同,到冬天都不太冷。但总是乌云笼罩,雨水连绵。诗人穷困,难以度日,特别希望王明府派人来问候并相助,但又不便直言,借“鸿雁”来表达自己的心情:您听见为我传书的鸿雁的哀鸣了吗?可能是它们难以寻得果腹的稻粱。杜甫避乱秦蜀,气候有异于中原,衣食不足,又值冬季,不免求助于人,窘困自不待言。

百忧集行

忆年十五心尚孩,健如黄犊走复来[①]。
庭前八月梨枣熟,一日上树能千回。
即今倏忽已五十[②],坐卧只多少行立。
强将笑语供主人,悲见生涯百忧集[③]。
入门依旧四壁空,老妻睹我颜色同[④]。
痴儿不知父子礼,叫怒索饭啼门东[⑤]。

【题解】 这首诗作于上元二年(761)居成都草堂时。

【注释】 ① 走:跑。
② 倏(shū)忽:忽然,很快地。
③ 强:勉强。 供:事奉。 主人:当泛指资助杜甫的大小官员。 生涯:生活处境。
④ 颜色同:指愁容相同。
⑤ 门东:指厨房。厨房在东边。

【赏析】 从此诗和前两首诗可以看出,此时杜甫的生活已陷人极大的困境。面对眼前困顿窘

迫、前途无望的境地，诗人不禁回忆起少年时代充满童趣、无忧无虑的生活。而这种强烈的反差使其百般忧苦齐结于心，遂作此诗以释愁结。诗用对比与反衬手法，叙述了少年的健壮活泼与暮年的衰老潦倒，从中我们不难窥见，杜甫这一时期的生活其实就是寄人篱下，而非人们想象得那样安宁恬适。

徐卿二子歌

君不见徐卿二子生绝奇，感应吉梦相追随①。
孔子释氏亲抱送，并是天上麒麟儿②。
大儿九龄色清澈③，秋水为神玉为骨。
小儿五岁气食牛④，满堂宾客皆回头。
吾知徐公百不忧，积善衮衮生公侯⑤。
丈夫生儿有如此二雏者⑥，异时名位岂肯卑微休⑦。

【题解】 此诗当作于上元二年(761)居成都草堂时。当时的西川兵马使为徐知道，诗中的徐卿可能就是此人。卿，古代对男子的敬称。

【注释】 ① 吉梦：即下文所说生之前家人曾梦见孔子和释迦牟尼亲自抱送之事。
② 麒麟儿：有瑞兆的小孩。
③ 色：面色，容颜。
④ 气食牛：形容其有食牛的气概。《尸子》卷下：“虎豹之驹，虽未成文，已有食牛之气。”形容少年雄心壮志，气概豪迈。
⑤ 衮衮：众多貌。
⑥ 丈夫：大丈夫，男子汉。　二雏：指徐卿二子。雏，幼鸟。
⑦ 异时：以后。

【赏析】 这首诗对徐卿的两个儿子竭力夸奖赞颂，是一篇应酬之作。俗题诗，不得不俗。申涵光说：“此等题，虽老杜亦不能佳。”(《杜诗详注》卷十转引)

戏作花卿歌

成都猛将有花卿，学语小儿知姓名。
用如快鹘风火生①，见贼唯多身始轻②。
绵州副使著柘黄③，我卿扫除即日平④。
子璋髑髅血模糊⑤，手提掷还崔大夫⑥。
李侯重有此节度⑦，人道我卿绝世无。
既称绝世无，天子何不唤取守东都。

【题解】 这首诗当作于上元二年(761)。花卿，即花惊定，成都尹崔光远的部将。当年四月，梓州刺史兼东川节度副使段子璋叛乱，赶走驻绵州的东川节度使李奂，自称梁王，改元黄龙，以绵州为黄龙府。五月，成都尹崔光远率西川牙将花惊定攻克绵州，斩段子璋。此后，花惊定及其部下恃功自傲，纵兵骚扰东川。朝廷以崔光远制止不力，罢其官。杜甫作此歌，记叙了这段史实，题曰"戏作"，既表彰花卿，也含有讽意。

【注释】 ① 鹘(hú)：一种猛禽。 风火生：《南史・曹景宗传》载，南北朝时梁曹景宗言在乡里时骑快马，觉得耳后风生，鼻端火出，乐而忘死。
② 见贼惟多：指久经沙场。贼，敌人。 轻：灵敏轻捷。
③ 绵州副使：指段子璋。时段子璋以梓州刺史兼领绵州副使。 著拓黄：穿上黄袍。此指段氏叛乱称王。拓黄，拓木汁染成的黄颜色，用作帝王服色。
④ 我卿：即花卿。 即日平：段氏四月反，五月乱即平。
⑤ 髑髅(dú lóu)：死人的头骨。
⑥ 崔大夫：指崔光远，时为成都尹。
⑦ 李侯：指东川节度使李奂。

【赏析】 这首诗赞美花卿之勇猛。三四句写其身手矫健，生动洗练，寥寥数语，其人物形象跃然纸上，呼之欲出。五六句是赞花卿平叛之速，承三、四句而言。"子璋"二句写得"凛凛有生气"，对花惊定勇猛的性格和彪悍的形象，作了十分生动的刻画。乱平后李奂重镇东川，都是因为花惊定的功劳；人们因此而称道花卿举世无双。"既称"两句诗人直言既然花惊定绝世无双，朝廷何不命他去守卫东都洛阳，以免被史思明攻陷！这里，"绝世无"被重复使用，前文是从正面说，是赞扬；这句则从反面说，语含讥讽。言外之意是：花惊定恃功自傲，是不能当此重任的。

赠花卿

锦城丝管日纷纷[①]，半入江风半入云[②]。
此曲只应天上有[③]，人间能得几回闻[④]？

【题解】 此诗亦作于上元二年(761)。前人认为是杜甫在花惊定(详见前诗)家的酒宴上所作。

【注释】 ① 丝管：管、弦乐器的总称，此指音乐。 纷纷：纷扬繁复。
② 入江风：形容乐音清远，随江风传扬。 入云：形容乐音激越，直冲云霄。
③ 天上有：本指仙乐，也指宫廷中才有的乐曲。因安史之乱后，梨园弟子流落民间者众多，且玄宗曾到过成都，所以梨园法曲、长安教坊大曲等宫廷乐曲，当在成都有所流传。花家所奏可能就是这种宫廷音乐，说他“僭上”，即指此。
④ 能得几回闻：仇兆鳌云：“言其必不能久也。”(《杜诗详注》卷十)

【赏析】 诗中描绘了花家的伎乐之美，歌舞之盛。诗的命意，与前诗联系起来看，似含讽意。杨升庵说：“花卿在蜀颇僭用天子礼乐，子美作此讥之。”(《杜诗镜铨》卷八转引)在写作技巧与艺术手法上，音律和谐，辞采流丽，意在言外是其特点。此诗首句点题，而下作承转，为杜甫七绝代表作之一。

少年行二首

【题解】 依黄鹤、蔡梦弼注，此诗于上元二年(761)夏在成都作。两诗并非写少年，皆及时行乐之意。因第二首句中“年少”句，即用为题，借以自鼓衰兴，与寻常《少年行》有别。

其　一

莫笑田家老瓦盆，自从盛酒长儿孙[①]。
倾银注玉惊人眼，共醉终同卧竹根[②]。

【注释】 ① 瓦盆：农家用以盛酒的粗陶敞口器皿。《晋书・阮籍传》：“不复用杯觞斟酌，以大盆盛酒。”
② 倾银注玉：用银壶玉盏盛酒而饮。

【赏析】 不要取笑农家老瓦盆的粗陋，用它盛酒已使儿孙满堂。用银壶玉盏饮酒只不过使人看了艳羡，其实醉卧竹下后，与瓦盆饮酒没什么不同。罗大经说："知此，则贫富贵贱，皆可以一视矣。"（《杜诗详注》卷十引）

其　二

巢燕引雏浑去尽①，江花结子也无多。
黄衫年少来宜数②，不见堂前东逝波。

【注释】 ① 浑：几乎。
② 黄衫：唐时年轻人常穿浅色黄衫，以示华贵。此借比年轻人。　来宜数："宜数来"的倒装，即应当常来游玩之意。

【赏析】 诗歌前两句写春日将尽，雏燕已长成，离巢而去；繁花多已凋零，结出了果实。后两句写春天易逝，人应趁青春年少之时及时行乐，而时光如流水，消逝即不再来。

赠虞十五司马

远师虞秘监①，今喜识玄孙②。
形象丹青逼③，家声器宇存④。
凄凉怜笔势⑤，浩荡问词源⑥。
爽气金天豁⑦，清谈玉露繁。
伫鸣南岳凤⑧，欲化北溟鲲⑨。
交态知浮俗⑩，儒流不异门⑪。
过逢联客位⑫，日夜倒芳樽⑬。
沙岸风吹叶，云江月上轩。
百年嗟已半⑭，四座敢辞喧⑮。
书籍终相与⑯，青山隔故园。

【题解】 此诗当作于上元二年（761）。虞十五司马是唐初诗人、书法家虞世南的玄孙，时为成都司马。诗追述了虞氏的渊源，对虞司马的才华进行了褒赞称美，并叙及自己与虞司马的知己之交。

【注释】① 虞秘监：指虞世南，曾做过秘书监，故称。虞世南为唐初著名书法家，与欧阳询齐名，并称“欧虞”。因杜甫早年曾学习虞世南的书法，“九龄书大字，有作成一囊”（《壮游》），故云“远师”。

② 玄孙：指虞十五司马。

③ 丹青：虞世南去世后，太宗命将他的像绘于凌烟阁。　逼：接近。

④ 家声：家世名声。　器宇：度量、胸襟。

⑤ 怜：爱怜。　笔势：指虞司马的书法。

⑥ 浩荡：旷远。　问：追寻。

⑦ 爽气：豪爽气概。　金天：金秋的天空。

⑧ 南岳凤：刘祯《赠从弟》诗：“凤凰集南岳，徘徊孤竹根。”这里是把虞司马比作伫立南岳的凤凰。

⑨ 北溟鲲：《庄子・逍遥游》：“北冥有鱼，其名为鲲，鲲之大不知其几千里也。”此喻虞司马的非凡才能。北溟，古人想象中北方最远的海。

⑩ 交态：友情深浅程度。

⑪ 儒流：本指儒家，这里当指志趣高雅的读书人。

⑫ 过逢：造访和逢迎。　客：杜甫自谓。

⑬ 芳樽：精美的酒器。借指美酒。

⑭ 嗟：唉叹。

⑮ 喧：喧哗，指饮酒兴起时的热闹场面。

⑯ “书籍”句：典出《三国志・魏书・王粲传》。王粲造访蔡邕，蔡邕对在座客人说，这是王畅之孙，有异才，我家中书籍文章，全都要送给他。

【赏析】虞十五司马是唐初著名书法家虞世南的玄孙。杜甫早年曾学习虞世南的书法，今天看到他的玄孙虞十五司马，自然高兴。虞司马的长相与其先祖的画像十分相似。虞家的显赫名声，在虞司马的不凡气度与豪迈胸怀中得以留存。杜甫非常喜爱虞司马的书法。诗言“凄凉”，则有追怀先贤的意思。虞司马文词之源来自先祖，这是没有止境的。其性情豪爽，有如秋空般高朗；清谈雅论，像玉露一样沁人心脾。并以鲲鹏喻虞司马的非凡才能。以上是称美虞司马的人品才华。世俗交往是十分势利的，而你我却同为读书人，志高趣雅，彼此亲近。虞司马待自己亲密无间，无论访迎都坐在一起，饮酒更是不分日夜，倾杯尽兴。二人交情甚深。沙岸边风吹落树叶，云江上月亮升上轩窗，嗟叹自己人生百年已过其半。再环顾四座，大家都正酒酣兴起而争相喧闹。这里由秋景引发内心嗟叹，与眼前的热闹场景又构成强烈反差，更衬出杜甫的愁思。最后说二人相约同归故乡，如果等到那一天，自己将把家中书籍全部赠给才华出众的虞司马。末以思乡盼归作结。

病 柏

有柏生崇冈①，童童状车盖②。
偃蹙龙虎姿③，主当风云会④。
神明依正直⑤，故老多再拜⑥。
岂知千年根，中路颜色坏⑦。
出非不得地，蟠据亦高大⑧。
岁寒忽无凭⑨，日夜柯叶改⑩。
丹凤领九雏⑪，哀鸣翔其外。
鸱鸮志意满⑫，养子穿穴内。
客从何乡来，伫立久吁怪。
静求元精理⑬，浩荡难倚赖。

【题解】 这首诗作于上元二年(761)秋天。诗咏病柏而抒胸臆，借物言事，托意深远，可读出国家兴衰之慨。

【注释】 ① 崇冈：高冈。
② 童童：茂盛的样子。
③ 偃蹙(cù)：屈曲盘绕的样子，形容柏树枝干。
④ 主当：主持。
⑤ 神明：天地之神。 正直：指古柏。
⑥ 故老：阅历丰富的老人。 再拜：古代礼节，拜会时要先后拜两次，以示隆重。
⑦ 中路：中途，指生机尚茂之时。 坏：衰败。
⑧ 蟠据：盘踞，占据。
⑨ 无凭：失去依凭。
⑩ 柯叶：枝叶。
⑪ 丹凤：即凤凰，因其毛色红，故称。此处暗喻贤臣。 九雏：传说凤凰有九个子女。《乐府·陇西行》：“凤凰鸣啾啾，一母将九雏。”
⑫ 鸱鸮(chī xiāo)：猫头鹰之类的鸟，古时视为不祥之物，此处喻小人。
⑬ 元精：旧称天地的精气。

【赏析】 “有柏”六句写柏树盛事。但是，这棵具有千年根基的柏树，竟然半途中就枯萎了。古柏的生长并非不得其处，而且它根基深固，长得也很高大。严冬之时，古柏忽然失去了神明的佑助，枝叶一天天凋零。丹凤哀鸣，形容贤臣失势；鸱鸮志得意满，形容小人得志。“客从”四句，作者发盛衰倏忽之慨，点出主题。诗歌以病柏比喻中正的君子或兴盛的国家，受小人中沮，卒以身亡，表达世间之事渺茫多变而难以依赖的慨叹。

病　橘

群橘少生意①，虽多亦奚为②。
惜哉结实小，酸涩如棠梨③。
剖之尽蠹虫④，采掇爽所宜⑤。
纷然不适口⑥，岂只存其皮⑦。
萧萧半死叶⑧，未忍别故枝。
玄冬霜雪积⑨，况乃回风吹⑩。
尝闻蓬莱殿⑪，罗列潇湘姿⑫。
此物岁不稔⑬，玉食失光辉⑭。
寇盗尚凭陵⑮，当君减膳时⑯。
汝病是天意，吾愁罪有司⑰。
忆昔南海使，奔腾献荔支⑱。
百马死山谷，到今耆旧悲⑲。

【题解】 此诗亦当作于上元二年(761)秋。因蜀地产橘,皇室为满足其口腹之欲,不顾当地百姓疾苦而索贡蜀橘,故诗人以此为题作诗,托物寄意,谏劝朝廷应体恤民情,不要作劳民伤财之事。

【注释】 ① 少生意：缺乏活力。
② 亦奚为：又有什么用。奚,何。
③ 棠梨：即杜梨,小而色红,其味酸涩。
④ 蠹(dù)虫：蛀虫。
⑤ 采掇：采摘。　爽所宜：谓不合时宜。爽,违背。
⑥ 纷然：众多的样子。
⑦ 存其皮：保留橘皮。因橘皮可入药,故言。
⑧ 萧萧：稀疏的样子。
⑨ 玄冬：即冬季。古人以玄(黑)色配北方,北方配冬季,故称冬季为玄冬。
⑩ 况乃：何况是。　回风：旋风。
⑪ 蓬莱殿：即唐之大明宫。
⑫ 潇湘姿：指橘树。潇、湘,湖南二水名,因其流域盛产橘子,故言。据《太真外传》,开元末年(741),江陵进贡乳柑橘,唐玄宗以十枝种于蓬莱宫,到天宝十载(751)秋结果,玄宗用以赏赐群臣。
⑬ 此物：指橘。　岁不稔(rěn)：谓年成不好。稔,成熟。
⑭ 玉食：指皇帝的膳食。
⑮ 寇盗：指安史叛军。　凭陵：侵扰。
⑯ 君：指皇帝。　减膳：古代帝王在国家有大灾祸时,就要减低膳食标准,撤掉音乐,以示自责。
⑰ 罪：归罪,惩处。　有司：古代设官分职,各有专司,因称官吏为有司。此指办理贡物的官吏。
⑱ “忆昔”二句：《唐国史补》载,杨贵妃生于蜀,好食荔枝。南海所生尤胜蜀,每岁飞驰以进。南海,唐南海

郡,属岭南道,治所在今广州。

⑲“百马”句:指献荔枝的使者及其坐骑,很多都累死在山谷中。耆(qí)旧,年高望重之人。此泛指老人们。

【赏析】本诗托物寄意,借病橘劝谏朝廷应体恤民情,不要做劳民伤财之事。前半首写病橘之惨状。橘树已无生气,果实小而酸涩,切开都是蛀虫。这样的橘子,摘取它难道仅仅是取其皮来入药?“萧萧”二句说稀稀疏疏的半死之叶挂在树上,还不忍心与树枝分离。这是拟人写法,王嗣奭说:“偏于无知之物写出一段情性来,妙。”(《杜臆》卷四)“尝闻”以下八句,笔锋一转,由病橘言及君王的饮食,提出“减膳”之建议。“忆昔”以下四句,是诗人借古讽今,劝诫当今皇帝不要再因口腹之欲而增加民众负担。

枯棕

蜀门多棕榈①,高者十八九。
其皮割剥甚,虽众亦易朽②。
徒布如云叶,青青岁寒后。
交横集斧斤③,凋丧先蒲柳④。
伤时苦军乏⑤,一物官尽取。
嗟尔江汉人⑥,生成复何有。
有同枯棕木,使我沉叹久。
死者即已休,生者何自守⑦。
啾啾黄雀啄⑧,侧见寒蓬走⑨。
念尔形影干⑩,摧残没藜莠⑪。

【题解】这首诗亦当作于上元二年(761)秋,其时,中原战乱未平,蜀中又有藩镇割据之患(如前不久的段子璋之乱),加上西部地区吐蕃屡相侵扰,可以说是内忧外患交集。在此情况下,便出现了军兴而赋重的局面,下层百姓被重赋盘剥而欲活不得的悲惨处境,不能不引起杜甫的深切关注与同情,遂借物言情,以棕榈之被割剥过甚以至于枯死,喻蜀中百姓惨遭暴敛而生存无路。其为民请命的一腔孤愤,直现于篇中。

【注释】①蜀门:即蜀中,蜀地。 棕榈:常绿乔木,生于秦岭以南,高数米,干直立,不分枝,叶鞘有棕衣包裹。棕

衣可制绳、刷、垫等。

②“其皮”二句：是说棕皮（即棕衣）被割剥得太过分，因此棕树虽多却也容易枯朽而死。

③ 斧斤：泛指各种斧子。

④ 蒲柳：两种树名，均早落叶，常与松柏对举。

⑤ 时：指战乱之时。　军乏：军中物资匮乏。

⑥ 江汉人：指蜀人。江，岷江；汉，西汉水，即嘉陵江。两江均流经蜀地，故称。

⑦ 自守：自我保全性命。

⑧ 啾啾：鸟鸣声，有凄惨悲凉之意。

⑨ 寒蓬：寒冬的枯草。　走：跑。这里指枯草飞旋。

⑩ 尔：即指枯棕，又指“江汉人”，一语双关。

⑪ 藜莠：泛指野草。藜，俗称“灰菜”；莠，俗称“狗尾草”。

【赏析】 此篇也为借物言情之作。诗中说蜀地多高大棕榈树，但因棕皮（即棕衣）被过度割剥，棕树极易枯朽而死。棕树原本生命力很强，但遭刀斧恣意摧残，竟比蒲柳还要先凋萎。“伤时”二句点出全篇主旨。“尽”为立意关键。战乱之时，棕因“尽”剥而枯，民因“尽取”而不欲活。此又承上启下，由棕言及人。蜀中百姓，还有什么赖以生存的东西呢？诗人悲伤叹息。“啾啾”二句写景，黄雀悲鸣，寒蓬飞舞，其景倍加凄切。“念尔形影干”，“尔”字可指枯棕，又可指“江汉人”，一语双关。饱受摧残的棕榈和饱受战乱折磨的蜀中百姓并将树枯而人亡，一同埋没于荒草丛中。结尾压抑而沉痛，读之令人泪下。

枯　楠

楩楠枯峥嵘[①]，乡党皆莫记[②]。
不知几百岁，惨惨无生意。
上枝摩苍天，下根蟠厚地。
巨围雷霆坼[③]，万孔虫蚁萃[④]。
涷雨落流胶[⑤]，冲风夺佳气[⑥]。
白鹄遂不来[⑦]，天鸡为愁思[⑧]。
犹含栋梁具[⑨]，无复霄汉志。
良工古昔少[⑩]，识者出涕泪。
种榆水中央[⑪]，成长何容易。
截承金露盘[⑫]，袅袅不自畏[⑬]。

【题解】 此诗当作于上元二年（761）。作者借楠树以抒胸怀，楠树材大而不见用，正是现实中贤才不被重用的写照。

【注释】 ① 楩(pián)楠：两种高大乔木。这里指楠木。　峥嵘：高峻的样子。
② 乡党：乡亲。
③ 巨围：指树干粗大。围，树干。　坼：分裂。
④ 萃：聚集。
⑤ 涷(dōng)雨：暴雨。　流胶：树中胶液流出。
⑥ 冲风：狂风。　佳气：楠木有香味，故言。
⑦ 白鹄：天鹅。
⑧ 天鸡：鸟名，又称锦鸡。
⑨ 具：形象。
⑩ 良工：技艺高超的工匠，指识才之人。
⑪ 榆：木名。其性软弱，久无不曲，非佳好之木。
⑫ 金露盘：汉武帝时，以黄铜制盘，用以取露，和玉屑食之，以求长生。这里以之暗喻朝廷。
⑬ 袅袅：柔弱的样子。

【赏析】 前十句写楠树之枯，高大但无生气。“巨围”四句读之令人心酸。雷劈裂了它的树干，万孔千疮引来虫蚁聚集；暴雨冲掉了它的胶汁，狂风又夺走了它的香气。楠树枯朽，白鹄、天鸡都为之悲愁而不再飞来，暗喻贤才见弃，故再无凌云之志。“良工”“识者”指识才之伯乐。可是良工识得楠木之优，竟使不成材的劣木受到重视，用以承载金露盘。言外之意是，那些庸才被朝廷委以重任，他们真是自不量力！末四句讽庸材见用。

不　见

不见李生久，佯狂真可哀[①]。
世人皆欲杀，吾意独怜才[②]。
敏捷诗千首[③]，飘零酒一杯[④]。
匡山读书处[⑤]，头白好归来。

【题解】 此诗当作于上元二年(761)。作者原注：“近无李白消息。”其时，杜甫与李白已有十余年未曾谋面。这期间，杜甫写了好几首诗，寄托对李白的怀念之情。由于蜀中消息闭塞，李白因参与永王李璘幕府事而被流放夜郎，又于途中遇赦获释并回到浔阳(今江西九江市)之事，杜甫虽听到一些传闻，但因无确切消息，不能证实其真伪，故十分挂念，遂写此诗以释情怀。诗中还希望李白能够回乡安度晚年，与自己重叙旧谊。诗写得质朴

而真挚，既赞美了李白的旷达胸怀和出众才华，又对其不幸遭遇表示了同情和愤懑。

【注释】 ① 佯狂：假装颠狂。指李白因对现实不满，而表现出的玩世不恭、蔑视权贵的人生态度。
② 皆欲杀：李白粪土王侯，故为权贵所嫉恨，当时朝中有人欲以其助永王李璘谋夺皇位之罪名而杀他。
③ 敏捷：灵敏迅速，就李白才思而言。
④ 飘零：指李白被放逐事。
⑤ 匡山：指四川江油市的大匡山，李白少年时曾在此读书。

【赏析】 不见李白已经很久了，他那怀才不遇而迫不得已游戏人间的狂放生活，使人为之哀怜和同情。世人因李白牵涉永王李璘谋夺皇位之事而欲杀他，我（指杜甫）却怜惜李白的旷世才华，犹存爱才之心。以上两句表现了杜甫不畏强权，为李白讨公道的鲜明态度，从中亦见出李杜二人交谊之深。李白才思敏捷，有好诗千首，为人所不及，但却落得被流放的下场，只能杯酒遣其愁怀。杜甫此时流寓蜀中，而李白的故乡亦在蜀中，故盼其头白而回归故乡，两人可在匡山重逢。末二句表现了杜甫对李白的深切思念以及盼望与之重逢的心情。

草堂即事

荒村建子月[①]，独树老夫家。
雪里江船渡，风前竹径斜。
寒鱼依密藻，宿雁聚圆沙。
蜀酒禁愁得[②]，无钱何处赊。

【题解】 此诗作于上元二年（761）冬。是年十一月，肃宗皇帝改年号而受到群臣的朝贺。此时，诗人却孤独地客居在相距京城千里之遥的荒村茅舍，一种远离朝廷、自伤弃置的感情油然而生，遂作此诗，对自己穷愁潦倒、饥寒交迫的生活发出慨叹。

【注释】 ① 荒村：指草堂。　建子月：十一月的代称。周代以子月（农历十一月）为岁首，称建子。肃宗上元二年九月，去“上元”号，称元年，以十一月为岁首。建子月，举行了祭祀活动，受到群臣朝贺。（见《新唐书・肃宗纪》）
② 禁愁得：即“禁得愁”，能够消愁。

【赏析】 首联以建子月京城的热闹来衬托荒村草堂的冷清和诗人内心的孤独。“建子月”是全诗关键，以下都是因其而引发的感慨。“雪里”两句写草堂荒凉、凄清的景色：雪里江中，唯见孤舟过渡；风吹竹树，但显野径歪斜。“寒鱼”两句写江中之景，下雪天寒，水中之鱼依偎在茂密的水藻中，露宿的鸿雁也聚集在岸边的沙丘上。这里是用“寒鱼”“宿雁”来暗喻自己的穷冬旅泊。最后言醉饮蜀酒虽可消愁，但身边无钱又能到何处去赊酒呢？诗人其实并非真想赊酒，而是愁不能禁，无法排遣，方作此语。

徐九少尹见过

晚景孤村僻①，行军数骑来②。
交新徒有喜③，礼厚愧无才。
赏静怜云竹④，忘归步月台。
何当看花蕊，欲发照江梅。

【题解】 此诗当作于上元二年(761)冬。徐九，其人不详；少尹，府尹的副职。其时，徐少尹带着厚礼来拜访杜甫，杜甫作此诗以致谢，并相约江梅开时再来赏花。

【注释】 ① 晚景：傍晚。 孤村：指草堂。
② 行军：指徐少尹。唐时以少尹为行军长史，若有节度使即为行军司马。
③ 交新：结交新朋友。
④ 赏静：喜爱清幽。 云竹：高耸入云之竹。

【赏析】 在傍晚，有几骑行军前来拜访偏僻的草堂，原来是徐少尹。颔联两句是客主对举，上句是从访客徐少尹的角度说，下句是从主人即自己的角度说。二人兴趣相投，同观草堂清幽的景致，喜爱那高耸的竹树，漫步赏月而留连忘返。最后与徐少尹相约，来日同赏梅花。从以上四句中，可看出杜甫对徐少尹这位新交是颇怀好感的，故诗中有真情流露。

范二员外邈吴十侍御郁特枉驾阙展待聊寄此作

暂往比邻去①，空闻二妙归②。

幽栖诚简略③，衰白已光辉④。
野外贫家远，村中好客稀。
论文或不愧⑤，重肯款柴扉⑥？

【题解】 此诗当作于上元二年(761)。范邈，生平不详；吴郁，为杜甫旧时的同事，后被谪贬于楚，此时可能已从楚地放还而游蜀中。从诗中看，吴郁与范邈一同前来草堂拜访(枉驾，即屈驾，对客人来访的敬辞)故交，但不巧杜甫到村邻家去了而未能款待(即“阙展待”)。杜甫回来听说后感到十分遗憾，遂作此诗寄给范、吴二人，希望他们再访草堂，一同谈诗论文。

【注释】 ① 比邻：邻居。
② 二妙：指范、吴二人。妙，高超，出众，是对二人才艺的褒赞。《晋书·卫瓘传》：尚书令卫瓘与尚书郎索靖俱善草书，号“一台二妙”。
③ 幽栖：幽僻隐居之处。
④ 衰白：年老而发白，这是杜甫自我形容。
⑤ 论文：谈论诗文。
⑥ 款：叩。

【赏析】 杜甫正好到邻居家去，而未能款待前来拜访的吴郁与范邈，使其空归。心中有愧，故多有自谦之词。草堂简陋，二位屈尊来访，使衰老之人脸面生光。“贫家远”，故而“好客稀”，杜甫遗憾此次未能谋面，真诚邀请二位重来共论诗文，委婉中见出对朋友的真意。

王十七侍御抡许携酒至草堂奉寄此诗便请邀高三十五使君同到

老夫卧稳朝慵起①，白屋寒多暖始开②。
江鹳巧当幽径浴③，邻鸡还过短墙来。
绣衣屡许携家酝④，皂盖能忘折野梅⑤。
戏假霜威促山简⑥，须成一醉习池回⑦。

【题解】 此诗当作于上元二年(761)冬。王抡，杜甫在成都结交的朋友，时任彭州刺史。从诗题看，王抡曾许诺携酒到草堂与杜甫同饮，因此杜甫写此诗相寄，促其践约。当时，正好高适（时任蜀州刺史）也在成都，便请王抡邀其同来。

【注释】 ① 老夫：杜甫自谓。　慵：懒。
② 白屋：指草堂，因系白茅覆顶，平民贱者所居，故言。
③ 巧当：正巧对着。
④ 绣衣：侍御之服，代指王抡。　家酝（yùn）：家酿之酒。酝，酒。
⑤ 皂盖：青色车盖，汉代州郡长官所用。此借指高适。
⑥ 假：借。　霜威：寒霜般的威严，指王侍御。这是戏言。　山简：晋代征南将军。此借称高适（因曾随哥舒翰西征）。
⑦ 习池：《晋书》载，荆楚豪族习氏家，有佳园池，山简常在此嬉游。因上句将高适比作山简，故此句将草堂江村比作习池。

【赏析】 此诗写得较为轻松，冬日寒冷，故而晚起，开门即见景。“江鹳”两句写草堂门前之景：江鹳对着幽径洗浴羽毛，邻居家的鸡又飞过矮墙来到院中。以上四句写草堂清冷的生活，除了悠闲的江鹳、邻鸡以及慵懒的自己，一切便归于寂然了。生活清冷，故而想念朋友。王抡屡次应许携家酿美酒来共饮，高适也答应到草堂观赏梅花。诗人戏言假借王抡威名邀请高适同来，权把这溪水美景当作习池，大家同游共饮，一醉方归。最后四句写不禁清冷而盼王、高二人来访，写得真诚感人。

王竟携酒高亦同过共用寒字

卧病荒郊远，通行小径难。
故人能领客①，携酒重相看。
自愧无鲑菜②，空烦卸马鞍。
移樽劝山简③，头白恐风寒。

【题解】 此诗亦当作于上元二年（761）冬。上首诗，杜甫促王抡践约，王抡果然携酒而来，并如杜甫之愿，邀高适同访。三人一边饮酒，一边共用“寒”韵赋诗。

【注释】 ① 故人：指王抡。称王为故人，可见二人此前便有交往。　客：指高适。因高适是第一次到草堂，需王抡领路，故言“领客”。说明王抡曾访草堂。
② 鲑（xié）菜：鱼菜总称。

③ 山简：指高适。

【赏析】 首联说自己卧病草堂，荒郊偏远，道路难行。前言“通行难”，后言“重相看”，见出杜甫对王、高来访的喜悦和感激之情。诗意转折。朋友来访，没有美味款待，徒劳其驻马卸鞍。此因无佳肴而生愧疚，意又一转。举杯向高适劝酒，因其年老畏风寒，故宜多饮。诗后作者原注：“高每云：‘汝年几小，且不必小于我。’故此句戏之。”高适以“老”戏言杜甫，杜甫在此亦以“老”答戏之。

陪李七司马皂江上观造竹桥即日成往来之人免冬寒入水聊题短作简李公

伐竹为桥结构同，褰裳不涉往来通①。
天寒白鹤归华表②，日落青龙见水中③。
顾我老非题柱客④，知君才是济川功⑤。
合欢却笑千年事，驱石何时到海东⑥。

【题解】 此诗当作于上元二年(761)冬。皂江，《蜀中名胜记》：“蜀州东三十里江源镇，皂江经江源至新津入河，昔张道陵投墨于江，其水尽黑，故名皂江。”这首诗应是杜甫在蜀州(今四川崇州)时所作，颂扬了李司马造竹桥以方便交通，使“人免冬寒入水”的“济川”之功。

【注释】 ① 褰(qiān)裳：提起裙裳。
② “天寒”句：刘敬叔《异苑》载，晋太康二年冬大雪，南州人见二白鹤语于桥下，说：“今年寒冷不减尧崩年。”《搜神后记》载，丁令威本辽东人，后化鹤归集城门华表柱。诗句中的“华表柱”是指桥柱。
③ 青龙：喻竹桥。《朝野佥载》：赵州石桥甚工，望之如初月出云，长虹饮涧。天后时，默啜欲南过桥，马跪地不进。但见青龙卧桥上，奋迅而怒，贼乃遁去。
③ 题柱客：《华阳国志·蜀志》载，司马相如初入长安，经成都升仙桥时，题其桥柱曰：“大丈夫不乘高车驷马，不过汝下。”
⑤ 济川功：即修桥之功。济川，渡河。
⑥ “合欢”二句：用神助秦始皇驱石造桥的典故。《齐地记》载，秦始皇作石桥，欲过海观日出处，有神人能驱石下海，石去不速，神辄鞭之，石皆流血。

【赏析】 诗歌主要颂扬了李司马造竹桥以方便交通的功绩，从此人们就不用再涉水过河了。

“天寒”两句写竹桥之景。冬日白鹤栖集于桥柱，仿佛丁令威化鹤归来；日落时桥影倒映江上，宛若青龙横卧水中。“顾我”两句对举，先自谦衰老而后颂司马之功。最后写桥成欢庆之时，可笑那千年前的往事，秦始皇驱石造桥何时能到海之东？借秦始皇驱石造桥无成来反衬今李司马伐竹修桥之有成。

观作桥成月夜舟中有述还呈李司马

把烛桥成夜，回舟客坐时[①]。
天高云去尽，江迥月来迟[②]。
衰谢多扶病[③]，招邀屡有期。
异方乘此兴[④]，乐罢不无悲。

【题解】 此诗继前诗之后作。诗写月夜泛舟观桥，兴尽而悲生的感情变化。

【注释】 ① 客：杜甫自谓。
② 迥(jiǒng)：远。
③ 扶病：抱病。
④ 异方：他乡。

【赏析】 桥成之夜，秉烛而庆，泛舟回游，坐观桥景。之后写舟中所见江上夜景，天高云淡，江远月初明。进而言身老体衰而多病，蒙李司马屡相招邀而怀真情期待。最后感慨：远在他乡乘兴而游，快乐之后难道不会生出悲伤？仇兆鳌云：“衰年多病，而又在异方，故悲不自胜。”(《杜诗详注》)

李司马桥成承高使君自成都回

向来江上手纷纷[①]，三日功成事出群[②]。
已传童子骑青竹[③]，总拟桥东待使君[④]。

【题解】 此诗当作于上元二年(761)冬,与前两首诗同时。杜甫在蜀州参加李司马所造竹桥的落成典礼,适逢老朋友蜀州刺史高适也从成都回来,遂作此诗表达对高适的欢迎。

【注释】 ① 手纷纷:指造桥者众多。
② 出群:超群出众。
③ 骑青竹:表示欢迎称颂。《后汉书·郭伋传》:时"素结恩德",后来所到之处,"老幼相携,逢迎道路"。"始至行部,到西河美稷,有童儿数百,各骑竹马,道次迎拜。伋问:'儿曹何自远来。'对曰:'闻使君到,喜,故来奉迎。'"后以"骑竹"称颂地方官吏施行仁政。
④ 桥东:成都在崇州之东,高适自成都归,必自东向西,故诗人独自站在桥东迎候,急切与高适相见。

【赏析】 历来在江河上建桥者不少,但像李司马这样三日就大功告成的确实是出类拔萃。此言李司马造桥之功。在河西迎接高适的人很多,诗人独自站在桥东迎候,表露了与高适相见的急迫心情。

入奏行赠西山检察使窦侍御

窦侍御,骥之子,凤之雏[①]。
年未三十忠义俱,骨鲠绝代无[②]。
炯如一段清冰出万壑,置在迎风露寒之玉壶[③]。
蔗浆归厨金碗冻,洗涤烦热足以宁君躯[④]。
政用疏通合典则[⑤],戚联豪贵耽文儒[⑥]。
兵革未息人未苏,天子亦念西南隅。
吐蕃凭陵气颇粗[⑦],窦氏检察应时须[⑧]。
运粮绳桥壮士喜,斩木火井穷猿呼[⑨]。
八州刺史思一战[⑩],三城守边却可图[⑪]。
此行入奏计未小,密奉圣旨恩宜殊。
绣衣春当霄汉立[⑫],彩服日向庭闱趋[⑬]。
省郎京尹必俯拾[⑭],江花未落还成都。
江花未落还成都,肯访浣花老翁无?
为君酤酒满眼酤[⑮],与奴白饭马青刍[⑯]。

【题解】 这首诗作于宝应元年(762)。当时吐蕃侵犯大唐边境,窦侍御准备进京向皇帝报告四川军需战备情况,临行前杜甫作诗相赠。

【注释】 ① 窦侍御：其人不详。 骥子、凤雏：比喻青年才俊。
② 骨鲠(gěng)：原意是鱼骨头,比喻个性刚直不阿。
③ 迎风、露寒：馆阁名,在汉甘泉宫内。 玉壶：玉制的灯。
④ 蔗浆：甘蔗汁。
⑤ 典则：典章制度。
⑥ 耽：沉迷。 文儒：儒生。
⑦ 凭陵：侵凌、侵犯。
⑧ 应时须：时局所必须。
⑨ 火井：天然气井。
⑩ 八州：唐代剑南西川节度使管辖之松、维、恭、蓬、雅、黎、姚、悉八州。
⑪ 三城：松州、维州、保州。
⑫ 绣衣：御史的官服。 霄汉：指朝廷。
⑬ 彩服：指孝养父母。
⑭ 省郎、京尹：官职名称。前者指中枢诸省的官吏,后者指京兆尹。
⑮ 酤(gū)酒：买酒。
⑯ 青刍：新鲜的草料。

【赏析】 这是一首赠别诗,诗中首先用“骥子”“凤雏”“骨鲠”等词对窦侍御的品格进行了赞颂,进而称赞其崇尚儒术,并对其履历进行了勾勒;其次对窦侍御巡视检察之事进行了详细描述;第三写他入朝后受到皇帝恩赐,盼望其早归成都的祝愿心情。整首诗采用歌行体,句式严整,富有韵律。

得广州张判官叔卿书使还以诗代意

乡关胡骑满[①],宇宙蜀城偏。
忽得炎州信[②],遥从月峡传[③]。
云深骠骑幕[④],夜隔孝廉船[⑤]。
却寄双愁眼,相思泪点悬。

【题解】 这首诗作于杜甫寓居成都期间。张判官：张叔卿,山东兖州人。此时张叔卿担任岭南节度判官,杜甫收到其来信后,作诗请使者带回以作答。

【注释】 ① 乡关：东都洛阳。 胡骑：史朝义军队。
② 炎州：广州。
③ 月峡：明月峡，在长江上，形状如满月，因而得名。
④ 骠骑(piào qí)幕：这里指广州幕府属官。
⑤ 孝廉船：赞美张判官的才能。孝廉，是汉武帝时设立的选拔任用官员的一种考试科目。

【赏析】 这是一首赠答诗，杜甫收到张叔卿的来信后作诗答复。前两句用“远”“偏”诉说自己寓居蜀地，远离家乡的遭遇；三四句中“遥”字凸出收到故友信息的难得，同时也透露出一种欣喜和盼望之情；四五句用“骠骑幕”“孝廉船”赞美对方，并以“深”“隔”二字透露出两地相隔，很难相见的境况；七八句只得以“愁眼”“泪点”相赠，一股浓烈的思念之情溢于言表。

魏十四侍御就敝庐相别

有客骑骢马[①]，江边问草堂。
远寻留药价[②]，惜别倒文场[③]。
入幕旌旗动[④]，归轩锦绣香[⑤]。
时应念衰疾，书疏及沧浪[⑥]。

【题解】 这首诗是宝应元年(762)在草堂时作。魏侍御，生平不详，可能是严武的属官。

【注释】 ① 骢(cōng)马：原指青白相杂的马，这里是赞美魏侍御之意。
② 留药价：此指对杜甫的馈赠。
③ 文场：原意指文坛，这里指与杜甫聚会。
④ 入幕：进入官府办公。
⑤ 归轩：回府。
⑥ 书疏：书信。 沧浪：此借指草堂。

【赏析】 这是一首赠别诗。杜甫对魏侍御专程到浣花草堂探望自己并馈赠以资财表示感谢。并以对方“旌旗动”“锦绣香”，反衬自己遭遇漂泊、时运不济的境况。

赠别何邕

生死论交地，何由见一人[1]。
悲君随燕雀[2]，薄宦走风尘[3]。
绵谷元通汉[4]，沱江不向秦。
五陵花满眼[5]，传语故乡春。

【题解】 这首诗作于宝应元年(762)。何邕，生平不详。杜甫营建草堂时曾经向他索要桤木栽种。此时何邕担任绵谷县尉，将要调往长安，杜甫作诗送别。

【注释】 ① 何由：怎能。
② 燕雀：比喻短视、无志向的人。
③ 薄宦：官职卑微。
④ 绵谷：四川广元市。 元：原本。
⑤ 五陵：指长陵、安陵、阳陵、茂陵和平陵，此处代指京师长安。

【赏析】 这首送别诗首先追忆当年与何邕相识、相交，如今却生死契阔。首联便奠定了悲凉的调子；颔联“悲君”一方面是说何邕仕途坎坷，另一方面也是自喻；颈联更是以沱江水东流暗示自己漂泊东南的窘境；末联则遥想长安已经繁花似锦，希望何邕把我的乡愁带回故乡。全诗深刻表达了送别友人的愁绪和对自己不能身归故乡的慨叹。

绝　句

江边踏青罢[1]，回首见旌旗[2]。
风起春城暮[3]，高楼鼓角悲[4]。

【题解】 这首诗作于宝应元年(762)春天。

【注释】 ① 江边：锦江边。
② 旌旗：借指军队。

③ 春城：成都。
④ 鼓角：战鼓和号角。

【赏析】 这首诗虽然题为绝句，但是对仗却不严格，且“旗”“悲”不谐韵，应当归为五言古诗。诗歌首句描写诗人春日踏青归来，心情甚好，但紧接着笔锋一转，城内军队旌旗摇动，战事临近，鲜明的对比给人以巨大的冲击。三四句描写天快黑了，春风骤起，高楼战鼓齐鸣，渲染出悲凉之感，表达了作者伤时忧国之情。

赠别郑錬赴襄阳

戎马交驰际①，柴门老病身。
把君诗过日②，念此别惊神③。
地阔峨眉晚④，天高岘首春⑤。
为于耆旧内⑥，试觅姓庞人⑦。

【题解】 这首诗作于宝应元年(762)。郑錬，生平不详。其赴襄阳时，杜甫以诗相赠。

【注释】 ① 戎马交驰：指史朝义攻陷营州，羌、浑攻陷梁州等。
② 过日：过日子，这里指吟诗度日。
③ 惊神：受惊，惊扰。
④ 峨眉：原指峨眉山，这里代指蜀中。
⑤ 岘首：原指湖北襄阳之岘山，这里代指襄阳。
⑥ 耆(qí)旧：故友。
⑦ 姓庞人：指东汉襄阳隐士庞德公。

【赏析】 这是一首赠别诗。首二句写时局动荡，自己体弱多病；三四句表现诗人对郑錬的执念，整日吟诵其诗歌度日，而此次特别心神不定；五六句则是描写与其分别后一在“峨眉”，一在“岘首”，天各一方，再难相见；末句则表达了杜甫想要归隐的情绪。全诗格调悲而不伤，有“人生不相见，动如参与商”之感。

重赠郑鍊绝句

郑子将行罢使臣①，囊无一物献尊亲②。
江山路远羁离日③，裘马谁为感激人④。

【题解】 这首诗作于宝应元年(762),是杜甫赠别郑鍊的第二首诗。前一首主要叙写离别之情,这首则以郑鍊遭遇自喻。

【注释】 ① 郑子：即郑鍊,古人称呼人名时多用某子代替。 罢使臣：罢免使臣之职,指郑鍊罢官归养襄阳。
② 尊亲：尊称他人父母。
③ 羁(jī)离：漂泊。
④ 裘马：柔软的皮衣与肥壮的马,这里指权贵奢华的生活。

【赏析】 同是送别郑鍊,杜甫选择了两种不同的角度来写。前一首以五言诗循环往复地描写了自己与郑鍊的深厚情谊,并表达了此去经年不复相见的愁绪;这首七言诗则是赞扬郑鍊做官两袖清风的高尚品格,同时暗讽富贵享乐之人。

江头五咏·丁香

丁香体柔弱，乱结枝犹垫①。
细叶带浮毛，疏花披素艳。
深栽小斋后，庶近幽人占②。
晚堕兰麝中，休怀粉身念③。

【题解】 《江头五咏》作于宝应元年(762)春,是杜甫吟咏浣花溪畔五种动植物的组诗,共计五首。丁香,木犀科丁香属植物,春天开花,可做香料。

【注释】 ① 垫：支撑。
② 幽人：隐士,比喻高洁之士。
③ 兰麝(shè)：兰与麝香。指名贵的香料。

【赏析】 这首诗是典型的咏物诗，前二句对丁香花的外在形态进行了详细描写："细叶""浮毛""疏花"，观察细致入微；第三句则是写丁香希望得到高洁之士的欣赏；第四句是说丁香如果和兰麝同流，则其幽雅之性难以保存。全诗以丁香高洁的品格自喻，表现了杜甫高尚的志向和品格。

江头五咏·丽春

百草竞春华[①]，丽春应最胜。
少须颜色好，多漫枝条剩[②]。
纷纷桃李姿，处处总能移[③]。
如何此贵重，却怕有人知。

【题解】 丽春花，又名仙女蒿、虞美人，开红、紫、白等色花，娇柔艳丽。

【注释】 ① 春华：本意春天的花，这里指美丽的外貌、姿态。
② 漫：徒然。
③ "纷纷"二句：是说桃、李树移栽容易存活，丽春则不能移栽。

【赏析】 这首诗开篇并未对丽春的千娇百媚进行仔细刻画，一语点明丽春与众不同。其次解释为何丽春能艳压百芳，不在"多"，而在"颜色好"。三四句以桃、李移栽容易存活，反衬丽春之贵重和坚贞。最后两句是反语，如此贵重的丽春花，知道的人却太少了。全诗以丽春自喻，表达了诗人生性耿介和渴望被人了解的心情。

江头五咏·栀子

栀子比众木，人间诚未多。
于身色有用[①]，与道气相和[②]。
红取风霜实[③]，青看雨露柯[④]。
无情移得汝[⑤]，贵在映江波[⑥]。

【题解】 栀子，即栀子花，花芳香，其花、果实均可入药。

【注释】 ① 色有用：可用作染料。赵次公说："蜀人取其色以染帛与纸。"（《杜诗赵次公先后解辑校》）
② 气相和：栀子治五内邪气、胃中热气，有理气之功。
③ 风霜实：成熟的果实。
④ 雨露柯：雨露浸润的花朵。
⑤ 无情：无意。
⑥ 映江波：靠近水边。

【赏析】 这首诗首二句即说栀子与众不同，人间罕见。三四句说其特殊功用，既能染色，又能理气。五六句再论其颜色之美，果实之红，枝叶之绿，皆可观赏。卒章则谓应当遵从栀子的天性，不能强求。全诗以栀子的特性自喻，表达了诗人孤芳隐逸的境况。

江头五咏·鸂鶒

故使笼宽织[①]，须知动损毛。
看云犹怅望[②]，失水任呼号。
六翮曾经剪[③]，孤飞卒未高。
且无鹰隼虑[④]，留滞莫辞劳[⑤]。

【题解】 鸂鶒（xī chì），水鸟名。俗称紫鸳鸯。明清两代七品文官官服上的补子就用鸂鶒。

【注释】 ① 宽织：编织更大。
② 怅望：失意、惆怅。
③ 六翮（hé）：鸟的翅膀。
④ 鹰隼（sǔn）：猛禽。
⑤ 辞劳：因怕辛苦而推却。

【赏析】 首二句叙写鸂鶒关入牢笼，并非其愿，应当扩大牢笼，免得损伤其羽毛；三四句则是续写不要因为不能翱翔蓝天、亲近溪水而惆怅；五六句解释原因，翅膀已经被剪除，纵然放归也不能高飞；末句则是宽慰之词，虽然受制于牢笼，但是可以暂时免除猛禽攻击的忧虑。整首诗表达了杜甫不得志的情绪。

江头五咏·花鸭

花鸭无泥滓[1]，阶前每缓行。
羽毛知独立，黑白太分明。
不觉群心妒，休牵众眼惊。
稻粱沾汝在[2]，作意莫先鸣[3]。

【题解】 花鸭，即羽毛花白的鸭子。

【注释】 ① 泥滓(zǐ)：泥渣，污浊。
② 沾：喂养。
③ 作意：故意，特意。

【赏析】 这首诗首联实写花鸭身上没有沾染泥土，是自比自己洁身自好；次则着意描摹其与众不同、黑白分明的羽毛，以此比喻自己独特的个性和是非分明的人生追求；再则是告诫自己不要引起嫉妒。末则是说既然已经有安定的生活就不要成为众矢之的。整首诗托物言志，意味深远。

野　望

西山白雪三城戍[1]，南浦清江万里桥[2]。
海内风尘诸弟隔[3]，天涯涕泪一身遥。
惟将迟暮供多病，未有涓埃答圣朝[4]。
跨马出郊时极目[5]，不堪人事日萧条[6]。

【题解】 这首诗作于宝应元年(762)杜甫居成都时。诗歌表现杜甫野望景物而生发的伤时感世之情。

【注释】 ① 西山：西岭雪山。　三城戍：指在松、维、保三城驻兵戍守。

② 南浦：南面的水边，后常用作送别之地。　清江：锦江。　万里桥：在成都市内。三国时，蜀汉丞相诸葛亮曾在此设宴送费祎出使东吴，费祎叹曰："万里之行，始于此桥。"因而得名。
③ 海内风尘：指国家战乱频仍。
④ 涓埃：细流与微尘，比喻微小。
⑤ 极目：满目。
⑥ 堪：忍受。

【赏析】 这是一首纪游诗。一二句描写景物，由西岭雪山之边城哨所描写到锦江万里桥；三四句则实写国家遭难，亲人分离的现状；五六句慨叹自己岁月已老，不能为国效力。七八句则是说游览虽好、但物是人非。全诗透露出一种忧伤之情。

畏　人

早花随处发，春鸟异方啼①。
万里清江上，三年落日低。
畏人成小筑②，褊性合幽栖③。
门径从榛草④，无心待马蹄⑤。

【题解】 这首诗作于宝应元年(762)春天。诗歌表达了杜甫对幽居生活的向往。

【注释】 ① 异方：成都，相对其家乡而言。
② 小筑：此指草堂。
③ 褊(biǎn)性：生性与世俗不合。　幽栖：隐居。
④ 榛(zhēn)草：杂草。
⑤ 待马蹄：出去游览或者接待他人。

【赏析】 这是一首春日小品。一二句描写草堂春日的风景，"早花发""春鸟啼"呈现出一片安静祥和的画面；三四句联想到自己羁旅蜀地已三年有余，感慨时间流逝；四五句点题，由于自己性格耿介只能幽居浣花溪畔；七八句再度写景，以门前杂草丛生寓意自己不喜被打扰的心态。

屏迹三首

【题解】 这组诗歌大约作于宝应元年(762)。题为“屏迹”,意为想退居浣花溪畔,作诗以明志。

其　一

衰年甘屏迹①,幽事供高卧②。
鸟下竹根行,龟开萍叶过。
年荒酒价乏,日并园蔬课③。
独酌甘泉歌,歌长击樽破。

【注释】 ① 衰年:老年。　屏迹:隐居。
② 高卧:隐居不仕。
③ 课:税款。

【赏析】 这首诗首二句即点名“屏迹”主题,叙述自己年老甘愿隐居,浣花溪的美景令自己怡然自得;三四句则是具体描写鸟儿、乌龟等景物、动物,展现出一种安淡恬然的生活情境;五六句则实写自己的生活,由于战乱没有酒钱,只得种植蔬菜换取;末二句则是苦中作乐,足见诗人豁达的心境。

其　二

用拙存吾道①,幽居近物情。
桑麻深雨露②,燕雀半生成。
村鼓时时急③,渔舟个个轻。
杖藜从白首④,心迹喜双清⑤。

【注释】 ① 拙:质朴。　吾道:忠君爱国。
② 桑麻:农事。
③ 鼓:古代夜间击鼓以报时。
④ 杖藜(lí):拄着手杖行走。
⑤ 双清:所思所为均无尘俗气。

【赏析】 这首诗首写生活要顺乎自然之理;次以“桑麻”“燕雀”对举,描写春日里动植物的生活情态,表现自然生活;再则描写浣花溪畔农人的春耕景象,“急”字生动地表现了浣花溪畔春耕时节热闹的劳作景象，"轻"字则活现了渔夫捕鱼的动态，画面感十分强烈；诗末则表达了作者希望远离尘俗、终老草堂的愿景。

其　三

晚起家何事①，无营地转幽②。
竹光团野色③，舍影漾江流④。
失学从儿懒⑤，长贫任妇愁⑥。
百年浑得醉⑦，一月不梳头。

【注释】① 家何事：家中无事。
② 营：经营，操办。
③ 团：聚集，围绕。　野色：郊野之景。
④ 舍影：草堂的倒影。
⑤ 从：听从。
⑥ 任：任凭。
⑦ 百年：人生。　浑：整个。

【赏析】这首诗起首两句描写杜甫隐居草堂的闲适生活。三四句用倒置句法，对这种幽静生活进行细致的描写：竹林的光影掩映在郊野的美景中，房舍的倒影在水流中荡漾。五六句转而写人，小儿女无须上学而任性玩耍，清贫的生活听任妻子发愁。七八句则运用夸张手法，期望长醉不醒，如此闲适度日。

少 年 行

马上谁家白面郎①，临阶下马坐人床②。
不通姓氏粗豪甚③，指点银瓶索酒尝④。

【题解】这首诗作于宝应元年(762)。少年行，乐府旧题，古人一般以此题咏少年壮志，以抒发其慷慨激昂之情。李白、王维、王昌龄皆有同题作品。

【注释】 ① 白面郎：纨绔子弟。
② 床：古代坐具。
③ 通：介绍。 粗豪：粗鄙蛮横。
④ 银瓶：装酒的器具。

【赏析】 这首诗依乐府旧题而作，一二句对这位富家公子进行了白描，骑着高头大马而来的白面少年，不知礼数，闯进堂前才下马，而后径直坐下，其傲慢无礼展现得淋漓尽致。三四句则进一步用“不通姓字”“粗豪”“索酒”等细节，把贵族子弟的仗势凌人之态活现出来。诗歌表达了杜甫对此类少年的讥讽之意。

即　事

百宝装腰带，真珠络臂鞲[①]。
笑时花近眼[②]，舞罢锦缠头[③]。

【题解】 这首诗作于宝应元年(762)，是杜甫观看舞蹈表演后的即兴之作。

【注释】 ① 真珠：即珍珠。 臂鞲(gōu)：臂衣，古人套于臂上。
② 花近眼：指舞者表演笑靥如花。
③ 锦缠头：古代歌舞表演完后，赠以罗锦等作为奖赏，称为“缠头”。《资治通鉴》卷二二三胡三省注说：“唐人宴集，酒酣为人舞，当此礼者以彩物为赠，谓之缠头。”

【赏析】 这是一首描写舞蹈的诗歌。一二句是白描，着力描写舞者华丽的服饰和扮相的惊艳；三四句则描写舞者高超的舞技和优美的姿态：笑起来像花儿一样开放在眼前，舞罢得到全场的赞赏。将一场精美绝伦的舞蹈表演浓缩于二十个字，足见杜甫谋篇布局和遣词造句的功力。

奉酬严公寄题野亭之作

拾遗曾奏数行书[①]，懒性从来水竹居[②]。

奉引滥骑沙苑马[③]，幽栖真钓锦江鱼。
谢安不倦登临费[④]，阮籍焉知礼法疏[⑤]。
枉沐旌麾出城府[⑥]，草茅无径欲教锄。

【题解】 这是一首赠答诗。严公，即严武，唐代名相严挺之之子。曾任殿中侍御史、剑南节度使等，与杜甫相交颇深，杜甫居成都期间多赖其庇护。严武作《寄题杜二锦江野亭》一诗，意在劝杜甫为官。杜甫作此诗，委婉拒绝了严武的好意。

【注释】 ① 拾遗：代称自己。 曾奏数行书：指杜甫曾经上疏挽救房琯被贬一事。
② 水竹居：指草堂。
③ 奉引：在前面导引车辆。 沙苑：古地名，在陕西大荔县南，其地多草，适合畜牧，唐代在此设置牧马监养马。
④ 谢安：东晋著名政治家，喜欢游览燕集。这里是以之比严武。
⑤ 阮籍：三国时期著名文学家，“竹林七贤”之一。这里是以阮籍自比。
⑥ 旌麾（jīng huī）：军队的旗帜。

【赏析】 首联杜甫叙述自己的生平遭遇，曾经因为在左拾遗任上疏救房琯而获罪遭贬；次说自己不能胜任谏官的职责，隐居草堂钓鱼是出自真心；再以谢安登临不倦比喻严武，希望他多到草堂拜访，以阮籍疏于礼法表明自己心迹。至此，杜甫不愿为官之意已十分明确。末两句，看似客套话，实则是真诚的邀请。诗人希望婉拒为官之事，并不影响两人的友情和交往。

严中丞枉驾见过

元戎小队出郊坰[①]，问柳寻花到野亭。
川合东西瞻使节[②]，地分南北任流萍[③]。
扁舟不独如张翰[④]，皂帽还应似管宁[⑤]。
寂寞江天云雾里，何人道有少微星[⑥]。

【题解】 这首诗作于宝应元年(762)，时严武到草堂拜访杜甫，杜甫因作此诗。

【注释】 ① 元戎：将帅，此指严武。 郊坰(jiōng)：郊外。
② 使节：指严武为剑南节度使。
③ 地分南北：杜甫由北方入南方。
④ “扁舟”二句：用张翰、管宁避世隐居的典故表达隐居的愿望。张翰，西晋文学家。性格放纵不拘，时人比之为阮籍，号为“江东步兵”。
⑤ 皂帽：褐色布帽。 管宁：汉末隐士。
⑥ 少微星：中国古代星官名，此代指一般官员和士大夫。

【赏析】 这首七律主要记叙严武来访时杜甫的心情。首联记叙严武大队人马从城中来到郊外，沿路寻访杜甫的草堂，对此次见访进行了总括；颔联续写严武为剑南节度使，自己则是飘零流落到蜀地，对比分明；颈联则是以张翰、管宁的典故自喻，表达了自己隐居不仕的心迹；尾联则以少微星自喻，意味深长。

遭田父泥饮美严中丞

步屧随春风[①]，村村自花柳[②]。
田翁逼社日[③]，邀我尝春酒。
酒酣夸新尹[④]，畜眼未见有[⑤]。
回头指大男，渠是弓弩手[⑥]。
名在飞骑籍[⑦]，长番岁时久[⑧]。
前日放营农[⑨]，辛苦救衰朽。
差科死则已[⑩]，誓不举家走[⑪]。
今年大作社[⑫]，拾遗能住否[⑬]？
叫妇开大瓶，盆中为吾取[⑭]。
感此气扬扬[⑮]，须知风化首[⑯]。
语多虽杂乱，说尹终在口。
朝来偶然出[⑰]，自卯将及酉[⑱]。
久客惜人情[⑲]，如何拒邻叟。
高声索果栗，欲起时被肘[⑳]。
指挥过无礼[㉑]，未觉村野丑。
月出遮我留[㉒]，仍嗔问升斗[㉓]。

【题解】 田父，指种田的农民老大爷，古诗文中的“田叟”“田老”“田翁”皆为此意。诗歌描写杜甫在田父家饮酒，与之谈论时事的情形。

【注释】 ① 随春风：在春风中漫步。
② 花柳：花红柳绿。
③ 逼：迫近。 社日：古代民间祭祀土地神的日子，分为春社和秋社。
④ 酒酣：饮酒尽兴而呈半醉状态。 新尹：严武。
⑤ 畜眼：谦词，指自己的眼睛。
⑥ 渠：他。
⑦ 飞骑：唐代皇帝禁军之一，其任务是保卫宫廷。
⑧ 长番：唐代服长期兵役的士兵。
⑨ 营农：从事农耕。
⑩ 差科：差役和赋税。
⑪ 举家走：举家搬迁。
⑫ 大作社：大力举办社日。
⑬ 拾遗：杜甫。
⑭ 取：承受。
⑮ 气扬扬：意气风发、满意的神情。
⑯ 风化首：以移风化俗为首要目标。
⑰ 朝：早晨。
⑱ 卯：卯时，上午五点到七点。 酉：酉时，下午五点到七点。
⑲ 久客：常年漂泊异乡的人，指自己。
⑳ 被肘：形容受到牵制。这里是说杜甫每每想要起身告辞，都被田父挽留不能离去。
㉑ 指挥：指手画脚。 过：过度。
㉒ 遮：阻止。
㉓ 嗔：嗔怪。 问升斗：问酒量如何。

【赏析】 这首诗写杜甫郊游时偶遇一农夫邀请其参加社日春酒宴饮的情形。一方面描写了农夫的热情淳朴和率直粗犷的性格，另一方面对唐代的生活也进行了描写，尤其是春酒的习俗为我们研究唐代农业和风俗习惯提供了宝贵的资料，同时对唐代成都的兵制也有涉及，比如飞骑的设立。也借农夫之口对严武的文治武功进行了赞扬。

奉和严中丞西城晚眺十韵

汲黯匡君切①，廉颇出将频②。
直词才不世③，雄略动如神④。
政简移风速⑤，诗清立意新。
层城临暇景⑥，绝域望余春⑦。
旗尾蛟龙会⑧，楼头燕雀驯。

地平江动蜀，天阔树浮秦[⑨]。
帝念深分阃[⑩]，军须远算缗[⑪]。
花罗封蛱蝶，瑞锦送麒麟。
辞第输高义[⑫]，观图忆古人。
征南多兴绪[⑬]，事业暗相亲[⑭]。

【题解】 这是一首唱和诗，为严武《西城晚眺》而和。

【注释】 ① 汲黯：西汉名臣。为人耿直，好直谏廷诤，汉武帝称其为"社稷之臣"。 匡：匡扶。
② 廉颇：战国时期赵国名将，因为勇猛善战而闻名。
③ 直词：直言进谏。 才不世：稀世之才。
④ 雄略：雄才大略。
⑤ 政简：精兵简政。 移风：改变、化解风俗。
⑥ 层城：高城。
⑦ 绝域：蜀地。 余春：暮春。
⑧ 旗尾蛟龙：旗帜上绘有蛟龙。
⑨ 秦：此指长安。
⑩ 分阃(kǔn)：指出任将帅或封疆大吏，这里指严武任剑南节度使。
⑪ 算缗(mín)：汉代货币制度。一算一百二十钱，一贯一千钱，一缗为一贯。
⑫ 辞第：比喻为国忘家的爱国精神。
⑬ 征南：指杜甫远祖杜预，西晋著名的政治家、军事家和学者。其逝世后被追赠为征南大将军，故称。
⑭ 相亲：相像。

【赏析】 这首诗借用登楼之景记人事之功，用汲黯、廉颇等历史人物比喻严武的政治武功，描写他精兵简政的政治措施起到风俗立变、立竿见影的效果。赞扬严武雄才大略的同时，也表现了杜甫希望他安边报国、建立功勋的政治愿望。

中丞严公雨中垂寄见忆一绝奉答二绝

【题解】 这两首绝句作于宝应元年(762)。严武在雨中寄赠杜甫一首绝句，杜甫作诗回赠。

其 一

雨映行宫辱赠诗[①]，元戎肯赴野人期[②]。

江边老病虽无力[3]，强拟晴天理钓丝[4]。

【注释】 ① 行宫：古代京城以外供帝王出行时居住的宫室。 辱：谦词，承蒙。
② 元戎：严武。 野人：杜甫自谓。 期：约定。
③ 江边：浣花溪边。 老病：杜甫自况。
④ 强：勉强。 理：整理。

【赏析】 这首诗从雨中说起，呼应严武“雨中垂寄”。杜甫接到严武的信后，知道严武会前来草堂赴约，尽管自己体弱多病，仍然准备钓鱼款待严武。可见杜甫与严武之间的友情十分深厚。

其 二

何日雨晴云出溪，白沙青石洗无泥。
只须伐竹开荒径，倚杖穿花听马嘶[1]。

【注释】 ① 听马嘶：指严武的马蹄声。

【赏析】 这首诗承晴天说起，杜甫盼望天空早日放晴，道路干净，便于驾车，还准备砍伐竹林开拓荒径，以便能够迎接严武的到来。表达了杜甫对严武的期盼之情。

谢严中丞送青城山道士乳酒一瓶

山瓶乳酒下青云，气味浓香幸见分。
鸣鞭走送怜渔父[1]，洗盏开尝对马军[2]。

【题解】 严武赠送杜甫一瓶青城山道士酿造的乳酒，杜甫以诗作答，表示谢意。乳酒，青城山道士用当地鲜果酿造的酒。

【注释】 ① 鸣鞭：挥动鞭子发出响声，此指送酒的马。 渔父：原指捕鱼的老头，这里是杜甫自谓。
② 马军：统率骑兵的将领，此指严武。

【赏析】 这首诗一二句写乳酒从青城山送下来，很不容易，且气味芬芳，自己能够得到品尝，十分感谢。三四句则是以“鸣鞭走送”表现急切想送给杜甫品尝，足见严武对杜甫感情深厚，杜甫则是当着马军面立即品尝，可见对严武的感激之情。

三 绝 句

【题解】 这组绝句作于宝应元年(762)春天。主要描写草堂春色并有所寄托。

其 一

楸树馨香倚钓矶①，斩新花蕊未应飞②。
不如醉里风吹尽，何忍醒时雨打稀。

【注释】 ① 楸(qiū)树：落叶乔木。珍贵的经济树种之一，可供建筑、造船等。 钓矶：钓鱼时坐的石头。
② 斩新：崭新，全新。

【赏析】 这首咏物诗一二句说楸树倚靠钓鱼台而生长，香味扑鼻，刚开出的花瓣还未凋落。三四句则是担忧花儿遭受风吹雨打的摧残，索性一醉不醒，才能在醒来的时候看到尚未凋落的花。诗歌以楸树之花饱受风雨摧残比喻朝廷腐败、百姓受难，表现了杜甫的民本思想。

其 二

门外鸬鹚去不来，沙头忽见眼相猜①。
自今已后知人意，一日须来一百回②。

【注释】 ① 眼相猜：鸬鹚对人有所猜疑。
② 知人意：了解人的善良本意。

【赏析】 这是一首写鸟诗。一二句写门外鸬鹚飞来飞去，这次飞走了便不再飞来。杜甫抬头向沙头望去，却看见鸟儿也在疑惑地看着自己。三四句则是说既然鸬鹚知道自己没有恶意，那就每天来一百回吧！诗歌采用拟人的手法，将鸬鹚那种想要与人亲近却又害怕受到伤害的心理描绘得十分生动，表达了杜甫对鸟儿以及自然万物的怜爱之情。

其　三

无数春笋满林生，柴门密掩断人行[①]。
会须上番看成竹[②]，客至从嗔不出迎。

【注释】 ① 柴门：杜甫草堂之院门。
② 上番：头回，多指植物初生。

【赏析】 这首绝句专门描写草堂的竹子。首二句写草堂长满了春笋，掩盖了柴门，阻碍了行人通行。三四句则是说为了能够看到春笋长成成竹，客人来了我都不出门欢迎。整首诗表达了诗人看到春笋生机勃勃的喜悦以及对竹子的爱护之情。

戏为六绝句

【题解】 这组绝句是中国古代文论的重要篇章，是杜甫文艺观的重要体现，对古代文学批评的发展具有重要的意义和价值。

其　一

庾信文章老更成[①]，凌云健笔意纵横[②]。
今人嗤点流传赋，不觉前贤畏后生[③]。

【注释】 ① 庾(yú)信：南北朝时期著名文学家。自幼聪敏，博览群书，官至车骑大将军、开府仪同三司，故世称其为“庾开府”。他的文学创作，前期多为辞采华丽、风格轻艳的“宫体诗”，后期则多抒发故国之思、身世之感。风格也转变为苍劲、悲凉。　文章：诗赋。
② 凌云健笔：指笔力雄健、气势凌云。　意纵横：境界宏阔。
③ 今人、后生：指杜甫同时之人。　嗤点：讥笑。　前贤：指庾信。

【赏析】 杜甫评价庾信前期作品有失轻艳，形式大于内容。对其后期作品则大加称赞，认为

"质胜于文",故有"老更成""意纵横"之说。

其　二

杨王卢骆当时体①,轻薄为文哂未休②。
尔曹身与名俱灭③,不废江河万古流④。

【注释】 ① 杨王卢骆:唐代文学家杨炯、王勃、卢照邻、骆宾王,合称"初唐四杰"。《旧唐书·杨炯传》云:"炯与王勃、卢照邻、骆宾王以文词齐名,海内称为王杨卢骆,亦号为四杰。" 当时体:当时的文体。
② 轻薄:后生轻薄之人。 哂(shěn):嘲笑。
③ 尔曹:你们。
④ 不废:不妨碍。

【赏析】 在杜甫的时代,大家都在批评讥讽"四杰"诗文,杜甫则认为文学批评应当具有历史的观点。尽管四杰的诗文未脱齐梁以来的绮丽余习,但他们勇于改革浮艳的诗风,在内容、风格等方面已经有较大突破,是值得肯定和赞扬的。

其　三

纵使卢王操翰墨①,劣于汉魏近风骚②。
龙文虎脊皆君驭③,历块过都见尔曹④。

【注释】 ① 卢王:指卢照邻和王勃。 翰墨:比喻文章。
② 汉魏:指汉乐府诗、古诗十九首、曹氏父子、建安七子等"风骨"之作。 风骚:《国风》《离骚》,代指《诗经》《楚辞》。
③ 龙文、虎脊:二者皆指骏马,此处指四杰。
④ 历块过都:越过都市山阜。指纵横驰骋,施展才能。语出王褒《圣主得贤臣颂》:"过都越国,蹶如历块。"吕延济注:"言过都国,疾如行历一小块之间。"

【赏析】 这首诗紧接着第二首仍然讨论"四杰"的作品。一二句是说"四杰"的诗歌虽然不如汉魏作家作品接近《诗经》与《楚辞》,但仍旧是成功的作品,值得我们学习和借鉴,体现了杜甫"不薄今人爱古人"的观点。

其　四

才力应难跨数公①,凡今谁是出群雄②。
或看翡翠兰苕上③,未掣鲸鱼碧海中④。

【注释】① 才力：创作才能。　跨：超越。　数公：指庾信及四杰等。
② 凡今：当今。
③ 翡翠兰苕：比喻文采鲜丽。翡翠，鸟名。兰苕，兰花。
④ 掣(chè)：牵制，控制。

【赏析】这首诗一二句是倒装句法，提出问题：当今作家才力薄弱，谁是出众的大作家呢？三四句说当代诗人没有写大作品的才力，他们中间还没有出类拔萃的英雄。论才力这些人恐怕还难以超越前辈。究其原因是他们“只见树木不见森林”，不能广泛向前辈各家学习。杜甫在这里指出了艺术创作者需要深钻博取、转益多师，方能成就大家。

其　五

不薄今人爱古人[①]，清词丽句必为邻。
窃攀屈宋宜方驾[②]，恐与齐梁作后尘。

【注释】① 薄：菲薄。
② 窃：暗自。　屈宋：指屈原、宋玉。　宜方驾：并驾齐驱。

【赏析】“今人”“古人”，代表了两种创作倾向。前两句是说自己并不菲薄江左文人，其“清词丽句”值得学习。时下的文学创作者想要与屈原、宋玉并驾齐驱，但又不能全面学习他们的长处，恐怕结果还不如齐梁诗人。

其　六

未及前贤更勿疑，递相祖述复先谁[①]。
别裁伪体亲风雅[②]，转益多师是汝师。

【注释】① 递相祖述：意思是指前代作家的创作都是在继承各代优秀作家和作品的基础上才取得发展的。
② 别裁：鉴别裁剪，区分取舍。　伪体：指过度追求语言空洞浮华、辞藻艳丽而没有实在内容的作品。
风雅：指《诗经》中的《国风》和《大雅》《小雅》，也指代《诗经》。

【赏析】这首诗是六首绝句的总结，他认为文学创作应当要向前辈诗人学习，要在传承的基础上有所创造和提升，同时也要区别精华和糟粕，对接近“风雅”的优秀作品要多学习，并且要善于借鉴、吸收不同种类和不同作家的长处，形成自己的创作风格。

野人送朱樱

西蜀樱桃也自红，野人相赠满筠笼[①]。
数回细写愁仍破[②]，万颗匀圆讶许同[③]。
忆昨赐沾门下省[④]，退朝擎出大明宫[⑤]。
金盘玉箸无消息[⑥]，此日尝新任转蓬[⑦]。

【题解】 杜甫居成都期间，有农夫送给他一筐樱桃，勾起他任左拾遗时得到肃宗以樱桃赏赐的往事。而今物是人非，故作此诗以寄兴。

【注释】 ① 筠(yún)笼：竹篮之类的盛器。
② 写：移置，放置。
③ 讶：惊讶。 许同：大小相同。
④ 沾：浸润。比喻受到皇帝的恩遇。
⑤ 擎：托举。
⑥ 玉箸(zhù)：玉制的筷子。
⑦ 转蓬：随风飘转的枯草。

【赏析】 这首诗一二句实写农人相赠樱桃的情形，三四句极言“愁破”“讶许同”，表明杜甫对樱桃的爱惜以及对农夫栽培技术和辛勤劳动的赞美。五六句则是回忆起当时在朝廷任左拾遗时肃宗恩赐樱桃之景，感慨今日流落他乡。七八句则是将“忆昨赐沾”与“此日尝新”相对比，引出对自身境况的慨叹和天涯流落之感。这首诗借咏朱樱，表现了诗人对于往昔生活的怀念。

严公仲夏枉驾草堂兼携酒馔得寒字

竹里行厨洗玉盘[①]，花边立马簇金鞍。
非关使者征求急[②]，自识将军礼数宽。
百年地僻柴门迥[③]，五月江深草阁寒。
看弄渔舟移白日[④]，老农何有罄交欢[⑤]。

【题解】 这首诗作于宝应元年(762)夏天。时严武来拜访,杜甫遂作此诗以纪之。

【注释】 ① 行厨:旅途中携带、烹饪食物。
② 征求:征召,访求。
③ 百年:比喻时间、年代久远。 地僻:偏远。 迥(jiǒng):远。
④ 移白日:指消磨时光等待日落。
⑤ 老农:杜甫自谓。 罄(qìng):尽。

【赏析】 这首诗主要写严武携带酒食到草堂拜访杜甫,二人饮酒相谈甚欢的情景。诗人一方面描写草堂"地僻""江深",另一方面则是"看弄渔舟",实写自己的生活环境,一派恬淡生活的场景。

严公厅宴同咏蜀道画图得空字

日临公馆静①,画满地图雄。
剑阁星桥北②,松州雪岭东③。
华夷山不断④,吴蜀水相通⑤。
兴与烟霞会⑥,清樽幸不空。

【题解】 这首诗作于杜甫客居草堂期间,时严武邀请杜甫到其官署宴饮。席间共同观看蜀道画图,以空字韵作此诗。

【注释】 ① 公馆:指严武的官署。
② 剑阁:地名,在今四川省广元市剑阁县。因其境内有古代栈道——剑阁道而得名。 星桥:七星桥,在四川成都。
③ 松州:古地名,治所在今四川松潘。 雪岭:又名西山,在松州嘉城县东。
④ 华夷:指中原汉族和西南少数民族。
⑤ 吴蜀:吴地与蜀地,泛指长江中下游地区。
⑥ 烟霞会:指蜀道图上的山水景色。

【赏析】 这是一首题画诗。诗歌开篇描写公馆闲静,厅堂挂着雄伟的地图。三四句描述地图中历史地名。五六句则是总括西蜀山脉起伏、吴蜀远隔,但能够通过水路连接在一

起。末二句以“烟霞会”“清樽”作结。这首诗主要歌咏西川地貌形势，格高意远。

戏赠友二首

【题解】 这组诗作于宝应元年(762)。是杜甫赠给焦校书、王司直的赠答诗。

其　一

元年建巳月，郎有焦校书①。
自夸足膂力②，能骑生马驹③。
一朝被马踏，唇裂板齿无④。
壮心不肯已，欲得东擒胡⑤。

【注释】 ① 校书：古代掌管校理典籍的官员。《新唐书·百官志》载，秘书省，校书郎十人，掌雠校典籍、刊正文章。
② 膂(lǚ)力：体力，力气。
③ 生马驹：未驯服之马。
④ 板齿：门牙。
⑤ 东擒胡：指消灭“安史之乱”叛军。

【赏析】 这是一首人物刻画极其鲜明和形象的诗歌。首二句总写有位恃勇逞强的焦姓尚书郎，自夸力气惊人，能够驾驭未经驯服的马驹。接着写他被马驹摔下来弄得嘴唇破裂，牙齿也脱落了。但他仍旧壮心不已，还想上阵杀敌。表面上是在戏谑焦尚书，实则是落在末二句“壮心”不已，“东擒胡”。

其　二

元年建巳月，官有王司直①。
马惊折左臂，骨折面如墨。
驽骀漫深泥②，何不避雨色③。
劝君休叹恨，未必不为福。

【注释】 ① 司直：官名。主要负责纠察、弹劾太子东宫之中的官吏。

② 驽骀(nú tái)：劣马。
③ 雨色：指雨天。

【赏析】 这也是一首人物小品。这位王司直因骑马被摔断左臂，疼痛得面如土色。末二句杜甫劝他不要叹恨，受了伤未必就不是好事情。诗歌读来颇为戏谑，却也见杜甫性情。

大雨

西蜀冬不雪，春农尚嗷嗷[①]。
上天回哀眷[②]，朱夏云郁陶[③]。
执热乃沸鼎[④]，纤絺成缊袍[⑤]。
风雷飒万里[⑥]，霈泽施蓬蒿[⑦]。
敢辞茅苇漏[⑧]，已喜黍豆高。
三日无行人，二江声怒号[⑨]。
流恶邑里清[⑩]，矧兹远江皋[⑪]。
荒庭步鹳鹤，隐几望波涛[⑫]。
沉疴聚药饵[⑬]，顿忘所进劳。
则知润物功，可以贷不毛[⑭]。
阴色静垅亩[⑮]，劝耕自官曹[⑯]。
四邻耒耜出[⑰]，何必吾家操。

【题解】 这首诗作于宝应元年(762)。当时蜀地久旱不雨，杜甫这首诗歌写于一场大雨过后，描写了人民对久旱无雨的焦虑。

【注释】 ① 嗷嗷(áo)：哀鸣。
② 哀眷：怜悯眷顾。
③ 朱夏：夏季。　郁陶：云气凝聚。
④ 执热：苦热。
⑤ 纤絺(chī)：细葛布。　缊袍：贫者之冬衣。
⑥ 飒(sà)：形容风声。
⑦ 霈泽：雨水。　蓬蒿：原意是野草，借指荒野之处。
⑧ 辞：责怪。
⑨ 二江：岷江的内、外江，流经成都。

⑩ 流恶：冲刷污秽。　邑里：乡里。
⑪ 矧(shěn)：况且。　江皋：江边，江岸。
⑫ 隐(yìn)几：倚靠几案。隐，凭依。
⑬ 沉疴(kē)：重病。
⑭ 贷：施。　不毛：贫瘠的地方。
⑮ 阴色：湿润之色。
⑯ 官曹：古代官职，这里指劝农的官员。
⑰ 耒耜(lěi sì)：古代一种像犁的翻土农具，也泛指农具。

【赏析】 开篇"西蜀"四句便直陈春旱严重，百姓"嗷嗷"待雨，幸得"哀眷"，已有下雨迹象了。"执热"四句描写苦热的情状。"敢辞"四句则是描写农人盼望下雨，期待黍豆快速生长。"流恶"四句描写大雨冲走污秽，波涛滚滚。"沉疴"四句则是写大雨的润物之功。末四句则是说农官劝农，百姓忙于春耕。这首诗表现了诗人对于百姓生活的深切关怀。

溪　涨

当时浣花桥[①]，溪水才尺余。
白石明可把[②]，水中有行车[③]。
秋夏忽泛溢，岂惟入吾庐。
蛟龙亦狼狈，况是鳖与鱼。
兹晨已半落，归路跬步疏[④]。
马嘶未敢动，前有深填淤。
青青屋东麻，散乱床上书。
不知远山雨，夜来复何如。
我游都市间，晚憩必村墟[⑤]。
乃知久行客，终日思其居。

【题解】 这首诗作于宝应元年(762)。杜甫外出遭遇涨水不能回家，因作此诗。

【注释】 ① 当时：平时。
② 明可把：溪水清澈，可以伸手抓住石头。
③ 水中有行车：《华阳风俗录》："浣花亭在州之西南，江流至清，其浅可涉，故中有行车。"
④ 跬(kuǐ)步：半步。
⑤ 憩(qì)：休息。　村墟：村庄。此指草堂。

【赏析】 这首诗描写夏天草堂附近大雨过后的涨水情景。“当时”四句描写昔日溪水“才尺余”，水中可以行车。“秋夏”四句描写溪水突然泛滥，诗人担忧水漫草堂。紧接着“兹晨”四句说溪水“已半落”，但是仍有“深填淤”。“青青”四句则描写了诗人担心山雨夜至，又阻归途。末四句因不得归家，生发漂泊之感。全诗以溪水突涨缘起，情感几经波折起伏，最终引发思归之念。

大麦行

大麦干枯小麦黄①，妇女行泣夫走藏。
东至集壁西梁洋②，问谁腰镰胡与羌③。
岂无蜀兵三千人，簿领辛苦江山长④。
安得如鸟有羽翅，托身白云归故乡。

【题解】 唐代宗宝应元年(762)，中原战乱未平，唐王朝国势衰弱，西南少数民族屡次骚扰四川边境，并掠夺这些地区已经成熟的麦子。杜甫有感而发写下了这首诗。

【注释】 ① “大麦”二句：化用汉桓帝时童谣“小麦青青大麦枯，谁当获者妇与姑。丈夫何在西击胡。吏买马，君具车，请为诸君鼓咙胡”(《后汉书·五行志》)，描写老百姓饱经战乱，流离失所的生活状态。

② 集壁梁洋：四个唐代山南西道州郡名：集州(约今四川南江县)、壁州(约今四川通江县)、梁州(约今陕西汉中市)、洋州(约今陕西洋县)。

③ 腰镰：腰插镰刀。　胡与羌：指奴剌、党项。

④ 簿领：将领。

【赏析】 汉魏乐府未有此题，这是杜甫“即事名篇”歌行体诗歌的创格。诗歌前三句描写了外族入侵，田地无人照看，百姓四散的情景。第四句说因为战争农民都四处逃散了，麦子被胡羌收割了。五六句是诗人自问自答，意思是说难道蜀地没有士兵了吗？紧接着说是因为道路漫长，兵少地广所以不能去保护。最后两句是诗人的感叹，如果自己有鸟的翅膀就好了，可以飞回家乡。诗人由麦子到了收获季节却因为战乱没有人收割，联想到自己漂泊在外的境况，感慨万分。

奉送严公入朝十韵

鼎湖瞻望远①，象阙宪章新②。
四海犹多难③，中原忆旧臣。
与时安反侧④，自昔有经纶⑤。
感激张天步⑥，从容静塞尘⑦。
南图回羽翮⑧，北极捧星辰⑨。
漏鼓还思昼⑩，宫莺罢啭春⑪。
空留玉帐术，愁杀锦城人。
阁道通丹地⑫，江潭隐白蘋。
此生那老蜀⑬，不死会归秦⑭。
公若登台辅⑮，临危莫爱身。

【题解】 唐代宗宝应元年(762)，唐玄宗和唐肃宗相继去世，唐代宗继位。召严武还朝，杜甫作此诗为他送行。

【注释】 ① 鼎湖：帝王崩逝，此指唐玄宗和唐肃宗相继去世。 瞻望远：远望长安。
② 象阙：宫廷的阙门。 宪章：典章制度。
③ 犹多难：指安史之乱尚未完全平定。
④ 与时：当时。 安反侧：平定叛乱。
⑤ 经纶：治理国家。
⑥ 感激：感奋激发。 张天步：恢复国运。
⑦ 静塞尘：平定吐蕃之乱。
⑧ 南图：语出《庄子·逍遥游》："鹏之徙于南冥也，水击三千里，抟扶摇而上者九万里……背负青天而莫之夭阏者，而后乃今将图南。"这里将严武比作大鹏。 回羽翮：指自蜀而还京城。
⑨ "北极"句：指回长安效力于皇帝。
⑩ 漏鼓：古代计时器。
⑪ 罢啭春：春天已过，不再鸣叫。
⑫ 阁道：栈道。 丹地：朝廷。
⑬ 老蜀：客死于蜀地。
⑭ 会：定会。 归秦：回到京城长安。
⑮ 台辅：三公宰辅之位，辅佐皇帝的最高官员。

【赏析】 这首诗写严武入朝的原因、以前立下的功绩以及杜甫送别的情绪。希望严武为国为民倾尽全力，不要担心自己的前程而做对人民不利的事情。从"临危莫爱身"可以看出杜甫的为人和情怀。浦起龙评价此诗："离别之情、流滞之感、责难之义，无处不到。"(《读杜心解》)

春　归

苔径临江竹，茅檐覆地花[1]。
别来频甲子[2]，归到忽春华。
倚杖看孤石，倾壶就浅沙[3]。
远鸥浮水静，轻燕受风斜。
世路虽多梗[4]，吾生亦有涯。
此身醒复醉，乘兴即为家。

【题解】　广德二年(764)三月,杜甫从梓州回到成都草堂。这首诗描写草堂春天的景色。

【注释】　① 茅檐：茅草盖的屋顶,指草堂屋顶。
② 甲子：古代纪年方法。这里代指岁月。
③ 就：靠近。
④ 世路：人生经历。　梗：阻塞。

【赏析】　这首诗写春景,表达的是重归的主题,基调是欢愉的。前八句写景,优美轻巧,淡化草堂的破败感。后四句感慨人生,虽然恍如隔世,但情绪欢快。正如赵次公所说:"题云春归,盖言久出,当时而归,非言春色归往也。"(《杜诗赵次公先后解辑校》)

归　来

客里有所适[1]，归来知路难。
开门野鼠走，散帙壁鱼干[2]。
洗杓斟新酝[3]，低头拭小盘。
凭谁给麴糵[4]，细酌老江干[5]。

【题解】　广德二年(764)冬,严武再镇蜀川,举荐杜甫为检校工部员外郎。杜甫又回到成都安定下来。这首诗便作于此时。

【注释】 ① 客里：指杜甫流寓成都。 有所适：指避徐知道叛乱流落阆州、梓州。
② 散帙(zhì)：打开书帙，借指读书。 壁鱼：衣服及书籍中的蠹虫。
③ 杓(sháo)：同"勺"。 酝(yùn)：酒。
④ 麹糵(qū niè)：酒曲。
⑤ 江干：江边。

【赏析】 这首诗描写了荒芜的草堂景象以及由此生发的感慨。王嗣奭《杜臆》曰："《归来》与前《春归》有别，乃作客失意而归之词。"

草　堂

昔我去草堂[1]，蛮夷塞成都。
今我归草堂，成都适无虞[2]。
请陈初乱时[3]，反覆乃须臾[4]。
大将赴朝廷[5]，群小起异图[6]。
中宵斩白马[7]，盟歃气已粗[8]。
西取邛南兵[9]，北断剑阁隅。
布衣数十人[10]，亦拥专城居[11]。
其势不两大，始闻蕃汉殊。
西卒却倒戈，贼臣互相诛[12]。
焉知肘腋祸[13]，自及枭獍徒[14]。
义士皆痛愤，纪纲乱相逾。
一国实三公[15]，万人欲为鱼[16]。
唱和作威福，孰肯辨无辜。
眼前列杻械[17]，背后吹笙竽。
谈笑行杀戮，溅血满长衢[18]。
到今用钺地[19]，风雨闻号呼。
鬼妾与鬼马，色悲充尔娱。
国家法令在，此又足惊吁。
贱子且奔走[20]，三年望东吴[21]。
弧矢暗江海[22]，难为游五湖[23]。
不忍竟舍此，复来薙榛芜[24]。

入门四松在，步屧万竹疏[25]。
旧犬喜我归，低徊入衣裾。
邻舍喜我归，酤酒携胡芦[26]。
大官喜我来，遣骑问所须。
城郭喜我来，宾客隘村墟[27]。
天下尚未宁，健儿胜腐儒[28]。
飘摇风尘际[29]，何地置老夫？
于时见疣赘[30]，骨髓幸未枯。
饮啄愧残生[31]，食薇不敢余[32]。

【题解】 这首诗记述了徐知道兴兵作乱残害百姓的情状以及杜甫对梓阆生活的经历和感受。

【注释】 ① 去：离开。
② 适：正好。　无虞：没有忧患顾虑，指叛乱已平。
③ 陈：叙述。
④ 反覆：指叛乱。　须臾：片刻间。
⑤ 大将：指严武。
⑥ 群小：指徐知道及其叛党。　异图：反叛朝廷之事。
⑦ 中宵：半夜。
⑧ 盟歃(shà)：歃血为盟。
⑨ 邛南：唐代邛州(今四川邛崃)以南，当时为叛乱少数民族聚居之地。
⑩ 布衣：平民百姓，当指跟随徐知道叛乱的部下。
⑪ 专城：指太守一类的地方行政长官。
⑫ “西卒”二句：是说叛军发生内讧，徐知道为蕃兵首领李忠厚所杀。西卒，李忠厚所带领之叛军。倒戈，反叛。
⑬ 肘腋祸：比喻祸起周围。
⑭ 枭獍(xiāo jìng)：比喻不孝的人或凶狠忘恩的人，这里指徐知道。枭，食母的恶鸟。獍，食父的恶兽。
⑮ 一国三公：指叛军各自为政，互相攻击。
⑯ 为鱼：被叛军残害。
⑰ 杻(chǒu)械：古代刑具，即手铐脚镣之类。
⑱ 长衢(qú)：四通八达的道路。
⑲ 用钺地：杀人的地方。钺，古代兵器。
⑳ 贱子：杜甫自称。
㉑ 望东吴：想要离开蜀地去往江浙一带。
㉒ 弧矢：原意指弓箭。这里比喻战争。　江海：指东吴。
㉓ 五湖：太湖。
㉔ 薙(tì)：除草。　榛芜：杂草丛生。
㉕ 步屧(xiè)：散步。
㉖ 酤(gū)酒：买酒。
㉗ 隘村墟：挤满了村子。隘，通“溢”，充盈，挤满。
㉘ 健儿：抗击叛军的军士。　腐儒：读书人。
㉙ 风尘际：指战乱之时。

㉚ 疣赘(yóu zhuì)：皮肤上生的瘊子。比喻多余的、无用的东西。
㉛ 饮啄：饮水啄食。语出《庄子·养生主》："十步一啄，百步一饮。"引申为吃喝，生活。
㉜ 薇：野菜。

【赏析】 这原本是一首以个人生活为题材的诗，但是诗人高尚的情怀、丰富的生活阅历，使他可以在诗中表现出极为广阔的社会内容，成为名副其实的诗史。这首诗首写徐知道起兵叛乱失败，次叙寇贼乘乱残害百姓。第三写回到苦心经营的草堂的喜悦。杜甫由咏草堂而生发出对家国命运的关注和担忧，深沉感人。

四　松

四松初移时，大抵三尺强[①]。
别来忽三岁[②]，离立如人长[③]。
会看根不拔，莫计枝凋伤[④]。
幽色幸秀发[⑤]，疏柯亦昂藏[⑥]。
所插小藩篱，本亦有堤防。
终然掁拨损[⑦]，得吝千叶黄。
敢为故林主[⑧]，黎庶犹未康[⑨]。
避贼今始归[⑩]，春草满空堂。
览物叹衰谢，及兹慰凄凉。
清风为我起，洒面若微霜[⑪]。
足焉送老资[⑫]，聊待偃盖张[⑬]。
我生无根蒂[⑭]，配尔亦茫茫[⑮]。
有情且赋诗，事迹可两忘[⑯]。
勿矜千载后[⑰]，惨澹蟠穹苍[⑱]。

【题解】 这首诗是杜甫从阆州返回成都，初见到草堂景物时的吟咏之作。杜甫对于这四株松树可谓关爱有加。避乱梓州期间作《寄题江外草堂》写到四松："尚念四小松，蔓草易拘缠。霜骨不堪长，永为邻里怜。"其《草堂》诗也说"入门四松在"。

【注释】 ① 大抵：大概。　强：有余，略多。
② 三岁：指杜甫从宝应元年七月离开成都草堂到广德二年春归来共计三年。
③ 离立：并立。
④ “会看”两句：是说只要是看到松树根基稳固，枝干受到一些折损也不要计较了。
⑤ 幽色：松树枝干的颜色。　秀发：形容植物长得茂盛。
⑥ 疏柯：疏朗的枝干。　昂藏：仪表、气度不凡。
⑦ 枨(chéng)：触碰。
⑧ 敢：岂敢。　故林：指草堂。
⑨ 黎庶：老百姓。　未康：没有安定。
⑩ 避贼：指躲避剑南兵马使徐知道叛乱。
⑪ 洒面：吹拂在脸上。
⑫ 送老：养老。　资：凭借。
⑬ 偃盖：张开的伞盖。
⑭ 无根蒂：比喻四处漂泊。
⑮ 尔：四松。　茫茫：渺茫。
⑯ 事迹：指人生际遇和经历。
⑰ 矜(jīn)：骄傲、夸耀。
⑱ 惨澹：形容以后松树苍老的状态。　蟠(pán)：屈曲，环绕。　穹苍：天空。

【赏析】 杜甫十分喜欢松柏，视之为良师益友。诗人在开始来到草堂时向一位何姓县令要来了四株松树。因为是亲手栽培，所以很有感情。当杜甫为躲避战乱前往阆、梓之时，念念不忘这四棵小松树。如今重新回到草堂，看到它们安然无恙，欣喜之情难以言表。一想到因战乱而无所定居的百姓，他的喜悦之情便变成了哀叹。

题桃树

小径升堂旧不斜①，五株桃树亦从遮②。
高秋总馈贫人实③，来岁还舒满眼花④。
帘户每宜通乳燕⑤，儿童莫信打慈鸦⑥。
寡妻群盗非今日⑦，天下车书已一家⑧。

【题解】 这首诗歌吟咏桃树而念及百姓苍生，表达了诗人对严武重镇成都的喜悦之情和期盼国家统一的良好愿望。

【注释】 ① 升堂：登上厅堂。
② 五株桃树：语出鲍照《行路难》：“中庭五株桃。”　从：被。

③ 高秋：秋高气爽的秋天。　馈(kuì)：馈赠。　实：果实，此指成熟的桃子。
④ 来岁：明年。
⑤ 宜：应当。
⑥ 莫信：不要任意。　慈鸦：乌鸦。相传乌鸦能反哺母鸦，所以称乌鸦为慈鸦或慈乌。
⑦ 寡妻：寡妇。
⑧ 车书已一家：指天下统一。车书，语出《礼记·中庸》："今天下车同轨，书同文。"泛指国家文物制度。

【赏析】 这是一首咏桃树的诗歌。首两句写升堂小径原来不歪斜，没想到诗人回来后发现桃树已经长大，把路都遮断了。三四句写桃树不仅果实可以食用，花开还可以供人欣赏。五六句由爱护桃树进一步说到要"通乳燕"，"莫打慈鸦"。末两句表达了诗人感叹时事之论。

水　槛

苍江多风飙[①]，云雨昼夜飞。
茅轩驾巨浪，焉得不低垂。
游子久在外，门户无人持。
高岸尚为谷，何伤浮柱攲[②]。
扶颠有劝诫[③]，恐贻识者嗤[④]。
既殊大厦倾[⑤]，可以一木支。
临川视万里[⑥]，何必栏槛为。
人生感故物，慷慨有余悲[⑦]。

【题解】 水槛是杜甫在草堂时期经常游玩的地方，从阆州归来后已经被损坏，诗人不胜感慨，故作此诗。

【注释】 ① 苍江：浣花溪。　风飙：暴风。
② 浮柱：水槛的支撑柱。　攲(qī)：倾斜。
③ 扶颠：扶助，扑倒。
④ 贻(yí)：留下。　嗤(chī)：讥笑。
⑤ 殊：不同。
⑥ 临川：临江远眺。
⑦ 慷慨：感慨。

【赏析】 杜甫寓居草堂期间多次在水槛游览，留下了诸多名篇佳作。《江上值水如海势聊短述》："新添水槛供垂钓，故著浮槎替入舟。"《水槛遣心二首》其一："细雨鱼儿出，微风燕子斜。"这首诗的感情基调不如前两首明快流丽。"苍江"四句以"风飙""巨浪"描写草堂处于恶劣的环境当中。"游子"四句紧接着叙述自己流落在外，草堂无人照看，水槛已经摇摇欲坠。"扶颠"句化用《论语》"危而不持，颠而不扶"句意，即便水槛要倒塌，也要用"一木支"。末四句则是由眼前破败的水槛生发"余悲"。但悲而不伤，带有一种苍凉感。

破　船

平生江海心①，宿昔具扁舟②。
岂惟青溪上③，日傍柴门游。
苍皇避乱兵④，缅邈怀旧丘⑤。
邻人亦已非，野竹独修修⑥。
船舷不重扣⑦，埋没已经秋⑧。
仰看西飞翼⑨，下愧东逝流。
故者或可掘，新者亦易求。
所悲数奔窜⑩，白屋难久留。

【题解】 这首诗与《四松》《水槛》皆是作于唐代宗广德二年（764）。作者避乱归来，发现昔日游览泛江的船只破损，不免感时伤世，作诗以抒怀。

【注释】 ① 平生：向来。　江海心：泛江游览的情志。
② 宿昔：从前。　扁（piān）舟：小船。
③ 青溪：浣花溪。
④ 苍皇：同"仓皇"，匆促而慌张。　避乱兵：避徐知道叛乱的战争。
⑤ 缅邈：遥远。　旧丘：草堂。
⑥ 修修：修长美好的样子。
⑦ 不重扣：不能再敲击。
⑧ 已经秋：已过了一个秋天，意为过了一年。
⑨ 西飞翼：西飞的鸟儿。
⑩ 奔窜：奔走逃窜。

【赏析】 这是一首咏物诗。杜甫流寓梓、阆，重归成都，昔日游览之扁舟已经成为一艘破船，引发了其感时伤逝之叹。“平生”四句叙述杜甫之追求，不仅在“柴门游”，而且还期待“江海心”。“苍皇”二字表现杜甫离开时的匆促和窘迫，人虽离开，却对草堂十分的想念。可是如今见到的却是物是人非，一种悲凉感从中生发。末则言旧船可以挖掘修理，新船也容易寻求，但是令人悲叹的却是“数奔窜”、“难久留”的处境。

奉寄高常侍

汶上相逢年颇多①，飞腾无那故人何②。
总戎楚蜀应全未③，方驾曹刘不啻过④。
今日朝廷须汲黯⑤，中原将帅忆廉颇⑥。
天涯春色催迟暮⑦，别泪遥添锦水波。

【题解】 这首诗是广德二年(764)高适入朝时杜甫相赠。诗中赞扬了高适的才干，表达了真诚的友情。高常侍即是高适，唐代著名诗人。

【注释】 ① 汶上相逢：指杜甫早年与高适一起漫游齐赵。汶，水名，在今山东省。
② 飞腾：仕途通达。 无那：无如。
③ 总戎：统管军务。 应全未：未能完全发挥作用。
④ 方驾：并驾齐驱。 曹刘：曹植、刘桢，建安时期著名诗人，后世以“曹刘”并称。 不啻(chì)：不止。
⑤ 汲黯(àn)：西汉濮阳人，汉武帝时任东海太守，以“好直谏，死节守义”著称。这里是以此比高适所担任之左散骑常侍敢于直谏。
⑥ 廉颇：战国时赵国名将，以勇猛名世，这里以之比高适的才能。
⑦ 天涯：与首都长安相比，蜀地自然算天涯了。 催迟暮：暮春将近，这里是说自己老得很快。

【赏析】 这是一首赠答诗。首联叙述与高适相逢多年，赞扬其功业无人能比。三四句赞美高适的才能，可以与曹植和刘桢并称。五六句则以汲黯、廉颇比高适，强调朝廷对其寄予厚望。末二句则表达迟暮之伤感。

赠王二十四侍御契四十韵

往往虽相见，飘飘愧此身。
不关轻绂冕[①]，俱是避风尘。
一别星桥夜，三移斗柄春[②]。
败亡非赤壁[③]，奔走为黄巾[④]。
子去何潇洒[⑤]，余藏异隐沦[⑥]。
书成无过雁，衣故有悬鹑[⑦]。
恐惧行装数[⑧]，伶俜卧疾频[⑨]。
晓莺工迸泪，秋月解伤神。
会面嗟黧黑[⑩]，含凄话苦辛。
接舆还入楚[⑪]，王粲不归秦[⑫]。
锦里残丹灶[⑬]，花溪得钓纶[⑭]。
消中只自惜[⑮]，晚起索谁亲。
伏柱闻周史[⑯]，乘槎有汉臣[⑰]。
鸳鸿不易狎[⑱]，龙虎未宜驯。
客则挂冠至[⑲]，交非倾盖新[⑳]。
由来意气合[㉑]，直取性情真。
浪迹同生死，无心耻贱贫。
偶然存蔗芋，幸各对松筠[㉒]。
粗饭依他日，穷愁怪此辰。
女长裁褐稳[㉓]，男大卷书匀[㉔]。
湍口江如练[㉕]，蚕崖雪似银[㉖]。
名园当翠巘[㉗]，野棹没青苹[㉘]。
屡喜王侯宅，时邀江海人[㉙]。
追随不觉晚，款曲动弥旬[㉚]。
但使芝兰秀，何须栋宇邻[㉛]。
山阳无俗物[㉜]，郑驿正留宾[㉝]。
出入并鞍马，光辉参席珍[㉞]。
重游先主庙[㉟]，更历少城闉[㊱]。
石镜通幽魄，琴台隐绛唇[㊲]。
送终惟粪土，结爱独荆榛[㊳]。

置酒高林下，观棋积水滨。
区区甘累趼[39]，稍稍息劳筋[40]。
网聚粘圆鲫，丝繁煮细莼。
长歌敲柳瘿[41]，小睡凭藤轮。
农月须知课[42]，田家敢忘勤。
浮生难去食[43]，良会惜清晨[44]。
列国兵戈暗，今王德教淳[45]。
要闻除猰貐[46]，休作画麒麟。
洗眼看轻薄[47]，虚怀任屈伸。
莫令胶漆地[48]，万古重雷陈[49]。

【题解】 这首诗作于广德二年(764)杜甫居成都草堂期间。王契：字佐卿，排行二十四，京兆(今陕西西安)人。此时罢官居住蜀地，与杜甫相友善。

【注释】 ① 绂冕(fú miǎn)：官服，礼服。比喻高官。
② 斗柄：星名。北斗七星中第五至七颗星，形如酒斗之柄，故称为斗柄。古人依斗柄指向来定时间和季节。
③ 赤壁：在今湖北省赤壁市。相传为三国周瑜击败曹操处。
④ 黄巾：东汉末期张角领导的农民起义军称为黄巾军。
⑤ 去：罢官。
⑥ 隐沦：隐居。
⑦ 悬鹑(chún)：鹌鹑毛斑尾秃，像破衣服，因此用以形容衣服破烂。
⑧ 行装：出门时所带的行李。　数(shuò)：屡次。
⑨ 伶俜(líng pīng)：孤单。
⑩ 黧(lí)黑：黑中带黄。
⑪ 接舆：春秋时期楚国隐士，因迎接孔子之车而歌得名。
⑫ 王粲：东汉末年文学家，“建安七子”之一。
⑬ 丹灶：炼丹用的炉灶。
⑭ 钓纶(lún)：钓竿上的线，这里指钓鱼。
⑮ 消中：消渴病。
⑯ 周史：官名，主要负责记录文书。
⑰ 乘槎(chá)：乘坐竹木编成的筏。
⑱ 狎(xiá)：亲近。
⑲ 挂冠：辞官而去。
⑳ 倾盖：车上的伞盖依靠在一起，比喻朋友相交亲切。
㉑ 由来：向来。
㉒ 松筠(yún)：松树和竹子。比喻节操坚贞。
㉓ 褐(hè)：粗布衣服。
㉔ 卷书：整理书籍。　匀：妥帖。
㉕ 漰(pēng)口：堰坝出水口。

㉖ 蚕崖：在四川省都江堰市西北。其处江山险绝，凿崖通道，有如蚕食，故名。
㉗ 翠巘(yǎn)：翠绿的高山。
㉘ 棹(zhào)：船。
㉙ 江海人：杜甫自称。
㉚ 款曲：诚挚招待。　弥旬：满十天。
㉛ 栋宇：房屋的正中和四垂，指房屋。
㉜ 山阳：地名，今江苏淮安。“竹林七贤”之嵇康曾居于此。
㉝ 郑驿：西汉人，喜欢结交宾客，在长安四郊设置驿站以迎客。
㉞ 席珍：坐席上的珍宝，比喻有才学的人。
㉟ 先主庙：蜀汉先主与诸葛亮合庙而祀，即今成都武侯祠。
㊱ 闉(yīn)：古代瓮城的门。
㊲ 石镜、琴台：相传为成都古迹。　绛唇：红唇。
㊳ 荆榛：泛指丛生灌木，多用以形容荒芜情景。
㊴ 区区：诚挚。　累趼(jiǎn)：手或脚上因长久摩擦而生出重重硬皮。
㊵ 劳筋：筋骨劳累。
㊶ 柳瘿(yǐng)：柳树节疤，可以用做酒樽。
㊷ 农月：农事繁忙的月份。　课：督促完成工作。
㊸ 浮生：指漂浮不定的人生。
㊹ 良会：美好的聚会。
㊺ 德教：道德教化。
㊻ 猰貐(yà yǔ)：古代传说中吃人的猛兽。
㊼ 洗眼：比喻仔细辨认。　轻薄：轻佻。
㊽ 胶漆：比喻感情深厚。
㊾ 雷陈：指东汉时期的雷义和陈重，他们交情深厚，是重情义的典范，此处诗人借以比喻自己与王侍御的交情。

【赏析】 这是一组五言排律。“往往”八句叙述诗人与王契前后聚散的情由，皆因战乱。“子去”八句叙说王契离蜀回京后诗人避乱梓州，音信不通的艰难生活。“会面”八句叙述从阆州重归成都草堂时的生活，睹昔日“丹灶”“钓纶”而“自惜”。“伏柱”八句则是重叙交情，说二人从来意气相投、感情真挚。“浪迹”八句述说自己不以浪迹为耻，只是担忧儿女婚事。“湔口”以下则是叙述与王侍御一起游览古迹、山水。末八句则叙述战事暂缓，希望皇帝能够以德教化天下。五言排律由汉魏六朝五言古诗演化而来。六朝时期已具雏形，但体制较短。杜甫将其发扬光大，体制渐长，声律愈工。这组排律四十韵，铺排详尽，却不显得堆砌。正如明代张溍所云：“排律似此，卷舒收放，一一如意，具有仙气。”(《读书堂杜工部诗文集注解》)

登　楼

花近高楼伤客心，万方多难此登临①。
锦江春色来天地，玉垒浮云变古今②。
北极朝廷终不改③，西山寇盗莫相侵④。
可怜后主还祠庙⑤，日暮聊为梁甫吟⑥。

【题解】 这首诗作于广德二年(764)春。杜甫借登楼表达了对国事的忧虑之情。

【注释】 ① 万方：天下各地。
② 玉垒：即玉垒山，在今都江堰市北。
③ 北极：北极星。这里是用北极星比喻唐王朝江山永固。
④ 寇盗：指吐蕃。
⑤ 后主：刘备之子刘禅。
⑥ 梁甫吟：也作梁父吟，乐府旧题。可能是葬歌。

【赏析】 这是一首著名的七言律诗。首联本是登高赏美景，却说“伤客心”，是以乐景写哀情。颈联描写“锦江”“玉垒”的壮丽景色，气象雄伟。颔联则是“思今”，希望吐蕃不再入侵，百姓不再受战乱之苦，大唐政权会如北极星一样稳固。尾联以后主刘禅听信奸佞亡国来反讽代宗重用谗臣招致吐蕃之祸，表现了杜甫的忠君爱国政治观。全诗即景抒怀，格律严谨。将个人情感和国家命运紧密联系起来，意境开阔深邃，充分体现了杜甫“沉郁顿挫”的艺术风格。沈德潜评价此诗“气象雄伟，笼盖宇宙，此杜诗之最上者”(《唐诗别裁集》)。

寄邛州崔录事

邛州崔录事①，闻在果园坊。
久待无消息，终朝有底忙②？
应愁江树远，怯见野亭荒。
浩荡风尘外③，谁知酒熟香。

【题解】 这首诗作于广德二年(764)。崔录事,生平事迹不详,盖与杜甫相友善。

【注释】 ① 邛州:今四川邛崃市。
② 终朝:整天,终日。 底:什么。
③ 浩荡:广博浩大的样子。 风尘:生活。

【赏析】 这是一首风趣的寄赠诗。杜甫于广德二年重归成都草堂。崔录事大概平常与诗人关系不错,此番却未来探望,故杜甫询问:“终朝有底忙?”似有责备之意。紧接两句又为朋友着想:您是担心草堂太远,还是怕见到如今的荒凉景象呢?整首诗歌似乎在责备崔录事,其实是老友间的问候,也从另一方面表现了杜甫的真性情。明代王嗣奭《杜臆》评价说:“录事必与公素狎,公憾其不至,而半谑半嘲,口角绝肖。”

王录事许修草堂赀不到聊小诘

为嗔王录事[①],不寄草堂赀[②]。
昨属愁春雨[③],能忘欲漏时?

【题解】 这首诗作于广德二年(764)。一场春雨将至,草堂亟待修缮,杜甫此以五言诗责怪何以应允之钱久不见寄。王录事,生平事迹不详,盖与杜甫相友善。

【注释】 ① 嗔(chēn):愤怒、责备。
② 赀(zī):财货。
③ 属(zhǔ):恰恰遇到。

【赏析】 这是一首风趣的催钱小诗。首二句开始便责备对方答应修缮草堂的费用却迟迟不寄来。三四句接着便提出诘问:我正在发愁春雨,你难道忘了草堂会漏雨吗?本是向别人借钱,却是以索债的口吻,语言甚妙,也可以见出两人的交情不错。

归　雁

东来万里客[①]，乱定几年归。
肠断江城雁[②]，高高正北飞。

【题解】 这首诗是广德二年(764)在成都浣花草堂所作。

【注释】 ① 万里客：杜甫自谓。
② 江城：成都。

【赏析】 这是一首托物言志诗，首二句叙述自己因乱漂泊的生活遭际。三四句则是作者看到大雁的北归，引起自己归乡之念。短短二十字，字里行间流露出无限凄苦的情绪。清代浦起龙评价此诗说："神味高远。"(《读杜心解》)

绝句二首

【题解】 杜甫于广德元年(763)离开成都，往来于梓州、汉州、阆州等地。次年重返成都，在春光明媚中写出这两首诗。但触景生情，却更引发了思乡之感。

其　一

迟日江山丽[①]，春风花草香。
泥融飞燕子[②]，沙暖睡鸳鸯。

【注释】 ① 迟日：春天。
② 泥融：指燕子衔泥筑巢时，用唾液将泥土和杂草粘成有黏性的泥团，用来筑巢。

【赏析】 这首五言绝句描绘了浣花溪一带明媚的春日景色，表现了诗人安定的生活状态。首二句描写了春日阳光普照，四野青绿，"春风花草香"给人以身临其境之感。三四句则是描写具体的初春景物：燕子忙碌着衔泥筑巢，鸳鸯悠然自得地沐浴在阳光中。动静相间，相映成趣，画面和谐统一。整首诗歌格调清新，极具风韵。

其　二

江碧鸟逾白，山青花欲燃[①]。
今春看又过，何日是归年。

【注释】 ① 花欲燃：语出庾信《奉和赵王隐士》："山花焰火然。"

【赏析】 这首绝句画面感很强，宛如一幅风景画。开篇两句即以"江碧"、鸟白，"山青"、花燃等词，展现碧波荡漾、满山青翠、鲜花红艳似火的景色。后二句则以"看又过""何归年"表现一种岁月已老、归期难定的漂泊之感。整首诗以乐景写哀情，极言春光融洽，反衬诗人思归之情，悲而不伤，别具韵致。

寄司马山人十二韵

关内昔分袂[①]，天边今转蓬。
驱驰不可说[②]，谈笑偶然同[③]。
道术曾留意[④]，先生早击蒙[⑤]。
家家迎蓟子[⑥]，处处识壶公[⑦]。
长啸峨嵋北，潜行玉垒东。
有时骑猛虎，虚室使仙童。
发少何劳白，颜衰肯更红。
望云悲轗轲[⑧]，毕景羡冲融[⑨]。
丧乱形仍役[⑩]，凄凉信不通。
悬旌要路口[⑪]，倚剑短亭中[⑫]。
永作殊方客[⑬]，残生一老翁。
相哀骨可换，亦遣驭清风[⑭]。

【题解】 这首诗是唐代宗广德二年(764)在成都草堂所作。司马山人,事迹不详。诗歌赞扬司马山人道术高明,抒发自己漂泊之感、衰老之叹。

【注释】 ① 关内:边关以内的地方。如山海关以内称为关内。这里指长安。 分袂(mèi):离别。
② 驱驰:奔走效力。
③ 同:相聚。
④ 道术:道家法术。
⑤ 击蒙:启蒙。
⑥ 蓟子:即蓟子训,汉代人,传说会仙术。后来成为咏仙人的典故。
⑦ 壶公:汉代卖药治病的人,会仙术,传说能跳入壶中。后来中医“悬壶济世”的典故即来源于此。
⑧ 轗轲(kǎn kě):困顿,不得志。
⑨ 冲融:充溢弥漫貌。
⑩ 丧乱:时局动乱。 形仍役:被功名利禄所牵绊。
⑪ 悬旌:悬挂旌旗,指进军。 要路:重要的道路。
⑫ 短亭:古人休息、送别处。
⑬ 殊方:远方,异乡。
⑭ 骨可换:道家认为服食仙酒、金丹等可以化骨升仙。

【赏析】 这是一首寄赠诗,前四句叙说诗人与司马山人的聚散交情,曾经在长安离别,今天却在蜀地重逢。五至八句则是说司马山人在长安家喻户晓,赞叹其道术高超;九至十二句则是续写山人在蜀地的生活:悠游于“峨眉”“玉垒”,“骑猛虎”“使仙童”,是赞扬其道法高深;十三至十六句是诗人描写自己的近况:“发少”“颜衰”,一种衰老之叹充盈笔尖;十七至二十句则是以“丧乱”“信不通”“悬旌”“倚剑”描述自己漂流不得归的流离之感。末四句则是诗人希望山人传授道法,能够摆脱尘世,驾驭清风。全诗表达了诗人在漂泊流离后希望归隐恬淡生活的愿望。

黄河二首

【题解】 这两首诗作于成都草堂时期。诗人借咏黄河,描写当时吐蕃入侵,百姓的困苦生活,以及对朝廷的规劝和对实现家国统一的愿望。

其　一

黄河北岸海西军①,椎鼓鸣钟天下闻②。
铁马长鸣不知数③,胡人高鼻动成群④。

【注释】 ① 海西军：唐代抵御边患的军队。
② 椎(chuí)鼓：击鼓。
③ 铁马：披甲的战马。形容强悍勇猛的骑兵。
④ 胡人：古代对北方异族及西域各民族的称呼。这里指吐蕃。

【赏析】 这首诗前两句极言黄河北岸海西军的声威阵势，战鼓鸣钟之声不绝于耳。后二句笔锋一转，描写吐蕃的入侵：无数的吐蕃铁马长嘶，成群的高鼻胡人恣意横行。前后对比，表现了作者对海西军虽屯兵众多，但不能击败吐蕃的忧虑。

其　二

黄河南岸是吾蜀，欲须供给家无粟。
愿驱众庶戴君王[①]，混一车书弃金玉[②]。

【注释】 ① 众庶：百姓。
② 混一：统一。　车书：泛指国家的制度。

【赏析】 这首诗首二句直陈战乱给百姓带来的影响，黄河南岸就是西蜀之地，百姓家里却无粟供给军需，描写了百姓穷困的生活。后二句则是希望百姓都能拥戴皇上。一方面希望百姓拥护官军，渴望天下统一、实现太平；另一方面希望朝廷不要盘剥百姓，反映了杜甫的民本思想和忠君爱国情怀。

扬　旗

江风飒长夏[①]，府中有余清。
我公会宾客，肃肃有异声[②]。
初筵阅军装[③]，罗列照广庭[④]。
庭空六马入，駊騀扬旗旌[⑤]。
回回偃飞盖[⑥]，熠熠迸流星[⑦]。
来冲风飙急[⑧]，去擘山岳倾[⑨]。
材归俯身尽，妙取略地平。
虹蜺就掌握[⑩]，舒卷随人轻。

三州陷犬戎[11]，但见西岭青。
公来练猛士，欲夺天边城。
此堂不易升[12]，庸蜀日已宁[13]。
吾徒且加餐[14]，休适蛮与荆[15]。

【题解】 这首诗作于广德二年(764)。诗歌描绘了严武阅兵、试新旗的壮观场面,从侧面赞扬了他治军有方并希望他继续建功立业。

【注释】 ① 长夏：夏季白天长夜晚短,故称为长夏。
② 异声：声名良好。
③ 初筵：宴饮。
④ 罗列：军队列队。 广庭：公开的场所。
⑤ 駊騀(pǒ ě)：高大的样子。
⑥ 偃：俯仰。 飞盖：形容车行非常迅速。
⑦ 熠熠：闪亮的样子。
⑧ 风飙(biāo)：狂风。
⑨ 擘(bò)：分开。
⑩ 虹蜺(ní)：《尔雅·释天》疏："虹双出,色鲜盛者为雄,雄曰虹。暗者为雌,雌曰蜺。"这里指旌旗。
⑪ 三州：松、维、保三州。 犬戎：古代少数民族,这里指吐蕃。
⑫ 此堂：严武官署。
⑬ 庸蜀：蜀地。
⑭ 吾徒：我辈。
⑮ 适：前往。 荆蛮：古代对吴、楚少数民族的称呼。

【赏析】 这是一首描写军旅生活的诗歌。开篇一二句写长夏江风使人感到清爽,奠定了愉快昂扬的基调。三四句则是从总体着眼,正面描写严武大会宾客,一片赞叹之声。五至八句则是写宴饮开始时检阅军仪,整齐闪耀、威武雄壮。九至十六句则是描写士兵现场动态表演,一方面展现了军旗"迸流星""风飙急""山岳倾"冲锋陷阵的雄壮情态,另一方面也表现了将士"俯身尽""略地平""随人轻"的灵活作战姿态。后八句则是从军容雄壮联想到吐蕃侵犯边境,严武训练精兵想要夺回失地,希望他能保境安民。全诗由观旗而起,终于对国家的忧虑和对和平的向往。

绝句六首

【题解】 这组绝句是广德二年(764)在成都草堂时所作。描写的是草堂不同的景物,画面感很强，可以当作六幅山水画卷来欣赏。

其　一

日出篱东水，云生舍北泥[①]。
竹高鸣翡翠，沙僻舞鹍鸡[②]。

【注释】 ① 舍北：草堂之北。
② 翡翠、鹍鸡：两种鸟类。

【赏析】 第一首诗写积雨初晴之景。一二句写太阳在篱笆东边的水边喷薄而出，云雾在屋子北面的泥塘中冉冉升起。三四句则是说翠鸟在竹子上鸣叫，鹍鸡在偏僻的沙滩上起舞。全篇动静结合，诗中有画、画中有诗。

其　二

蔼蔼花蕊乱[①]，飞飞蜂蝶多[②]。
幽栖身懒动，客至欲如何。

【注释】 ① 蔼蔼：形容花朵盛开繁多的样子。
② 飞飞：纷乱的样子。

【赏析】 第二首诗写作者隐居生活。一二句写繁花纷乱，蜜蜂采蜜繁忙。三四句则说由于隐居疏于走动，客人来到草堂有何求呢？整篇以花繁、蜜蜂忙碌反衬自己的闲散隐居，透露出一种不愿出仕、甘于隐居的心态。

其　三

凿井交棕叶，开渠断竹根。
扁舟轻袅缆，小径曲通村。

【赏析】 第三首诗是作者描写草堂的水井。蜀地水源丰富，常掘地二三米即得之。首二句描

写在棕叶交加的地方凿井，挖断了竹根。后二句写扁舟的缆绳纤细而别致，门前弯曲的小路一直通到附近的村庄。全篇透出一种浓浓的生活气息和闲静的氛围，正如清代王嗣奭《杜臆》所云："既凿井，又开渠……草堂所需略具，盖为久居计矣。"

其　四

急雨捎溪足[①]，斜晖转树腰。
隔巢黄鸟并，翻藻白鱼跳[②]。

【注释】① 捎：掠过。　溪足：溪边。
② 翻藻：在水藻间翻腾。

【赏析】第四首诗描写草堂附近的雨景。前两句写阵雨急促地掠过溪水，太阳的余晖横穿树腰，俨然一幅斜阳落照图；后两句写黄鸟和白鱼。隔巢黄鸟一起栖息在枝头，惊动了水藻中的鱼儿。黄色的鸟儿和白色的鱼儿，色彩对比强烈，画面感极强，"并""跳"二字使得静谧的空间呈现出一种动感。

其　五

舍下笋穿壁[①]，庭中藤刺檐。
地晴丝冉冉[②]，江白草纤纤。

【注释】① 笋：竹笋，南方常见，可以食用。
② 丝：蜘蛛所吐蛛丝。　冉冉：柔软下垂的样子。

【赏析】第五首诗写草堂春日之景，前两句是近景也是静景，描写屋外竹笋穿墙而过，庭中藤蔓爬满屋檐。后两句是远景也是动静，雨晴以后蛛丝冉冉浮动，江水泛着白波，两岸青草纤纤。全篇远近相见，动静相宜，勾勒出一幅春日美景图。

其　六

江动月移石，溪虚云傍花[①]。
鸟栖知故道[②]，帆过宿谁家。

【注释】 ① 溪虚：溪水清澈透明。
② 故道：从前走过的路。

【赏析】 第六首诗写江溪春夜之景，淡雅悠远。首二句诗人描写了江水、明月、溪水、云雾等景物，活画出一幅清幽的月夜溪流图。后二句则是以飞鸟识旧路，船客宿何处比喻自己漂泊的生活何时才能结束。

绝句四首

【题解】 这组绝句是杜甫于广德二年(764)重归成都草堂时所作，此时严武因再度镇蜀重回成都，杜甫得闻此消息，喜不自胜，欣然回到草堂，以期与严武以及家人相聚。

其 一

堂西长笋别开门，堑北行椒却背村[①]。
梅熟许同朱老喫，松高拟对阮生论[②]。

【注释】 ① 堑(qiàn)：壕沟。　行(háng)椒：仇兆鳌注："椒之成行者。"
② 朱老、阮生：指杜甫在成都认识的朋友朱老与阮生。朱老即《南邻》诗中头戴乌角巾的朱山人。　喫(chī)：同"吃"。

其 二

欲作鱼梁云覆湍[①]，因惊四月雨声寒。
青溪先有蛟龙窟[②]，竹石如山不敢安。

【注释】 ① 鱼梁：拦截水流以捕鱼的设施。以土石筑堤横截水中，或置竹笱、竹架于水门处，拦捕游鱼。
② 青溪：指浣花溪。

其 三

两个黄鹂鸣翠柳，一行白鹭上青天。
窗含西岭千秋雪[①]，门泊东吴万里船[②]。

【注释】 ① 西岭：成都西南岷山，也称西岭雪山，其雪常年不化，故云“千秋雪”。
② 东吴：泛指今长江中下游一带。 万里船：三国时，诸葛亮送费祎出使吴国，费祎感叹说：“万里之行，始于此桥。”因此此桥被称为“万里桥”，停泊在这里的船自然被称为万里船。也可指船行万里之遥的东吴一带。

其 四

药条药甲润青青①，色过棕亭入草亭。
苗满空山惭取誉②，根居隙地怯成形③。

【注释】 ① 药条、药甲：条，植物枝干。甲，植物果实的外壳。这里指药材的枝干和果实。王嗣奭《杜臆》云：“公常多病，所至必种药，故有‘种药扶衰病’之句。”
② 惭取誉：指诗人所种药材遍布空山，却不敢受其赞誉，这是诗人自谦之词。
③ 隙地：干裂的土地。成形：指药材所长成的形状，如人参成人型。

【赏析】 四首绝句构成杜甫寓居草堂时的小方生活图景。其一咏园中夏景，竹笋、花椒夏季长势喜人，梅子成熟了送去给朱老、阮生品尝，顺便和他们在松荫下尽情谈论古今。其二叙写雨中制作鱼梁之景。南方多雨，成都亦然。诗人本打算通过鱼梁捕获鱼类，然而面对四月春雨，感到丝丝寒意，联想到溪水中可能暗藏蛟龙，就更是不敢冒险取利了。其三咏溪前景色。对仗工整，意境优美，更是传达出诗人欢快自在的心情。由近景“黄鹂”“翠柳”“白鹭”“青天”再到远景“千秋雪”“万里船”，诗人视野步步开阔，愈眺愈远，愈望愈深。中国古典园林景观讲究移步换景，艺术与文学相通，诗人在这首诗里便用此法，以窗为取景口，远处的雪山则透过窗牖形成一道美景。前两句两个动词“鸣”“上”，后两句两个动词“含”“泊”，一动一静，前后呼应，更增添诗句画面感。其四为咏药圃而作。诗人长年漂泊、郁郁寡欢、体弱多病，故栽种药材以备所需。前两句写景，诗人眼前一片翠绿青色，心情自然舒畅，然而转念由景入情，“怯”药材不能长大成形。浦起龙言：“空山隙地，萧间寂寞之滨也，亦无取于见知矣。”（《读杜心解》卷六）诗人得知严武重镇四川，但仍旧担心未知祸患，这恐怕才是诗人所“怯”之真相吧。

绝句四首以其清新笔法、明艳色彩、开阔胸襟为后人传诵。此时安史之乱虽已平定，诗人也重回日夕挂念的草堂，面对春日如此美景，诗人喜不自胜，兴到笔随写下这一组小诗。然而不要忘却诗人那颗忧国忧民之心，即便现时安稳，诗人也忧虑唐朝潜在的危险，所以才有“不敢安”“怯成形”的担忧。

寄李十四员外布十二韵

名参汉望苑[①]，职述景题舆[②]。
巫峡将之郡[③]，荆门好附书[④]。
远行无自苦，内热比何如[⑤]。
正是炎天阔，那堪野馆疏[⑥]。
黄牛平驾浪[⑦]，画鹢上凌虚[⑧]。
试待盘涡歇，方期解缆初。
闷能过小径，自为摘嘉蔬。
渚柳元幽僻，村花不扫除。
宿阴繁素柰[⑨]，过雨乱红蕖。
寂寂夏先晚，泠泠风有余[⑩]。
江清心可莹，竹冷发堪梳。
直作移巾几[⑪]，秋帆发弊庐[⑫]。

【题解】 此诗作于广德二年(764)夏成都草堂。诗题下原注:“新除司议郎兼万州别驾,虽尚伏枕,已闻理装。”由此可知,此诗是为李布新任司议郎兼万州别驾而作。

【注释】 ① 望苑:即博望苑,汉代宫苑名。据《汉书·戾太子刘据传》记载,戾太子及冠,汉武帝立博望苑使通宾客。又按唐代制度,司议郎为东宫(太子所居之宫)官职,故这里用博望苑指代诗人新任司议郎一职。

② 景题舆:据《后汉书》记载,周景为豫州刺史,委任陈蕃为别驾,陈蕃不就职。周景便在别驾所乘车马上题曰“陈仲举座也”,不更辟。陈蕃惶恐,起视职。后世以“题舆”谓仰慕贤人慧达,望其出仕。这里指李布就任别驾之职。

③ 郡:指万州。

④ 荆门:指湖北荆门市。

⑤ 内热:中医所讲的阴阳失调产生的身体不适现象。 比:近来。

⑥ 野馆:指李布途中所居住的驿馆。

⑦ 黄牛:地名,即黄牛峡,在湖北宜昌,时常涨水。

⑧ 画鹢:代指船,古时人们常在船头画上鹢鸟,以惊吓水怪求佑平安。

⑨ 宿阴:指乌云密布。 柰:水果名,也称花红、沙果。

⑩ 泠泠:清凉貌。

⑪ 巾几:巾和案几,泛指日常所用之物。

⑫ 弊庐:草堂。

【赏析】 全诗分为两大部分,上十二句为一段,写诗人得知李布将要上任司议郎兼万州别驾,劝诫其勿以抱病之身体,不顾酷暑遥远而驾船赴万州上任。诗中“望苑”切“司仪”,

“题舆”切“别驾”，点明李布身份，交代诗歌写作背景。“黄牛平驾浪，画鹢上凌虚”写出水势可畏，诗人叮嘱其勿躁而动身，应从容而解缆，关心之情跃然纸上。下十二句为一段，写诗人邀请李布不妨来草堂避暑养病，待秋凉水落、身体好转之后再议出发上任一事。嘉蔬、渚柳、村花、宿柰、红蕖等都是草堂之物，晚上乘着晚风，莹心梳发，可以消解内热之病。诗人更近一步表露自己的心意，望李布来草堂一叙。既希冀李布为官有所政绩，又担心李布患有内热的身体，此诗二者皆具。

军中醉歌寄沈八刘叟

酒渴爱江清，余酣漱晚汀。
软沙欹坐稳，冷石醉眠醒。
野膳随行帐①，华音发从伶②。
数杯君不见，都已遣沉冥③。

【题解】 此诗作于广德二年(764)夏，此时诗人在严武幕府中。沈八、刘叟大概为同席之人。

【注释】 ① 野膳：野外吃的食物。
② 华音：意谓奏中华之音，与巴渝一带音调不同。　伶：伶官，古时乐官。
③ 沉冥：玄寂貌，泯然无迹之貌，这里指诗人数杯醉酒后只觉沉冥。

【赏析】 仇兆鳌言此诗为诗人“不乐居幕府而作”(《杜诗详注》)。上四句说自己在草堂喝醉之后的状态，酒渴而去江边喝水漱口，醉倒后坐眠而被冷醒，有怡然自得之兴；下四句言陪宴军中，听着伶官弹奏的中华之音，却不是能够豪饮畅意的场合。然而在此环境中，诗人不愿过多应酬，暂且放任自己数杯之后思绪沉冥。卢世漼对最后两句有不同认识，其认为座中忽不见沈、刘两君，公以为惆怅，故数杯便觉沉冥。此说非也，军宴之上，并不是志趣相投之人的倾心雅谈，何来因不见沈、刘二君而惆怅。(参见仇兆鳌《杜诗详注》)

丹青引赠曹将军霸

将军魏武之子孙[①]，于今为庶为清门[②]。
英雄割据虽已矣[③]，文采风流今尚存[④]。
学书初学卫夫人[⑤]，但恨无过王右军[⑥]。
丹青不知老将至，富贵于我如浮云。
开元之中常引见[⑦]，承恩数上南薰殿[⑧]。
凌烟功臣少颜色[⑨]，将军下笔开生面。
良相头上进贤冠，猛将腰间大羽箭。
褒公鄂公毛发动[⑩]，英姿飒爽来酣战。
先帝御马玉花骢，画工如山貌不同。
是日牵来赤墀下[⑪]，迥立阊阖生长风[⑫]。
诏谓将军拂绢素，意匠惨淡经营中[⑬]。
斯须九重真龙出，一洗万古凡马空。
玉花却在御榻上，榻上庭前屹相向。
至尊含笑催赐金[⑭]，圉人太仆皆惆怅[⑮]。
弟子韩幹早入室[⑯]，亦能画马穷殊相[⑰]。
幹惟画肉不画骨，忍使骅骝气凋丧[⑱]。
将军画善盖有神，偶逢佳士亦写真。
即今漂泊干戈际，屡貌寻常行路人。
途穷反遭俗眼白，世上未有如公贫。
但看古来盛名下，终日坎壈缠其身[⑲]。

【题解】 曹霸，曹魏皇帝曹髦后人。成名于玄宗开元年间，为避免重蹈曹氏先祖争夺权力、骨肉相残的政治悲剧，他放弃入仕，一心专研书法绘画，最终成为名满天下的画家，尤善画马。玄宗授予其“左武卫将军”称号，故世人称他为曹将军。作为唐玄宗曾经的宠臣，曹霸画过凌烟阁二十四功臣像、骏马图，但在安史之乱爆发之后，因为一幅作品有影射朝政之嫌，而被贬削官，从此颠沛流离。广德二年(764)，杜甫寓居成都，几经寻访，终于与曹霸相见，并创作《丹青引赠曹将军霸》及《观曹将军画马图》二诗，表达对其遭遇的同情，同时也有“同是天涯沦落人”的伤感。

【注释】 ① 魏武：魏太祖武皇帝，曹操。

② 庶：平民百姓。 清门：贫寒朴素之家。
③ 英雄割据：指曹操父子统一北方，建立曹魏政权。
④ 文采风流：指曹操、曹丕、曹植父子等开启的建安风骨一脉。
⑤ 卫夫人：晋代有名的女书法家，名铄，字茂猗，李矩之妻。
⑥ 王右军：晋代著名书法家王羲之，官至右军将军，曾师从卫夫人。
⑦ 开元：唐玄宗年号。
⑧ 南薰殿：位于长安兴庆宫正殿内。
⑨ 凌烟：即凌烟阁，唐太宗为了褒奖文武开国功臣，命阎立本等人画二十四功臣于凌烟阁。
⑩ 褒公：褒国公段志玄。 鄂公：鄂国公尉迟敬德。二人同为凌烟阁二十四功臣，前者排第十，后者排第七。
⑪ 赤墀(chí)：即丹墀。宫殿台阶，以丹砂涂之。
⑫ 阊阖(chāng hé)：天宫之门，此指代皇宫之门。
⑬ 意匠：指用心构思。 惨淡经营：苦心构思，经营位置。
⑭ 至尊：玄宗皇帝。
⑮ 圉(yǔ)人：古代掌管养马放牧等事的官员，泛称养马之人。
⑯ 韩幹：唐代著名画家，初为曹霸弟子，擅长画人物、鞍马。
⑰ 穷殊相：能画各种奇异之相。
⑱ 骅骝(huá liú)：赤红色的骏马，周穆王的“八骏”之一，这里指代骏马。 气凋丧：神气消失。
⑲ 坎壈(kǎn lǎn)：形容困顿、不顺利。

【赏析】“引”与“歌”“行”一样，本是乐曲名称，后发展为一种诗体。由于其音节、格律比较自由，篇幅、字数不受限制，故诗人多用它描绘宏大场景和多种叙事内容。杜甫选用这样一种诗体来为画家立传，以诗描摹画意，诗画结合，别有情趣。诗歌前八句先叙曹霸家世以及书画用力之精。“开元”以下八句写曹霸善于写真。其于凌烟阁内绘二十四功臣像，单列褒公、鄂公“毛发动”好似“犹酣战”，两位肖像已经如此逼真，可想其余画像之妙。然而接下来画马才是重点，“先帝”以下十六句，诗人生动细腻地写出了曹霸画马的过程以及画作完成之后的艺术魅力。其以曹霸弟子韩幹的画马图为对比，强调了曹霸“画骨”之美——所画骏马的格调、精气，也反映了杜甫崇尚瘦劲高古的审美观，这与盛唐时期以丰满圆润为美的审美风尚大为不同。尾章八句由回忆转回现实，把曾经自由出入南薰殿的曹霸与现在屡为寻常人画像的曹霸相对比，感慨跃然纸上。诗歌最后一句，既是为曹霸唏嘘与宽解，也是给自己宽慰，蕴含无限伤感。

韦讽录事宅观曹将军画马图歌

国初已来画鞍马，神妙独数江都王①。
将军得名三十载，人间又见真乘黄②。
曾貌先帝照夜白③，龙池十日飞霹雳④。
内府殷红玛瑙盘，婕妤传诏才人索⑤。

盘赐将军拜舞归，轻纨细绮相追飞[⑥]。
贵戚权门得笔迹，始觉屏障生光辉。
昔日太宗拳毛騧[⑦]，近时郭家狮子花[⑧]。
今之新图有二马，复令识者久叹嗟。
此皆骑战一敌万，缟素漠漠开风沙[⑨]。
其余七匹亦殊绝[⑩]，迥若寒空杂烟雪[⑪]。
霜蹄蹴踏长楸间[⑫]，马官厮养森成列。
可怜九马争神骏[⑬]，顾视清高气深稳。
借问苦心爱者谁，后有韦讽前支遁[⑭]。
忆昔巡幸新丰宫[⑮]，翠华拂天来向东[⑯]。
腾骧磊落三万匹[⑰]，皆与此图筋骨同。
自从献宝朝河宗[⑱]，无复射蛟江水中。
君不见金粟堆前松柏里[⑲]，龙媒去尽鸟呼风[⑳]。

【题解】 此诗作于广德二年(764)，时杜甫在严武幕府中任职，于韦讽故居观看曹霸所画的《九马图》，有感而作。诗人表达了对曹霸的赞赏，又由马之盛衰想到国之盛衰，最后以哀笔结尾。

【注释】 ① 江都王：据《历代名画记》记载，江都王李绪为霍王李元轨之子，多才艺，善画马。
② 真乘黄：赞曹霸画马之妙。这里借江都王作陪衬，赞扬曹霸的画技高超以及出名之早。乘黄，古代中的神马。
③ 貌：画。　照夜白：马名。唐玄宗有两匹御马，一名照夜白，一名五花骢。
④ 龙池：据《长安志》记载，龙池在南薰殿北边，深数丈，常有云气围绕，有时可见黄龙出入其中。
⑤ 婕妤、才人：宫中女官名，多为嫔妃的称号。
⑥ 轻纨细绮：华美的衣裳。
⑦ 拳毛騧(guā)：唐太宗六骏之一，黄毛黑喙。
⑧ 狮子花：即“九花虬”，范阳节度使李怀仙所贡，高额毛亮。据《杜阳杂编》记载，唐代宗以御马“九花虬”并紫玉鞭辔赐予郭子仪。
⑨ 缟素：用来作画的画绢。
⑩ 殊绝：特出，超绝。
⑪ 烟雪：形容骏马的毛色，黑如烟，白如雪。
⑫ 霜蹄：马蹄。　长楸间：古时道路两旁常种有楸树，这里指代大路。
⑬ 可怜：可爱。
⑭ 支遁：东晋僧人，喜养马。这里用支遁爱马衬托韦讽爱马。
⑮ 新丰宫：即华清宫，在骊山西北，玄宗每年十月来此过冬。
⑯ 翠华：用翠羽装饰的旗子作为皇帝仪仗。
⑰ 腾骧：形容高昂卓越。　磊落：众多貌。
⑱ 献宝：据《穆天子传》记载，穆天子西征时，河宗曾朝见并献宝。这里指安史之乱玄宗奔西蜀避乱。

⑲ 金粟：山名，在今陕西省蒲城县东北，玄宗墓地所在，又名泰陵。　龙媒：指骏马。《汉书·礼乐志》："天马徕，龙之媒。"

【赏析】 此诗为托物讽喻之作，开篇称赞曹霸的画技高超及其受到的恩宠，再写《九马图》所画骏马的神韵和雄姿，宛如真马卷风而过；最后由马之盛衰联想到国之盛衰，以哀痛之笔结尾，让人读来只觉苍劲利落之中更见律法深细。前段从照夜白引入，末段感慨遥深，中间错综"九马"，文势跌宕，有天马行空之感。诗人写七古一类诗体浩浩荡荡，连蜷变化，不可方物，并且善于从身边事物或微小事物着手，而兴寄遥深。正如唐汝询所言："观一图而慨及国运，子美之诗岂雕虫之技云尔？"（《唐诗解》）张溍有言："风格之老，神韵之豪，针线之密，可谓千古绝调。杜诗咏一物必及时事，感慨淋漓。今人不过就事填写，宜其兴致索然耳。末写明皇上升，用《穆天子》作隐语。即汉武射蛟相形，亦写明皇好大喜功也。"（《读书堂杜工部诗文集注解》）总体而言，此诗可谓杜诗沉郁顿挫之代表作。

送韦讽上阆州录事参军

国步犹艰难①，兵革未衰息。
万方哀嗷嗷②，十载供军食。
庶官务割剥③，不暇忧反侧④。
诛求何多门⑤，贤者贵为德。
韦生富春秋⑥，洞澈有清识⑦。
操持纪纲地⑧，喜见朱丝直⑨。
当令豪夺吏，自此无颜色。
必若救疮痍⑩，先应去蟊贼⑪。
挥泪临大江⑫，高天意凄恻⑬。
行行树佳政⑭，慰我深相忆。

【题解】 此诗与《韦讽录事宅观曹将军画马图歌》作于前后时，距安史之乱爆发刚好十年。这十年里战乱四起、战火不断，而官员不顾百姓生死、暴政敛财，诗人奔波四地，时常可见百姓痛苦生活。时韦讽赴阆州（今四川阆中）任录事参军，诗人写下这首赠别诗，劝诫韦讽上任能够清政为民，救民于水深火热之中。

【注释】 ① 国步：指国运。
② 万方：全国各地。 嗷嗷：哀号声。
③ 庶官：百官。 割剥：侵夺，残害。
④ 反侧：指百姓不安，怀有造反之心。
⑤ 诛求：强制征收。
⑥ 富春秋：指年少力强。
⑦ 清识：高明卓远的见识。
⑧ 操持：掌管。 纲纪：指古代伦理纲常。
⑨ 朱丝：乐器上红色的丝线。鲍照《白头吟》："直如朱丝绳。"后以朱丝喻正直无私。
⑩ 疮痍：指民间疾苦。
⑪ 蝥(máo)贼：指危害国家和人民的人。
⑫ 大江：指四川岷江。
⑬ 高天：常以高天形容秋季。 悽恻：凄怆哀伤。
⑭ 佳政：好的政绩。

【赏析】 此首五言古诗描绘出一幅烽火战乱、百姓流离的乱生相，全诗可见诗人爱国忧民的情怀。清代浦起龙《读杜心解》曰："起四句，诉时艰；中段，抉积弊而正告之；后四句，丁宁以送之。不独为当时药石，直说破千古病痛。"此诗可分为三部分，前八句为第一部分，叙写时事，谓百姓被繁重的军需压迫无喘息之日。但此战争是为了抵御外敌的正义战争，故诗人未多加谴责，而是抽丝剥茧地找出百姓痛苦的根源——"庶官务割剥"。面对如此现实，诗人渴求出现一位贤臣救百姓于水深火热中。于是"庶官"与"贤者"相对照，顺利引出第二部分。第二部分诗人夸奖韦讽，认为他就是"贤者"，赞其清明并且公私分明，上任之后定能令贪官豪吏"无颜色"。并且给出救济良方——"必若救疮痍，先应去蝥贼"，揭示了安史之乱后唐王朝蛀虫官吏的腐败。最后四句为第三部分。四句既是对韦讽的勉励又是对韦讽的牵挂，诗人把友情与家国之情糅合在一起，情真意切。

太子张舍人遗织成褥段

客从西北来，遗我翠织成。
开缄风涛涌①，中有掉尾鲸②。
逶迤罗水族③，琐细不足名④。
客云充君褥，承君终宴荣。

空堂魑魅走[⑤]，高枕形神清。
领客珍重意[⑥]，顾我非公卿[⑦]。
留之惧不祥，施之混柴荆。
服饰定尊卑，大哉万古程[⑧]。
今我一贱老，裋褐更无营[⑨]。
煌煌珠宫物[⑩]，寝处祸所婴。
叹息当路子[⑪]，干戈尚纵横。
掌握有权柄，衣马自肥轻。
李鼎死岐阳，实以骄贵盈[⑫]。
来瑱赐自尽，气豪直阻兵[⑬]。
皆闻黄金多，坐见悔吝生。
奈何田舍翁，受此厚贶情[⑭]。
锦鲸卷还客，始觉心和平[⑮]。
振我粗席尘，愧客茹藜羹[⑯]。

【题解】 此诗作于广德二年(764)，时诗人在严武幕府。张太子舍人赠杜甫珍贵褥段，杜甫婉言谢绝，并由此谈到因骄奢丧命的李鼎、来瑱二人，或借此劝诫严武。太子舍人是侍从太子的属官。另通过此诗可以想见杜甫为人，即使处于穷困之境，也绝不苟且拿取他人财物。

【注释】 ① 缄(jiān)：封，闭。
② 掉尾鲸：摆动尾巴的鲸鱼。
③ 逶迤(wēi yí)：蜿蜒曲折貌。
④ 不足名：不可胜数，形容数量之多。
⑤ 魑魅(chī mèi)：山林中传说能够吃人的鬼怪。
⑥ 珍重：爱惜。
⑦ 顾：只是。
⑧ 程：法度。古代对于衣服器物的使用有严格制度，以体现尊贵卑贱等差别。
⑨ 裋褐(shù hè)：粗陋布衣，多为贫贱者所穿。
⑩ 煌煌：光彩显赫貌。 珠宫：传说中的龙宫，此比喻皇宫。
⑪ 当路子：当权掌势者。
⑫ "李鼎"二句：据《旧唐书》记载，上元二年右羽林军大将军李鼎为凤翔尹、兴凤陇等州节度使。李鼎之死，史书并无记载，或因其骄奢恃功。岐阳，凤翔。
⑬ "来瑱"二句：据《旧唐书》记载，宝应元年来瑱为山南东道节度使，裴茂上书称来瑱倔强难治，皇上欲让裴茂取而代之。广德元年正月，来瑱被贬为播州县尉，赐死于鄠县。
⑭ 贶(kuàng)：赠送。
⑮ 和平：安然貌。

⑯ 茹：吃。 藜羹：用嫩藜熬制成的汤，这里指粗劣的食物。

【赏析】 对于这首诗歌的用意，浦起龙说："前言珍贵之品，不宜以非分受；后言奢侈必败，聊且以守分终。"（《读杜心解》）所言正是。此诗小中见大，有关世道，颇有乐府意味。王嗣奭曰："此一小物，而天道、王制，发出许大议论。至'叹息当路'以下，意更宏远矣。"（《杜臆》）

诗人从一匹珍贵褥段言起，继而告诫奢侈腐败的达官贵人切莫骄奢跋扈，引来杀身之祸。诗人因亲眼所见百姓因战争流离失所，内心痛苦与担忧如澒洞江水而不可掇，故如此华丽的褥段诗人断断不可收。随后话锋一转，从"叹息当路子，干戈尚纵横"二句开始，诗人将矛头指向当权一派，并列举李鼎、来瑱的例子来暗示当权者要以百姓为重，以国家利益为重。另，历来也有学者认为，此诗有规劝严武之意。史称严武常年在蜀，恣行猛政，穷极奢靡，赏赐无度，时诗人在严武幕下，故借此诗讽喻。钱谦益笺曰："史称严武累年在蜀，肆志逞欲，恣行猛政，穷极奢靡，赏赐无度。公在武幕下，此诗特借以讽谕，朋友责善之道也。不然，辞一织成之遗，而侈谈杀身自尽之祸，不疾而呻，岂诗人之意乎？"（《钱注杜诗》）

忆昔二首

【题解】 此组诗作于广德二年（764），时诗人在严武幕府，为追忆往事而作。

其 一

忆昔先皇巡朔方①，千乘万骑入咸阳②。
阴山骄子汗血马③，长驱东胡胡走藏④。
邺城反覆不足怪⑤，关中小儿坏纪纲⑥，
张后不乐上为忙。
至令今上犹拨乱⑦，劳心焦思补四方。
我昔近侍叨奉引⑧，出兵整肃不可当⑨。
为留猛士守未央，致使岐雍防西羌⑩。
犬戎直来坐御床⑪，百官跣足随天王⑫。
愿见北地傅介子⑬，老儒不用尚书郎。

【注释】 ① 先皇：指唐肃宗。　巡朔方：指至德元载(756)七月，肃宗即位于灵武后组织军队力量巡视朔方一带，抗击安史叛军。

② 入咸阳：指至德二载(757)九月，官军收复长安，十月肃宗还京。

③ 阴山骄子：指回纥援军。　汗血马：西域大宛国产汗血宝马，这里指回纥军的战马。

④ 东胡：指安庆绪。

⑤ "邺城"一句：乾元元年(758)十月，唐军九个节度使起兵包围安庆绪于邺城(今河南安阳)，然攻城不力，僵持不下。史思明先投降后复叛，于乾元二年三月引河北叛军至邺城助安庆绪，唐军败溃。

⑥ "关中"一句：指宦官李辅国扰乱唐朝纲纪。李辅国原本是"闲厩马家小儿"，初事高力士，后得侍东宫，成为肃宗心腹，深受其宠信，权倾朝野。后又与肃宗妃子张良娣勾结，打击玄宗旧臣。

⑦ 今上：指唐代宗。代宗于宝应元年(762)即位，册封李辅国为司空兼中书令。

⑧ 近侍：指杜甫当年在肃宗面前任职左拾遗。

⑨ "出兵"句：是说当时还未称帝的代宗以广平王拜天下兵马元帅，收复两京。

⑩ "为留"二句：指唐代宗听信宦官程元振的谗言，解除大将郭子仪的兵权，让他困留长安，导致唐凤翔、岐雍等地，兵力单薄，不能抵抗敌军，最后以唐军失利告终。猛士，指郭子仪。未央，西汉宫殿名，此处指代长安。岐雍，指岐州、雍州，皆在关内。西羌，指吐蕃。

⑪ 犬戎：指吐蕃。　坐御床：指广德元年(763)十月，吐蕃进攻长安，代宗仓皇出逃陕州，长安第二次沦陷。

⑫ 跣(xiǎn)足：赤脚，写文武百官逃跑时的狼狈貌。　天王：指唐代宗。

⑬ 傅介子：西汉北地人，曾斩下楼兰王首级，悬置北阙。诗人用历史人物表达内心渴望，希望能重振唐朝雄风。

其　二

忆昔开元全盛日①，小邑犹藏万家室②。
稻米流脂粟米白，公私仓廪俱丰实③。
九州道路无豺虎，远行不劳吉日出④。
齐纨鲁缟车班班⑤，男耕女桑不相失⑥。
宫中圣人奏云门⑦，天下朋友皆胶漆⑧。
百余年间未灾变，叔孙礼乐萧何律⑨。
岂闻一绢直万钱⑩，有田种谷今流血。
洛阳宫殿烧焚尽，宗庙新除狐兔穴⑪。
伤心不忍问耆旧，复恐初从乱离说⑫。
小臣鲁钝无所能，朝廷记识蒙禄秩⑬。
周宣中兴望我皇⑭，洒泪江汉身衰疾⑮。

【注释】 ① 开元：玄宗年号，开元盛世为中国历史上著名的三大盛世之一。

② 邑：旧称县为邑。　万家室：万户人家，形容玄宗时期人口众多。

③ 仓廪(lǐn)：指粮仓。藏谷者曰仓，藏米者曰廪。

④ "九州"二句：写全盛时期社会安定，天下太平，百姓丰衣足食。九州，指全国各地。吉日，吉祥的日子。

⑤ 齐纨(wán)鲁缟：齐鲁指山东一带，此地盛产精美丝织品。　车班班：商贾的车辆络绎不绝。

⑥ 桑：作动词用，指养蚕织布。　不相失：各安其所，各司其职。

⑦ 圣人：指皇帝。　云门：祭祀天地的乐曲。

⑧ 胶漆：比喻友情深厚，亲密无间。

⑨ 叔孙礼乐：西汉初，汉高祖命叔孙通制定礼乐。　萧何律：西汉初，萧何奉汉高祖之命，在秦法的基础上制定了汉律九章。

⑩ 岂闻：哪里听说过。　直："直"通"值"，价值。

⑪ 宗庙：指皇家宗庙。　狐兔穴：指入侵的吐蕃。代宗于广德元年(763)十月出逃后复返长安，此诗作于不久后，故曰"新除"。

⑫ "耆旧"二句：当地老年人都是历经开元盛世和安史之乱的过来人，怕惹起他们伤心，而不忍询问过往旧事。

⑬ 蒙禄秩：指杜甫受命检校工部员外郎一职。禄，俸禄。秩，官职。

⑭ 周宣中兴：周厉王之子周宣王即位后，重振朝纲，使周室复兴。这里指希望代宗能如周宣王一般复兴唐朝。

⑮ 江汉：指巴蜀。

【赏析】《忆昔二首》为借古讽今之作。第一首以肃宗信任宦官、朝纲混乱为前车之鉴，提醒代宗切莫重蹈覆辙。代宗即位后仍旧信任宦官，且夺郭子仪兵权，诗人不敢直言，故以此诗为谏。第二首则追忆开元盛世，感慨盛世难再有。安史之乱是唐朝由盛转衰的转折点，杜甫亲身经历，这种带有自身体验的文学语言与历史真实相结合，具有了更为深广的历史学意义。第一首中"邺城反覆不足怪"三句写出了肃宗统治时朝廷的荒谬。第二首"忆昔开元全盛日，小邑犹藏万家室"等以下十二句则写出了开元盛世的宏大场面，路不拾遗，安居乐业。两首相对比，可见诗人希望代宗拨乱反正、复见开元之盛的迫切心情。

寄董卿嘉荣十韵

闻道君牙帐[①]，防秋近赤霄[②]。
下临千仞雪，却背五绳桥。
海内久戎服[③]，京师今晏朝[④]。
犬羊曾烂漫[⑤]，宫阙尚萧条。
猛将宜尝胆，龙泉必在腰[⑥]。
黄图遭污辱[⑦]，月窟可焚烧[⑧]。
会取干戈利，无令斥候骄[⑨]。
居然双捕虏[⑩]，自是一嫖姚[⑪]。
落日思轻骑，高天忆射雕。
云台画形像[⑫]，皆为扫氛妖[⑬]。

【题解】 此诗作于广德二年(764)秋,时公在严武幕中。董嘉荣受严武之命镇守西山边城,诗人写作此诗勉励其严守边防,建立功勋。

【注释】 ① 牙帐:将帅军队的营帐,因帐前挂有牙旗故称。
② 防秋:古代西北各游牧部落,往往趁秋高马肥时南侵中原。届时边军调兵防守,称为"防秋"。这里指严武反击吐蕃之战。 赤霄:极高的天空。
③ 戎服:代指军事。
④ 晏朝:晚朝。
⑤ 犬羊:代指吐蕃。
⑥ 龙泉:宝剑名。《越绝书》记载:"取铁英作铁剑三枚,一曰'龙渊'。"为避唐朝忌讳,诗人称其为"龙泉"。
⑦ 黄图:古代地理书籍《三辅黄图》的简称,记载秦汉时期三辅的城池、宫观、陵庙、明堂、辟雍、郊畤等,故以此借指京都。
⑧ 月窟:月亮的归属之地,古人通常以此指最西之地,这里借指吐蕃。
⑨ 斥候:古代的侦察兵。
⑩ 捕虏:指汉代将军马武。据《后汉书・马武传》载,马武,字子张,以战功显赫拜捕虏将军。
⑪ 嫖姚:指汉大将霍去病,霍去病多次抵御匈奴立下战功,曾任嫖姚校尉。这里比喻董嘉荣可与名将马武、霍去病齐名。
⑫ "云台"一句:汉明帝曾把二十八位名将的图像绘于云台之上,以纪念功臣名将。
⑬ 氛妖:不祥之气,妖气,常指祸端、灾难。古人迷信,谓大凶之前必有所征兆,氛妖乃凶兆之一。

【赏析】 这是一首寄赠之作,杜甫激励董卿在边防奋勇杀敌,建功立业。此诗深刻之处在于将唐时混乱的背景融入诗作中,通过简单几笔勾勒出唐王朝此时水深火热的宏大背景。前四句点出诗句背景,极言防秋之地危险。中间十二句叙述吐蕃之乱,国家局势之危,以及董卿之才。结尾四句进一步寄怀勉励,以云台诸将作比,对董卿寄予厚望,也可看出杜甫对国家时局的关切,不负"诗史"之名。

立秋雨院中有作

山云行绝塞,大火复西流①。
飞雨动华屋,萧萧梁栋秋。
穷途愧知己②,暮齿借前筹③。
已费清晨谒④,那成长者谋⑤。
解衣开北户,高枕对南楼。
树湿风凉进,江喧水气浮。
礼宽心有适,节爽病微瘳⑥。
主将归调鼎⑦,吾还访旧丘⑧。

【题解】 广德二年(764)秋,诗人在严武幕府对雨言怀而作。诗中透露出幕僚一职非诗人本志之意。

【注释】 ① 大火:星宿名,即心宿星。夏历七月,大火西流,位置由中天逐渐西降,则秋季至也。
② 知己:指严武。杜甫得严武表荐为检校工部员外郎。
③ 前筹:同“前箸”,座位前的筷子。据《史记·留侯世家》记载,张良曾向汉王刘邦借其桌前的筷子为其指点谋略,这里诗人感谢严武对其的关照。
④ 清晨谒:指诗人每日清晨参谒主将严武。
⑤ 长者谋:诗人自谦无长者谋略。
⑥ 瘳(chōu):病愈。
⑦ 调鼎:调味于鼎中。比喻严武欲担任宰相,负有管理朝政之责。
⑧ 旧丘:指草堂。

【赏析】 诗人因下雨而感怀,通过写府中秋雨之景抒发了自己空有热血却报国无门的苦闷心理。前四句由景入手,阴雨连绵,凄凉生秋,渲染秋季悲凉萧索的气氛,也因此可见诗人心情的低落。诗人情绪低沉,主要源于其幕僚一职所带来的无力感。然而对于严武的情谊诗人又深表感激,才有“穷途愧知己,暮齿借前筹”之语,全诗隐约可见杜甫在出世与入世之间挣扎的矛盾心理。

奉和严郑公军城早秋

秋风袅袅动高旌,玉帐分弓射虏营[①]。
已收滴博云间戍[②],欲夺蓬婆雪外城[③]。

【题解】 此诗作于广德二年(764)秋七月严武幕府中,时严武在西山前线大破吐蕃,写下《军城早秋》一诗,诗中以“飞将军”李广自喻。杜甫奉和此诗。当时杜甫作为幕府参谋,曾经多次向严武提出自己的军事看法与建议,从此诗中可以窥见诗人欢欣鼓舞的心情和期望严武杀敌平乱的雄心。

【注释】 ① 分弓:将军下令。 虏营:指吐蕃军队。
② 滴博:地名,即的博岭,唐时属维州(今四川汶川)。
③ 蓬婆:吐蕃城名,以蓬婆岭得名,在今四川省茂县西南。

【赏析】 这是一首唱和诗，高度赞扬了严武收复失地的军事才略。上二句绘早秋军城，下二句颂严武战绩，望其能一雪前耻，收复失地。开元二十六年(738)，吐蕃来攻安戎，唐军大败，两城并陷，数万将士及军粮甲仗俱没。杜甫故云“欲夺蓬婆雪外城”，借指此事。严武之诗豪迈雄健，杜甫和诗亦刚健可喜，二诗可谓相得益彰，实乃唱和诗佳作。

院中晚晴怀西郭茅舍

幕府秋风日夜清，澹云疏雨过高城。
叶心朱实看时落，阶面青苔老更生。
复有楼台衔暮景，不劳钟鼓报新晴①。
浣花溪里花饶笑，肯信吾兼吏隐名。

【题解】 这首诗为广德二年(764)秋杜甫于严武幕府中所作。时任成都尹兼剑南节度使的严武举荐杜甫为节度使幕府参谋、检校工部员外郎。后世常称杜甫为“工部”，即指此次所任官职。仇兆鳌注：“此不乐居幕府而作也。”西郭茅舍，指草堂。

【注释】 ① 报新晴：民间习俗以钟鼓声的敲响为晴天的预兆，故曰报新晴。

【赏析】 此诗为借景抒情之作。全诗起承转合，结构严谨，上四句写雨后秋色，五六句写院中晚晴，七八句怀西郭茅屋，而全诗重点为最后两句，所抒情绪也包蕴在其中。卢世潅评此诗道：“举束缚蹉跎，无可奈何意，一痕不露，只轻轻结语云：‘浣花溪里花饶笑，肯信吾兼吏隐名。’既悲老趋幕府，为溪花所笑，将欲驾言吏隐，又恐为溪花所疑。几多心事，俱听命于花，深乎深乎！”(转引自仇兆鳌《杜诗详注》)“浣花溪里花饶笑，肯信吾兼吏隐名”，这两句表面说入幕府不过也是吏隐，只恐浣花溪水边的花朵嘲笑自己，实则是自己嘲笑自己，哀叹幕府束缚蹉跎，自己却无可奈何。仇兆鳌以王嗣奭《杜臆》中所解末二句意，认为其：“玩末二句，直欲乞休，而其词含蓄近谑，温柔敦厚之意可见。”(《杜诗详注》)

宿　府

清秋幕府井梧寒①，独宿江城蜡炬残。
永夜角声悲自语②，中天月色好谁看③。
风尘荏苒音书绝④，关塞萧条行路难。
已忍伶俜十年事⑤，强移栖息一枝安。

【题解】这首诗作于广德二年(764)，当时杜甫已入严武幕僚，为节度使参谋、检校工部员外郎，按照当时政吏规定参谋必须留宿于节度使幕府，杜甫只好长期居住在府内。题目谓“宿府”，即留宿府内之意。然杜甫与其他幕僚官员意见有所不合，故时感寂寞、孤独。

【注释】① 幕府：这里指严武节度使府。古时行军打仗，将帅无固定驻所，通常将府署设在主将帐幕内，故称幕府。　井梧：井边的梧桐树。
② 永夜：长夜。
③ 中天：高空中。
④ 风尘：指战乱。　荏苒：时间在不知不觉中逝去。
⑤ 伶俜(líng pīng)：孤独的样貌。

【赏析】诗歌前四句写景，后四句抒情，情景交融，层层剖析。首联“井梧寒”“蜡炬残”点出清秋时分室外凄寒，室内夜深蜡烛燃尽而诗人不能入眠，正见“独宿”。本诗题为“宿府”，然诗眼为“独宿”二字。诗人借独宿幕府所看所闻，抒发了身世飘零、孤独寂寞之感。颔联声景相融，为上五下二句式，即“永夜角声悲/自语，中天月色好/谁看”。长夜漫漫，号角不断，悲惨凄怆，犹似自语；高空皓月，月色分明，美景如此，能与谁看？古时，号角之声是战乱的标志，皎洁明月则是思乡情怀的显露。面对如此美景，诗人涌起无限乡愁。颈联由景入情，通过“音书绝”“行路难”直接写出与亲人、与故里音信全无，归乡无望。尾联一“忍”、一“强”、一“安”写出了诗人眼下的无可奈何，只得一枝偷安罢了。一夜徘徊、辗转难眠正是从侧面写出了诗人不安的情绪，首联“独”字与尾联“安”字正是孤独与不安的内在情绪涌动，使全诗笼罩一种沉郁悲抑的气氛。首尾相照，结构严谨，正是杜律之精妙处。

到　村

碧涧虽多雨，秋沙先少泥。
蛟龙引子过，荷芰逐花低[①]。
老去参戎幕[②]，归来散马蹄。
稻粱须就列，榛草即相迷。
蓄积思江汉[③]，疏顽惑町畦[④]。
暂酬知己分[⑤]，还入故林栖[⑥]。

【题解】 广德二年(764)，杜甫入严武幕僚。此诗作于其乞假暂归草堂时。

【注释】 ① 荷芰(jì)：荷叶与芰叶。
② 戎幕：军府，此指节度使幕府。
③ 江汉：指代荆楚之地。
④ 疏顽：粗疏愚笨，杜甫自谦。　町畦(tǐng qí)：田界。
⑤ 知己：指严武。
⑥ 故林：指草堂。浦起龙《读杜心解》里另解释为杜甫河南旧居。

【赏析】 这首诗为杜甫告假归村之作，此时诗人为了探家遣闷，暂回成都草堂。诗歌上四句言到村秋景。田涧经过雨水冲刷，泥去沙存；荷芰逐花低垂，好似蛟龙引子经过。下八句言到村叙怀。一个“散”字可看出杜甫回到草堂时的自在轻松心情，暂可不必与幕僚周旋，只需归散马蹄，喜得游行也。另外尾联两句“暂酬知己分，还入故林栖”——待我暂回幕府报答了严武知遇之情后，我还是回草堂度过余生吧。就从这两句我们可以窥见杜甫也曾动过在浣花草堂终老一生的念头。

村　雨

雨声传两夜，寒事飒高秋。
揽带看朱绂[①]，开箱睹黑裘。
世情只益睡，盗贼敢忘忧[②]。
松菊新沾洗，茅斋慰远游。

【题解】 此诗当作于广德二年(764)秋,与《到村》同时作。

【注释】 ① 朱绂(fú):古代礼服上的红色蔽膝,后常作为官服的代称。
② 盗贼:这里指西山叛乱反贼。在此之前,松、维、保三城失陷,为安定巴蜀,驱逐吐蕃,严武部署了西山一战。此谓叛军未消灭,诗人寝食难安。

【赏析】 秋季最易让人感伤,加上绵绵秋雨,更是惹人心绪难安,大诗人杜甫也不免俗套。从内容上看诗歌描写了雨夜村中独坐之景。两天村雨未停,御寒则添衣,一看“朱绂”,报君恩无门;再看“黑裘”,归田也无果,世情如此浇薄,唯有一睡解千愁。然而西山盗贼未定,诗人岂敢忘忧。如今只有回到草堂,与松菊相对可得些许安慰。诗人把草堂当做自己心灵栖息之地,如同陶渊明笔下的“桃花源”。另外诗歌结构上也十分严谨,首联记村雨,尾联仍以村雨作结,首尾相呼,层次照应。

独 坐

悲秋回白首[①],倚杖背孤城。
江敛洲渚出,天虚风物清。
沧溟恨衰谢[②],朱绂负平生。
仰羡黄昏鸟,投林羽翮轻。

【题解】 此诗写于广德二年(764)秋,与《倦夜》同时。诗中“沧溟恨衰谢,朱绂负平生”与“白头趋幕府,深觉负平生”(《正月三日归溪上有作简院内诸公》)情感遥相呼应。

【注释】 ① 白首:白头,表示年老。
② 沧溟:苍天和大海。

【赏析】 入秋以来,杜甫写了一些反映幕僚生活、抒发内心苦闷的诗篇。这首诗是其郁郁不得志的体现,表现了诗人垂老居官的落寞无奈,不如隐退的复杂心情。前四句写诗人独坐看秋景,透露出一片肃杀、萧条之意;后四句写诗人独坐有感怀,幕府生活倒不如黄昏中的鸟儿那般身轻自在,萌发出退隐仕宦的念头。全诗笼罩着一股凄清落寞、自愧难当的愁苦。

倦　夜

竹凉侵卧内，野月满庭隅[①]。
重露成涓滴，稀星乍有无[②]。
暗飞萤自照，水宿鸟相呼。
万事干戈里，空悲清夜徂[③]。

【题解】广德二年(764)秋，杜甫于幕府请假暂回草堂，此时安史之乱刚刚平息，历经十年战乱的唐王朝日薄西山，早已不复当年盛况。杜甫虽寓居于成都西郊浣花溪草堂，免受中原战乱影响，但他向来心系家国百姓，不免内心焦虑如焚，夜不能寐写下此诗，故曰“倦夜”。诗题既点出了时间，又表达了当下内心情绪，为诗人情感的抒发提供了环境背景。

【注释】① 庭隅(yú)：庭院的角落。
② 乍有无：忽有忽无之貌。
③ 徂(cú)：过去，消逝。

【赏析】这是一首典型杜律，对仗工整，起承转合，井然有序。王嗣奭点评此诗：“题曰《倦夜》，是无情无绪，无可自宽，亦无从告语，故此诗亦比兴，非单咏夜景也，但不宜逐句贴解。”(《杜臆》)虽写“倦夜”，却无一字明说，只通过景物诉之。首联叙竹叶风吹入内，故凉；明月独照高空，故满，言初夜景色。颔联写露水堆积汇成涓滴，稀星近月而晦暗不明，言深夜之景。“重露成涓滴”让人不免想到“花重锦官城”，一“重”字用活全篇。颈联写月落之后，四周黑暗，流萤自照，水鸟呼应，言夜尽之景，以动衬静更显孤寂。尾联点明主旨，说明诗人倦夜却不眠的原因：干戈未平。即使年老，一腔爱国心仍不减退。初秋夜短，只余空悲，韵味不绝。

陪郑公秋晚北池临眺

北池云水阔[①]，华馆辟秋风[②]。
独鹤元依渚，衰荷且映空。
采菱寒刺上，踏藕野泥中。

素楫分曹往[3]，金盘小径通。
萋萋露草碧，片片晚旗红。
杯酒沾津吏[4]，衣裳与钓翁。
异方初艳菊[5]，故里亦高桐。
摇落关山思[6]，淹留战伐功[7]。
严城殊未掩[8]，清宴已知终。
何补参军乏[9]，欢娱到薄躬[10]。

【题解】 广德二年(764)，诗人假期休满返回严武幕府后作此诗，写陪严武宴游之情景。

【注释】 ① 北池：又名万岁池，故址在今成都市北。据《华阳国志·蜀志》记载：秦国张仪奉旨筑成都城，在此地取土，后成池，有荷鱼之利，名曰万岁池。
② 辟秋风：指华馆宽敞秋风流通顺畅。
③ 分曹：分批，分组。
④ 津吏：古时掌管渡口、桥梁的官吏。
⑤ 异方：他乡，这里指成都。
⑥ 摇落：凋落。
⑦ 淹留：羁留，有牵绊而不能离去。
⑧ 严城：防守严紧之城。
⑨ 参军：指诗人任严武幕僚一事。
⑩ 薄躬：自身，诗人自谦之词。

【赏析】 这是一首借景抒情之作，诗歌前十二句写北池所见之秋景而兼叙事；后八句言陪严公宴游，抒情而兼叙事。秋意浓，正是思乡情深之时，“异方”四句，诗人目睹眼前菊花绽放，联想到故乡梧桐的凋零，涌起思乡愁绪。然而诗人却不回关中故乡仍留此处，只因“淹留战伐功”才是忧国忧民的诗人最关心之事。另外诗人陪同严武宴游，并非是严武在如此战乱的背景之下仍饮酒作乐，置国家于不顾，从诗句“严城未掩”“清宴知终”可知严武并非享乐而忘敌者，抗击外敌乃当时有志之士共同心愿。

《新唐书》《旧唐书》皆有记载严武与杜甫之间因为性格或政见等不同而存有些许嫌隙与不合，关于二人之间的关系，一直是杜甫研究中的一个重要话题。黄鹤曰：“公在严武幕中，自《遣闷有作奉呈》后，如《咏竹》《泛舟》《观岷山画图》，至《北池临眺》，皆分韵赋诗，其情分稠密如此。而史谓严武中颇衔之，不知何所本而云？”(转引自仇兆鳌《杜诗详注》)是为严武和杜甫不合的反驳。如今我们审视二人情谊，大可不必太过在意二人之间的矛盾与分歧，而抹杀了杜甫对严武之情义。

遣闷奉呈严公二十韵

白水鱼竿客，清秋鹤发翁①。
胡为来幕下，只合在舟中。
黄卷真如律②，青袍也自公③。
老妻忧坐痺④，幼女问头风⑤。
平地专欹倒⑥，分曹失异同⑦。
礼甘衰力就⑧，义忝上官通⑨。
畴昔论诗早⑩，光辉仗钺雄⑪。
宽容存性拙⑫，剪拂念途穷⑬。
露裛思藤架⑭，烟霏想桂丛。
信然龟触网⑮，直作鸟窥笼。
西岭纡村北，南江绕舍东。
竹皮寒旧翠，椒实雨新红。
浪簸船应坼，杯干瓮即空。
藩篱生野径，斤斧任樵童。
束缚酬知己，蹉跎效小忠⑯。
周防期稍稍，太简遂匆匆⑰。
晓入朱扉启，昏归画角终。
不成寻别业⑱，未敢息微躬。
乌鹊愁银汉，驽骀怕锦幪⑲。
会希全物色，时放倚梧桐。

【题解】 此诗作于广德二年(764)秋，时公在严武幕中。公两度于蜀依附严武，二人情谊不可谓不深。然公在严武幕府任小小幕僚一职，为礼数相拘，又为同辈所排挤，故公作此诗请求严武能够卸下其职，令其重归草堂。

【注释】 ① 鹤发：白发。
② 黄卷：指记录、考核官吏功过的文书。 律：律令。
③ 自公：即自公退食，本意指朝廷官员退朝以后在家用食，这里指诗人虽官职卑微，却节俭奉公。
④ 痺：同“痹”，指风寒、湿气入侵体内，造成关节和肌肉麻木、疼痛。
⑤ 头风：头痛症。
⑥ 欹(qī)倒：歪倒，诗人因有痹湿病不能久坐。
⑦ 分曹：古代官员治事分科谓分曹。

⑧ 就：即力就，就位、任职。
⑨ 忝：自谦之词。　上官：指严武。
⑩ 畴(chóu)昔：往昔，以前。
⑪ 钺(yuè)：古代兵器，状如大斧。这里指有严公坐镇，有如秉钺之威。
⑫ 宽容：意为严武待自己礼数之宽，且一直以来对自己关照引荐。
⑬ 剪拂：清洗拂拭，这里指严武对人才的培养。
⑭ 裛(yì)：湿润。
⑮ 信然：确信、确实。　龟触网：据《史记・龟策列传》记载有神龟出使被捕鱼者网获的故事，这里指诗人入职幕府。
⑯ “束缚”二句：言入职幕府是为了报答严武的知遇之恩，然而自己才疏学浅，只能对国家略表一点衷心。诗句暗含埋怨、自谦等复杂心理。
⑰ “周防”二句：二句当为互文，意为自己性情疏放简单，以至于处事草率。有表白严武之意。
⑱ 别业：别墅，这里指浣花草堂。
⑲ 驽骀(tái)：劣马，比喻庸才。　锦幪(méng)：华丽的马鞍套。

【赏析】 对于此诗，历来学者有不同见解，如王嗣奭《杜臆》言：“观公此诗，谁云傲诞哉？即幕僚虽不合，止于‘分曹失异同’；而‘平地专欹倒’，且自分其过，可以占公之所养。”认为杜甫并不如好事者所言为傲诞狂放之人。而吴农祥则曰：“通首愤激，或以此证武欲杀甫之实。然两公相与有终，必不致此。”(《杜诗集评》)认为从此诗可看端倪——严武或有杀杜甫之心。不论杜甫与严武之间到底是否有激愤相斥之心，此诗中透露出杜甫想重归草堂之愿景毋庸置疑。诗歌前四句叙情，点明“闷”之由来——不乐居幕府而欲返草堂。中间“黄卷”至“窥笼”叙幕府劳累之态。诗人虽为幕府规矩所拘，然“礼甘衰力就，义忝上官通”，杜甫自述严武待自己历来宽容，私交甚厚。礼之所在，虽已衰老，不敢不尽职。然而杜甫仍挂念草堂别业，从“西岭”至“微躬”述草堂繁盛景物，这些景物无一不在诉说对杜甫的眷恋，实则也是杜甫对草堂的深情。结尾四句再次重申主旨，即出幕可以遣闷，整首诗歌无一不是倾诉自己重归草堂之意。

送舍弟颖赴齐州三首

【题解】 此首组诗作于广德二年(764)秋，杜甫有弟四人：占、观、丰、颖。唯有杜占跟随杜甫一同入蜀。此时，弟杜颖来成都探望兄嫂，小聚几日，便要离去前往齐州(山东)，杜甫不舍，不免泪雨连连。

其　一

岷岭南蛮北[①]，徐关东海西[②]。

此行何日到，送汝万行啼。
绝域惟高枕，清风独杖藜。
时危暂相见，衰白意都迷。

【注释】 ① 岷岭：指成都岷山，这里指杜甫所居之地。
② 徐关：齐州一带，这里指杜颖前往之地。

其　二

风尘暗不开，汝去几时来。
兄弟分离苦，形容老病催①。
江通一柱观，日落望乡台。
客意长东北，齐州安在哉。

【注释】 ① 形容：容貌神色。

其　三

诸姑今海畔①，两弟亦山东②。
去傍干戈觅，来看道路通。
短衣防战地③，匹马逐秋风。
莫作俱流落，长瞻碣石鸿④。

【注释】 ① 诸姑：即杜甫姑母。据杜甫《范阳卢氏墓志》记载，杜甫有五姑。祖父杜审言先后有两妻，薛氏所生三姑已死去，继室卢氏所生二姑仍在，当指此二姑。
② 两弟：指杜丰和杜观。
③ 短衣：古人穿着骑射的衣服。
④ 碣石：山名，在今河北省昌黎县西北，濒临渤海。这里指代山东一带。　鸿：意为鸿雁传书。这里指杜甫期盼弟弟书信。

【赏析】 第一首叙依依惜别之情。首联交代背景，公在“岷岭”位于南蛮以北，弟在“徐关”位于东海之西，天涯海角，相去甚远。颈联“绝域惟高枕，清风独杖藜”写出自己卧病家中、寥廓落寞之状，更预示着此后兄弟分别自己形单影只之苦。尾联一个“暂”字点明了兄弟短暂相聚而要作别的无奈，时局危险、相见短暂，此身衰老、再见难期，不免心绪迷乱。短小精悍，却出语真切，感人至深。第二首叙分别后自己的无限哀思。首联

“风尘”二句承上首“时危”，颔联“兄弟”二句承上首“衰白”，组诗之间结构严谨，章法有序。尾联“客意长东北，齐州安在哉”，无限愁思只有通过遥遥望乡台传达自己的情谊。第三首叙期盼兄弟姑母再次相见，由颖弟赴齐州而想姑母及其他兄弟，战乱时局，再次相见不知何年何月，公只能深情呼唤“莫作俱流落”。公寄弟忆弟诸诗无一不佳，乃真情流露。

张溍评组诗曰：“三首全是至性，不落文字。第一首先忧其去，第二首又望其来，末首方实指，兼计去来，说及诸姑两弟，正赴齐州之故。”（《读书堂杜工部诗文集注解》）

严郑公阶下新松得沾字

弱质岂自负[①]，移根方尔瞻。
细声侵玉帐[②]，疏翠近珠帘。
未见紫烟集[③]，虚蒙清露沾。
何当一百丈[④]，欹盖拥高檐。

【题解】 此诗乃广德二年(764)秋诗人赴好友严武家宴饮时同题之作。诗人以新松自喻，表达为国效力，尽忠职守之愿，身着官服定不负严公栽培。

【注释】 ① 弱质：柔弱之貌，表面指新松，实则诗人自喻。此乃杜甫自喻依严武而供职幕府。
② 玉帐：指严武幕府。古时称主将营为“玉帐”或“牙帐”。
③ 紫烟集：松高而直冲云霄，松顶常常有云烟堆积，新松因矮小则不能有此现象。
④ 何当：什么时候能够。

【赏析】 这是一首托物言志诗，诗人以松自喻幕中效职之意，不忘严郑公之培植也。诗句起头便自谦，谓自己弱质，不敢自负，移根于此，将以严武为具瞻者，表达了对严武赏识自己的感激。诗句结尾“欹盖拥高檐”，气势不凡，预期自己日后定不负严公栽培，终将为国家出力。

严郑公宅同咏竹得香字

绿竹半含箨[①]，新梢才出墙。
色侵书帙晚[②]，阴过酒樽凉。
雨洗娟娟净[③]，风吹细细香。
但令无剪伐，会见拂云长。

【题解】 此诗亦为广德二年(764)秋诗人赴严武家宴时所作。

【注释】 ① 箨(tuò)：笋壳。
② 书帙(zhì)：书套，泛指书籍。
③ 娟娟：明媚美好貌。

【赏析】 这是杜甫赴严武家宴时同题之作，因其为应答之作，不免有对主人恭维之词。首联写出竹子的新与嫩，"半含""才出"抓住新竹成长过程，作者化静为动，写活了竹子的生长过程。颔联抓住视觉与触觉，从竹影与竹阴两方面写出竹子带来的美好恬静之境。颈联连用两个连词继续从视觉和嗅觉写竹，雨过后，绿竹更显翠绿干净；风吹后，新竹传来阵阵幽香。尾联以意逆志，表达自己"致君尧舜上"的志向。与前诗相比此诗更显婉转清新，浦起龙言："二诗皆寓依人意。松诗负气不凡，竹诗托意又婉。"(《读杜心解》)

晚秋陪严郑公摩诃池泛舟得溪字

湍驶风醒酒，船回雾起隄[①]。
高城秋自落，杂树晚相迷。
坐触鸳鸯起，巢倾翡翠低[②]。
莫须惊白鹭，为伴宿清溪。

【题解】 此诗当作于广德二年(764)晚秋，诗人陪严武泛游摩诃池而作。据《元和郡县志》记载：摩诃池在州城西。此池乃隋蜀王杨秀取土筑城而来，有一僧人见此池曰：“摩诃宫毗罗”，“摩诃”为大，“宫毗罗”为龙，意为此池广阔又有巨龙，因此得名“摩诃池”。故址在今四川省成都市内。

【注释】 ① 隄：通“堤”，堤岸。
② 翡翠：小鸟名，亦名翠鸟。

【赏析】 古时作诗，喜好分韵。此首泛舟赋诗而得“溪”字，落韵巧妙，有乞归意味。其中颈联“触”与“倾”二字，用法极妙，鸳鸯、翡翠乃栖息于水上，行舟而过，必触动鸳鸯；又船过翡翠巢穴，好似将其倾覆，故翡翠低飞而过。二字言夜晚泛舟之景，却舟过鸟起，静谧中点染喧哗，使整首诗歌动静交融，极具画面感。

奉观严郑公厅事岷山沱江画图十韵得忘字

沱水临中座，岷山到北堂。
白波吹粉壁，青嶂插雕梁①。
直讶杉松冷，兼疑菱荇香②。
雪云虚点缀，沙草得微茫③。
岭雁随毫末④，川蜺饮练光⑤。
霏红洲蕊乱，拂黛石萝长⑥。
暗谷非关雨，枫丹不为霜。
秋城玄圃外，景物洞庭旁⑦。
绘事功殊绝，幽襟兴激昂。
从来谢太傅⑧，丘壑道难忘。

【题解】 此诗作于广德二年(764)秋，时杜甫在严武幕府中。厅事，官府办公的地方，此指严武节度使公堂。时严武请人画了一幅《岷山沱江图》挂于厅事，杜甫参观后作此诗。

【注释】 ① 雕梁：屋梁上豪华的装饰。
② 菱荇：水草名。
③ 沙草：沙上所生之草。 微茫：隐约模糊。

④ 岭雁：飞越山岭之雁。　毫末：指画笔。　川蜺：河上的彩虹。
⑤ 练光：指画卷。
⑥ “霏红”二句：意谓洲渚中红叶飘散，青黛色的石萝长长垂挂于石头之上。
⑦ 秋城：亦作“秋成”，指仙境。　玄圃：传说在昆仑山顶，为神仙所居之处。
⑧ 谢太傅：东晋宰相谢安，虽身居高位，仍恣意山水。这里借指严武。

【赏析】 此五言排律被认为宋人咏画之祖，可谓格调高咏、娓娓不穷。起联开门见山，随后承此写法，字字刻画，且收语稳足。诗人大笔一挥，围绕这幅《岷山沱江图》为读者描绘出了一幅磅礴画境。“沱水”“岷山”明说，“白波”“清嶂”暗说，总起山水之景。后五联分写江山景物，一句是山，另一句则水。有如“松杉”“菱荇”“雪云”“沙草”等画中近景，也有“岭雁”“川蜺”等画中高景，再有“霏红”“拂黛”等画中蒙昧之景，更有“秋成”“玄圃”等画中明净之景，可见诗人笔触之广，同时可见杜甫排律功底之深。

过故斛斯校书庄二首

【题解】 此组诗作于广德二年(764)秋，杜甫告假回草堂时凭吊旧友故居所作。题下原注：“老儒艰难，时病于庸蜀，叹其殁后，方授一官。”老儒即斛斯融，又称斛斯六，喜酒，乃杜甫草堂邻里，平日多有走动，死后才得“校书”一职。杜甫《江畔独步寻花七绝句》其一与《闻斛斯六官未归》里都曾提到其人。

其　一

此老已云殁①，邻人嗟未休。
竟无宣室召②，徒有茂陵求③。
妻子寄他食，园林非昔游。
空余繐帷在④，淅淅野风秋。

【注释】 ① 殁(mò)：去世。
② 宣室召：据《汉书》记载，贾谊被贬长沙后，汉文帝思念他，又将其召回并于宣室接见了他。后多用此指代君主召见贤才。
③ 茂陵求：据《史记》记载，司马相如家居茂陵，病重，汉武帝派人往其家中取所著书籍，到时相如已死，只遗书一卷，书中言封禅一事。此处用司马相如指代斛斯融死后得“校书”一职。
④ 繐(suì)帷：死者的灵帐，设于灵柩前。

【赏析】 作为凭吊友人之作，初读此诗，不觉多悲；再读此诗，只觉秋意萧瑟，泪眼低垂。杜甫哀痛旧友之作，如同与邻人话其家长，娓娓道来，然而到结尾二句，物在人亡，顿感喉哽声咽泪凄凄矣。

其 二

燕入非傍舍，鸥归只故池。
断桥无复板，卧柳自生枝。
遂有山阳作①，多惭鲍叔知②。
素交零落尽③，白首泪双垂。

【注释】 ① 山阳作：本指向秀和嵇康二人友谊。据《晋书》记载，魏晋“竹林七贤”之向秀和嵇康共居山阳，交往密切。嵇康死后，向秀重经山阳旧居，作《思旧赋》怀念友人。
② 鲍叔知：据《史记》记载，春秋时期，管仲与鲍叔牙交往，曾叹曰：“生我者父母，知我者鲍叔也。”这里以鲍叔牙比斛斯融。
③ 素交：旧交。

【赏析】 如果说第一首更多是感叹斛斯老儒生前不被重用的惋惜之情，那么第二首更多是诗人怀念二人质朴友情。诗句开篇用燕入傍舍、鸥归故池写出了动物的不忘旧主，断桥卧柳则从环境着手，“断”“卧”点出此地已被荒弃多日。物况且如此，那人呢？自然是满目凄恻。诗人与老儒本是“素交”，如今友人多“零落”，面对无情岁月，故交凋零，不由老泪双垂。

怀 旧

地下苏司业①，情亲独有君。
那因丧乱后②，便有死生分。
老罢知明镜，归来望白云③。
自从失辞伯④，不复更论文。

【题解】 此诗作于广德二年（764）秋，时公在严武幕中。闻苏源明死讯，公悲伤不已，作此诗悼

之。题下原注:“公前名预,避御讳,改名源明。”

【注释】 ① 苏司业:指苏源明。京兆武功人,善文辞,曾任国子司业,后为秘书少监,故称苏司业。
② 那:奈何。 丧乱:指安史之乱。
③ 白云:借用陶渊明《停云》组诗之意,指代思念友人。
④ 辞伯:赞誉擅长文词者,这里指苏源明。

【赏析】 《怀旧》乃怀念、哀悼故旧之诗,短短五言却读出深切悲凉。丧乱一别,如今两人已阴阳两隔,杜甫失去了一位好友,更是失去了同代知音。诗人揽镜自照,镜中人憔悴衰老,自怜自叹之情溢出诗面。诗歌最后两句,更是写出了苏源明的才华在诗人心中的地位,苏公逝去,诗人再无可与谈论文章之人。浦起龙评曰:“此等诗惟彼我交感,方见情至。”(《读杜心解》)

哭台州郑司户苏少监

故旧谁怜我，平生郑与苏。
存亡不重见，丧乱独前途。
豪俊何人在①？文章扫地无②。
羁游万里阔，凶问一年俱③。
白首中原上，清秋大海隅④。
夜台当北斗⑤，泉路窅东吴⑥。
得罪台州去⑦，时危弃硕儒。
移官蓬阁后⑧，谷贵殁潜夫⑨。
流恸嗟何及⑩，衔冤有是夫!
道消诗发兴，心息酒为徒。
许与才虽薄，追随迹未拘⑪。
班扬名甚盛，嵇阮逸相须⑫。
会取君臣合，宁诠品命殊⑬？
贤良不必展，廊庙偶然趋。
胜决风尘际，功安造化炉。
从容询旧学⑭，惨淡閟阴符⑮。

摆落嫌疑久[16]，哀伤志力输。
俗依绵谷异，客对雪山孤。
童稚思诸子，交朋列友于[17]。
情乖清酒送，望绝抚坟呼。
疟病餐巴水，疮痍老蜀都。
飘零迷哭处，天地日榛芜[18]。

【题解】此诗当作于广德二年(764)秋，时杜甫好友郑虔、苏源明二人同在此年去世，公悲痛作此诗。郑司户，即郑虔，为台州司户参军事。苏少监，即秘书少监苏源明。前首《怀旧》即杜甫哀悼苏源明而作。同年两位好友相继离世，联想到自身，杜甫不免悲从中来，飘零迷哭。

【注释】① 豪俊：指杜甫好友郑虔、苏源明。
② 扫地无：谓洁净，不留一物。
③ “羁游”二句：谓杜甫南下同谷，又流离蜀中，漂泊西南直到严武重镇蜀郡，才知道郑虔的死讯。而此时苏源明亦卒，杜甫闻此，悲痛不已。凶问，死讯。
④ “白日”二句：苏源明卒于京师，故曰“中原”；郑虔卒于台州，临近大海，故曰“大海”。
⑤ 夜台：坟墓。　北斗：指京师。
⑥ 窅(yǎo)：远望。　东吴：指台州。
⑦ 得罪：指郑虔因为安禄山授以伪官，而被贬为台州司户参军事。
⑧ 蓬阁：指秘书省，苏源明为秘书少监。
⑨ 潜夫：有志之士。
⑩ 流恸(tòng)：痛哭流涕。
⑪ “许与”二句：公自谓才能浅薄，却得到郑苏二公所赞许，追随二人行迹而不受拘泥。
⑫ “班扬”二句：谓郑苏二人如同班固、扬雄一样，在文坛享有盛名；又像阮籍、嵇康一般恣意饮酒，互为知己。
⑬ 品命殊：指官位卑微。
⑭ 询旧学：指苏源明，其先为太子谕德，后为秘书少监。
⑮ 閟阴符：指郑虔，谓郑虔通晓兵书。
⑯ 摆落：摆脱。
⑰ “童稚”二句：杜甫在幼时便仰慕二人才名，后有幸结交而成为兄弟。　友于：兄弟。
⑱ 榛芜：指道路阻塞。

【赏析】此诗乃哀悼好友郑虔与苏源明之作，起笔二句直入惨切，言明公与二人情谊深厚。然现如今，公存而二公亡，不得再相见，又值丧乱之际，前途未卜，公岂能不悲。在杜甫眼中，二人才华如班固、扬雄，性情如阮籍、嵇康。如此贤能之人相继离去，只留杜甫于天地苍茫间，大有无处可去之感。全诗分为四部分，首四句开篇点题，交代了三人关系，点出各自飘零天地间因乱世而未曾再次相见，有悲有憾。其下十四句承“存亡

不重见”一句，叙述二人一卒于台州，一卒于京师，不能“重见”。再下十四句承“故旧谁怜我”一句，回忆二人生前往事。最后十二句因事而哀，由二公之死想到自身。先是漂泊蜀中，再闻故旧殁逝，最后只感人世荒凉也。卢世㴶评曰：“此诗泣下最多，缘两公与子美莫逆故也。‘豪俊人谁在，文章扫地无。羁游万里阔，凶问一年俱。’二十字抵一大篇祭文。结云：‘飘零迷哭处，天地日榛芜。’苍苍茫茫，有‘何地置老夫’之意。想诗成时，热泪一涌而出，不复论行点矣，是以谓之哭也。”（转引自仇兆鳌《杜诗详注》）

别唐十五诫因寄礼部贾侍郎

九载一相逢[1]，百年能几何？
复为万里别，送子山之阿[2]。
白鹤久同林，潜鱼本同河。
未知栖集期，衰老强高歌。
歌罢两凄恻，六龙忽蹉跎[3]。
相视发皓白，况难驻羲和。
胡星坠燕地[4]，汉将仍横戈[5]。
萧条四海内，人少豺虎多。
少人慎莫投[6]，多虎信所过[7]。
饥有易子食，兽犹畏虞罗[8]。
子负经济才[9]，天门郁嵯峨[10]。
飘飘适东周[11]，来往若崩波[12]。
南宫吾故人[13]，白马金盘陀[14]。
雄笔映千古，见贤心靡他。
念子善师事，岁寒守旧柯。
为我谢贾公[15]，病肺卧江沱[16]。

【题解】 此诗作于广德二年（764），时公在严武幕府中。贾至，原尚书左丞，广德二年转礼部侍郎。唐诫，排行十五，故称唐十五。官至河南府士曹参军。广德二年赴东都举，当时贾至为礼部侍郎，故杜甫写下此诗，一来为唐诫作别，二来向贾至推荐唐诫。

【注释】 ① 九载：仇兆鳌注“乾元二年至广德二年也”。
② 子：指唐诫。　阿：山角落。
③ 六龙：古代传说羲和驾驭六龙之车以载日神。这里指代岁月。
④ 胡星：指史朝义。广德元年(763)正月，史朝义缢死在幽州医巫闾祠下，李怀仙取其首级至京师。
⑤ 汉将：指仆固怀恩。据《唐书》记载，广德元年九月，怀恩拒命于汾州，其子瑒进攻榆次，未几为部下所杀，怀恩遂北走灵武。广德二年(764)七月，怀恩引回纥、吐蕃入侵。
⑥ 投：赴、赶往。
⑦ 信：随意、肆意。
⑧ 虞罗：掌管山泽之虞人所设的网罗，泛指渔猎者设置的网罗。
⑨ 经济才：经国济世之才，这里赞赏唐诫。
⑩ 嵯峨(cuó é)：山岭崇高之貌。
⑪ 东周：洛阳。
⑫ 崩波：指奔波。
⑬ 南宫：汉代修建尚书百官府为南宫，南宫也称为南省。
⑭ 金盘陀：马鞍辔饰。这里指贾至为礼部侍郎，身居高位，是我的老朋友。
⑮ 谢：道歉。
⑯ 病肺：杜甫由于身患肺病，身体虚弱。

【赏析】 全诗共分为三部分，首十二句记叙杜甫与唐诫相识、相知、相别，诗人用“白鹤”“潜鱼”比喻聚散不由你我，如今我俩再次相见，已是“两凄恻”“发皓白”了。次十二句写如今国事衰落，世道艰难。多数人死于兵贼，而叛贼未平；人少之处且将人食，虎多之处且将虎食。如此环境之下，杜甫只能将部分希望寄托在唐诫身上，望他能够被圣上赏识，为国效力。末尾八句遥致贾至，同时叮嘱唐诫如“岁寒守柯”，勿变其初衷。可谓结语寄声，简而不漏。浦起龙《读杜心解》曰：“首十二句，叙过别情。次八句，横插中间，奇绝。……末十二句，乃因唐寄贾之正文。但言唐具高才，贾能好贤，唐必秉心不二，贾自鉴别无爽。绝不代作乞怜之语，脱尽荐书套子，乃深于荐引者。”

初　冬

垂老戎衣窄①，归休寒色深。
渔舟上急水，猎火著高林。
日有习池醉②，愁来《梁甫吟》③。
干戈未偃息④，出处遂何心⑤。

【题解】 此诗作于广德二年(764)初冬，时公在严武幕中，告假暂归草堂而作。诗写初冬景物，

兼忧国事。

【注释】 ① 垂老：将老。　戎衣：军服。
② 习池：习家池，为襄阳游宴胜地，晋代征南将军山简镇守襄阳时常在此宴饮。这里指代草堂。
③《梁甫吟》：本为乐府诗名篇。相传诸葛亮作《梁甫吟》，愤恨汉室衰乱。这里杜甫以诸葛亮自比。
④ 干戈：这里指广德二年十月，叛将仆固怀恩引回纥、吐蕃攻邠州，严武反击攻吐蕃盐川城。
⑤ 出处：指出仕和归隐。

【赏析】 诗歌起首五字“垂老戎衣窄”让人联想到“束缚酬知己，蹉跎效小忠”（《遣闷奉呈严公二十韵》），大抵表现诗人壮志未酬之意。回到草堂后，“渔舟”和“猎火”并无可歌咏之处，诗人用字高妙在“急”和“高”。白天有如习家池那般豪饮，愁来只得村中苦吟。诗人直到这里给读者呈现的都是一位白发老人，戎衣趋府之貌，着实令人发笑，然而细想起来却可见诗人不情不愿之意，点出“出处遂何心”的矛盾心态。

观李固请司马弟山水图三首

【题解】 此组诗作于广德二年（764）冬。李固曾请其弟画山水图，公至李固家观此画后而作诗。此组诗当为观画而作，非题画诗。

其　一

简易高人意①，匡床竹火炉②。
寒天留远客，碧海挂新图③。
虽对连山好④，贪看绝岛孤⑤。
群仙不愁思，冉冉下蓬壶⑥。

【注释】 ① 高人：指李固。
② 匡床：方正的床。此二句说李固平易简单的生活方式与随性易处的生活态度。
③ “碧海”句：此句为倒装句，即“挂碧海之新图”。碧海，画中之海。
④ 连山：画中连绵不绝的山。
⑤ 绝岛：画中的蓬莱仙岛。
⑥ 冉冉：缓慢的样子。　蓬壶：即蓬莱岛。古代方士传说仙人所居住的海上仙山。

【赏析】 前二句写李固简单的生活方式和平易近人的生活态度，后二句切题，叙天寒留客，围炉夜话，赏观新图。后四句看山看岛，羡慕群仙没有愁思，反衬诗人自己颇多愁苦。李长祥说："将群仙竟看向热闹一边去，如人之不耐寂寞。一般是看群仙之奇处。清思峻骨亦在此。"（转引自萧涤非主编《杜甫全集校注》）

其　二

方丈浑连水①，天台总映云②。
人间长见画，老去恨空闻。
范蠡舟偏小③，王乔鹤不群④。
此生随万物，何路出尘氛⑤？

【注释】 ① 方丈：传说中三大仙山之一。《拾遗记》记载："三壶，则海中三山也。一曰方壶，则方丈也；二曰蓬壶，则蓬莱也；三曰瀛壶，则瀛洲也。"

② 天台：即今浙江省天台市北，传说为仙人所居之地。

③ 范蠡（lǐ）：春秋时期越国大夫，辅佐越王勾践破吴之后，功成身退，泛小舟而游五湖。

④ 王乔：传说中的神话人物，能够驾鹤飞行。

⑤ 尘氛：尘世。

【赏析】 此为组诗中的第二首，言诗人自己只能见画中场景，而未能真游其地。诗人一生追逐万物，不能如范蠡、王乔一般泛舟驾鹤，与其说遗憾的是未能身临其境，不如说是羡慕画中之仙超脱尘世的境界。

其　三

高浪垂翻屋，崩崖欲压床。
野桥分子细①，沙岸绕微茫。
红浸珊瑚短，青悬薜荔长②。
浮查并坐得③，仙老暂相将④。

【注释】 ① 子细：仔细。指画中野桥描绘得十分仔细。

② 薜荔：木本植物，又名木莲。珊瑚浸水而红，薜荔悬山而青。

③ 浮查：亦作浮槎，即竹木筏。

④ 相将：一起。

【赏析】 此诗为组诗末首，然三诗可谓一意，皆因观画而起隐逸之意。诗歌起笔“高浪”“崩崖”，道出画中山水险境；接着“野桥”“沙岸”叙写画中笔墨精细。前者雄伟，后者微小，可谓粗中有细，足见画者之妙和作者眼光之独到。如果说第一首是诗人见画心生“群仙不愁”之思，那么第二首则是思考自己“何路出尘氛”，直到第三首，诗人已经感到自己身在浮槎之中，与仙人相将也。浦起龙《读杜心解》评曰：“三诗一意。总是因画而动高隐之思。其次第更自秩然。首言‘群仙不愁’，遥羡也；次言‘何处出尘’，惧隔也；末言‘浮查’‘相将’，望引也。以此作题画观，又恰以不黏不脱见超。”

至后

冬至至后日初长①，远在剑南思洛阳②。
青袍白马有何意③，金谷铜驼非故乡④。
梅花欲开不自觉，棣萼一别永相望⑤。
愁极本凭诗遣兴，诗成吟咏转凄凉。

【题解】 广德二年(764)冬至后作，此时杜甫正在剑南节度使严武幕府，虽受严武器重，然而天性散漫耿直的诗人与刻板的幕僚生活格格不入，诗人身在四川，心在洛阳(杜甫最快活的青少年时期正是在洛阳渡过的)。于是借诗咏怀，抒发了对故乡和兄弟的思念。

【注释】 ① 日初长：指冬至之后，白天逐渐由短变长。
② 剑南：唐代在四川设剑南道，驻所在成都。
③ 青袍白马：杜甫在严武幕府中为官。青袍，幕府官服。
④ 金谷铜驼：指富贵之地，此代指洛阳。　非故乡：暗指安史之乱摧毁了洛阳城，如今今非昔比。
⑤ 棣萼(dì è)：棣为落叶灌木，其花萼，即棣萼，比喻兄弟。

【赏析】 此诗为故乡未平，诗人漂泊蜀中，触景生情，思乡忆弟之作。杜甫西南漂泊中一个重要的主题便是思乡，这是所有至情至性之人所共通。诗歌首联准确点出时间、地点、人物、事件。冬至这天日最短，夜最长；冬至之后，日渐长而夜渐短。苦寒之境、佳节之日最易思乡，二者重叠，诗人思念之情喷涌而出。此时的杜甫并不快乐，过着“青袍白马”的生活，却无时无刻不在思念着过往故乡。恰好看到枝头繁盛的梅花，由此起兴，想到“棣萼”，想到手足兄弟。仇兆鳌注曰：“因梅花而念棣萼，总是触物伤怀。”(《杜诗详注》)这等愁思无处排解，只能愈转凄凉。

寄贺兰铦

朝野欢娱后，乾坤震荡中[①]。
相随万里日，总作白头翁。
岁晚仍分袂[②]，江边更转蓬[③]。
勿云俱异域[④]，饮啄几回同。

【题解】 此诗写于广德二年(764)冬，诗人和贺兰铦分别之后所写的寄赠诗。

【注释】 ① 乾坤震荡：指安史之乱的爆发。
② 分袂(mèi)：分手。袂，衣袖。
③ 转蓬：像蓬草飘转，这里指辗转流离。
④ 异域：在不同的地方。

【赏析】 诗歌前四句写出了诗人与友人乱后再相逢的喜悦，后四句叙写远方惜别珍重的挂念。从诗中可以想见，二人相逢时不免追忆往昔，盛唐时期天下太平，普天同乐，然而安史之乱让唐朝开始走向衰落，诗人和贺兰铦也因为避乱而来到四川，如今都已是白发老人。更悲哀的是，二人都已是垂暮老人，却还要再次分别，故此诗人发出委婉的劝慰之语："勿云俱异域，饮啄几回同。"不必太过悲伤，毕竟相聚分离是人间常事，然而诗中蕴含的不能把握命运的自伤之情溢于言表。

送王侍御往东川放生池祖席

东川诗友合，此赠怯轻为。
况复传宗匠[①]，空然惜别离。
梅花交近野，草色向平池[②]。
倘忆江边卧，归期愿早知。

【题解】 此诗写于广德二年(764)冬春之交，王侍御将赴东川(梓州，今四川三台)，当时诗人参加在放生池为王侍御举办的饯行宴席，诗歌写出了对友人的祝福与再次相见的期盼。

【注释】 ① 传宗匠：意谓王侍御能写诗作对，诗艺高超。
② 平池：即放生池。

【赏析】 此首赠别绝句并无过多的诗歌技巧，反而诗人自我谦虚曰“此赠怯轻为”。言东川是卧虎藏龙的地方，我的诗作与他们相比恐怕有所逊色，故心生惭愧、胆怯之情。实际是诗人自谦之词。上四句言送别王侍御的情景，“惜别”二字首先点出对友人的不舍。五六句言池边初春景象，“梅花”对“草色”，“交”对“向”，“近野”对“平池”，工整平稳。末两句既像低声自语，又似委婉商量，把杜甫对友人的思念毫无保留地传递了出来。

正月三日归溪上有作，简院内诸公

野外堂依竹，篱边水向城。
蚁浮仍腊味①，鸥泛已春声。
药许邻人斸②，书从稚子擎③。
白头趋幕府，深觉负平生。

【题解】 此诗作于代宗永泰元年(765)，杜甫从幕府归草堂之作，此时杜甫已经打算辞去幕府一职。“溪上”指“浣花溪”，“院内”即节度使幕府。

【注释】 ① 蚁浮：也可作“浮蚁”，指浮于酒上的泡沫，这里代指酒。 仍腊味：指所喝之酒还是腊月酿造的。
② 斸(zhú)：挖掘。杜甫暂居草堂时，曾经种植草药。
③ 从：任凭。 擎：举。

【赏析】 诗人在严武幕府中任职已有一段时日，然并不如诗人预想一般得到重用，反而与严武及其他幕僚产生了不小隔阂，诗人不禁有“束缚酬知己，蹉跎效小忠”(《遣闷奉呈严公二十韵》)、“衰颜聊自哂，小吏最相轻”(《久客》)之语。诗人虽长期身处郊野，却心挂庙堂，不免一身牢骚。正如元代方回所说：“老杜合是廊庙人物，其在成都依严武为参谋，亦屈甚矣。此诗二起句言草堂之状，三、四言时节，五、六言情怀，而末二句感慨深矣。老杜平生虽流离多在郊野，而目击兵戈盗贼之变，与朝廷郡国不平之事，心常不忘君父，故哀愤之辞不一，不独为一身发也。”(《瀛奎律髓》)

敝庐遣兴奉寄严公

野水平桥路，春沙映竹村。
风轻粉蝶喜，花暖蜜蜂喧。
把酒宜深酌，题诗好细论。
府中瞻暇日，江上忆词源[①]。
迹忝朝廷旧[②]，情依节制尊[③]。
还思长者辙[④]，恐避席为门[⑤]。

【题解】 此诗作于代宗永泰元年(765)春，诗人辞去幕府工作重回草堂。面对草堂春景，诗人作诗寄赠严武，希严武能游草堂再把酒言欢。

【注释】 ① 词源：形容文采功力，这里指代严武。
② 忝(tiǎn)：有愧于。 朝廷旧：指诗人曾历任唐玄宗、唐肃宗、唐代宗三朝官员，故自称朝廷旧臣。
③ 节制：节度使简称，指严武。
④ 长者辙：指严武的车轮碾过的痕迹。
⑤ 席为门：汉代丞相陈平少年家贫，以席为门，但探访之人仍络绎不绝。

【赏析】 诗歌借景抒情，前六句说“敝庐遣兴”，先说草堂水清路平，再言风和蝶飞，次言把酒情深，正好题诗细论，只盼严公来。后六句言“奉寄严公”，回忆府中情景，以思词源；又想曾为朝廷旧臣，如今破席为门，恐严公嫌弃而不来，其中深情，情态毕致。

营　屋

我有阴江竹[①]，能令朱夏寒[②]。
阴通积水内，高入浮云端。
甚疑鬼物凭，不顾翦伐残[③]。
东偏若面势[④]，户牖永可安[⑤]。
爱惜已六载，兹晨去千竿。
萧萧见白日[⑥]，汹汹开奔湍。
度堂匪华丽，养拙异考槃[⑦]。

草茅虽薙葺⑧，衰疾方少宽。
洗然顺所适⑨，此足代加餐⑩。
寂无斤斧响，庶遂憩息欢⑪。

【题解】 永泰元年(765)杜甫辞去严武幕府职位，重归草堂生活，因此对茅屋进行了重葺。此诗记录了诗人重整茅屋的经过。

【注释】 ① 阴江：江之阴也。水南称为阴，水北称为阳。
② 朱夏：夏季。
③ 翦伐：砍伐。两句指竹林生长太过茂密阴森，怀疑其有鬼神出没，故欲伐之。
④ 东偏：东面。　面势：形势。
⑤ 户牖(yǒu)：门窗。
⑥ 萧萧：树木稀疏貌。　白日：阳光。
⑦ 考槃(pán)：《诗·卫风·考槃》毛传："考，成也。槃，乐也。"寓贤人隐逸之乐。
⑧ 薙(tì)葺：割草用以覆盖茅屋。
⑨ 洗然：心情安适的样子。
⑩ 代加餐：指胜过一天几顿加餐。寓茅屋重修落成之日，诗人感到安适自得，聊胜温饱。
⑪ 庶：也许，或许。

【赏析】 对于此首诗，不少学者认为颇有深意。明代单复认为《营屋》"言伐竹以营室而作也"。张远也说："前段至'汹汹开奔湍'，言伐竹以为营屋之由；下则叙营屋之深意。"梁运昌更引申道："明用斫竹，与《除草》是一对事，而题曰《营屋》者，营屋足以该斫竹也。前六句竹中六句斫竹，后六句营屋，末二句总收。"(转引自萧涤非主编《杜甫全集校注》)诗人把朝中恶人看作应"去千竿"的竹林，砍掉阴森茂盛的竹林，才能看得见明亮的白日，也就是再现人才济济的朝廷。

除　草

草有害于人，曾何生阻修①。
其毒甚蜂虿②，其多弥道周③。
清晨步前林，江色未散忧。
芒刺在我眼，焉能待高秋。
霜露一沾凝，蕙叶亦难留④。
荷锄先童稚⑤，日入仍讨求⑥。

转致水中央，岂无双钓舟[7]。
顽根易滋蔓，敢使依旧丘[8]。
自兹藩篱旷，更觉松竹幽。
芟夷不可阙[9]，疾恶信如仇。

【题解】 此诗与前诗写于同时，乃重修草堂茅屋有感所作。原注曰："去荨草也。"荨草又名荨麻，多生长于四川、贵州一带，其茎干有刺，蜇人颇痛。杜甫在诗中以荨草喻奸佞小人，除草即除奸也。

【注释】 ① 曾何：奈何。　阻修：山路险阻遥远也。意为毒草不生于偏远之地，反生于近人之旁。
② 虿(chài)：毒蝎之类。
③ 弥：满。
④ 蕙叶：香草叶，代表美好事物。
⑤ 先：率领。
⑥ 讨求：仔细寻找毒草尽快铲除。
⑦ "转致"两句：毒草生命力顽强，如若扔置原处，则容易再次生根。故寻找小船将其弃入水中。
⑧ "顽根"两句：意为毒草顽固，生命力极强，容易生长，怎么能够让被铲除的毒草仍留原地呢?
⑨ 芟(shān)夷：铲除。　阙：通"缺"。

【赏析】 此诗与前首《营屋》主旨颇为相似，意在铲除毒草，以正朝廷纲纪。诗人一心牵挂朝廷，只从"芒刺在我眼，焉能待高秋"两句就可见诗人的凛然傲骨，那些毒草就如"芒刺"一般，怎能等待直至高秋，必定要铲除到底。诗歌末两句点明全诗主旨，显出杜甫的高洁情操。此诗历来被认为讽喻诗之经典，清代浦起龙评曰："从来去奸而奸反为害者，不速不尽故也。解此诗者，总不得肯綮，非胸有千古，目有时艰，深识祸乱之源，历鉴优柔之弊，未易语此。"(《读杜心解》)

春日江村五首

其　一

农务村村急，春流岸岸深。
乾坤万里眼，时序百年心[1]。
茅屋还堪赋，桃源自可寻[2]。
艰难昧生理[3]，飘泊到如今。

【题解】 此组诗与前诗所作同时，乃诗人于春日草堂有感。五首诗前后照应，俱写情事，“春日江村”只是作为环境起到衬托作用。

【注释】 ① 时序：指一年春、夏、秋、冬四季运行的次序。 百年：指人的一生。
② 桃源：桃花源，语出陶渊明《桃花源记》，后世用以指避世隐居之地。
③ 昧(mèi)生理：为生计所恼，昧，无知。

其 二

迢递来三蜀①，蹉跎有六年②。
客身逢故旧③，发兴自林泉④。
过懒从衣结⑤，频游任履穿⑥。
藩篱颇无限，恣意向江天⑦。

【注释】 ① 迢递：遥远的样子。
② 六年：诗人乾元二年(759)入蜀，到永泰元年(765)已经六年。
③ 故旧：指严武、高适等旧友。
④ 发兴：引发兴趣。
⑤ 从：任随。
⑥ 履穿：鞋被磨穿。
⑦ 恣意：任意。

其 三

种竹交加翠，栽桃烂熳红。
经心石镜月①，到面雪山风②。
赤管随王命③，银章付老翁④。
岂知牙齿落，名玷荐贤中⑤。

【注释】 ① 经心：留心观察。 石镜：据《蜀中名胜记》记载：“上有一石，厚五寸，径五尺，莹澈，号曰石镜。”
② 到面：吹拂面颊。
③ 赤管：原指汉代尚书丞、尚书郎每月所赐的赤管大笔。后指在朝为官。
④ 银章：银印。隋唐后官不佩印，只有随身鱼袋。金银鱼袋，又称银章。 老翁：诗人自指。
⑤ 玷(diàn)：侮辱。诗人自谦之词。

其 四

扶病垂朱绂[①]，归休步紫苔。
郊扉存晚计[②]，幕府愧群材。
燕外晴丝卷，鸥边水叶开。
邻家送鱼鳖，问我数能来。

【注释】 ① 朱绂：佩戴官印的红色朝服。杜甫为检校工部员外郎，赐绯鱼带，故自称。
② 郊扉：郊外柴门，这里指杜甫草堂。 晚计：晚年的生计。

其 五

群盗哀王粲[①]，中年召贾生[②]。
登楼初有作[③]，前席竟为荣。
宅入先贤传[④]，才高处士名[⑤]。
异时怀二子，春日复含情。

【注释】 ① 群盗：指作乱的安禄山、史思明等叛军。 王粲：字仲宣，三国时著名文学家，"建安七子"之一，十七岁时遭逢董卓叛乱，离开长安去荆州避难，投靠刘表。这里诗人把自己比作王粲。
② 贾生：即贾谊。西汉洛阳人，政治家、文学家。少有才名，然遭朝中大臣排挤，被贬为长沙王太傅。后汉文帝召见贾谊入京，问鬼神之事，半夜文帝竟拖曳席子往前听之。这里诗人同样自比贾谊。
③ 登楼：指王粲暂居荆州时，为抒发自己思乡及怀才不遇的感慨而作《登楼赋》，诗人自比。
④ 宅：指王粲、贾谊流寓时所居之地。
⑤ 处士：指才高八斗却不愿朝中做官之人。

【赏析】《春日江村五首》，因"春日江村"起兴，俱推开写，所感情事不再事必沾江村，而只是或点江村，或点春日，但情感自然流动其中。

第一首首联起兴，写春日江村之景，有耕田自给之意，有陶渊明避世之思。余下八句叹自己避乱于蜀，去故乡有万里之远。观天地之宏大，而无自己容身之所；念日月之如流，而自己老之将至，不免心生悲壮之感。诗人遭值艰难，不能如陶渊明般找寻到真正栖息之地，而漂泊至今，其中"生理"二字从诗人口中说出，更添艰难之感。

第二首先叙其来蜀后依附故旧修建草堂，身性过懒，不复修饰，抒发自己怡然自得、无拘无束之乐，可见其不愿入职幕府之意。然而此种快乐只是稍纵即逝，诗人潜藏在心中的仍是壮志难酬、漂泊无依的孤寂。

第三首回忆广德二年(765)春诗人自梓州、阆州归来草堂又受荐入幕府任职等

事。前半首言居草堂之乐，后半首写仕职幕府之失。其中“赤管随王命，银章付老翁”指自己受严武所举荐，担任节度使参谋、检校工部员外郎。对于这句诗，顾宸评曰：“年老而名列荐贤，非公本怀，即‘白头趋幕府，殊觉负平生’之意。”（转引自萧涤非主编《杜甫全集校注》）

第四首先申辞官退隐之意，明代单复曰：“言扶病以垂朱绂，则幕府自愧于群才，言不宜仕也。见归草堂足以自乐。”（转引自萧涤非主编《杜甫全集校注》）颔联中的“愧”自然是自谦之词，诗人内心真正所愧的是自己未能实现辅佐君王之志，就如其《简同院作》所云：“白头趋幕府，深觉负平生。”尾联则见出江村百姓淳朴民风，更表明草堂茅屋在诗人心中就是最后一亩心灵憩息之地。

第五首可看作整首组诗的总结之语，将自己的人生境遇与王粲、贾谊作对比。首联先言王粲，后说贾谊；颔联一一对应。王粲曾为躲避董卓之乱逃至幽州，见多了战乱不平的现象，就如杜甫为避安史之乱流寓蜀州一样。贾谊在朝政上受他人排挤，被贬为长沙太傅，而自己也因上疏救房琯被贬华州司功参军，与贾谊有同样命运。正如黄生所言：“以王粲依刘比己依严武；以贾生再召比己再授官。然登楼之作仍切思乡，则依刘非本志矣。前席之荣虚蒙主眷，则废弃竟终身矣。”（转引自萧涤非主编《杜甫全集校注》）

此首组诗将古人融作自己，而借以自发其意。吴瞻泰言道：“《春日江村》前四首，言艰难漂泊，放废江天，名玷荐贤，归休扶病。然所以然之故，终未说明。到第五首，忽将王粲、贾谊反复咏叹，口中只怜二子，言外分明自怜，此五首总结法也。”杨伦也说：“五诗，前首总起，末首总结，中三首逐章承递，从前心事，向后行藏，备悉其中，可作公一篇自述小传读。”（转引自萧涤非主编《杜甫全集校注》）

长　吟

江渚翻鸥戏，官桥带柳阴。
江飞竞渡日①，草见踏青心②。
已拨形骸累③，真为烂漫深④。
赋诗新句稳，不免自长吟。

【题解】 此诗于永泰元年(765)春，诗人辞职幕府重归草堂时作，写出诗人面对春日佳境时的闲情逸致。长吟，音缓且长的吟诵。

【注释】 ① 竞渡日：民间端午节竞赛龙舟。
② 踏青：清明节郊外结群闲步，谓之踏青。
③ 形骸：人的形体。
④ 烂漫深：指恣情游玩。

【赏析】 诗人原在幕府有“束缚酬知己”(《遣闷奉呈严公二十韵》)之挫败感，然而回到草堂，只觉回归自然心情恣意，再无形骸苦累。正如王国维所说“以我观物，故物皆著我之色彩”，诗人心情大好，见眼前物情之向荣，而觉人心之闲旷也。诗人更是在诗中表达了自己的作诗观即“稳”，这与诗人所说“晚节渐于诗律细”(《遣闷戏呈路十九曹长》)所同，有细才能稳也。整首诗读来只觉心旷神怡，神清气爽。

春　远

肃肃花絮晚[①]，菲菲红素轻[②]。
日长惟鸟雀，春远独柴荆[③]。
数有关中乱[④]，何曾剑外清[⑤]。
故乡归不得，地入亚夫营[⑥]。

【题解】 此诗与前诗所作同时。春远即春深、春暮之意，诗人观景而有所感，触发其思乡之情。

【注释】 ① 肃肃：安静貌。　花絮：柳絮。
② 菲菲：下落貌。　红素：红的落花和白的飞絮。
③ “日长”两句：春远知日长，日长知春远，此为互文。
④ 关中乱：据《唐书》记载，广德二年十月，仆固怀恩诱吐蕃、回纥入寇，十一月吐蕃逃离，永泰元年二月，党项羌寇富平等地，而富平属京兆府，故称为关中乱。
⑤ 剑外清：指蜀中一带，松、维、保三州被陷失守。
⑥ 亚夫营：据《史记・周勃世家》，文帝时期，周亚夫为将军，屯兵细柳营，故亚夫营即细柳营。而细柳营位处长安，即公之故乡也。

【赏析】 诗人辞归之后，渐生思乡之情，此诗即抒发丧乱阻归之感。首联言景，花絮落则晚，红素落则轻，用暮春环境衬托当时心境。颔联“惟鸟雀”“独柴荆”寥寥六字勾勒出地远幽深、人烟

稀少之景。黄生曾说:“写有景之景,诗人类能之,写无景之景,惟杜独擅耳。”(转引自仇兆鳌《杜诗详注》)颈尾二联诗人心生思归之情,然而关中战乱,剑外失守,可谓欲去蜀却又归不得,真是去住两难,几乎无容身之地也。读罢只感诗人笔情曲屈不可思议也。

绝句三首

【题解】 此诗与前诗所作同时,乃诗人辞归后居草堂所作。

其 一

闻道巴山里[1],春船正好行。
都将百年兴,一望九江城[2]。

【注释】 ① 巴山:即大巴山脉,位于中国陕西、四川、湖北三省交界处。诗人打算乘船离蜀去往荆楚,故经三峡和巴山区域。
② 九江城:即江陵,今湖北荆州市。

其 二

水槛温江口[1],茅堂石笋西[2]。
移船先主庙,洗药浣沙溪。

【注释】 ① 水槛:依水而建的栏杆。 温江:即成都岷江。
② 石笋:据《石笋记》记载,成都城西有条街,因街头有两株石笋而得名。

其 三

谩道春来好[1],狂风太放颠[2]。
吹花随水去,翻却钓鱼船。

【注释】 ① 谩道:莫道,休说。
② 放颠:放纵颠狂。

【赏析】 此三首绝句第一首先明去蜀之怀，次首言成都惹人留恋之地，末首言春江风急，行程受阻，叹不能动身矣。读来只觉诗人疏放狂放之姿，神韵颇似李白。三首组诗之妙不在于写景之美，抒情之深，而在于其章法。吴瞻泰曾言："此以三首为章法也。首章思乘船即去九江；次章东移西泊不出成都；末章致怨春风，系船不能去。而以比兴出之，小小结构，具有波澜。"（转引自萧涤非主编《杜甫全集校注》）

三韵三篇

【题解】 此诗与前诗同为辞幕回归草堂之作。此诗主旨，虽以往名家各有观点，但其诗讽喻意义广泛，却是一致认同的。

其　一

高马勿捶面①，长鱼无损鳞。
辱马马毛焦，困鱼鱼有神②。
君看磊落士，不肯易其身③。

【注释】 ① 捶：一作"唾"，有侮辱之意。
② "辱马"两句：侮辱马，马就生病毛发变色；困辱鱼，鱼儿空中飞去是其精神也。
③ 易：轻视。

其　二

荡荡万斛船①，影若扬白虹。
起樯必椎牛②，挂席集众功③。
自非风动天，莫置大水中。

【注释】 ① 斛(hú)：量器名，古代十斗为一斛，万斛形容船巨大沉重。
② 起樯：把樯帆竖起来，指开船。　椎牛：杀牛。
③ 挂席：船行开动时所扬起的船帆。

其　三

烈士恶多门，小人自同调①。
名利苟可取，杀身傍权要②。
何当官曹清，尔辈堪一笑③。

【注释】① 烈士：指有识刚烈之士。　同调：比喻志同道合。
② 苟：如果。　权要：掌握权力的朝中重位。
③ 何当：什么时候。　官曹：官署。

【赏析】此首组诗是杜甫诗歌里面比较少见的三韵，所谓三韵即每首诗歌共六句，隔句用韵。宋代严羽在《沧浪诗话·诗体》中有言："有律诗至百五十韵者，有律诗止三韵者。"

第一首诗人借"辱马""困鱼"尚不可轻，表明自己立身磊落之原则，不肯轻身以取辱。第二首用比兴手法，先用赵王石虎造万斛之舟比君子声望宏大。接着写起樯椎牛，挂席众功，表明船只动身之前的声势浩大，人徒之众。最后以大船需大风助力，谓君子不宜轻易出也。卢元昌在《杜诗阐》中评此诗："语意似讽房琯。如琯有大略，不度时势，轻身自试，致有陈斜丧师之事。"第三首诗人将讽喻对象扩大，讽刺奸邪小人假如能够获得名利，就会不顾杀身之祸而去依附权贵，而世间此等患得患失之小人多矣。如权要撤去、官曹清明，则趋炎附势小人可一笑置之也。

黄鹤对于此首组诗点评道："此诗当是永泰元年(765)作。时代宗信元载、鱼朝恩，而士之易节者争出其门。二人在广德、永泰间其权特盛。"(转引自仇兆鳌《杜诗详注》)意为此诗讽刺当朝权贵元载、鱼朝恩等人以及趋炎附势之辈。张溍曰："三首公自喻一生立志行己不苟处。而古今君子自待之道，不能越此。"(《读书堂杜工部诗文集注解》)认为是诗人自比，表明为人处世之原则。

天边行

天边老人归未得①，日暮东临大江哭。
陇右河源不种田②，胡骑羌兵入巴蜀。
洪涛滔天风拔木，前飞秃鹙后鸿鹄③。
九度附书向洛阳④，十年骨肉无消息。

【题解】 此诗与前诗同作于永泰元年(765)杜甫辞归草堂后。此年四月,严武病死于成都,杜甫失去依靠,而且蜀地也陷于战乱而不安定,因此,诗人此时感情沉重悲痛,思乡忧国之情溢于诗外。

【注释】 ① 天边老人:杜甫自称。
② 陇右:指陇右道,因地处陇山之右得名,为唐十道之一。 河源,隋郡,唐废,其境约今青海省东部,甘肃省西南部。赵次公曰:"广德元年吐蕃七月陷陇右诸州,则陇右河源不种田矣。十二月陷松、维、保(三州均在蜀地西部)三州,则胡骑羌兵入巴蜀矣。"
③ 秃鹫:一种食肉的大型猛禽,又名"座山雕"。 鸿鹄:鸿是指大雁,而鹄则是天鹅。古代用鸿鹄比喻胸怀大志之人,这里诗人自比。
④ 九:虚指,形容很多。

【赏析】 人常常是愈衰老愈念家,杜甫亦不能免俗。作此诗时,距离安史之乱爆发已经十年,诗人从长安一路漂泊直至成都,可一路都是"凄凄惨惨戚戚"之景,如今更是"九度附书向洛阳,十年骨肉无消息",诗人油然而生年老却不能归家之憾。诗中有句"前飞秃鹫后鸿鹄",巧妙影射了奸邪得意而善良阻滞难行的悲哀,可见诗人对国家深深的担忧。思乡忧国应当作为这首诗最好的注脚。

莫相疑行

男儿生无所成头皓白,牙齿欲落真可惜。
忆献三赋蓬莱宫①,自怪一日声烜赫。
集贤学士如堵墙②,观我落笔中书堂。
往时文采动人主③,此日饥寒趋路旁。
晚将末契托年少,当面输心背面笑④。
寄谢悠悠世上儿⑤,不争好恶莫相疑。

【题解】 此诗与前诗作于同时,为永泰元年(765)辞幕归草堂时所作。当时诗人在严武幕府,与严武及同僚有所不合,故为同僚嫉妒排挤,又不满幕府规矩的约束,因此诗人辞归草堂。此诗追昔抚今,表明自己不同流合污、坦荡自得的心境。

【注释】 ① 三赋:天宝九载(750)冬,杜甫献《三大礼赋》,即《朝献太清宫赋》《朝享太庙赋》《有事于南郊赋》。 蓬莱

宫：即大明宫，后高宗改名为蓬莱宫。

② 集贤学士：集贤院学士。唐开元五年(717)，于乾元殿写经、史、子、集四部书，置乾元院使。次年，改名丽正修书院。十三年，改名集贤殿书院，通称集贤院。　中书堂：唐中书省办公之地。

③ 人主：指天子唐玄宗。

④ “晚将”二句：指诗人在严武幕府任职一事。他真心对待府中同僚，却不曾想他们当面推心置腹，背地里却暗自嘲笑诗人。末契，称别人对自己的情谊的谦词。年少，指同僚者。输心，真心。

⑤ 寄谢：告知。　悠悠：众多的样子。

【赏析】 仇兆鳌在《杜诗详注》中说：“此诗为少年轻薄而作也。”浦起龙《读杜心解》注曰：“公在幕时，呈严公诗云：‘平地专欹侧，分曹失异同。’则知辞幕之故，半以同列见嫉。此诗追昔抚今，不胜悲慨，于篇尾流露其意。”可见诗人主旨明确，作诗一吐心中块垒。诗人起句突兀悲怆，然后作惊人语，由天宝年间作《三大礼赋》为玄宗赏识到如今“饥寒趋路旁”，再到同僚“输心背面笑”，诗人以忠诚之心、坦诚之心对待君主与同僚，却换来“争好恶”“相疑”的恶名。因此诗人借此诗表明自己无心与之竞争，彼此不用互相怀疑，可见杜甫坦荡傲气心志。王嗣奭《杜臆》言：“余尝谓《丹青引》为公自状，盖以此诗证之。‘不争好恶’，傲甚。傲虽圣贤有之，但恶其辟耳。犯而不较，此颜之傲也，人未必知。”“鸿鹄志万里，难为燕雀言”，杜甫道出古今圣贤真性情也。

赤霄行

孔雀未知牛有角，渴饮寒泉逢觝触①。
赤霄玄圃须往来②，翠尾金花不辞辱③。
江中淘河吓飞燕④，衔泥却落羞华屋。
皇孙犹曾莲勺困⑤，卫庄见贬伤其足⑥。
老翁慎莫怪少年⑦，葛亮《贵和》书有篇⑧。
丈夫垂名动万年，记忆细故非高贤⑨。

【题解】 此诗与前诗《莫相疑行》作于同时，乃永泰元年(765)所作。诗人写身居幕府时所遭受到的小人排挤，并申诉“不争好恶”的立身之道。

【注释】 ① 觝触：用角来撞击，即牛角相抵。蔡梦弼对此句有解释：“孔雀与牛非其类，犹君子小人非其类。不虞君子反为小人中伤也。”(《杜工部草堂诗笺》)

② 赤霄：极高的天空。也指帝王所居的京城。　玄圃：传说昆仑山上仙人所居之地。
③ 翠尾金花：孔雀之毛。　不辞辱：不得不受辱。
④ 淘河：鸟名，即鹈鹕，栖息于湖泊河川间，以鱼为食。
⑤ 皇孙：指汉武帝曾孙，喜游侠，曾被困于莲勺县(今陕西渭南)。
⑥ 卫庄：当作"鲍庄"。据《左传》记载，齐国庆克与声孟子通奸，被鲍庄发现，鲍庄将此事告知国武子，国武子责备庆克。后声孟子诬陷鲍庄谋反，鲍庄被砍掉双脚。此两句诗人谓与皇孙、卫庄相比，自己在幕府中所受到的遭遇并不算太坏。
⑦ 老翁：杜甫自谓。　少年：指侮辱杜甫之人。
⑧《贵和》：《诸葛亮集》目录，凡二十四篇，《贵和》为第十一。诗人意思为与人不和则必招来侮辱也。
⑨ 细故：小事。

【赏析】 诗人以孔雀、飞燕自比，将欺辱他的小人比作牛和淘河。孔雀需振翅高空，不得不受角牛之辱；飞燕需衔泥筑巢，不得不受淘河之吓。这都是诗人在幕府时的生活状态。杨伦注曰："公以白头趋幕，不免为同列少年所侮，二诗盖于辞归后追叹之也。"(《杜诗镜铨》)然而公既受辱，却磊落于世，其"丈夫垂名动万年，记忆细故非高贤"可见诗人胸怀廓落，如颜渊"犯而不校"。从此诗中我们可见诗人为人处世之原则——"公不以细故芥蒂于胸次，则与必报睚眦之怨者异矣"(《九家集注杜诗》卷十三引师尹曰)。杜甫对于人事早已看开，自己备受困辱，而付之不复记忆，胸次绝高。

闻高常侍亡

归朝不相见①，蜀使忽传亡。
虚历金华省②，何殊地下郎③。
致君丹槛折④，哭友白云长⑤。
独步诗名在⑥，只令故旧伤。

【题解】 此诗作于永泰元年(765)，杜甫好友高适于当年正月逝世，杜甫写下此诗以表哀思。《旧唐书·高适传》记载，"适为成都尹，剑南西川节度使"，"代宗以黄门侍郎严武代还，用为刑部侍郎，转散骑常侍"。

【注释】 ① 不相见：高适当年离开成都时，杜甫正在阆州、梓州一带漂泊，所以一直未能相见。
② 金华：据《汉书》记载，汉未央宫里有金华殿，后世又称门下省为金华省，并用作歌咏常侍的典故，这里指高适。高适为散骑常侍，属门下省，然而其任期较短，故称虚历。
③ 地下郎：据《晋书》记载，晋人苏节梦见已死堂兄弟苏韶对他说，颜渊、卜商在地下任修文郎。这里用修

文郎赞誉高适文采。

④ 丹槛：红色栏杆。《汉书·朱云传》有记：朱云面谏成帝，请求诛杀奸臣张禹，触怒成帝，在被拉下惩罚时，折烂了殿栏，这里形容高适直言进谏的美德。

⑤ 白云：陶渊明曾作《停云》一诗，用以思念友人。

⑥ 诗名：指高适写诗作文的名气。

【赏析】 一代诗豪的陨落就是这个时代的损失，高适的辞世让诗人杜甫错愕伤心不已。一个"忽"字，传达出杜甫听到此消息时的震惊与难过。如同杜甫写给李白的诗句"死别已吞声，生别常恻恻"(《梦李白》)，那时杜甫不知道李白已经被赦免流放写下此诗以表思念。而此时，杜甫听闻高适去世之消息，想起"放荡齐赵间，裘马颇清狂"(《壮游》)的三人如今只剩下自己，孑然一身、无所依靠的杜甫用质朴之语写下此诗，将高适官职气节、声名学识、两人之离合交情表现得淋漓尽致。

去　蜀

五载客蜀郡①，一年居梓州②。
如何关塞阻，转作潇湘游？
世事已黄发③，残生随白鸥。
安危大臣在，不必泪长流④。

【题解】 此诗作于永泰元年(765)诗人临别成都时。四月，严武去世，杜甫在成都也失去了依靠，于是打算乘舟出峡。

【注释】 ① 五载：指上元元年(760)、上元二年(761)、宝应元年(762)、广德二年(764)、永泰元年(765)。

② 一年：指广德元年(763)。

③ 黄发：指年老，老年人头发由白变黄。　残生：余生。

④ "安危"两句：反语，意谓朝廷中有大臣在，何劳我这个衰老腐朽之人去为之操心。

【赏析】 诗人离开蜀地所作的这首诗可看作是诗人对居蜀近五年的生活总结。诗人从严武幕府辞归之后，已经萌生去蜀归家的念头，再加上这年四月严武去世，诗人在成都再无依靠，便动身离开蜀中，然而"关塞阻"难返长安，"潇湘游"只能往荆楚方向。诗到这里，已然体会到诗人归而不得之意，然到下句"世事已黄发，残生随白鸥"，更觉凄凉无助。诗人阅历万事，如今已是年老力衰，却不能仰赞庙谟，转危为安；反只能奔走余生，随白鸥于江湖。诗人从来记挂朝廷，如今悲官远谪，致君泽民之业不能实现，那就拜托当事大臣，好生为国计分忧。可是诗人只是反语自宽而已，同样隐讽大臣。浦起龙评曰："只短律耳，而六年中流寓之迹，思归之怀，东游之想，身世衰迟之悲，职任就舍之感，无不括尽，可作入蜀以来数卷诗大结束。是何等手笔！"（《读杜心解》）